图书在版编目（CIP）数据

你应该知道的世界文学名著／焦向阳主编．—北京：九州出版社，2005.7
ISBN 7-80195-353-3

Ⅰ.你…　Ⅱ.焦…　Ⅲ．文学－作品－简介－世界
Ⅳ.I106

中国版本图书馆CIP数据核字（2005）第077916号

你应该知道的世界文学名著

主　　编	焦向阳
责任编辑	李　勇　　责任校对　祝　松
出版发行	九州出版社
地　　址	北京市西城区阜外大街甲35号（100037）
发行电话	(010)68992190/2/3/5/6
网　　址	www.jiuzhoupress.com
电子信箱	jiuzhou@ jiuzhoupress.com
印　　刷	北京兴华昌盛印刷有限公司
开　　本	720 × 1000毫米　1/16开
印　　张	21.75
字　　数	400千字
版　　次	2005年8月第1版
印　　次	2005年8月第1次印刷
书　　号	ISBN 7-80195-353-3/I · 250
定　　价	36.80元

“你应该知道的……”书系出版说明

现时代最显著的特点就是人们时时刻刻被海量的信息所包围着，铺天盖地的电子和纸质媒介淹盖着人们的身体和灵魂。信息是一把双刃剑，它一方面给人们提供了获取知识的权利，一方面又使人们面临着丧失判断力的危险。此时，如何选择对自己有益的信息成了人们必须面对的问题之一。

古时的人可以悠闲地度过一生，他们在漫长的人生旅程中，可以随时停下来欣赏路边的风景；而在当今时代，面临着巨大的生存压力和诱惑，各种欲望的长鞭时刻鞭笞着人们以百米冲刺的速度走完自己的人生。如今很少有人有时间能在知识和思想的海洋里尽情畅游。因而有针对、有选择地去阅读就成了所有不甘愿沉沦的灵魂最迫切的需要。

正基于此，我们应时而需地推出了这套丛书，意在让那些没有足够时间去涉足一个完整领域的读者，花最少的时间和精力，最大限度地了解各个门类的知识。我们将秉承全面、客观、简洁、通俗的原则，陆续推出一系列作品，内容将涉及人文、生活的各个方面。敬请读者关注，并提出宝贵意见。

前　言

对名著的缩写，一直都有反对和赞成两种观点：反对者认为任何形式的缩写都是对原著的背叛，都无法表现原著韵味于万一。赞成者则认为在当今这种社会大环境下，要一个非专业人士安安心心地坐下来将成百上千的世界文学名著细细地读一遍，似乎会因耗费的时间成本过高而不大现实。与此同时，人的精神需求还必须得到一定的满足。名著缩写在某种程度上是对这种矛盾的缓解，因而高质量的名著缩写对读者还是有帮助的。在这方面，兰姆兄妹成功地证明了对名著的缩写同样能成为名著。正是抱着向兰姆兄妹看齐的态度，我们选编了这本书。

好的名著缩写必须要解决两个问题：如何选篇和如何缩写。

首先是如何选篇。从浩如烟海的世界文学名著中选出读者需要和喜爱的文学经典决非易事。为此，我们绸缪良久，方始落定。在此我们着重斟酌了以下两个方面：

一是时间跨度。从公元前四百多年的《俄狄浦斯》一直到20世纪60年代的《百年孤独》，其间两千多年的文学经典都纳入了我们的视野。文学，尤其是那些经典文学名著，同样也是历史的见证。文学大师们对于自身所处年代的思考和认识有其深刻和动人之处。比如，在《静静的顿河》里，我们看到了草原上被红军追剿的剽悍的哈萨克勇士悲壮的长啸和顿河两岸人民沉重的悲吟，尤其是女人绝望的泪水，而这一切在所谓的正史中却是无法看到的。我们希望读者能从中感受千百年人世的沧桑，同时感受历史的激越和沉重。

本书开篇是一个英雄在命运的捉弄下刺瞎双眼，拄着盲杖走向孤独深邃的喀泰戎山。末篇是一个家族历经百年孤独后无声无息地消亡。随着历史的前行，往昔一个小渔村，甚或是一片荒凉的原野，如今已是高楼林立，人潮拥挤，机器轰鸣，可深埋在人们心底的仍然是一片孤独。家族如是，个人如是，英雄如是，凡人如是。这是一种巧合，还是我们人类注定的孤独？“泪眼问花花不语，乱红飞过秋千去。”沉吟着这熟悉的辞句，我们深深地感受到一种文学孤寂的美。

二是全面性。爱情是我们人类生存史中最绚丽的乐章，所以以爱情为主题的名著我们选得最多。从《罗密欧与朱丽叶》到《广岛之恋》，从古代到现代，从贵族到平民，有悲剧有喜剧，凡十四篇之多。其间有婚姻与爱情、现实与虚妄、忠贞与情欲、暴烈与柔情……几番缠绵悱恻，几番荡气回肠，令人叹息，令人心醉。战争从来就是人类历史的主题，从《西线无战事》到《第二十二条军规》，我们选了四篇，或直接写战争，或以此作为背景。文学家们从来就是站在平民的立场感受那些动荡的年代，所以在这里我们看不到伟大的宣言，盛大的凯旋，看不到那些所谓的正义对于邪恶的胜利。只有在战争机器的碾压下普通士兵的悲苦与沉沦，母亲的守望与泪水，战争对邪恶的放纵和对善良的践踏，貌似平静的战线上弥漫的死寂与恐惧。另外，我们还有足够的篇目展现生活当中的方方面面：英雄和凡人，奋斗和命运，宗教和金钱，勇气和欲望，黑道和暴力……

选定篇目后，接下来的问题就是选择什么角度把这些名著呈现在读者的面前。对此我们的观点是：多角度就是没角度，得其广就不能就其深。所以我们着重在两个方面向读者诠释这些名著。

一是名著的内容。我们把每篇名著都压缩到六千字左右。对于一个长篇，六千字不多；但对于这个长篇的筋骨，六千字足矣。故事的前因后果、发生发展，已能全然具备。我们要求每篇都要体现原文的风貌：用诗一般的语言讲述罗密欧与朱丽叶的悲苦爱情；用沉郁顿挫的语言讲述静静的顿河；用谐谑风趣的语言讲述倒霉的乞乞科夫；用深刻峭拔的语言讲述被苍蝇包围的阿尔戈斯城……不仅仅如此，我们还要求描写形神俱备、结构浑然一体。在《少年维特的烦恼》里，我们看到维特对绿蒂的一见钟情如朗月破云，皎洁清丽，但人物的性格与现实决定了这是一场可望不可即的爱情，维特一步步走向烦恼和沉沦，最后不得不走向死亡。没有旁白和解说，只有情节的自然推进，缓慢而不可阻挡。我们坚信，当午夜的枪声响起，子弹击中的决不仅仅是年轻的主人公，在此之外一定还有读者那一颗颗颤抖的心。

二是用激昂的笔调对名著的作者做了生动的介绍。每一部经典作品的背后都有一位经典的人物，都有一个不屈的灵魂。他们的身世和才华都值得我们去了解和深思。为此，我们为每个作者都写了一篇小传。在那里我们可以看到勃朗特姐妹的风华绝代和悲苦命运，我们可以听到硬汉子海明威举枪自杀的枪声。作为他们忠实的读者，我们有义务向他们致上我们的关注与问候，赞美与叹息。

我们深信，我们的工作是有意义的。我们为读者呈上的将是一次心心相印的对视，一次期待已久的重逢，一次精彩非凡的同行。

焦向阳

2005年7月

目录

俄狄浦斯

索福克勒斯（约公元前496年－前406年）：雅典“黄金时代”领袖伯里克利的亲密好友，曾被选为雅典十将军之一。尊贵的政治地位并没有减弱索福克勒斯在文学领域的辉煌成就，正是在他那里，古希腊悲剧发展到了极其成熟的境界，他与埃斯库罗斯、欧里庇得斯并称古希腊三大悲剧家。

约公元前496年，索福克勒斯出生在一个兵器制造商家庭里。在二十八岁的一次竞赛中，他战胜了包括埃斯库罗斯在内的所有竞争对手而获得了冠军。自此开始一直到他去世时为止，几乎每一次竞赛的冠军头衔都归他所有。

与埃斯库罗斯一样，索福克勒斯在取材方面主要着眼于神话传说。他一共写了一百二十余部剧本，但流传至今只有七部，其中以《安提戈涅》和《俄狄浦斯》最为杰出。这两部剧作经翻译改编后在世界各国上演，均获得了巨大成功，

索福克勒斯：古希腊悲剧诗人、戏剧家，他的戏剧中渗透着对邪恶的探索。

至今仍然极受观众的喜爱和欢迎。

《俄狄浦斯》是希腊悲剧艺术步入成熟时期的标志。与母亲的乱伦乃古今罕见之事，更让当时的希腊观众惊叹不已。俄狄浦斯王弑父娶母，而自己却完全蒙在鼓里。按照神示，俄狄浦斯千方百计寻找杀害前王拉伊俄斯的凶手，最终发现凶手就是他自己，而妻子正是自己的生母。王后伊俄卡斯忒羞愤自杀，俄狄浦斯王悲痛欲狂，刺瞎自己的双眼并要求放逐。在可怖的命运面前，善良的英雄行为和坚强的个人意志显得是如此的苍白无力。俄狄浦斯王的毁灭宣扬了命运具有不可抗拒的威力，也表明了命运具有伤天害理的邪恶性质，反映了雅典自由民对于社会灾难无能为力的悲愤情绪。

斯芬克司是传说中的怪物，常被描绘成女人头、狮身、双鸟翼。

希腊古老而美丽的忒拜城邦突然遭受巨大的灾难：田间的麦穗枯萎，牧场上的耕牛因患瘟病而大量死去，城邦内的孕妇流产；最可恨的是带火的瘟神在此时降临，全城正弥漫着浓浓的烟火。每天都有不少老百姓惨死，死者的亲属在各处祭坛的台阶上呻吟，祈求天神解救生灵。

这天清晨，忒拜城王宫的前院里人群骚动，老祭司领着数百儿童、青年和老年人，来向国王俄狄浦斯请求援助。忒拜城的老百姓把俄狄浦斯看作是天灾和人祸的救星，因为先前忒拜城遭受狮身人面兽斯芬克司攻击的时候，很多人为此丧生，是俄狄浦斯破译了妖谜，摧毁妖兽解救了城邦。

俄狄浦斯并不是天神，但大家都相信他有天神的帮助。人们把希望寄托在了他的身上，希望他能够再次拯救全城百姓。老祭司领着众人向俄狄浦斯乞援："啊，最高贵的人，快拯救我们的城邦！保住你的名声！你曾经凭你的好运为我们造福，如今也请快拯救城邦，使它稳定下来吧！"

看到百姓惨遭不幸，城邦危在旦夕，俄狄浦斯心情十分沉重。他流着泪，悲伤地告诉大家："我知道你们的来意和疾苦。我的痛苦远远超过你们。你们每个人只为自己悲哀，我的悲痛却同时是为城邦，为你。”他还告诉大家，他已派国舅克瑞翁去阿波罗神庙求取神示，很快就将得知如何才能消弭这场灾难。

正说着，克瑞翁回来了。俄狄浦斯让他当着大家的面说出神示。克瑞翁说：“阿波罗要我们把藏在这里的污秽清除出去，别让它留下害我们无从得救。”“怎样清除？那是什么污秽？”俄狄浦斯并不十分明白神示的意思。克瑞翁告诉他，阿波罗神示中的污秽是指原先的忒拜城国王拉伊俄斯被人杀害的事，“神分明是叫我们严惩那伙凶手，不管他们是谁。”并说这个凶手就在城邦内。

聪明的俄狄浦斯在成功地解开了斯芬克司之谜后，成为了忒拜城邦的国王。

俄狄浦斯决心查找凶手，以消除灾难。他问克瑞翁拉伊俄斯被打死时是否有报信人，是否有同行的幸存者见到这件事，他希望能够找到这样的人来询问。克瑞翁回答说老国王的侍从除一人逃回来外全被打死，而此人说国王是被一伙强盗杀害的。俄狄浦斯怀疑是城邦内部有人出钱收买强盗行凶。他决心重新把这个案子弄清楚。俄狄浦斯对所有人说：“这不仅是为我妻子的前夫拉伊俄斯报仇，而且也是为我自己清除后患。因为不论杀害老国王的凶手是谁，他也会用同样的毒手来对付我的。”他要把全城邦的百姓都召集到这里来进行彻底的查问。

俄狄浦斯诅咒那个杀害老国王的凶手，不论他是单独行凶，还是另有同谋。他还发誓，假如行凶者是自己家里的人，他本人则愿承受这个诅咒。他号召全城邦的百姓都要服从命令，协助捉拿那个杀害老国王的凶手。在场的人没有谁知道凶手究竟是什么人。

正在这时，俄狄浦斯派人去请的先知忒瑞西阿斯来了。忒瑞西阿斯虽然是个瞎子，却能明察天地间的秘密。俄狄浦斯请他说出谁是凶手，说希望凭先知的智慧来拯救城邦。谁知尽管俄狄浦斯再三请求，忒瑞西阿斯却死活不肯说。他哀求俄狄浦斯放他回家，痛苦地表示他这样做是为俄狄浦斯好。他的话让俄狄浦斯感到迷惑，更迫切地想弄明白事情的来龙去脉。

忒瑞西阿斯的顽固激怒了俄狄浦斯，他愤怒地指着忒瑞西阿斯骂道：“我看你就是这罪行的策划者，老国王是你杀的，尽管不是你亲手杀的。如果你的眼睛没瞎，我敢说准是你一个人干的。”忒瑞西阿斯被这一番话激怒了，他也指着俄狄浦斯的鼻子大叫：“既然你这样说，那你就别跟我说话，因为你就是凶手！”

俄狄浦斯听到先知骂自己就是凶手，无法相信自己的耳朵。他骂忒瑞西阿斯厚颜无耻出口伤人，甚至怀疑是克瑞翁收买了忒瑞西阿斯来陷害他，想借此机会铲除他，自己当国王。他悲愤地感慨道：“啊，财富，王权，有多么大的诱惑力！为得到这些，连我信赖的老朋友克瑞翁，也偷偷地收买这个诡计多端的术士要把我推倒，这是何等卑鄙啊！”他继续咒骂忒瑞西阿斯，说如果不是看在他年纪大的份儿上，他一定要让忒瑞西阿斯为自己的狂妄无礼付出代价。

忒瑞西阿斯否认自己是克瑞翁的党羽，对国王对他的辱骂非常愤慨，毫不示弱地予以反击。他对俄狄浦斯说：“你虽然有眼也看不清你的灾难，看不见你住在哪里，和谁同居；你不知道，你是你已死的和活着的亲属的仇人；你父母的诅咒会左右鞭打着你，可怕地向你追来，把你赶出这地方；你现在虽然看得见，可是到时候，你的眼前只是黑暗。”忒瑞西阿斯此时已经不顾一切地要说出事实的真相：“你猜想不到那无穷无尽的灾难，它会使你和自己的儿女成为平辈，世间再没有比你更苦的人了。”

俄狄浦斯忍无可忍，下令把忒瑞西阿斯赶出去。忒瑞西阿斯仍然毫不畏惧，指着俄狄浦斯大声说：“告诉你吧！你刚才大声威胁、通令要捉拿的杀害拉伊俄斯的凶手就在这里。表面上看来，他是个侨民，实际上却是土生的忒拜人。他将遭受劫难，从明眼人变成瞎子，从富翁变成乞丐，到外邦去，用手杖探着路前行。他将成为和他同住的儿女的父兄，他生母的丈夫，杀害他父亲的凶手。”

忒瑞西阿斯走了，俄狄浦斯和侍从们被他的话惊得目瞪口呆。

克瑞翁听说了国王和先知的争吵，他感到非常难过，想找俄狄浦斯当面谈谈。但是，俄狄浦斯一见到克瑞翁，就骂他卑鄙，说他是收买忒瑞西阿斯编造谎言，想要谋害他以篡夺王位。克瑞翁恨不得把自己的心剖开给国王看，以证明自己的清白。他说自己作为国舅，拥有绝对的权势，过着无忧无虑的生活，根本无心要去争夺那使人担惊受怕的王位。为表白心迹，他对天发誓：“如果你发现我和先知图谋不轨，就让我不得好死！”俄狄浦斯却坚定地认为自己的判断没有错，更声言要处死克瑞翁。克瑞翁又气又恼，直骂俄狄浦斯糊涂。

王后伊俄卡斯忒听见自己的丈夫和弟弟争吵不休，便指责他们不顾城邦利益，在这个时候还闹私人纠纷，不应该如此不顾大局。克瑞翁对姐姐说国王要杀死他，俄狄浦斯则告诉妻子国舅要对他下毒手。

王后劝丈夫相信克瑞翁的忠诚。克瑞翁走后，王后问丈夫为什么这样生气。俄狄浦斯告诉她先知的话和自己的怀疑。王后要丈夫尽可放心，说凡人不可能精通预言术，并说老国王是在三岔路口被一伙外邦强盗杀死的，而她和老国王的出生不到三天的儿子就被钉住左右脚跟丢进了荒山。这和神示中说的老国王会被自己的儿子杀死完全不同，所以，大可不必相信忒瑞西阿斯的话。

谁知，当俄狄浦斯听说老国王是在三岔路口被外邦强盗杀死的时候，几乎魂飞魄散。他急切地问道：

“那不幸的事发生在什么地方？”

“那地方叫福喀斯，通往得尔福和道利亚的两条岔路在那里会合”。

“事情发生多久了？”

“这消息是你快做国王的时候向全城邦公布的。”

“拉伊俄斯什么模样，多大年纪？”

“他个子很高，头上刚有白头发，模样和你差不多。”

心神不宁的俄狄浦斯此时已是满面惊恐。他又问王后老国王带了多少侍从，伊俄卡斯忒说：“一共五个人，其中一个是传令官；还有一辆马车，是给拉伊俄斯坐的。”

俄狄浦斯已经能够确定，老国王的死就是自己所为。但他还要追究下去，要找到那个逃生的国王的仆人问个究竟。王后见他忧心忡忡，烦躁不安，关切地问他为什么。俄狄浦斯就向她说起自己悲伤的身世。

他原本是科任托斯城国王波吕玻斯的儿子，过着优越、尊贵的生活。但有次在宴会上，有个人喝醉了，说他不是波吕玻斯国王的亲生儿子。虽然国王夫妇告诉他没有这回事，并斥责那个喝醉胡说的人，但是说他不是国王亲生儿子的话到处在流传。后来，俄狄浦斯瞒着父母去皮托庙上问神示，阿波罗神并没有直接回答他的问题，却预言俄狄浦斯命中注定要玷污自己的母亲，生出一些使人不忍看的儿女，而且会成为杀死生身父亲的凶手。

可怕的神示让俄狄浦斯很不安，无奈之下，他决定逃到外邦去。途中，他经过一个三岔路口，也就是老国王被害的地方，碰见一个传令官和坐马车的一行人。这些人态度粗暴，要把他赶到路边去。俄狄浦斯在气愤中打死了推搡他的驾车人，这时车上有个老年人用双尖头的刺棍朝他头上打过来，俄狄浦斯一棍子打过去，老人也被打死了。

俄狄浦斯悲伤地对妻子说如果真的是他杀了老国王，他就得出外流亡，再也看不到亲人，无法回到自己的城邦。如果神示应验，他要娶自己的母亲，杀死自己的生身父亲波吕玻斯，那他情愿自己死去。

俄狄浦斯现在惟一的希望，就是等着那个逃生的老国王的仆人。那仆人曾说过，杀死老国王的是一伙强盗。如果他还是这样说，那老国王就不是自己杀的；如果他说凶手是个单身旅客，那罪人是自己就肯定无疑了。

王后劝慰自己的丈夫别太忧心，因为那仆人是当着全城邦人那样说的。就算这个仆人改变说法，证明老国王是俄狄浦斯杀的，也不能认定神示应验了，因为神示说老国王会死在他的亲生儿子手上。可是他的儿子早就死了，老国王并不是自己亲生儿子所杀，可见神示并没有应验，所以俄狄浦斯不必担心自己会成为杀死自己父亲的凶手。但是，俄狄浦斯还是坚持要找到那个仆人，把事情弄个水落石出。

王后并没有派人去找那个仆人。她看苦劝丈夫全不见效，就到阿波罗的祭坛上，祈求天神保佑俄狄浦斯，别让他整天惊恐不安。正在这时，从科任托斯城邦来了位报信人，报告说波吕玻斯王已经过世，科任托斯城邦的百姓正在等着俄狄浦斯回去，要立他为王。

这消息使伊俄卡斯忒极为兴奋，可怜的丈夫再也不用为那残酷的神示担惊受怕了；俄狄浦斯也为杀父的神示在自己身上没有应验而高兴，但他还是忧虑重重，因为还有一部分神示的内容没有结果，就是其中说到的他会玷污自己的母亲。可怕的神示还有一半没有消除，仍然像块磐石般沉重地压在俄狄浦斯的心上。

报信人知道了他的担心和忧虑，想要让他放宽心，就告诉俄狄浦斯："别害怕，年轻人。其实，你并不是波吕玻斯王的亲生儿子。"尽管俄狄浦斯早已听说过这话，但他还是不相信这是真的。因为波吕玻斯从小就叫他儿子，十分疼爱他。

为能使俄狄浦斯相信自己的话，报信人只好说出几十年前的那件往事。他说自己从前是个牧羊人，经常到喀泰戎峡谷那一带去放羊。有一天，另一个牧羊人，也就是老国王拉伊俄斯的仆人送给他一个婴儿，左右脚跟被紧紧地钉在一起。他就解开钉子，把婴儿抱回去送给了波吕玻斯王，因为国王没有儿子。"那个可怜的婴儿就是你，"报信人对俄狄浦斯说，"你若不信，你的脚后跟就是最好的证明。"

俄狄浦斯半信半疑，但报信人所说的钉脚后跟的事是千真万确的。但他还是不敢确信，他决心找到那位给拉伊俄斯放过羊的仆人，进一步查明自己的身世。这时候，有位长老告诉俄狄浦斯，那个仆人正是俄狄浦斯要找的那个幸存的仆人。

王后听到报信人的叙说，早已是五雷轰顶，内心如焚，觉得这个世界马上就要毁灭了。她已经知道俄狄浦斯就是自己当年一生下来就丢弃的那个可怜的儿子，而那个可怕的杀父娶母的神示也已经应验了。但是，王后还是要想方设法不让俄狄浦斯知道事情的真相。因而当俄狄浦斯问她那送婴儿的牧羊人是否就是国王遇难时逃生的那个仆人时，她痛苦地哀求他不要再继续追究这些事情。但是俄狄浦斯却态度坚决，他一定要得到答案。王后知道所有的事情马上就要败露，心如刀绞，无法承受这一切的她泪流满面地冲进王宫里去了。

俄狄浦斯派人去找来拉伊俄斯的牧羊人。报信人一眼就认出，这就是从前经常与自己一起在喀泰戎峡谷放羊的老朋友。而拉伊俄斯的牧羊人虽然也认出报信人，却吞吞吐吐地不愿回答早年托付婴儿的事。报信人指着俄狄浦斯对牧羊人说这是当年他交给自己的那个婴儿。牧羊人听了却大为恼怒，大喊着让报信人闭嘴，神情非常痛苦。

俄狄浦斯看到牧羊人的态度，非常恼火，下令反绑了他，威胁牧羊人说出实话。老牧羊人架不住俄狄浦斯的厉声追问，只得讲出实情：那婴儿是拉伊俄斯国王的儿子，王后害怕不吉利的神示，说这婴儿长大以后会杀死父亲，就让牧羊人带到山上去把他弄死。牧羊人可怜他，就把他送给了邻邦的一个牧羊人，也就是这个报信人。他以为把这个婴儿带离自己的城邦，这可怕的灾祸就不会发生。

牧羊人手里抱着的婴儿就是刚生下来三天的俄狄浦斯

俄狄浦斯只觉得天崩地裂，悲痛欲绝。可怜的他痛苦、绝望地大声哭喊：“天哪！这是多么可怕的神示啊！我成了不应当生我的父母的儿子，娶了不应当娶的母亲，杀了不应当杀的父亲。我瞎了眼了！”

而此时，王后冲进宫里，进入卧房后就“砰”地把门关上。她想起老国王，想起神示，想到自己的那个可怜的儿子。想到自己是多么不幸，给丈夫生丈夫，给儿子生儿女。她痛哭自己的不幸命运，无法面对发生的一切。王后上吊自尽了。

俄狄浦斯在听到自己的身世

变成瞎子的俄狄浦斯：这个曾权力想逃脱命运的英雄，最后还是成了命运之神摆弄下的牺牲者。

后，发疯一样地冲进王后的房间，看到的却是吊在绳子上的王后已经咽气。俄狄浦斯从绳子上解下王后的尸体，从她的衣袍上摘下两只金别针，举起来朝自己的眼睛狠狠地刺去。

俄狄浦斯自愿出外流亡，就像他先前对凶手所诅咒的那样，免得这个家因为他的罪恶再遭劫难。他请求人们把他这个最该诅咒的、最为天神所憎恶的人带到境外去流浪。此时的他心中充满悲愤，承受着无比痛苦的煎熬。他诅咒命运带给他的一切灾难，从他的出生，到解开他脚跟的牧羊人，更诅咒无法抗拒的神示。

克瑞翁找俄狄浦斯来了。他非常同情俄狄浦斯的不幸，叫侍从把俄狄浦斯带到宫里去。俄狄浦斯感谢克瑞翁宽恕自己的过错，并请求他允许自己住到喀泰戎山上去，因为父母在世时曾指定那座山作为他的坟墓。同时请求克瑞翁在他外出流亡后，照顾他那个不幸的家。他对克瑞翁说，儿子吕涅刻斯和厄忒俄克勒斯已经能够自食其力，只是女儿安提戈涅和伊斯墨涅还未长大成人，需要更多的照顾。

克瑞翁把安提戈涅和伊斯墨涅带来了，俄狄浦斯把自己的女儿搂在怀里，哭成一团。这是他的女儿，也是他的妹妹。因为自己的罪恶，她们已经惨遭不幸，并将遭受更大的不幸，她们将会因自己的身世而遭到辱骂和歧视，人们不愿意接近她们，更不敢娶她们为妻。等待她们的将是更为残酷的苦难和折磨。俄狄浦斯虔诚地祈祷，祈求天神保佑他的孩子幸福快乐，所有罪恶造成的惩罚都让他一个人去承受。

带着肉体与心灵的巨大创伤，俄狄浦斯用手杖摸索着朝喀泰戎山的方向跌跌撞撞地走去，他注定要带着无尽的痛楚去忍受那漫漫长夜的无尽苦难。

（阎　敏）

源氏物语

紫式部（约973年-1014年）：日本女作家，歌人，她出身于诗人之家，其父藤原为时曾任地位不高的小官，对中国文化颇有研究，擅长歌剧和汉诗。在父亲的陶冶下，紫式部熟读中国典籍，精于音律和绘画，信仰佛教。二十二岁左右，她成为比自己年长二十多岁并有妻室儿女的地方官藤原宣孝的小妾。婚后三年丈夫就去世了，她便来到皇宫陪伴鄣子皇后（藤原道长之女），为其讲授《日本书纪》和《白氏文集》等汉籍古书，这也为她创作《源氏物语》提供了莫大的方便和第一手资料。该书中的男主人公光华公子即是当时平安时代价值观和理想的集中体现，虽然紫式部将小说中事件发生的时间提前了七十五年，但我们仍可从光华公子身上看到藤

绘在扇面上的紫式部面容娇美，举止娴静。她的性格偏向于羞涩，喜独处而好古事。

原道长和藤原伊周的影子。

在宫中，她的官名是藤式部，故后改名为紫式部。据说，紫是《源氏物语》主人公之名，式部则源于作者父亲的官名“式部丞”。

1013年，紫式部离开了后宫，而《源氏物语》直到她去世前才成书。该书一经问世便成为日本古典文学一座不可逾越的高峰。

《源氏物语》绘卷及早期版本

日本天皇时代，某朝后宫嫔妃众多，该朝皇上却专宠桐壶更衣。此女天生秀丽，气质高贵，虽无显赫家境做后盾，却因美貌与性情赢得万千宠爱。当朝中有些人看到此情形，把桐壶更衣比作杨玉环，百姓们也担心自己的皇上会像唐玄宗专宠杨贵妃那样，给国家带来灾难。

桐壶更衣面对这样的流言蜚语深感忧虑，再加上后宫大大小小的嫔妃常常与她过不去，皇上对她照顾一分，别人对她的嫉恨就多十分，以致终日恹恹，不久就忧郁成疾，在她生下小皇子三年后即抑郁谢世。皇上一直对她念念不忘，对小皇子倍加宠爱。而这个小皇子也绝非等闲之辈，出生的时候因相貌俊秀被惊为天人。看到小皇子的漂亮可爱，嫉恨她母亲的人都会因此而放弃心中的积怨，都认为此人只应天上有。

皇上担心没有强势外戚的小皇子将来会受人挤兑，暗自决定将其作为一个臣子来培养，赐姓源氏。而小皇子更因其聪慧敏捷、光彩照人，被人称为“光华公子”。

小皇子十二岁的时候行成人礼，改变装束的光华公子越发艳丽照人，后宫女人都无法与之相比。不仅外貌如此，才华更是无出其右者。七岁开始读书时，其聪明颖悟，已是绝世罕见。由于天资聪慧，规定学习的各种学问，均能触类旁通。就是琴笛之类，也很是精通，演奏起来，清纯悦耳的声音响彻云霄，其多才多艺之能，教人难以置信。

皇上见他过分机敏，反倒觉得担心。源氏公子毕竟出身并非至高无上，更没有权高望重的外戚，这时候，左大臣向皇上提及自己有个女儿叫做葵姬，希望能许配给源氏公子。虽然皇太子很看好葵姬，想要礼聘她，但是皇上为了给源氏公子找到有力支持，看到左大臣亲自提出，也乐见其成。

随着岁月的流逝，皇上对桐壶更衣的怀念逐渐转移到了藤壶女御身上，因为藤壶女御不仅相貌酷似桐壶更衣，连气质也十分接近。源氏公子对自己母亲的形象毫无印象，听说藤壶女御和自己的母亲相似，也就多了些亲近，十分愿意和这个继母相处。

少年情感专一，源氏公子对藤壶女御的爱恋日渐加深，但是因为已成年，进出后宫多有不便，源氏公子也只能借助聚会的时候，以琴音传送自己的爱慕之情，只求听到藤壶女御的娇美声音，聊作安慰。而婚后，因为和葵姬性情不和，难得回左大臣那边的家里。

源氏公子一生屡遭世间讥讽评论，尤其是那些好色行径。虽然他极力掩饰，免得自己落个轻浮之名，却偏偏流言四起。其实源氏公子处世甚为谨慎，与传说中好色的交野少将相比，他的香艳故事远不及后者。他多半也只是偶尔色心发作，才违背本性，做出些不应该有的举动来。

源氏公子做近卫中将的时候，一日在纪伊守处留宿。闲聊之中，听说纪伊守的老父续弦一年轻女子，名叫空蝉。源氏公子心生倾慕，逮到机会，支开侍女，来到空蝉住处。他悄悄拉开纸隔扇，帐屏立在入口处，里面灯光暗淡，依稀看见室中零乱地置放着诸如柜子之类的器具。他便穿过这些器具，来到这女子的床边。但见她身量乖小，独自而眠，模样可怜可爱。他当下竟有些不好意思，但还是将她盖着的衣服拉开了。空蝉甚为吃惊。

源氏公子说："我唐突求见，你自然会以为我是一时冲动的浮薄浪子。却不料我私心倾慕，已历多年，常苦无机会与你共叙衷曲。幸得今宵有缘，万望体谅我之诚心，赐我爱恋！"说得温顺婉转，即便魔鬼听了也得感化，更何况源氏公子又恍若下凡的神仙般

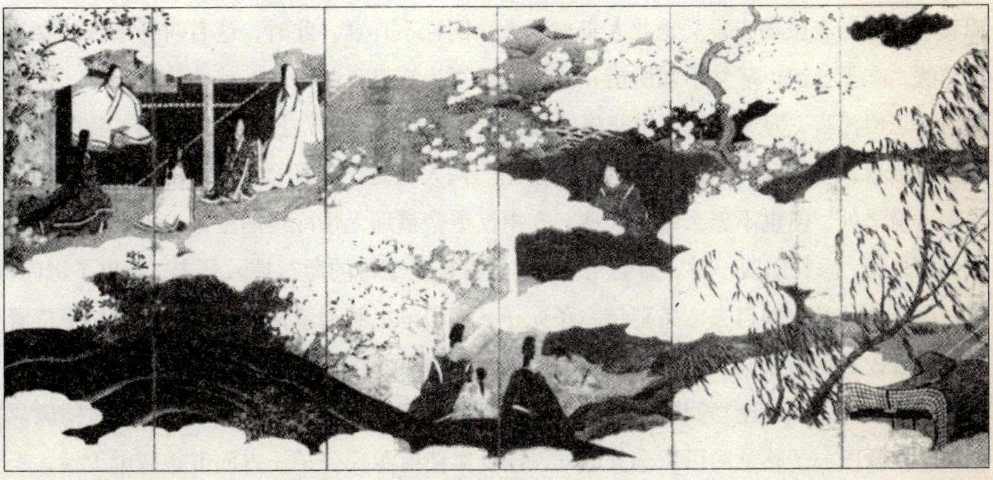

《源氏物语》屏风画

光彩照人。空蝉神情恍惚，只觉心慌意乱，喘气低声说道："你认错人了吧！""并没认错人，情之所钟，自然认识。请勿佯装不知。我绝不是轻薄少年，只是想向你谈谈我的心事。"说罢，便抱起她，径直向他的房间走去。

空蝉痛恨源氏公子的无理强求，更为他如此作践自己而气愤。毕竟她已经是有夫之妇，却被人如此轻薄。源氏公子感觉到空蝉的冷淡和拒绝，非常愤激地质问她为何讨厌自己，并说："无意相逢，必是前生宿缘。你佯装不解风情，真使我痛苦不堪。"空蝉则悲切地说道，自己如果和他相逢在未嫁之时，也许会期待和他两情相悦，但是如今已经嫁人，却和他结成露水姻缘，心中慌乱，难以言喻。她更怕被外人知道这件事情，请求源氏公子切不可泄露。源氏公子看到空蝉忧心的样子，不停地说着安慰的话，郑重地向她作出了保证。

天亮之后，送走了空蝉，拉上纸隔扇，回到室内，源氏公子心情异常寂寞失落，只觉得这层纸隔扇，真如同蓬山万重。回到宫中，心里仍放不下空蝉，频频写信送去。可空蝉已下了决心不与他来往。但是时间长了，空蝉见源氏公子依然痴心不改，也开始感觉过意不去。而源氏公子的音信却也日渐稀落。空蝉的冷漠吸引着他，同时也让他难堪。他痛恨空蝉的无动于衷，却又无法断情，内心焦躁不已。

一日，趁纪伊守公干外出，源氏公子偷偷摸摸地来到空蝉住处。他悄无声响地从隔扇门的缝隙中窥视，看见空蝉正与一女子对弈。前者头面纤细，身材娇小，姿态十分淡雅。后者穿一件白色薄绢衫，上面随便地披一件紫红色礼服，腰束红色裙带，裙带以上的胸脯袒露着，样子十分落拓不拘。源氏公子一下子被这女子吸引住了。

源氏公子一直躲在暗处，如上次一样摸索入室，见有一人睡着，心中大喜，将盖在那女子身上的衣服揭去，又觉此人身材较大，倒也不介意。此时，这名叫轩端荻的女子被惊醒，吃了一惊，茫然不知所措。源氏公子想告知自己的姓名，彼此认识一下，但又怕空蝉恐惧流言，为这件事忧伤悲痛的话，倒对不起她。所以花言巧语地说："我两次以避凶为借口，来此宿夜，都是为要向你求欢。"两人倒是一拍即合。源氏公子觉得轩端荻虽无可憎之处，但也不怎么牵惹人情，心中反更恋慕那无情冷漠的空蝉，于是他向轩端荻佯装多情，海誓山盟一番，抽空儿，拾起觉得该是空蝉的薄衫揣入怀中，溜出了房门。

源氏公子经常独自去六条拜访六条妃子，他们早已暗通款曲。此时的他仍然保持着和其他恋人的偶尔来往。轩端荻正准备出嫁，而空蝉觉得源氏公子如今要和自己决断，内心多有落寞，所以每逢写回信时，她总是尽量措词婉转，甚至配以美妙的文字，附庸风雅，以使源氏公子感觉尚可留恋。这样，也委实使得源氏公子一方面恨她冷酷无情，一方面又愈发忘不了她。至于那风流女子轩端荻，虽然嫁了丈夫，却还对他有余情，尚可放心，因此源氏公子听到她要结婚的消息，也不在意。

一日，当他乘车去往六条幽会时，途经五条，在其乳母处拜访。忽见隔壁院落中的帘影间有个留着美丽额发的女子，正向这边窥探。源氏公子就派人秘查隔壁的女子是什么来历。得知那女子名叫夕颜，对源氏公子的行为早已察觉。她的私人大夫惟光与公子也有交往。惟光为了讨好源氏公子，用尽心计，东奔西走，终于使公子与自己的女主人幽会了。

源氏公子正和乳母在交谈，夕颜在隔窗窥探。

然而，好景不长，一天夜里，源氏公子做了一个噩梦，梦到一绝色美女嗔怪他不顾念旧情，竟然对别的女人百般宠爱。语气十分怨恨刻毒，并把睡在他身旁的夕颜拉了起来。源氏公子惊醒之后发现夕颜浑身痉挛，痛苦万状，出了一身冷汗后，奄奄一息。没过多久，夕颜的身体渐渐冷却，竟至气绝。源氏公子眼见夕颜暴亡，心中无限悲痛，却毫无办法，只有嚎啕大哭。

自夕颜去世后，源氏公子便患上了疟疾，千方百计地找人医治，仍不见好转。有人劝他到北山寺中一个高明的修道僧那里求医。源氏公子在寺中调养多日，身体逐渐好转。闲居无聊的他，在山坡上信步，但见一茅屋边，依稀有人影闪动。其中有一女孩，大约十岁光景，十分可爱。源氏公子目不转睛地注视她，想她长大后定是个绝色美人。继而又想："原来这孩子的相貌，与我倾心爱慕的藤壶妃子十分相像。"

一日，这名叫紫姬的女孩隔着帷屏坐着。源氏公子把手伸进帷屏里，抚摸她的头发。那长长的头发披在软软的衣服上，使他不禁握住女孩的手。紫姬见这个生人如此亲近她，有些拘束，而源氏公子趁势紧紧抱住仅穿一件单衣的紫姬，他的心中却有一种异乎寻常的感觉。于是，他以保护紫姬为名，把她接到私宅里养起来。

夕颜命如朝露，过早消亡，源氏公子悲痛万分。虽此事在半年前即已发生，但他竟一直惦念于心。其他女人，像葵姬或六条妃子，都出身显赫，生性骄矜而倔强。惟有夕颜心地善良，温顺可亲，和其他女子不同，实在令他思恋。公子虽遭丧爱之痛，却仍不知自律，总想重新找寻一个虽出身微寒但品貌端庄、无须顾忌的人。故而大凡稍有姿色的女子，只要他稍稍得知，便总爱送信去暗示情愫。那些得了信的，几乎没有置之不理的。

有一天，源氏公子听说已故的常陆亲王有一独养女儿叫未摘花，亲王去世，此女孤单可怜，生性又好静，对人疏远，仅以七弦琴为伴。于是源氏公子又动了心，在一个风清月高之夜来到小姐的住处，听得琴声果真不同凡响。他随后多次寄去求欢之信，却从未接到过回音。一天黄昏，他大摇大摆地闯入未摘花的闺房。小姐十分害羞，她坐在公子对面时，又显得十分沉静。源氏公子觉得她娴静温雅，便向她诉说相思之苦，可小姐竟一语不发。失望之余，他便起身告辞，小姐竟也没有送客。待源氏公子再去纠缠未摘花时，发现她的相貌同世间普通女子一样，并无特异之处。

藤壶妃子为皇上生下一小皇子，相貌酷似源氏公子，引起后宫众人的窃窃私语。而皇上以为即是同一血脉，长相相似并不奇怪，又由于相貌酷似源氏公子，便更把这个小皇子当作掌上明珠。藤壶妃子因为愧疚，内心非常不安，终日忧心忡忡。后虽被扶为正宫娘娘，内心更受煎熬，最终削发为尼，吃斋念佛，断了和源氏公子的来往。

宫中美女如云，采女和女藏人中，不乏有姿色和聪明伶俐的。源氏公子如果有心表示什么，这些女人恐怕也会趋之若鹜。可他偏偏对她们很冷淡。有些女子忍耐不住，用风情话来撩拨他，他也只是敷衍一番。这样，宫中的女人都说他无情。

其中有一个上了年纪的宫女，叫做源内侍，此女子芳心未老，生性风骚。源氏公子甚是奇怪：年纪如此大了，何以这般放荡？一时心血来潮，便与她戏言了几句，哪知她即刻回应，决无逊色之感。公子那时正好闲极无聊，想这老女也许别具风味吧。一念之下，便偷偷和她私通了。但又怕外人察知，笑他连老女人也不肯放过，故而表面上很冷落她。但此事

夕雾（源氏公子与滕壶私通所生的儿子，后成为天皇）与乃父一样，风流成性。图为他背着妻子看他极力追求的一名女子的母亲的来信。

还是被头中将捉到，他是葵姬的胞兄，之所以愿意替源氏公子保密，是以此做将来要挟的证据。

源氏公子后来升任为大将，地位不同往日，碍于身份，幽会私通之事，均暂得收敛。这可苦了各处情人，个个望眼欲穿，怨恨悲叹。他自己也因恋慕着那个冷漠的藤壶皇后，更是悲伤慨叹。但每次见到紫姬，都感到她又平添一分美丽与娇媚。

源氏公子的仕途经历、宦海沉浮大都与他的女人们息息相关。曾经，源氏公子与权臣之女偷情，而被流放须磨、明石。他被流放期间，他的情人们更是各个为情所恼，对他百般期盼。而他在流放地亦不清闲，结识了一名女子明石姬，并育有一女，后来此女成为皇后。

源氏公子恢复官职之后，仍然不改风流本性，此后却也官运亨通，身份更加尊贵。宅第一再修整，他将自己的情人中与他许定终身的都迁到自己的宅邸，而此时地位最尊贵的当属紫姬，她凭借自己的隐忍功夫和温厚的性格，一直让源氏公子对她不离不弃。虽然源氏公子常常面对紫姬的时候，心中总有着只和此美人一生一世、不再拈花惹草的想法，但是江山易改、本性难移的源氏公子，始终无法抑制自己的欲望，只好哀叹命运的残酷。

源氏公子和端庄贤淑的正房夫人葵姬的感情也有了起色，而葵姬因临产前染上急症，身体十分虚弱，产后不久就谢世了。源氏公子之后又和很多女人牵连出很多故事，紫姬一一看在眼里，但是因为地位稳固，一直没有表现出怨怼，也没有过多担心，直到三公主嫁进来。这个小孩新娘，身份尊贵，让紫姬深感不安，源氏公子也看出一些端倪，几经安慰，紫姬才接受了事实。

正如一直让源氏公子怀念的夕颜的侍女所说，源氏公子对待和他有过交往的女子，无论缘分深浅，他都对他们不薄，甚至对待一些情深的女子的侍女都非常优待。因此，这些女人对他也是念念不忘。源氏公子因为风流成性，儿女也不少。年老时节的他一心为子女打算，对孩子的教育十分重视，不让他们看到男女情事的书籍。

宫中争斗多半利用姻亲结盟的手段，达官贵人绞尽脑汁要把自己的女儿嫁给权贵，更要削尖脑袋送进宫去。后宫淫秽，贵族生活迷乱。源氏公子的女儿做了皇后，儿子也官居高位。而在他死后，他的后辈也重复着和他一样的生活：纠缠于宫廷的明争暗斗、男女之间的私情故事……

（阎　敏）

罗密欧与朱丽叶

莎士比亚和他的密友们在一起

威廉·莎士比亚(1564年-1616年)：四百年来，威廉·莎士比亚一直是世界上最受欢迎的剧作家，马克思称之为“最伟大的戏剧天才”。自从古罗马帝国灭亡以后，西方人一直瞧不起喜剧和悲剧。正是由于莎士比亚的横空出世，才使这两种戏剧的地位大大提高，并赢得了所有人的赞美、关心和喜爱。

莎士比亚于1564年出生于英国中部埃文河畔斯特拉特镇的一个富裕市民家庭。他的生日不详，人们一直在4月23日圣乔治节庆祝他的诞辰。他在家排行第三，但也是长子，因为两个姐姐在他出生之前就夭折了。他在当地的文法学校读书，因父亲经商失利而辍学。1582年，莎士比亚与安妮·哈萨韦结婚，妻子大他八岁。对此他感到非常遗憾，他曾在作品中写道："女人应该与比自己年纪大的男子结婚。"女儿苏珊娜于1583年出生，1585年生下了孪生子女哈姆内特和朱迪思。1585年前后，莎士比亚到伦敦谋生，起初为看戏的绅士们看管马匹，后来当了一名雇佣演员。之后，他开始参与编剧工作，并成了剧团的股东。

AN
EXCELLENT
conceited Tragedie
OF
Romeo and Iuliet.

LONDON,
Printed by Iohn Danter.
1597

《罗密欧与朱丽叶》在1597年出版时的封面

自1590年起到1612年为止的二十多年中，他一共完成三十七部戏剧、一卷十四行诗和两部叙事长诗。1791年，历史剧《亨利六世》的上演为他赢得了很高的声誉。1595年，《罗密欧与朱丽叶》问世。四年后，悲剧《哈姆雷特》上演，莎士比亚亲自扮演其中的幽灵。观众像潮水一般涌到剧场观看演出，经常被感动得泪流满面，并不断地重复着："若非上帝保佑，我也会落到如此下场。"在以后的几年里，莎士比亚又写出了《奥赛罗》、《李尔王》和《麦克白》，它们和《哈姆雷特》一起被称为莎士比亚的四大悲剧。

在维洛那名城，有两家势力相当的巨族，一家是蒙太古家族，另一个是凯普莱特家族。这两家有累世的宿怨，多少年来，两家相互攻讦，为此流下了多少子弟的鲜血，夺去了多少青年的性命。传到这一代，两家并没有为此得到反省，对恃和纷争依然如昔。

一天中午，两家的仆人在维洛那广场上相遇了。凯普莱特家的仆人首先挑起争端，蒙太古家的仆人当然也毫不示弱，最后两家仆人就各拔刀剑，斗了起来。这时蒙太古家的班伏里奥出现了，他拔剑分开了两人的拼斗。但匆匆而来的提伯尔特却不问情由，不由分说拔剑向班伏里奥刺去，班伏里奥不得已提剑招架。等两家主人赶来时，两家已有多人加入了战团。幸亏亲王及时赶到，严厉地喝斥了两家才使拼斗暂时停息。这一次械斗，蒙太古的儿子罗密欧并没有参加，他这时还在城西的枫树林里长吁短叹。他爱上了一位美貌的姑娘，她有狄安娜女神的圣洁，不让爱情软弱的弓矢损害她坚不可破的贞操。他感叹她的美貌在无情的岁月中日渐枯萎，最终化为黄土，也感叹自己的爱神之箭射不中她的心。因此班伏里奥告诉他两家的这次争端，他根本就无心理会。班伏里奥劝他多结识一些丽人以忘记她，罗密欧认为即使世界上有比她还美貌的姑娘，那也不能叫他忘记她。

为了让两家能放下仇怨，和平相处，亲王派他的亲戚帕里斯到凯普莱特家里调停，帕里斯趁机向凯普莱特家求亲，他请求凯普莱特将十四岁的女儿朱丽叶做他的妻子。凯普莱特推说女儿还小，还要过些时候才考虑婚事。为了向他示好，凯普莱特盛邀帕里斯参加他家当晚的宴会，并说届时全城的名媛佳丽将云集于此，请帕里斯在他们当中寻找意中人。

凯普莱特家负责送请帖的仆人不认识字，当他碰到正在街上的罗密欧和班伏里奥时，向他们请教帖子上被邀请人的名字。两个人于无意中得知了凯普莱特家将大宴宾客，班伏里奥就劝罗密欧和他带上面具去赴宴，趁机结识城里的名媛，以忘记痛苦。罗密欧起先并不答应，但想到可能在宴会上看到自己的心上人就欣然同意了。

宴会上，罗密欧的声音被提伯尔特发现了，他气势汹汹地要求凯普莱特把他赶出去，并要给他点颜色看看，但凯普莱特是位老稳沉着的人，他不愿意主动挑起两家的矛盾，更不愿以此消减与宴宾客的兴致，坚决不允许他鲁莽蛮干。提伯尔特强压下心中的怒水，愤愤地离去。

罗密欧在人群中发现了朱丽叶，他眼前一亮，不禁惊叹道：

啊！火炬远不及她的明亮，她皎然悬在暮天的颊上，像黑奴耳边璀璨的珠环；她是天上明珠降落人间！瞧她随着女伴进退回旋，像鸦群中一只白鸽蹁跹。我要等舞后追随左右，握一握她纤纤的素手。我从前的恋爱是假非真，今晚才遇见绝色的佳人！

他走上前去，请求用含羞的嘴唇，吻一吻天使圣洁的纤手。朱丽叶被他英俊的外貌、优雅的言辞、虔诚的追求感动了，接受了他的亲吻。

朱丽叶的乳母叫她过去和母亲说话，罗密欧趁机向她打听朱丽叶。当他得知她是凯普莱特的女儿时，不禁大惊失色，惊叹自己的生死操于仇人的手里，深怕盛筵易散，良会难逢。

这边朱丽叶也要乳母去打听罗密欧的情况，并发誓说：如果他已经结过婚，那么坟墓便是她的婚床。当乳母告诉她那人是蒙太古的独子罗密欧时，朱丽叶伤心欲绝。她感叹道：

恨在灰中燃起爱火融融！要是不该相识，又何必相逢！昨日的仇敌，今日的情人，这场恋爱只怕要种下祸根。

宴会结束了，罗密欧来到凯普莱特花园墙外的小巷久久徘徊，不愿离去。他祝祷自己变成朱丽叶手上的一只手套，好让自己亲一亲她脸上的香泽。

朱丽叶这时正在闺房里感叹命运的无常，她叹道：

罗密欧啊！罗密欧！为什么你是罗密欧呢？否认你的父亲，抛弃你的姓名吧；也许你不愿意这样做，那么只要你宣誓做我的爱人，我也不愿再姓凯普莱特了。

罗密欧听到了这些话语和爱人的叹息，就出声招呼：

那么我听你的话，只要你愿意做我的爱人，我就重新受洗，重新命名；从今以后，永远不再叫罗密欧了。

炽烈的爱情让两个青年无视世俗的虚文礼法，决心相爱。罗密欧不用盈亏圆缺的月亮，但凭俊秀的自身起誓，发誓要和朱丽叶结成夫妻。朱丽叶也决心把整个命运交给罗密欧，把他当作自己的主人，跟随他到天涯海角。

乳母将要出现在朱丽叶的身边，心爱的人只好恋恋不舍地分手，临走时罗密欧说他将去劳伦斯神父那儿求助，并再次请她不要忘了明晨九点钟的约会。

劳伦斯是维洛那城广受尊敬的神父。他有一副悲天悯人的心肠，对世间万物都有一种非常的爱心，他非常喜欢罗密欧这样的年轻人，也一直对维洛那两大巨族的恩怨情仇十会关注。当罗密欧找到他，请求为他和朱丽叶秘密举行婚礼时，劳伦斯毫不犹豫就答应了。他认为这是两家交好的一个绝好的契机。

在从寺院返回的路上，朱丽叶的乳母找到了罗密欧，她正告罗密欧不要辜负一颗天使纯洁的心，罗密欧为此愿真诚地起誓，乳母放心了，并再次约好了见面的方式和地点。

乳母一到家，心急火燎的朱丽叶就急不可耐地向她打听此行的结果，乳母故意慢吞吞地逗弄她好一会儿，才告诉她此去的真实情况，朱丽叶大喜过望，满脸通红。

朱丽叶向父母请求到寺院里忏悔，利用这个机会在寺院里和罗密欧相见了。在神父的主持下，两人结成了正式的夫妻，并定于当晚在朱丽叶的闺房幽会。

正在这个时候，在维洛那广场茂丘里奥和凶悍的提伯尔特遇上了，两人相互挑衅，眼看就要动手，罗密欧正好从寺院回来经过这里。

提伯尔特一见罗密欧赶紧撇下茂丘里奥。他此行正是为寻找罗密欧而来的。“罗密欧，我对你的仇恨使我只能用一个名字称呼你——恶贼。”提伯尔特大叫着冲过来。

罗密欧刚刚和朱丽叶结成夫妻，心中和美。况且提伯尔特正是朱丽叶的堂兄，罗密欧更加不愿动干戈。

提伯尔特恨透了罗密欧，根本不容他退让，一定要和他决斗。这可激怒了茂丘里奥，他愤怒地叫道：“哼，好丢脸的屈服！只有武力才可以洗去这种耻辱，你这捉耗子的猫儿，你愿意和我决斗吗？”提伯尔特哪肯示弱，两人拔剑斗了起来。罗密欧上前阻拦，用身子把两人分开，提伯尔特趁机偷袭，杀死了茂丘里奥。

罗密欧既伤心因为自己的缘故使好友惨死，又憎恨提伯尔特的卑鄙无耻，决心为茂丘里奥复仇，奋然和提伯尔特进行决斗，并杀死了对手。

亲王亲自主持了调解，他听取真实情况后，对罗密欧做了驱逐出境的判决，并声明不再听任何辩解，要求蒙太古家立即执行，否则格杀勿论。

决斗中，茂丘里奥倒在提伯尔特剑下，罗密欧决意为好友复仇。

当晚，朱丽叶在闺房里焦急地等待踏着火云的骏马把太阳拖回到它安息的所在，让阴沉的夜幕赶快降临，让罗密欧悄悄地投入自己的怀里。

乳母这次带来的不是丈夫的誓言，而是堂兄提伯尔特的死讯。朱丽叶无比震惊，一面痛哭堂兄的惨死，一面痛骂夫婿的残忍，一面又为罗密欧的放逐流下纷纷的泪水。她泣诉道：

“提伯尔特死了，罗密欧放逐了！放逐了！这放逐两个字，就等于杀死了一万个提伯尔特。单单死一个提伯尔特就可以令人伤心了！为什么还要放逐呢？”

朱丽叶一面痛哭，一面取下指环，要乳母去叫罗密欧来作最后的诀别。

此时，罗密欧正躲在寺院里。当劳伦斯神父把亲王的判决告诉他时，可怜的人丝毫也没有因为保住了性命而感到欢欣，离开心爱的朱丽叶比死要难受很多倍啊！在他眼里，朱丽叶所在的地方就是天堂，他甚至无比羡慕污秽的苍蝇，因为它们可以时刻环绕在朱丽叶的身旁，吻她的纤手，从她的香唇上偷取天堂的芬芳。劳伦斯神父只得在一旁百般地开导他，指引他。

乳母到寺院里找到了罗密欧，当他得知自己给妻子带来这么深重的伤痛时，罗密欧后悔欲死，拔剑就要自刎。劳伦斯神父站出来大声地斥责他，要求他珍惜自己，珍惜和朱丽叶之间不渝的爱情，勉励他拿出勇气去追求自己长远的幸福。

在神父那里，罗密欧重新获得了安慰和面对困难的勇气。

而在凯普莱特府上，帕里斯再次向凯普莱特夫妇提起了婚姻之事。凯普莱特夫人提出去探视朱丽叶，看她自己的心意，凯普莱特却决心自己为女儿做主，当场答应了帕里斯的请求。

当晚在朱丽叶的闺房，夫妻再次相见了。几番悲喜交加，几番悱恻缠绵，但春宵总是苦短，窗前云雀刺耳的锐音宣告了早晨已经来临，朱丽叶多想把它换成夜莺缠绵的鸣叫啊！

罗密欧离去的时候到了。别了，别了，看着丈夫的身影从窗口冉冉降落，朱丽叶柔肠寸断，万千叮嘱罗密欧一定要常常致上他的消息，罗密欧一遍遍地答应她，将随时呈上他的热忱，并请求朱丽叶一定要相信，一定会有相见的日期。他已听从了神父的指点，先到曼多亚住下，神父将觑机会宣布他们的婚姻，以求得两个家族的和解，然后向亲王请求特赦，那么两个人就可以平平安安地在一起了。

望着丈夫离去的背影，朱丽叶无比感慨命运的无常，深切地祈求上帝让丈夫早日归来。

罗密欧将被放逐，在朱丽叶的闺房里，夫妻俩依依惜别。

当天，凯普莱特夫妇把向帕里斯许婚的消息告诉朱丽叶，朱丽叶以圣彼得教堂起誓，决不做帕里斯的妻子，但凯普莱特坚决不许，并强横地告诉她，星期四就是帕里斯迎娶她的日子。

朱丽叶到寺院向劳伦斯神父求教，回来后朱丽叶告诉父母，她答应了这场婚姻，准备在星期四做伯爵的新娘。母亲很高兴看到女儿态度的转变。

当晚朱丽叶一个人睡在自己的房里。第二天，当天已大亮，新郎已到府上迎娶新娘的时候，乳母却在床上发现了新娘的尸体。

凯普莱特夫妇看着自己独生爱女死去，一场喜事变成一场葬礼，悲痛欲绝，凯普莱特绝望地喊道：

悲痛的命运，为什么你要来打破我的盛礼？儿啊！我的灵魂，你死了！死了！唉！我的孩子死了，我的快乐也随着我的孩子埋葬了！

在劳伦斯神父的主持下，凯普莱特把爱女葬在凯普莱特族中祖先的坟茔里，而在此之前，劳伦斯已派约翰神父去曼多亚找罗密欧去了。

原来这一切都是老神父的一个计谋，他发明了一种新药，人喝了后，就会脉博停止跳动，身体冷却，面色灰白，变得和死人一样，但四十二个小时后又会醒来。到时候他就可以和罗密欧一起掘开坟墓，让罗密欧带着她远走高飞。朱丽叶正是用这种药骗过了

劳伦斯神父赶到这里，恰逢朱丽叶醒来。

凯普莱特夫妇。

当晚，帕里斯带着侍童来到了坟场。他想挖开坟墓，从朱丽叶手上取走一个宝贵的指环。但当他走到朱丽叶的坟边时，发现罗密欧正在掘墓。帕里斯正恨透了罗密欧，他要罗密欧束手就擒，跟他去见官。罗密欧悲愤地请他离开，帕里斯哪里肯听，怒气勃发的罗密欧和帕里斯展开格斗，帕里斯很快不敌身亡。

当罗密欧再次把朱丽叶抱在怀里时，看着妻子依旧美艳的嘴唇和脸庞，悲苦地哭诉：

啊！我的爱人，我的妻子！啊！亲爱的朱丽叶！难道那虚无的死亡，枯瘦可憎的妖魔，要把你藏匿到这幽暗的洞府里做他的情妇吗？为了防止这样的事情，我要永远陪伴你，再不离开这漫漫长夜的幽宫。眼睛，瞧你的最后一眼吧！手臂，作你最后一次的拥抱吧！

接着，他喝下了杯中的毒酒……

命运总是这样捉弄人。约翰神父因为瘟疫的缘故，没能到达曼多亚，而罗密欧只得到了朱丽叶的死讯，不知道其中的内情。便从一个卖药人那里买来毒药，决意到朱丽叶坟前抱着妻子的身体和妻子同死。

劳伦斯知道约翰神父没有把消息送到后，只好自己去掘墓，等他赶来却只见帕里斯和罗密欧的尸体。这时朱丽叶醒来了，只看到丈夫死在自己的怀里，她深情地亲吻了罗密欧后毫不犹豫地从罗密欧的腰间抽出匕首，插向自己的胸膛……

（李安民）

汤姆·琼斯

菲尔丁，英国第一个伟大的小说家，也是剧作家、报人和法官，曾参与建立有名的警察力量。

亨利·菲尔丁（1707年-1754年）：英国第一个伟大的小说家，英国小说得以定型的奠基人。萨克雷在谈及菲尔丁时曾经惋惜地评价说："自从《汤姆·琼斯》的作者去世后，我们小说家中的任何人都不再享有描写人生的权利。"拥有小说的一切优点、一百五十多年来令小说家们羡慕、妒忌的《汤姆·琼斯》，除了"伟大"和"崇高"之外，我们找不到更合适的词来评价它。

菲尔丁于1707年4月22日出生在英国萨默塞特郡的沙普翰帕克。母亲在他十岁那年去世，父亲与一名意大利女子再婚。1724年，菲尔丁赴伦敦谋生，成了一名生活上放荡不羁的花花公子。1728年，第一部喜剧《几种假面具下的爱情》问世，但没有获得成功。后来他到荷兰的莱顿大学读书，一年后回到英国继续从事戏剧创作。几年后，与夏洛特·克拉多克私奔到多塞特生活，钱财挥霍一空之后又回到伦敦。后来由于对政治的冷嘲热讽而被撵出舞台，从此改习法律。1740年成为一名律师，但并没有停止写作。1744年，妻子的病逝给菲尔丁以沉重的打击。1747年，他与女仆玛丽·丹尼尔结婚。1749年，举世闻名的充满喜剧情调的《汤姆·琼斯》问世。这部作品曾于1936年拍成电影，被公认为是一部最能给人以美的享受的影片。1754年10月8日，菲尔丁客死于里斯本。

萨克雷给予了《汤姆·琼斯》以很高的评价，认为它是有史以来"三部故事情节最完美的作品"之一（另外两篇是索福克勒斯的《俄狄浦斯王》和本·琼生的《炼金术士》），是"人类智慧的最惊人之作"。这部作品中的主人公深得读者的喜爱，以致长期以来，"汤姆·琼斯"竟成了"男朋友"的流行同义词，而年轻的绅士们则喜欢用"苏菲亚"来称呼他们的爱人和爱犬。

一　奥尔沃西先生的发现

在英国的西部，有个地方叫萨默塞特，那里住着一位拥有大量土地的绅士奥尔沃西。他富有并且心地善良。他不但从先人那里继承了漂亮的容貌和健康的身体，而且也继承了国内最大的一片地产。

奥尔沃西先生一直和他的一个妹妹——布里奇特小姐——住在一起，他非常疼爱这个妹妹。布里奇特小姐的年龄可能已经超过三十，为人贤淑，但长相不是很漂亮。

奥尔沃西先生因为生意上的事情到伦敦待了三个月。一天深夜，他回到了家。非常疲惫的他回到卧室，做完祷告，准备睡觉了。当奥尔沃西先生掀开被子，出人意料的事情发生了，他看到一个用布包裹着的婴儿，正在他的床上甜甜地睡着。奥尔沃西先生被此景象惊呆了，但很快他就开始同情这个小小的生命。他摇摇铃，叫来管家。

管家黛波拉看到这个婴儿，比她的主人还要惊讶。她惊恐地说道："我的好老爷，该怎么办才好啊？"

奥尔沃西先生说这个晚上就由她来照顾这个孩子，第二天早上他会找个保姆的。

黛波拉说："好的，老爷。我希望你能很快查出孩子的母亲是哪个不要脸的女人。这个贱女人竟敢把孩子放到我们这样尊贵的家里来，怎么惩治她都不为过。老爷您知道自己是清白的，但人言可畏啊。如果您收养这个孩子，那就给了别人说长道短的借口。我斗胆向您建议，让我把这个孩子装到篮子里，放到教堂的门口算了。今晚天气不错，稍微有些风雨，如果把孩子包好，放到一个暖和点儿的篮子里，到明天早晨别人发现他的时候，这个孩子或许还会活着的。即使他死掉，我们也尽力了。也许，与其让他长大，成为他母亲那样的坏人，还不如让他现在就清清白白地死掉呢。”

奥尔沃西先生的一个手指被婴儿的小手抓到了，婴儿紧紧地抓着它，似乎是在恳求他的帮助。这个动作使得黛波拉刚才的说辞失去了作用。奥尔沃西先生让仆人好好地照顾这个孩子，赶紧给孩子找些吃的，另外再给孩子找些合适的衣服，明天早上起床后把孩子带给他。

尽管黛波拉心里不愿意，但也只好听从主人的命令，抱着孩子到自己的卧室去了。

奥尔沃西先生在做了这样一件好事后，心满意足地上了床，很快就进入了梦乡。

第二天早上，奥尔沃西先生告诉他的妹妹说给她准备了一件礼物。黛波拉抱出了那个婴儿，奥尔沃西先生把昨晚发生的事情告诉了妹妹。

布里奇特小姐使得事情向好的一方面发展，她说自己很同情这个无助的孩子，称赞自己的哥哥做了一件功德无量的好事。接下来，布里奇特小姐吩咐人为这个孩子准备一切需要用的东西，她是如此的慷慨，即使为她自己的孩子准备东西也不过如此。

二　弃儿成年

布莱菲尔上尉向布里奇特小姐求婚，她答应了。婚后，布里奇特小姐生下了一个健康的男孩。

奥尔沃西先生很高兴妹妹为自己生了个遗产继承人，但他并没有减少对那个弃婴的疼爱。他已经当了这个孩子的教父，用自己的名字托马斯为这个孩子起了名字，孩子的姓是琼斯，大家认为他是一个姓琼斯的女子生下的。

他告诉妹妹，如果愿意，她的儿子应该和小汤姆一起被培养成人。布里奇特小姐表示同意，她一向都很听哥哥的话。

但是，布莱菲尔上尉却认为奥尔沃西先生的做法不合适。他一直想将奥尔沃西的财产夺到手，并且早就把这些财产视为己有。在他看来，奥尔沃西先生的每次慷慨都是对他的财富的削减。

上尉想：如果奥尔沃西先生死掉，那么自己的幸福就到手了。但是，没过多久，上尉自己却中风而死。

在奥尔沃西先生和管家黛波拉的照顾下，这两个孩子长大成人了。大家都认为，汤姆·琼斯命中注定是要上绞刑台的。还只有十四岁，汤姆就已经做了三件坏事：偷果园里的苹果，从农场偷鸭子，另外还偷小布莱菲尔口袋里的皮球。

小布莱菲尔却有着很好的名声：冷静、谨慎，比同龄的孩子都要听话。和他相比，汤姆所做的这些坏事就更让人们议论纷纷。很多人都惊讶奥尔沃西先生还让汤姆这样的孩子和小布莱菲尔一起受教育，而不怕自己的外甥受到坏的影响。

实际上，那只鸭子，还有大部分苹果，都送到汤姆的朋友、一个猎场看守人的家里去了，而汤姆却背了恶名。

奥尔沃西先生聘请一位名叫思韦肯的知识渊博的牧师来做这两个男孩的家庭教师。奥尔沃西先生经常提醒思韦肯对孩子要一视同仁，但思韦肯对布莱菲尔很是仁慈、和蔼，对汤姆却很粗暴、严厉。布莱菲尔之所以能赢得老师对他的好感，部分是因为布莱菲尔很懂得如何表现他对老师的敬意，更多的是布莱菲尔接受了他的宗教信仰，经常背诵他说过的言语，信守老师的宗教准则，其热心程度在这个年龄的孩子身上是极为少见的。

而汤姆不仅不能表现出对老师的敬意，在见到老师的时候还经常忘记摘下帽子，对老师制定的规矩毫不留心，也不能像布莱菲尔那样以老师为榜样。

汤姆二十岁的时候，喜欢上了打猎。奥尔沃西先生的邻居韦斯特恩先生很喜欢汤姆。索菲亚，韦斯特恩先生惟一的孩子，爱上了汤姆；尽管她知道这是很危险的，但却无法控制自己的感情。汤姆感觉到了索菲亚对他的爱意，他也喜欢她，不但羡慕她的多才多艺，也爱她的仁慈善良。虽然他从来也没有过拥有索菲亚的想法，但事实上他却深深爱着这位姑娘，甚至连他自己都没有意识到这一点。

《汤姆·琼斯》插图，美国版画家沃伦·查佩尔作。

一天，在打猎的时候，索菲亚骑的那匹烈马突然乱蹦乱跳起来，她随时都有摔下马的危险。汤姆赶上去，将索菲亚救下，而自己却受了伤。没办法，他只好在韦斯特恩先生家里养伤。在这几个星期里，汤姆发现自己无可救药地爱上了索菲亚，也明白了索菲亚对自己的爱恋，然而，他却担心无法得到韦斯特恩先生的同意。

每当他看到她走近，脸色就变得发白；当双方四目相对，他的脸又会涨得通红；如果他触碰到了她的身体，那么他的手，他的整个身体，都会发抖。

韦斯特恩先生对汤姆举止的变化丝毫没有留意，但索菲亚却注意到了。她很快就察觉到了汤姆情绪的异常，当然，她很清楚为什么汤姆会这样，她也疯狂地爱上了汤姆。汤姆的伤好得很快，现在能到客厅听索菲亚弹琴了。索菲亚经常弹上几个小时的钢琴，美妙的音乐让汤姆为之着迷。

仆人送来消息说奥尔沃西先生病重，汤姆只好恋恋不舍地离开韦斯特恩先生家，暂时放下对索菲亚的爱。他急匆匆地上了马车，让车夫全速前进，一路上他根本没有心思去想索菲亚。

三 汤姆的耻辱

晚上，医生说奥尔沃西先生已经脱离危险。汤姆听到这个消息，喜出望外，以致喝酒喝多了。

汤姆太高兴了，而思韦肯对他很不满，幸亏有医生从旁劝解，才避免了一场混乱。汤姆唱了几首表达爱情的歌曲，举止有些失态。

在奥尔沃西先生病重之际，布莱菲尔的母亲病逝了。布莱菲尔对大家吵吵嚷嚷感到很不满，说这样的事情发生在母亲刚刚去世的时候，是非常不合适的。他说："如果以祈祷的方式来庆祝奥尔沃西先生的康复，要比喝醉酒吵闹好得多。"

汤姆没有完全喝醉，他想起了布莱菲尔母亲去世的事情。他走过去握着布莱菲尔的手，请求他的原谅，说他因为奥尔沃西先生的康复而过度兴奋，忘记考虑其他人的感受了。

布莱菲尔轻蔑地拒绝和他握手，并且用侮辱性的言语说出汤姆不幸的出身。这让汤姆勃然大怒。医生和思韦肯赶紧将他们分开，防止他们再次发生争吵。

布莱菲尔一直在等待机会向汤姆报复，奥尔沃西先生病好后，机会来了。

韦斯特恩知道女儿爱上了汤姆，他立刻决定让女儿嫁给布莱菲尔，但索菲亚对布莱菲尔的感觉只能用憎恶来形容。

布莱菲尔喜欢索菲亚，但更喜欢索菲亚的财产；对布莱菲尔来说，汤姆的胜利要比他失去索菲亚更让他感到心痛。

韦斯特恩发誓说，如果女儿嫁给汤姆，他连一先令都不会给她。布莱菲尔叹着气，对舅舅说，他不能忍受索菲亚因为心里想着汤姆而被毁掉。

"索菲亚会彻底地被毁掉。她不但会失去大部分财产，还会嫁给一个乞丐。不，不仅于此，我知道他是天底下最坏的坏蛋之一。"

奥尔沃西先生说："为什么？我命令你把话讲清楚。"

布莱菲尔说："好的，我从来没有违背过您。在您病重的时候，我和家里人都以泪洗面，而他却在家里游荡，放纵自己。他喝酒，唱歌，狂笑。我提醒他要注意自己的举止，他却发起火来，骂我，叫我流氓，还动手打我。我想我早就原谅他了。我希望能忘掉他对自己最大恩人的忘恩负义。”

思韦恩先生被请来作证，他当然证明布莱菲尔说的都是事实。

可怜的汤姆想着韦斯特恩先生已经知道了他和索菲亚的事情，心里悲痛欲绝，没有进行辩解。

奥尔沃西先生说他现在要将汤姆赶出家门，永不再见。“你和那个年轻姑娘的事情使我确信这样惩罚你是对的。更让我生气的是，布莱菲尔这样宽厚地对你，你却如此恶劣地对待这位好青年。”

泪水从汤姆眼里奔涌而出，奥尔沃西先生的每句话和每个动作都似乎要将他抛弃。在听从奥尔沃西先生的命令离开家之前，他最后做的一件事情就是深情地吻着奥尔沃西先生的手，其中饱含的感情无法用言语来描述。

奥尔沃西先生并没有让汤姆净身出户，而是给了他一张五百英镑的支票。他让汤姆立刻离开，告诉他无论在什么地方需要衣服和其他东西，都会给他送去的。

在痛苦和绝望中，汤姆走了，而此时的索菲亚知道只有逃跑才能避免和令人厌恶的布莱菲尔结婚。

尽管韦斯特恩先生非常爱自己的女儿，但还是想让女儿嫁给布莱菲尔。奥尔沃西先生说他“不会强迫一个女孩同意一桩违背自己意愿的婚姻”，布莱菲尔骗他说索菲亚和他情投意合，奥尔沃西也就同意了这桩婚事。

索菲亚让女仆午夜十二点在离家不远的地方等她，自己则开始做出发的准备。

但是，她还要面对自己的父亲。他是如此粗暴、蛮横地威胁自己的女儿，直到女儿依从了他的意愿。韦斯特恩先生非常高兴，脸上立刻堆满了笑容，开始了对女儿的承诺。

他说他全是为了女儿着想，只要女儿满意，他就是最快乐的人。

他给了女儿一张大额支票，让她去买自己喜欢的东西，最后还温柔地亲吻、拥抱了索菲亚。

索菲亚十分敬重自己的父亲，也真挚地爱着他，但是，对汤姆的爱很快就使她将自己对父亲的爱抛之脑后。

四　汤姆归来

在路上吃了很多苦，经历了很多事情后，汤姆到达了伦敦。奥尔沃西先生经常对汤姆说，他在伦敦的时候，常常住在邦迪街的一位贵夫人家中。汤姆找到这个地方，被安排在二楼的一个房间。这里的主人米勒太太，是一位牧师的遗孀。奥尔沃西先生每年给她五十英镑的年金，“每次他来这里的时候总是住在一楼。”

汤姆的运气一下子坏到了极点。在街上，一个叫菲兹帕特里克的人和他发生口角，汤姆用剑刺伤了对方；一群人闯进屋子，把汤姆带到地方官那里，说菲兹帕特里克生命垂危，汤姆被关进监狱。

索菲亚也来到伦敦，住在姑妈家中。不久，韦斯特恩先生、奥尔沃西先生和布莱菲尔都来到这里。

奥尔沃西先生同意带他的外甥去见索菲亚，他们来到邦迪街的老住处。米勒夫人知道汤姆是个善良的人，她在奥尔沃西先生面前好好夸奖了汤姆一番。布莱菲尔知道汤姆被判杀人罪后高兴极了，但他没高兴多久；米勒太太得到消息说，那个受伤的人应该对这件事负责。菲兹帕特里克脱离危险后承认是自己先动手打汤姆的，一切都是他的错。

奥尔沃西先生发现有个律师找人去抓汤姆、做伪证，而这个律师是布莱菲尔安排的；他还知道了汤姆原来是自己妹妹布里奇特的孩子，布里奇特小姐死之前给自己的哥哥写了张字条，向他坦白了整个事情，但字条也被布莱菲尔扣下了。知晓了这一切后，对汤姆的感情在他的心里再次迸发。去监狱探望汤姆之前，奥尔沃西先生看望了索菲亚，告诉她自己很遗憾当时纵容布莱菲尔去追求她，给她带来了巨大痛苦，他还告诉她，汤姆是自己的亲外甥，也是自己的继承人。

当韦斯特恩知道奥尔沃西先生要让汤姆成为自己的继承人，他马上“由衷”地夸奖起汤姆来，希望女儿能嫁给他，就像当时希望女儿嫁给布莱菲尔那样……

汤姆被释放了，他返回住处，见到了奥尔沃西先生。

他们两人见面的场景相当感人，实非笔墨能够形容。奥尔沃西把汤姆抱在怀里，喊道：“我的孩子！一切都是我的错！我给你造成多大的伤害啊！怎么做才能补偿你呢？”

汤姆说：“现在我没有得到补偿吗？我觉得已经得到了十倍的补偿。”

韦斯特恩的到来打断了他们的谈话，他一把抓住汤姆，说：“汤姆，我的老朋友，见到你是多么高兴啊！忘记过去的一切吧，随我来，我现在就领你去见你的爱人。”

但奥尔沃西先生此时只想和汤姆多待一会儿，韦斯特恩只好同意下午再领汤姆去见索菲亚。

布莱菲尔所做的坏事彻底暴露，他气急败坏，心里盘算着是否对这些事情都来个不承认；但他发现证据对他相当不利，只好坦白了一切。现在，人们都知道他是多么卑鄙无耻了。奥尔沃西先生决定每年给他二百英镑作为生活花消，汤姆暗地里又给他增加了一百英镑。靠着这些钱，布莱菲尔去英国北部，在那里，为了和一个很富有的寡妇结婚，他转而信仰卫理公会教派。

索菲亚不同意和汤姆结婚，她认为汤姆并非真心爱她，但韦斯特恩先生不想让这桩婚姻再耽搁下去了。

索菲亚和汤姆正在屋里谈话的时候，韦斯特恩闯了进去，说："明天还是后天结婚？"

索菲亚说："爸爸，我没有这样的打算。"

韦斯特恩回答道："你为什么还没有呢？是因为你喜欢和我对着干，让我生气吗？我不同意你的时候，你是又叹气又发牢骚；现在我同意了，你又不想和他结婚。这是多么矛盾的事情！你现在不听爸爸的话了，多么让我失望啊！"

索菲亚哭泣道："爸爸，你想让我怎么做？"

他说："我想让你怎么做？马上把你的手给他。"

索菲亚说："好吧，爸爸，我听你的话。汤姆，我的手在这儿。"

韦斯特恩说："你答应明天早上和他结婚吗？"

"我一定听你的话，爸爸。"

"啊，那就定在明天早上。"

索菲亚说："对，明天早上。"汤姆跪下来，高兴地亲着索菲亚的手，韦斯特恩先生高兴得在屋里又蹦又跳。喊道："奥尔沃西在哪？"然后就跑出去找他，留下这对爱人享受他们的幸福时光。

很快，韦斯特恩就拉着奥尔沃西回来了，他说："你不相信我，自己问问她。索菲亚，你同意明天结婚吧？"

索菲亚说："这是你的命令，我不敢违抗。"

奥尔沃西说："我希望这并非强迫。"

韦斯特恩说："如果你愿意，可以让她收回说过的话。你后悔自己的承诺吗，索菲亚？"

她回答道："爸爸，我不后悔，我也不应该后悔对汤姆有利的任何承诺。"

奥尔沃西说："外甥，我由衷地祝贺你，我想你是最幸福的一个人。"

参加婚礼的只有奥尔沃西先生、韦斯特恩先生和米勒太太三个人。婚礼结束后，汤姆和索菲亚就陪同奥尔沃西先生和韦斯特恩先生回到了乡下。

（[美] 汉默顿缩写　王强译）

少年维特的烦恼

约翰·沃尔夫冈·歌德（1749年－1832年）：对德国作家歌德进行描述是件非常困难的事情，词典中所有优美和崇高的词汇都难以表达他的伟大与睿智。在世界文学的辉煌殿堂里，惟有莎士比亚方可与之相媲美。

1749年8月28日，歌德出生在德国法兰克福一个律师家庭里。在他出世那年，母亲伊丽莎白刚满十八岁。伊丽莎白曾笑称："我和我的小约翰都是孩子。"他继承了母亲的热情和丰富的想像力以及父亲的严谨和坚强的意志。歌德虽然是在巨大的政治变革中成长起来的，但他的大部分童年时光都是在幸福中度过的。他在少年时期就曾为一个小木偶剧院创作了他的第一批剧本，表现出了常人难以企及的超群天分。

歌德，劳托洛作。在德国作家队伍中，歌德名列榜首，他的地位和英国文坛上的莎士比亚相当。

十六岁时，歌德进入莱比锡大学攻读法律，后转入斯特拉斯堡大学。在这里，他受到了评论家赫尔德尔的启发，几乎是一夜之间就成为了一流的抒情诗人。二十二岁获得法学博士学位后回到法兰克福做了一名律师，不久就开始专门从事文学创作活动。18世纪70年代，"狂飙突进"运动席卷了整个德国，这一运动中最著名的作品是歌德的《少年维特的烦恼》。1774年《少年维特的烦恼》的发表使他在欧洲家喻户晓，并因此而被招到魏玛皇宫帮助处理政务。由于歌德的缘故，魏玛成了德国知识分子向往的中心，许多伟大人物都搬到这座城市居住。歌德的声誉遍及欧洲，传至世界各地。飞扬跋扈、不可一世的拿破仑会见他后也不得不惊叹："真伟人也！"

歌德最伟大的作品当属两幕剧《浮士德》。该剧第一部的写作开始于1770年，直到他去世前不久才完成第二部。《浮士德》在世界文学史上具有极其重要的意义，近两百年来，一直没有可与它相提并论的作品问世。

歌德一生经历过多次风流韵事，但直到五十七岁才结婚。

《少年维特的烦恼》讲的是一位热情奔放的青年爱上了一个不可能得到的女孩，最后失望之极以至自杀了却一生。这部作品在欧洲引起了巨大轰动，主人公成为了青年崇拜的偶像，许多青年甚至为此而效仿维特自杀身亡。因此这部作品曾把歌德弄得非常尴尬。

1771年，维特离开家人，独自一个人来到一个叫瓦尔海姆的小村庄。他到这儿来，是想忘却一些扰乱人心的记忆，以获得心灵的宁静。

从他写给好友威廉的信中可以看出，他很喜欢瓦尔海姆。他说这里是乐园一般的地方，它的岑寂正是医治他整颗心的灵丹妙药；眼前是大好春光，它的温暖已充满了他时常寒栗的心。这里的田野山岗美不胜收，老乡和孩子们也可爱极了。他时不时地到乡村客店喝咖啡，孩子们都很喜欢他，他走到哪里，他们就跟到哪里，给他讲知心话。生活虽然简朴，但忘却了烦恼，这是件多么美妙的事。他肯求威廉不要寄书给他，他并不愿意被指导，被鼓舞，被激动。他只要求就着乡村美景哼哼荷马的长诗就足够了。

维特到瓦尔海姆一个月时间不到就给威廉去了十封信。但刚进入六月，信就好像掐断的线，直到十六日才来了一封，但很长。信的开头他解释了长时间不去信的原由，那就是他这一段过得好极了，好得简直……然后他干脆告诉好友，他认识了一个人，是她使他心无他顾了。他无法表达自己对她的热爱。

她叫绿蒂，不，是叫天使。她是那么聪敏，却那么单纯、那么坚毅，却那么善良、那么勤谨，却那么娴静；当然还有美丽、活泼、娇艳、生动等等，等等。他认为这些空洞、粗俗的词实在是丝毫也不能反映她的本质。总之，一见面就让他迷上了，尽管他早先就知道她已经订婚了。他的心是如此的快乐，好像忘了以前在城市时曾经烦恼过。

这么啰啰嗦嗦地说了一大通后，他才想起给好友细细地描绘和绿蒂认识时的情形。那是因为一次舞会的缘故，维特和一位姑娘去绿蒂家叫她，那位姑娘是绿蒂的朋友，事先她就用开玩笑的口吻告诉他绿蒂是订了婚的人了，要他别再打她的主意，维特并不以为意。

维特一进门就看到绿蒂，她正在细心地照顾弟弟妹妹。

维特一进门就看到了绿蒂，顿时，她的形象、声音、举止就占据了他整个的心灵，维特的目光再也离不开她了。她每讲一句话，维特都能从她的脸庞上发现新的魅力，新的精神光辉。

舞会尚未开始，维特就已变成了一个梦游者，一个神魂颠倒的醉汉，就连大厅里传来的阵阵乐声也充耳不闻。特别是当他搂着这个可爱无比的人儿翩翩起舞时，和她热烈地交谈各种话题时，周围的一切都在消失，在沉沦……

舞会还在进行，突然，天空电闪雷鸣，紧接着，春雨刷刷地落了下来。舞会中止了，大家又不能回去，为了打发时间，绿蒂组织大家在室内玩数数游戏。大家圈坐在地，轮流报数，报错了就要吃耳光。为此，维特挨了绿蒂两记耳光，他坚信自己挨的比别的游伴挨得重，这一切是多么的美好啊！

雨停了，游伴三三两两散去了，维特和绿蒂踱到大厅的一扇窗前，绿蒂用胳膊肘支在窗台上伫立着，目光凝视远方，一会儿仰望苍空，一会儿又瞅瞅维特。她眼里噙满泪光，把手放在维特的手上。

“克罗卜斯托克呵！”她叹道。

她仅仅用一个词就打开了维特感情的闸门，他情不自禁地把头俯在她的手上，亲吻她的双手，抬起头时，已是喜泪纵横。

接下来的信中，几乎没有一件事与绿蒂无关，因为绿蒂，他再次发现了大自然的美，

维特激动地亲吻绿蒂的手

他甚至能静下心来细心观察孩子们，能从细小的事情当中发现他们有朝一日所需要的种种品德和才能的萌芽。

他几乎每天都去拜访她。一次维特陪绿蒂去拜访一位老牧师，当绿蒂和老牧师亲热地攀谈时，他能清楚地感觉到绿蒂无处不在的青春活力给垂暮老人也注入了新的生机。有好几次，维特的手指幸运地碰到了绿蒂的玉指，他的热血马上就沸腾起来，久久难以自已。

要说难以忍受的事，那也是有的。那就是发现绿蒂有时候要去探望病人和老相识，而维特又不能跟去，后来一遇到她去办急事，他就头脑发昏、心跳加速。

烦恼和快乐与日俱增，维特提笔做画时已失去了心中的宁静，无论如何也画不下去。总之，生活改变了，它的主旋律是沉迷，沉迷……

威廉对维特这种情形非常担心，便去信谈论了这个问题，建议他要么赶紧向绿蒂求婚，要么舍弃这段没有希望的感情。维特这个时候总算还是听得进去建议，决定减少拜访绿蒂的次数。不久，阿尔伯特——绿蒂的未婚夫办完事回来了。他是个性情很好的小伙子，维特很仰慕他，虽然不乏嫉妒。对于他们的婚姻，维特不想从中作梗，也不愿意放弃绿蒂，他深深地陷入了矛盾的旋涡。

无穷的快乐终于变成了无穷的烦恼，维特已很少去看望绿蒂了，但心儿如何放得下。每天晚上，维特都祈祷自己能在梦中拥有绿蒂，但这实在有点儿靠不住。暗淡的心情，绝望的深渊，促使维特不得不下决心离开。他把自己的心事写信告诉了威廉，威廉给他在政府找了个职位——给一位大使当随从。

再过两个小时就要离开了，虽然这段时间维特一直同绿蒂和阿尔伯特一起度过，但是他实在不能忍受向他们道别的痛苦，最后只能选择默默地离去。

新的职位总是能给人带来一点新意的，起初维特就从中得到了一些乐趣。但随着时间的流逝，他开始讨厌上司，烦躁不得不负责的事务。心情也一天比一天郁闷，他甚至不领老朋友的情，责备威廉帮他找了这么个职位。

维特摆脱不了对绿蒂的思念，忍不住给她去了信，但回信的却是阿尔伯特，他们已经结婚了。

维特再也干不下去了。他辞了职想到军界去发展，但未能成功。后来一位年轻王子邀请维特去他的领地度夏，他答应了。那是一个贵族的天地，他们举办了一些活动，但维特并不能从中寻找到他所希望的平静与安宁。他知道这都是因为他不能割舍对绿蒂的感情，维特决心再次回到瓦尔海姆，那儿离绿蒂近啊！

面对可望不可即的爱情，维特陷入了深深的苦恼之中。

维特和绿蒂又相逢了，这一次他给威廉的信显得有些语无伦次。他说他不明白阿尔伯特得到了绿蒂这样的妻子却不是处于狂热的喜悦，世界上还有点价值的东西不多了，可是人们仍不懂得去爱护和珍惜。

这一次和绿蒂在一起，维特有一种可怕的无比的空虚，他感觉到自己就是有再多的精力也会被对她的热情吞噬掉；自己具有再多的天赋，没有她一切也都将化为乌有。

这期间又发生了一件事：维特的一个朋友，是一个长工，他疯狂地爱上了他的女主人，而那个寡妇对他也有意思。可是女主人的兄弟从中作梗，他被辞退了。而后，女主人的兄弟又替她另雇了长工，他们的事完了。

可怕的事发生了，这个长工出于疯狂的热爱和疯狂的嫉妒，杀死了后来的那个长工。维特闻讯后赶到那儿极力向总管说情，但总管根本不把他充满情意的辨护当回事，而是一再告诉他："不，他没得救了。朋友，对不起，他没得救了。"

这句话给了维特沉重的打击。"你没得救了，不幸的朋友！我明白咱们都没得救了！"这是他在纸条上写下的话，自此他更深地沉浸在痛苦和无为之中。

一个晚上，维特又去找绿蒂，绿蒂热情地邀请他圣诞节到她家来做客，但要他无论如何在此之前不要再来了。并劝他不要自欺，要珍惜自己，还劝他去旅行，到外面的天地里去找自己心爱的姑娘。阿尔伯特回来了，维特只得默默地离开。

绿蒂劝维特以后少来看她，维特伤心欲绝。

阿尔伯特又出去办事了，绿蒂一个人独坐房里。她细细地思量起来：丈夫对自己是忠诚的，自己也打心眼里爱慕他，他的稳重和爱心仿佛天生就是女子获得幸福的基础，他也是自己和弟妹们永远不可缺少的靠山。可维特呢！他是那样的才华横溢，他们又是那样的相投，自己不管有什么有趣的事，都想与他分享。她想在自己的朋友中给他介绍一个，可分析来分析去，发现没有一个与他配得上。这时候，她才深深的感觉到一个事实，自己却又不肯承认的事实，那就是把维特留给自己。与此同时，她又对自己讲，这是不可能的，不允许的。此刻，这个美丽纯洁的姑娘一向轻松、无忧无虑的心也变得忧伤和沉重起来。

她一直这么坐着，思量着，突然，她听见维特又上来了，她心慌意乱地冲他叫了一声：

"你食言了。"

"我没有许任何诺言。"维特回答。

"就算这样，你也应该满足我的要求呀，"她反驳说，"我求过你，让我们两人都安静安静。"

维特不说话了，坐了下来，眼睛只是盯着她。

为了打发掉这种尴尬的局面，她请维特念莪相的诗。

维特微微一笑，走过去取那几首诗，可一当把他们拿到手中，自己却打了个寒颤，低下头，眼里已是噙满泪花，他坐下念起来：

……

春风啊！你为何将我唤醒？你轻轻抚摩着我的身儿回答："我要滋润你以天上的甘霖！"可是啊，我的衰时近了，风暴即将袭来，吹打得我枝叶飘零！明天有位旅人将要到来，他见过我的美好青春，他的眼儿将在旷野里四处寻觅却不见我的踪影……

当他读到这里时，这几句诗的魔力，一下子攫住了这个不幸的青年。他完全绝望了，一头扑在绿蒂脚下，抓住她的双手按在自己的脸上。绿蒂呢？她突然预感到什么不幸的事情将要发生，神志顿时昏乱起来，抓住他的双手，把他们捺在自己的胸口上，两人灼热的脸颊便偎在了一起，维特狂吻着绿蒂。忽然，她推开了他，叫道："这是最后一次，维特，你再别想见我了。"说完，向这个可怜的人投了深情的一瞥，便逃到隔壁房中，把门锁上了。

维特在绿蒂门前徘徊良久，请求绿蒂向他说一句告别的话，但什么声音也没有得到。"别了，绿蒂，永别了！"维特转身离去。

维特回到住处，打发仆人写了一个条子给阿尔伯特，以旅游的名义向阿尔伯特借一把枪。阿尔伯特不假思索就答应了。一种不祥的预感再次涌上绿蒂心头，但丈夫就在身边，她实在不便说什么。当她把这个不祥之物递给仆人时，浑身禁不住哆嗦起来。

佣人拿着枪走进维特的房间。一听说枪是绿蒂亲手交给他的，维特狂喜地一把夺了过去。

吃完饭后，维特最后一次出去，他久久地徘徊，细细地思量，最后一次深情地眺望了这美丽的田野山岗，还有可爱的天空；最后一次祝福朋友、亲人、绿蒂。

午夜时分，一声枪响，维特倒在了心爱的姑娘亲手给他的枪下……

听到凶讯，绿蒂顿时昏倒在地。

老法官匆匆赶来，他的几个小儿子也接踵而至，一齐跪到在床前放声大哭。

老法官吩咐大伙把维特葬在他自己选定的墓地里。老人领着儿子们走在维特的遗体后面；阿尔伯特没有来，绿蒂的生命让他担忧。几名手工匠人抬着维特，没有任何教士来给他送葬。

（李安民）

傲慢与偏见

才貌俱佳的简·奥斯汀

简·奥斯汀（1775年-1817年）："才女不美，美女不才。"而奥斯汀却颇得上天垂爱，可谓是才美俱佳。少女时代的她美丽、欢快，喜爱跳舞，更善于写作。十五岁时便开始写一些短剧和小品，以供家人欢娱，二十岁时就创作出了跨入英国最优秀文学作品行列的长篇小说。司各特对她作出了极高的评价："在对于呐喊嘶吼的描写上，我不会比任何人做得差；但在真实情感的处理上，我实在难以望其项背。"

1775年12月16日，奥斯汀出生在英国汉普郡史蒂文顿村的一个牧师家庭，父母一共有八个孩子，两个女儿，六个儿子。奥斯汀没有上过正规学校，在父母指导下阅读了大量文学作品。她心境恬静优美，社交简单纯朴，阅读成了日常生活中的重要内容。接待亲朋的来访、到左邻右舍宽敞的房子里参加舞会、看业余戏剧爱好者的演出，这些都是她生命中感到最为快乐和幸福的事情。

大概在1800年左右，父亲退休养老，兄弟们也开始各自成家立业。1805年父亲去世后，全家长期在南安普敦居住。后来，她的一个哥哥和一个弟弟分别被授予海军上将军衔。

她所有的小说都以爱情为主题，可她却终身未嫁。她经历过几次风流韵事，但几乎没有人知道其中的细节，因为姐姐卡桑德拉在她去世后烧毁了她所有的私人信件。1817年7月18日，奥斯汀在温切斯特与世长辞。

奥斯汀著述颇丰，一共发表了六部长篇小说。二十二岁前已经创作了两部，包括后来经过修改并于1813年发表的最受欢迎的《傲慢与偏见》。

奥斯汀在二十一岁时就开始写作《傲慢与偏见》，当时的书名为《第一印象》。伊丽莎白·本内特是所有小说中最可爱的女主人公之一，这一形象足以使奥斯汀在法国的“小说蟾宫”里折桂。

饶有家资的单身男子必定想要娶妻室，这是举世公认的真情实理。因此北英格兰来的宾利先生租下内瑟菲德庄园的事很快就在当地家喻户晓。他的年青英俊和带来的豪华家当引起了本内特太太无比的兴趣，她始终想着自己的五个女儿，虽然个个娇艳无比，但要是没有合适的夫婿，终是件不快的事。

在本内特太太的极力怂恿下，本内特先生拜访了宾利，宾利接着也回访了本内特府上。但等本内特太太铆足劲要准备一顿盛大的晚宴，发帖邀请这位年青先生时，他却彬彬有礼地回信说，他要到伦敦去一趟，这让本内特太太大为担心。

不久宾利就回来了，还和他的朋友达西以及妹妹宾利小姐参加了当地的一个舞会。舞会上宾利被本内特家的大女儿，美丽娴静的简迷住了。他的绅士风度和平易近人也让简暗自眷恋。可达西先生就不同了，本来他的英俊魁伟和家道富有很快就引起全场侧目，但他傲慢无礼的神态又引起了大家的憎恨。当宾利把本内特家的二小姐伊丽莎白介绍给他时，他不屑一顾的神态和刺耳的评价让本内特太太差点呕血。伊丽莎白对这事也不高兴，但还不致耿耿于怀，她不仅长得美丽，而且生性活泼，爱开玩笑，遇到任何荒谬的事都会很开心。

宾利和本内特家的交往渐渐多起来，他爱上了简，希望能娶她为妻。简也爱他，只是简生性沉静羞涩，郎情可鉴，妾心却未分明。这让达西和宾利小姐看在眼里，他们一致认为，这家人粗俗无比，与之联姻，显然有辱门楣。宾利小姐更为痛绝，她一心想让达西的妹妹做自己的嫂子，这样她和达西就可更为亲近一些——她早就看上达西了。她

宾利向达西介绍伊丽莎白，达西根本不屑一顾。

决心拆散这门婚事。

达西在贬损了伊丽莎白后不久，就发觉自己看走了眼。本内特家的二小姐在美貌上虽说不算十全十美，可她那对乌黑的眼睛顾盼生辉，显得聪颖非凡；她的举止风度虽有点不符合时新潮流，但她的诙谐风趣绝对让他倾倒。不过他的注视却不能引起伊丽莎白心中泛起哪怕一点儿涟漪，她太不喜欢他了，并不在意他的态度。

一天，本内特家来了生客，是伊丽莎白的表哥柯林斯。按家族的规定，他将是本内特家产业的继承人。他最先是要向简求婚的，但宾利已捷足先登，于是只好爱伊丽莎白了。伊丽莎白非常讨厌他的虚伪和势利，断然拒绝了他。

这次拒婚倒是成就了伊丽莎白的好友夏洛蒂，她乘虚而入，两天就搞定了柯林斯。伊丽莎白非常清楚这个无钱又无貌的女友的心思。她认为没有爱情的婚姻是不可能的，但夏洛蒂已把与柯林斯的婚姻当成了体面的储藏室了，早已顾不上其他，只好把女友的劝告当成了耳边风。

只有本内特太太被这个消息压垮了。过了一个星期，她见到二女儿才不破口大骂；过了一个月，她同夏洛蒂的父母讲话才不那么粗野无礼。本内特先生呢？倒是很高兴，他认清了夏洛蒂同他太太一样愚蠢。本内特先生是个刁钻古怪的人，善于诙谐又不露声色，还好突发奇想，简直是集敏捷机智于一身，伊丽莎白在这一点上很像父亲。

一天，简突然收到宾利小姐寄来的一封信，这让简大吃一惊。信里的话语虽然客气，意思却甚明了，就是说宾利他们都已到伦敦去了，而且不打算再回来。宾利对达西小姐极为仰慕，亲属们也甚为希望这门亲事能够成为现实。简对此伤心不已，但机敏的伊丽莎白一眼就看出这是宾利小姐的一番诡计，经她一番开导，简对此也觉茅塞顿开，她重新看到了希望。

圣诞节就要到了，简住在伦敦的舅舅一家到本内特家来过这个重大节日。舅母加德纳太太看出了简的忧伤，她知晓情况后，便极力劝说简到伦郭去住一段时间，简接受了她的好意。

到舅舅家不久，简鼓起勇气造访了宾利家，可惜宾利不在，宾利小姐很冷淡地招待了她，简只得怏怏离去。简本以为宾利小姐会把她造访的事转告宾利，但她根本就没有这个打算。简只好在伦敦呆着，她愁闷地写一些信给伊丽莎白。日子一天天过去，宾利先生来看她的希望是越来越小了。

这一阵子梅里顿的青年军官魏肯和伊丽莎白在一起的时间比较多，他仪表堂堂，和蔼可亲。他认识达西，也认为他是个傲慢无礼的家伙。他对伊丽莎白很殷勤，伊丽莎白也有点喜欢他，但不久就打消了这个念头。

柯林斯和夏洛蒂婚后住在哈福德，夫妻俩都热情邀请伊丽莎白去看看他们的新家。伊丽莎白难却盛情，就和夏洛蒂的父亲一起来到了哈福德。

柯林斯的新家房子和家具都很好很新，但从夏洛蒂自得其乐的神情可以看出，她一定常常把丈夫不知不觉地丢在了脑后。

这期间，柯林斯一家常到凯瑟琳太太家做客。凯瑟琳太太家道富有，又是柯林斯的恩主，所以接受这位可敬的老太太的眷顾一直是柯林斯先生最大的赏心乐事，而凯瑟琳太太对柯林斯先生大胆持续的赞颂也是百听不厌。这一切让伊丽莎白觉得很有意思。

柯林斯夫妇热情地迎接伊丽莎白的到来

一天，在凯瑟琳太太家的舞会上，伊丽莎白意外地遇到了达西，原来凯瑟琳太太是达西的姑母。看模样，这位姑母是决心要把女儿嫁给这位富有而且英俊的侄子。达西还是老样子，不过这次好像是出于礼貌，他同伊丽莎白打了招呼，还邀伊丽莎白跳了几支舞，还向她问候了她的家人，但伊丽莎白并没把这事放在心上。

不久，达西就拜访了柯林斯先生家。但当时只有伊丽莎白在家待着，出于礼貌，她

舞会上，伊丽莎白优美的舞姿受到了众人的注目和夸奖。

接待了他，还和他谈了一些闲话。不久，柯林斯一家人就回来了，但达西却没跟他们打什么招呼就径自走了。这让伊丽莎白有些奇怪。更奇怪的是：伊丽莎白早晨在外面散步时几乎每天都能和达西不期而遇，即使是在一些人迹罕至的地方也不例外。

有一天，伊丽莎白在散步的时候意外地碰上达西的表兄费茨威廉上校。在交谈中，她得知达西在拆散宾利和简的过程中发挥了重要作用，不禁怒火中烧，以至于泪流满面，结果引起了头痛，不能随柯林斯一家去参加凯瑟琳太太的宴会。

他们走后，她一个人在家生着闷气。突然门铃响了，她打开门一看是达西，伊丽莎白顿时沉下了脸。没想到他突然开口了，他滔滔不绝地诉说起对她的爱意和如何克制自己的门第观念，如何下决心向她求婚。他的倾诉倒是情真意切，但里面夹杂了很多降尊纡贵的言论，嘴上说得是一套谦逊和诚惶诚恐的词语，脸上却显出一种万无一失的神情。这让伊丽莎白怒气勃发，她斥责了他一大堆的不是后，大声宣布：即使世上就只有你一个男人，也别想说服我嫁给你。达西大为惊愕，狼狈离去。

第二天早晨，达西送来了一封信，信中说了两件事。一件是关于简的事，他说面对宾利的情义，简一直是那样的安详肃穆，根本看不出投桃报李的想法，又考虑到她母亲和三个妹妹的粗俗，才怂恿他离开；另一是魏肯的事，魏肯的父亲原是他家的管家，达西一家对魏肯恩义深重，但他的种种恶习根本就不能负起一个牧师的责任，所以在这件事上没有成全他，他因此对达西家充满怨恨，甚至还打起达西妹妹的主意才决定疏远他，而并不是伊丽莎白所指责的那样故意阻碍一个有为青年的前途。他的话语诚恳谦逊，伊丽莎白不知道该不该相信他。

不久，伊丽莎白回到了家里，又见到了魏肯，他还是那样的温文尔雅，彬彬有礼。但伊丽莎白稍加试探，就证明了达西信中言语非虚。她感觉自己对达西的为人似乎带有一些偏见。

七月，伊丽莎白到彭贝利林地游览。在那里，她无意中听到了很多对达西的溢美之辞，而且还了解到他的傲慢也是因为家庭教育的后果。这一切看来也是非常真实的，她感觉到自己对达西的看法已有所改变了。

正要离开时，达西出人意料地出现了。这次相遇让达西大为惊讶，简直是呆若木鸡，伊丽莎白也是一脸窘态。

达西是彭贝利林地的主人。他请伊丽莎白一行再作停留，伊丽莎白惊奇地发现达西的傲慢已无影无踪，他对她的亲戚也是谦逊有礼，照料备至，还主动要把达西小姐介绍给她，这让伊丽莎白心中产生了一些暖意。

第二天，宾利和达西小姐都到了，大家相处很融洽。但再次见到宾利小姐时，情况稍有不同。在达西面前，宾利小姐数次当面挑起伊丽莎白的难堪，但伊丽莎白的沉着和大方很快就击败了她的嫉妒和小气。

伊丽莎白离开后，宾利小姐按捺不住自己的心思，对达西说了她很多的坏话，可她这样做只是得到失望和轻视。

在彭贝利伊丽莎白收到了简的两封信，其中一封让伊丽莎白大惊失色，又感痛心，又感丢脸，以至于痛哭失声。原来她的妹妹莉迪亚在几天前和魏肯私奔了。她现在知道了魏肯的为人之后，更是大为担心。

她正在惊慌失措的时候，达西来了，他得知内情后，深深自责自己由于傲慢而不屑于把魏肯的为人事先告知大家，以致让本内特家的三小姐陷入此深渊。他对伊丽莎白全家深表同情，并答应替她保密，然后依依不舍地看了她一眼后，匆匆离去。

伊丽莎白匆匆赶到家里不几天，舅舅那儿却传来了好消息说莉迪亚和魏肯两个还真结了婚，有人替他还了私债，还帮他在部队谋了新的职务，转眼间坏事竟变成了好事。

不久莉迪亚就得意洋洋地回来了，她丝毫也没有因为自己给家里带来了多大的麻烦而感到内疚。她高兴得过了头，不小心透露一个本该保守的秘密，她说出这一切都是由达西操办的。

伊丽莎白不明就里，几经打听，才弄清了事情的真相：达西那天匆匆离去就是为了去寻找私奔的人的下落，他动用了多种关系，自己也为此多方奔走。找到后替魏肯还了债，按捺住自己对他的厌恶，找他谈话，开导他，帮助他，并且把这一切都归咎于自己的失误，要求当事人对这事一定保密。

这一切都让伊丽莎白心中七上八下。她深知达西为这件事付出的代价，难道他这么做是因为自己的缘故吗？难道他还爱着自己吗？她感到羞愧，但还是感到愉快，虽然其中也夹杂了悔恨。她觉得自己爱上了达西，但四个月前自己是何等高傲地拒绝了他呀？

好消息接踵而至，宾利又回到了内瑟菲德庄园。在到达后的第三天，他和达西就拜访了本内特府上，这让简和伊丽莎白感到窘迫而不知道怎样应付。本内特太太大喜过望，表现出对宾利的过分热情，对达西却又过分的冷淡。这让伊丽莎白更为羞愧和难过，但她却不能把达西的一些事向家里说明。

从这次重逢来看，宾利对简还是充满情意，但达西的活动不多，常显出很窘迫的样子，只是偶尔和伊丽莎白搭一两句话，看她一眼就满脸通红。除此之外，并无实质的表白。

伊丽莎白悲伤地想：我怎么这么蠢呢？我难道还妄想他来爱我吗？哪有一个男子这么没有骨气，愿意两次向同一个姑娘求婚呢？她对自己仍深深地爱着达西而感到不安。

不出所料，不久，宾利就向简求婚了。这可是震动本内特全家的大喜事呀。伊丽莎白真诚地祝福他们，从她的观察看，她坚信这都是达西一手促成的，她想，这正是最幸福、最美满的结局。

宾利和简订婚后不久，本内特家来了一个最出人意料的客人——凯瑟琳太太，她并不理会本内特太太的殷勤接待，径直要求和伊丽莎白单独谈谈。

凯瑟琳太太怒气冲冲地回去后，极力向达西诋毁伊丽莎白，但她的做法只是促使他们更快地见面。

看着惊奇不定的伊丽莎白，夫人直截了当地说明了自己的来由：她听到传言，伊丽莎白将要和达西订婚，她为此事不得不降尊纡贵来到这里。她告知伊丽莎白，她的女儿和达西从小就订下了婚姻，要求伊丽莎白不要不顾自己低下的门楣而痴心妄想，即使是达西有此意，伊丽莎白也万万不可答应，她是达西的姑母，有权左右达西的婚姻。

伊丽莎白听明白她

的来意后，不以为然，甚至感到愤怒，因此冷然拒绝了她。机敏和沉着再加上无明的怒火让她的语言犀利无比，凯瑟琳夫人的狂妄和傲慢根本无地自容。于是，她转而大肆侮辱本内特的家庭。她尖刻地历数本内特家的丑事，伊丽莎白则高傲地扬起头颅，满怀愤慨地说："您是用尽办法侮辱我，我可是要回家了。"气急败坏的夫人只得悻悻地离去。

夫人走后不久，达西就来了。但他每次都随同宾利一起到来引起了本内特太太的不满。她暗地里要伊丽莎白陪达西转转，免得干扰简和宾利的相处。借这个机会，她鼓起勇气，向达西道谢：

"达西先生，感谢您对我不争气的妹妹的恩重如山，我再也不能不对您表示感谢了。自从我知道了这件事情之后，就非常着急，一直想告诉您我对您是多么地感激。如果我家里其他人也知道这件事，我就不会只表示我个人的感激了。"

她的话给了达西一个好的信号，达西再次有了求婚的勇气。他说他这么做只是为了她一个人，然后停了一下，说："您很宽宏大量，不会戏弄我。如果您现在的心情仍然和四月份那时候一样，就请您如实告诉我。我的感情和愿望还照旧没变，但是只要您说一句话，我就永远不会再提这件事了。"

这一次伊丽莎白没有犹豫，她开口说话了，虽然不是那么痛快但意思还是清楚的，她答应了他。这一下倒引出了达西不知多少的绵绵情话，两人互诉衷曲，双双陶醉在巨大的幸福当中。

回到家后不久，达西就正式向本内特先生提出向伊丽莎白求婚的请求。本内特先生不便推托，但他见到伊丽莎白时却显出焦虑的神色，他正告二女儿如果被对方的财产所迷惑，不能压制自己的虚荣，那么是不会得到幸福的。但当伊丽莎白细诉原委，老先生释怀了。她离开时，父亲又开口了："要是有什么年轻小伙子向玛丽或基蒂求婚，就请他们进来吧，我现在正闲着没事干呢？"他是多么地开心呀。

接着伊丽莎白又把达西求婚的事告诉了母亲，本内特太太听到了这个消息，先是呆呆地坐着，一个字也说不出来，后来终于恢复了常态，在椅子上来回折腾，一会站起来，一会儿又坐下去，一会儿感到不可思议，一会儿又为自己庆幸。"天哪，上帝保佑，达西先生，谁会想到呢？一万英镑的年金啊！"

本内特太太嫁出去那两个最值得获得幸福的女儿那天，也是她心情最愉快的一天。有这样好的两个女婿，其他两个女儿的婚事再也不用愁了，况且他们年纪还小呢？

（李安民）

红　与　黑

司汤达

司汤达（1783年-1842年）：法国杰出的现实主义作家，原名马里·亨利·贝尔。如果说以前只有巴尔扎克一人赏识司汤达的话，那么到后来，几乎所有的法国作家都很尊崇他。近代的著名批评家里米·德·高尔蒙特称司汤达为“试金石”。

司汤达于1783年1月23日出生在法国东南部的格勒诺布尔，父亲保守而冷酷，是一个颇有名望的律师；母亲聪颖贤慧，但在他七岁时便与世长辞了。司汤达1796年进入格勒诺布尔中心学校学习，在那里受到了新潮流的影响，对法国文学和唯物主义哲学产生了极其浓厚的兴趣。1801年之后他在巴黎居住了五年的时间，其间他观赏戏剧、广读名著，为他独特的哲学观和文艺思想奠定了坚实的基础。1810年，他任皇家器物总监职务，并着手创作《意大利绘画史》一书。1812年，他随拿破仑东征俄罗斯，其间经历为《巴马修道院》积累了丰富的写作素材。自1821年始，他在巴黎度过了九年的艰苦生活，在此期间，他完成了《论爱情》、《拉辛和莎士比亚》、《罗西尼传》、《阿芒斯》、《罗马漫步》和脍炙人口的世界名篇《红与黑》。

《红与黑》是欧洲文学皇冠上最为璀灿的艺术宝石之一。《红与黑》以当时报纸上刊登的一起谋杀案为题材。司汤达以巧妙的构思、生动的笔触再现了法国当时社会各阶层、各方面的真实面貌，控诉了资产阶级和贵族社会的罪恶。这部作品融真实性、思想性和艺术性于一体，达到了炉火纯青的高度，虽传世近两百年，魅力丝毫未减。

维里业称得上是弗朗什·孔泰地区风光旖旎的一座小城。白色的房子，尖顶红瓦，撒落在一个小山坡上。茂密遒劲的栗子树，郁郁葱葱，随地形而逶迤起伏。杜河在城下数百尺外流过。昔日西班牙人所建的城墙，如今只剩下断壁残垣。这一切远远看去，如此的安谧和谐。但是当你走进维里业时，轰鸣的机器声会告诉你，这个小城是有些工业底子的。如果你在这儿住下来，不久就会发现，惟利是图是全城四分之三以上居民的习惯想法。

这不，尊敬的德·雷纳市长和他的夫人正朝这边走过来。既然是市长，惟利是图几个字在他身上也就发挥得较为淋漓尽致些。这几年的市长生涯让他的财产翻了几番，官名也还过得去，接连获得过几枚十字勋章。只是有时候虚荣和自以为是稍微有点过了头，他在和别人交往或交易时曾吃过几次小亏。

市长夫人是本地出了名的美人，不过这时候正紧张得面如土色，因为她的二儿子正在护土墙的石栏上奔跑。还好，孩子终于安全地下来了。这件事让德·雷纳夫人下定决心要为三个儿子请一个家庭教师。人选嘛当然是木匠海索尔的第三个儿子于连·海索尔，据说他已读了三年神学，拉丁文颇见功底。

这个主意市长大人深表赞同，因为他的对手华勒诺最近买了两匹漂亮的诺曼底骏马拉车，正神气非凡，如果他再为孩子请了木匠的三儿子做家庭教师，那自己就不要抬头了。

说办就办，市长马上就找到了海索尔老爹。谈起这件事时，这个老木匠很愁闷，好像对这事不大感兴趣。市长坚信华勒诺一定先来过了，只得慷慨地答应了他的一些附加条件，包括把年金由三百法郎提高到四百法郎，可他哪里想到他这个许诺差点让老汉高兴死，那神情只是为了谈条件而装出来的而已。

在挨了父亲一顿老拳之后，木匠的三儿子于连夹着一个小小的包裹怯生生地向德·

雷纳市长家走去。

于连这年十八岁，和他白皙温柔的脸庞不同，他有一股百折不挠、宁冒万死也要出人头地的决心。他心里羡煞了拿破仑的丰功伟绩，根本不信教义，但凭借惊人的记忆力，他把拉丁文的《新约圣经》背得滚瓜烂熟，《教皇经》也能倒背如流。而这一切只是为了博得本地主教谢朗神甫的欢心。他小小年纪就已看到：现今不是个讲武功的时代。四十多岁神甫的年薪已三倍于当年拿破仑手下的名将，年高德劭的治安法官竟被三十多岁的司铎折辱，要出人头地，非当神甫不可。当然，如果前提不变，其他的事也是可以讨论的。不过由于父兄的拳头和嘲弄，加上没见过什么世面，这老弟还说不上什么洒脱大方。

于连来到市长府邸外，由于太紧张，竟不敢伸手去按门铃。

“我难道是胆小鬼？”

“拿起武器来。”

于连暗下决心，但没帮上什么忙，他还是打不定主意。

突然，门开了，耳边响起一阵温柔的声音。

“孩子，你有什么事呀？”

美丽的德·雷纳夫人把于连迎进府邸

“夫人，我是来当家庭教师的。”于连眼泪都下来了，不过总算开了口。

德·雷纳夫人一下愣住了，准确地说，于连的俊美和羞怯让这位贵夫人被一种一生中从未有过的愉快打动了。

说这话一点也不为过，德·雷纳夫人生性腼腆，出身豪门，丈夫又是市长，见过的很少的男人都是粗声大气或具有其他阳刚特征。总之，她认识的所有男人就令她讨厌，德·雷纳先生也只不过是凑合而已。况且她心目中的教士都是肮脏不堪，而且爱训人，几曾想到会是这样一个面容姣好如少女而又态度腼腆的翩翩美少年。

进屋后，她用恳求的语气要于连不要打她的孩子。

“夫人，您别担心，我全听您的。”于连恭顺地回答。

贵夫人的天生丽质和优美动听的语调让于连不禁为之倾倒，起了吻她手的念头，心中却无比害怕。为了不让她轻视，也为了证明自己是个敢想敢做的人，他突然把夫人的手放到唇上。几分钟后，夫人责备自己没有当场生气。

市长大人出来了，他用一副长辈的神态勉励了于连。

接下来几天，很多居民和仆人亲眼目睹了于连大段背书的情形，他的名声不胫而走。为此，市长本人也对于连肃然起敬。

在市长府里住了不久，于连觉得德·雷纳夫人太美了，认为她有可能使自己干出些不光彩的事而毁了自己的前程，因而减少了和她的谈话，她因怜惜而送给他金币时竟勃然大怒。而他这种骨气和对金钱的态度让德·雷纳夫人大为尊敬和佩服。于连在夫人那儿得到了更为无微不至的照顾。

德·雷纳先生非常注意仿效宫廷人物的习惯，一俟春回大地，便从城里搬到乡村维尔基的一座古堡，由于要到城里办公，这样在家的日子少了很多。大部分时间于连俨然成了古堡的主人。德·雷纳夫人呢？每天要换三、四套衣服。

炎热的季节到了，一天晚上，大家在树下乘凉，由于不小心，于连碰到了德·雷纳夫人的纤手，根据拿破仑关于女人的谈话，于连认为自己既然碰到了这只手，就有责任不让对方把手拿回去。第二天他暗下决心，当晚无论如何非使夫人同意把手给他握住不可，以至于见到德·雷纳夫人时，眼光中竟显出不共戴天的敌意。

日影西斜，令人焦急的时刻即将来临，于连如此惊异于自己的战战兢兢、魂不守舍，责任和胆怯的斗争让他感到愤怒：

“等钟一敲十点，我便执行计划，否则就一枪把自己了结！”

十点的钟声尚在萦回，于连倏地抓住了德·雷纳夫人的玉手，夫人气力不敌，纤手被牢牢抓住。

一股幸福的暖流顿时涌上了于连的心头，他并非爱这位夫人，而是思想上可怕的折磨结束了。

在古堡的这些日子里，于连对德·雷纳夫人的勾引是如此笨拙。对有钱人的憎恨，怕他人看不起，出人头地的责任更弄得他喜怒无常。但无一例外，每次都是歪打正着地合了夫人的心意。德·雷纳夫人已对他难舍难分。

德·雷纳先生回来了，他发现于连整整一上午没管孩子，忍不住发了脾气，这点燃了于连对有钱人的仇恨，这一次以至于把市长的夫人和孩子也牵连在内（不过市长夫人宁肯认为这是于连高贵的傲气所致）。

"先生，离开您的家，我知道到哪里去。"

市长的判断又出了问题，他认定是华勒诺又做了于连的工作。德·雷纳先生不得不强压痛苦，主动把年金升到六百。于连一愣，继而怒火烟消云散。

出于对权势的憎恨，于连决心把德·雷纳夫人弄到手。要说的话，还有一个别的原因：以后发迹了，当别人说他干过家庭教师这样低贱的行当时，还可以说是出于爱情而屈尊的。

德·雷纳夫人对此一无所知。此时她正柔肠百结呢！贞洁和爱情对她进行了轮番折磨。

于连提出了新的要求：

"夫人，今夜两点，我到您房间去，有点儿事告诉您。"

当晚，怒发的英雄气概让于连战胜了软如面团的双腿。终于，他推开了德·雷纳夫人的房门。

德·雷纳夫人对于连欲拒还迎

"你疯啦。"德·雷纳夫人不禁跳起来。但不管她如何责备，他并不回答，只是扑在她的脚下，抱住她的双膝，泪如泉涌。夫人心烦意乱，怒气冲冲地把他推开，旋即又投入他的怀抱……

为了不失自己的尊严，第二天，于连故意等到天亮了，才大模大样地回去。

九月，国王亲临维里业。为了对于连的爱，天性朴实的德·雷纳夫人居然十分巧妙地打通了各方关系，让于连成为了仪仗队的一员。当

看到于连成为了仪仗队的一员，有的人愤怒地咒骂，有的人则惊讶得说不出话来。

于连一身戎装出现在整齐的队伍里时，全城轰动，一个木匠的儿子居然能排开各路年青贵族，获此殊荣！这无论如何也是不可能的呀！人们很自然地把于连和德·雷纳夫人联系在一起。

回到维尔基不久，市长的小儿子发起了高烧，夫人深信是自己的罪孽招致了上帝对儿子的惩罚。她是如此悔恨自己的偷情，却又欲罢不能。

他们的日子在责任、爱情、悔恨和快乐的矛盾中快如闪电地过去了。

一天晚上，德·雷纳先生收到了一封匿名信，信中给他讲述了家里所发生的一切。于连注意到他读这封信时，脸色煞白，还恶狠狠地看了自己几眼。

于连觉得大祸即将来临，可热恋中的德·雷纳夫人却坦然多了。她甚至愿意为爱情身败名裂。激情催生了聪明，她用匿名信和外交家才有的言辞打消了丈夫的疑虑。当然她姑母的大笔遗产也适当地起了作用。于连竟转危为安。

恋情继续，维里业已是满城风雨。

冬天来临，德·雷纳全家搬回维里业。第二天，谢朗神甫找到于连，命令他三天内去贝藏松神学院当学员，一年之内不要回维里业。

和情人分别的时刻来临了。

“没有人比我更痛苦了……真希望能一死了之……我觉得我的心在冷却。”德·雷纳夫人的表白撕心裂肺。

于连怀着极其惨切的心情走进了贝藏松阴森森的神学院。

接下来的一段日子于连不太好过，他俊美的长相、绝佳的记忆力和良好的口才招致了其他学员的忌恨。而且这帮家伙最关心一些鸡毛蒜皮的事，于连最擅长的装样子也不时露出了马脚。幸好他的恭顺和学问得到了院长彼拉神甫的赞赏，还把他引为自己的得意门生，对他照顾备至。

这期间，惟有朋友富凯来看过他一次，顺便告诉他德·雷纳夫人已成了最虔诚的皈依者，而且常来贝藏松忏悔。只是她那些沾满思念和痛苦泪水的信全被彼拉神甫藏了起来。对此，于连一无所知。

神学院例行考试的日子到了，对于考官的提问，于连对答如流，看来第一名非他莫属。但主考官为逢迎弗里莱神甫想打击彼拉神甫的心思，故意引诱他背诵非宗教的典籍。然后突然又变了脸，责备他脑子里塞满了没用的甚至是罪恶的想法。

于连傻了眼，他的成绩被降为第一百九十八名。

彼拉神甫为此气得病了一个星期，盛怒之下，他推荐于连到巴黎去做德·拉摩尔侯爵的秘书。

于连于是来到了巴黎，他的办公室设在富丽堂皇的图书馆。由于聪明能干，于连对秘书工作也很快就得心应手了。图书馆里有一些平常根本就看不到的“禁书”，这让于连高兴得几乎发狂。

晚餐时，于连被告知不要穿长靴，可他看见侯爵的儿子罗伯尔却穿着长靴出出进进。“他们分明只是把我当作仆人。”愤懑的心情让他既吃不好晚饭，也没有发现侯爵的女儿玛蒂尔德小姐的美貌。

餐桌上，有几个才华横溢的客人搬出贺拉斯和拉丁文考于连，不料这正是他的强项，于连牛刀小试，得了个满堂彩。

第二天早上，于连正在抄侯爵的信件时，正好碰上玛蒂尔德小姐从一道小门里走出来偷看那些“禁书”。这让她对于连大为不满。但接下来，于连对于陪侯爵夫人吃饭这件事上表现出的高傲和不屑一顾大不同于寻常的贵族青年，这让玛蒂尔德小姐又惊又喜，对于连热情起来。

接下来的几个月，于连干了两件顶顶出色的工作：一是把侯爵的两处田产打理得井井有条，另一是把有关弗里莱主教的一桩诉讼处理得恰到好处。这很让侯爵另眼相看，以致于连到伦敦圆满地完成了一项简单的政治使命后，侯爵竟慷慨地奖给他一枚十字勋章，这可是连贵族青年都梦寐以求的呀！

日子一天天过去，玛蒂尔德小姐惊奇地发现，于连不仅俊美非常、才华过人，几个月的巴黎生活，他的言谈举止已是如此的潇洒大方、得体怡人。他身上所显示的骨气和冷傲更是难能可贵。有时，她分明感觉到于连轻视她，她却不能漠然视之。

由于玛蒂尔德小姐的热情，于连和她一起散步的机会多了起来。交往中，于连感觉到她不仅美貌绝伦、知书达礼，而且是多么的热情、直爽，不禁纳闷她平时在追求者面前的冷酷和傲慢哪里去了。直到一次她借口脚扭伤，把整个身子贴在于连身上，仰头看他时，于连看到了她眼中饱含的深情。

于连对玛蒂尔德小姐也热情起来。

玛蒂尔德小姐呢？对这一切简直欣喜若狂："我已坠入爱河！这是多么美妙啊！我，一个贵族小姐，竟如此深情地爱一个小民百姓，多么地惊世骇俗啊！"

对于一个门阀、财产、青春美貌无一不备的贵族小姐，刺激和一些颇为与众不同的思想是多么地令人愉快呀！

不久，玛蒂尔德小姐从门缝里扔进来一封信：今晚一点，用梯子爬到我的房间里，有事面谈。

对于这封信，于连狠狠地患得患失了一番，最后决定前往。

当于连费了好大的劲爬进玛蒂尔德小姐的闺房时，玛蒂尔德小姐对他的勇气倍感称心，春宵一刻，异常美满。

第二天，情况有了变化，玛蒂尔德小姐获得了前所未有的刺激后，虚荣心居然站出来说话了，以至于接连几天对于连冷若冰霜。于连呢？那晚约会时，他无疑并不爱她，但一旦闹翻，内心的感情却发生了变化，他不得不承认，他爱上了玛蒂尔德小姐。

于连在图书馆又遇上了她，这一次痛苦让他克制不住自己，他向她哀求："这样说来，你不再爱我了？"

"我恨自己太随便，一失足成千古恨。"玛蒂尔德小姐流下了悲愤的泪水。

"太随便！"于连怒气冲天。他随手拔出墙上挂着的古剑，但随即理智克制了他，他把剑缓缓地送回到鞘中。然后冲出门去。

他不知道，他这番举动让玛蒂尔德小姐心中再次燃起了更为熊熊的爱火，她激动地自言自语：

“我差点死在情人的手里！”

“不得不承认，他拔剑的姿势真漂亮、潇洒，哪个公子哥会有他这样英武的举动，这才是我心中的男子汉呀！”

可惜她这番话于连并没有听到，他正陷入痛苦的悔恨和嫉妒之中。

“天哪！她真美！这都怪我自己！”

“这个天生丽质、超凡绝世的美人虽然曾经爱过我，不久定会投入德·凯律先生的怀抱！”

这种痛苦让于连痛不欲生。一天晚上，他不顾一切地又爬入了玛蒂尔德小姐的闺房。

“原来是你！”玛蒂尔德小姐一头扑进他的怀里……

这次和好没坚持多久，玛蒂尔德小姐又变了卦。这一次于连又采用了在维里业市长家的做法，显出了无情和冷淡，还和孀居的德·费元帅夫人通信，这再一次击中了玛蒂尔德小姐的心。她跪倒在他跟前说道：“你要瞧不起我就瞧不起好了，但一定要爱我，没有你的爱，我再也活不下去了。”说完竟昏了过去。

于连心想：“瞧，这个不可一世的女人，终于跪在我的脚下了。”

“要她害怕，只有越使敌人害怕，敌人才越听我的。那样，她就不会小看我了。”

他兴高采烈地在房间里踱来踱去。说真的，使他感到幸福的是骄傲而不是爱情。

日子如闪电般地过去了。

星期二的午夜时分，侯爵回府时看到了一封信，是玛蒂尔德小姐写的。信中她先写了一番父女之情，然后告诉他，她已怀上了于连的孩子，她决定嫁给他，这件事是她主动的，并婉言提醒父亲家丑不可外扬。侯爵不禁大怒，把于连叫去大骂了一通。

这次，于连心里非常冷静，他想：我不过是个地位卑微的穷小子，要成为上流人，必须靠他。拿定了主意，他快步走到桌子边，提笔写道：我早就活腻了，准备了此残生，我怀着无限感激之情，要求侯爵先生原谅我死在他府上，尽管这可能给他带来麻烦。

侯爵退却了，他哪敢让于连死在他的府上呢？为了不使女儿嫁给一个穷小子，他把于连送进了军队，让他从骑兵中尉开始，准备慢慢地给他升官，于连于是做起了向往已久的将军梦。

将军梦正如此甜蜜，玛蒂尔德小姐来信了：“尽快赶回来，开小差也行，一切都完了。我爱你。”

回来后于连看到了德·雷纳夫人写给侯爵的信，她向侯爵写明了一切，信中写道：他外表洒脱，语言甜蜜，但他惟一和最大目标是使府上的主人及其财宝受其支配。他所到之处，留下的只有痛苦和抱憾终生。

于连一言不发地离开了玛蒂尔德小姐，动身回到了维里业，待他见到德·雷纳夫人时，开了一枪，没打中，又开了第二枪，她倒下了，接着于连被关进了监狱。

“我要死了。”在狱中，这句话把他的雄心壮志逐一从心里驱除。

在狱中，他得知德·雷纳夫人并未因伤致命，不禁热泪盈眶，他却不知道德·雷纳夫人的信是因为自己痛苦的折磨和神甫的引诱而写给侯爵的。

谢朗神甫和朋友富凯来看他了，富凯提出要变卖家产，倾家荡产也要营救他，于连却兴味索然。前程既以毁灭，世上还有什么好留恋的呢!

一天清晨，狱门打开，一个农妇打扮的女人一头扎进他的怀里，是玛蒂尔德小姐。她向他诉说了深情，并告诉他，她会想尽一切办法使他获释。接下来，她给菲花格元帅夫人写信，以此打通了弗里莱神甫，他向玛蒂尔德小姐保证，三十六名陪审官中他将疏通至少三十名，他有恩于负责此案的德·华诺勒先生，他一定会听他的。德·雷纳夫人也分别给三十六名陪审官一一写了信，请他们同情于连。

审判终于开始了，律师的辩护打动了除陪审席上的德·华诺勒先生外在场的几乎所有人。

轮到于连发言了，他冷静地站起来。

陪审官先生们：

我死到临头，并不怕人看不起，仍然要说几句。先生们，我生不逢时，不属于你们那个阶级，在你们眼里，我只不过是一个出身卑微而敢于起来抗争的乡下人。

我并不乞求宽恕……在陪审席上，我看不到任何发了迹的乡下人，有的只是清一色心怀愤懑的有产阶级……

于连把心里话全抖了出来。想讨贵族阶级欢心的总检察官气得从座位上蹦起来。

两点的钟声刚刚敲响，德·华诺勒男爵迈着无比稳重的台步出来了，然后庄严宣布：凭着天

于连冷静地站起来发言：“我并不乞求宽恕……”

理良心，陪审团一致裁定，于连·海索尔犯了蓄意谋杀罪，判处死刑。

于连被关进了死牢，一心等死。玛蒂尔德小姐请求他上诉，他不为所动。

这天，他睡得正香，忽然听见一声奇异的叹息，有眼泪滴到了他的手上，他睁眼一看，是德·雷纳夫人。

“对不起，夫人，在您眼里，我不过是个凶手。”

“请您宽恕我！”他大叫一声扑倒在夫人的脚下。

“你要知道，我一直爱着你，心中只有你。”

“如果你想我宽恕你，”她说着站起来，一头扑进于连的怀里，“你就立即对你的死刑判决提出上诉。”

于连把德·雷纳夫人紧紧搂在怀里，吻她，请求她发誓不要自杀，替他照顾玛蒂尔德小姐腹中的孩子。

刑期就要来临了。于连从玛蒂尔德小姐那里获知，德·华勒诺先生怀里早已揣着省长的委任状，他不必把德·弗里莱神甫放在眼里，并将于连判了死刑；而且于连的发言竟去攻击贵族们的虚荣心，大谈对他们那个阶级的憎恨，这样一来，要求特赦也救不了他。

行刑的那天，阳光灿烂，万物生辉，于连勇气十足。

一切进行得干净利落，非常得体，他毫不矫揉造作。

玛蒂尔德小姐亲自把情人的灵柩送到情人生前选好的墓地。许多教士护送灵柩。谁也不知道，玛蒂尔德小姐独自坐在蒙着黑纱的灵车里，膝上放着她心上人的头颅。

德·雷纳夫人履行了诺言，没有自寻短见。但于连死后三天，她拥吻着自己的孩子也离开了人世。

（李安民）

欧也妮·葛朗台

奥诺雷·德·巴尔扎克（1799年－1850年）：法国伟大的小说家，毕生从事反映法国生活场景的小说创作，对小说创作的影响巨大，所以亨利·詹姆斯称之为最伟大的小说家。巴尔扎克原计划把《人间喜剧》写成一百三十七部相对独立而又相互联系的小说，最终完成了九十七部。《人间喜剧》是一部19世纪上半叶的法国社会史。巴尔扎克每写一部书都要耗费大量的心血，他往往对草稿进行反复修改，直到改得面目全非时才肯罢休。他经常喝着浓浓的咖啡，从凌晨一直工作到下午五点。他将自己的小说分为三类：涉及社会与政治生活的风俗类小说、哲学类小说以及包含迷信因素在内的剖析类小说，其中涉及的人物竟达二千个。

巴尔扎克，劳托洛作。他毕生从事反映法国生活场景的小说创作，并将所著的九十余部小说称为《人间喜剧》，它被称为19世纪上半叶的法国社会史。

巴尔扎克尽管著作颇丰，也挣了不少钱，但因轻率地进行投资活动，常常为债务所累，直到1850年娶了富有的波兰贵夫人伊夫·德·韩斯卡之后才得以解脱。可结婚仅仅半年，巴尔扎克就在巴黎与世长辞了。

巴尔扎克的主要作品有：《驴皮记》、《图尔的神甫》、《欧也妮·葛朗台》、《幽谷百合》、《高老头》、《塞沙·皮罗多兴衰记》、《邦斯舅舅》和《贝姨》等。

《欧也妮·葛朗台》是巴尔扎克最优秀的小说之一。他那事无巨细的写作文法虽然在其他许多作品里显得哆里哆嗦、拖泥带水，但在这部作品里却达到了恰到好处的效果。这本书就像是一幅令人厌恶的守财奴的人物素描：葛朗台对金钱的贪婪泯灭了他的灵魂，也使他的妻子和女儿陷入了悲惨的境地。无论是过去还是将来，葛朗台和他的女儿欧也妮都是巴尔扎克笔下最成功的人物形象。巴尔扎克巧妙地运用他那令人难以置信的笔法，熟练地操纵着读者的思维，使我们忘记了自己的看法而完全接受了小说的观点。我们不得不承认，《欧也妮·葛朗台》是一首关于巴尔扎克艺术和技巧的赞美诗。

全索漠城最富有、最有声望的葛朗台先生

沿着索漠城的中央大街，拐弯抹角走了一段之后，你会看见一处凹进去的地方，中间藏着一道门，便是葛朗台先生的府上。如果不谈谈葛朗台先生的身世，也许你根本就不可能明白在外省，“府上”这种称谓究竟有多大的分量。

这条街上的住户大都是生意人，虽然人人都有自己的葡萄园和小片地，但他们有的是闲暇娱乐和消遣，东家长，西家短，藏不住东西。葛朗台府上更是通城皆知。

1789年间，葛朗台还是个殷

实的箍桶匠，他识文断字，能写会算。四十岁时，娶了一个富商的女儿。他把岳父给他的四百金路易塞给专区政府那个监管拍卖国家产业的共和党人，以一块面包的价钱，虽不合理却合法地买下了当地最好的葡萄园、一座老修道院和几块分租田。拿破仑执政时，他当了市长，后被罢官，但他已没什么遗憾，因为他在任上早已为本地区的利益修建了几条优质公路，直抵他的地产。

上天似乎有意照顾，在葛朗台五十六岁、妻子三十六岁那年，他连得了几笔遗产：岳母的、妻子外公的、本人外婆的。具体有多大数目，谁也不知道。

说到算计，他知道如果葡萄丰收，能卖出多少做酒桶的木板，误差只在一块板上下；说到理财，葛朗台老先生兼有老虎和巨蟒的本领，善于突然猛扑和长久等待。对此，人人都对他既钦佩又敬畏，在索漠城，谁不曾被他的钢铁利爪利索地收拾过呢？

于是，葛朗台取得了新贵的称号。至于他的资金，只有两个人能大致地估算：一个是替他放债的公证人克罗旭先生，另一是银行家德·格拉桑。人们可以从他们对待葛朗台先生那种毕恭毕敬的态度看出前任市长的资金是何等雄厚。

葛朗台虽然有万贯家私，但他的节省在索漠城中也是有名的。他从来不买肉，不买面包。面包是由他惟一的老妈子拿侬做的。葛朗台掌管着这个家从里到外的大大小小的财物，包括每天的面包、食物和多年来女儿和拿侬用的蜡烛，老头儿都要亲自分发。每年不到11月1日，葛朗台不允许家人在堂屋里生火；到了3月31日，他就命令拿侬熄火，既不因春寒而延长，也不因早秋的凉意而提前。家里从来就只有拿侬一个仆人，她包办了一切：煮饭、蒸洗东西、割草喂母牛……虽然葛朗台每年只给她六十法郎的工薪，她总是天一亮就起身，深夜才睡觉，对主人忠实得像一条狗。她拥有一只旧表，那是她为葛朗台操劳了二十年的时候，葛朗台发狠赏给她的礼物。全家的内衣被服都归葛朗台太太和她女儿负责，母女俩专心一意，像女工一样整天劳作。葛朗台想起来时，也会给妻子一些零用钱，但每次不超过六法郎。幸而这位给葛朗台带来了三十多万法郎陪嫁与遗产的太太从不计较，她是虔诚的基督徒，性情柔和得像天使。比起母亲来，欧也妮的收入要可观些，每逢过节或自己的生日，她都能从父亲那里得到一些金洋，这样，她每年的收入大概有五六百法郎。葛朗台很高兴地看她慢慢地积攒起来，这不过是把自己的钱换了一只口袋罢了。

索漠城人人都相信，葛朗台家有个宝库，或者说是一个贮满金路易的密室，他总是在半夜里瞧着这累累的黄金，乐得心花怒放。

全城只有两家有权在他家走动，一家是克罗旭，一家是德·格拉桑。公证人克罗旭有个侄儿，年轻人现年三十三岁，自从被任命为索漠城初级裁判庭庭长以后，便立马攀上蓬风家族的姓。他的签名现在已改为克·德·蓬风，辩护律师如果冒失地称他克罗旭先生，官司多半打不赢，反之则事半功倍。德·格拉桑太太有个二十三岁的儿子阿道尔夫，在巴黎读法律，除膳宿费之外，刚刚花完八千到一万法郎。两家争夺的焦点是葛朗台小姐，葛朗台家的巨额财产也是其中之一；至于两家谁胜谁负，全城众说纷纭，各有支持者。葛朗台对此则不置可否，作壁上观。

欧也妮·葛朗台现年二十三岁了，十五年来，她所做的事就是和母亲安安静静地做活计以打发日子。今天是欧也妮的生日，克罗旭和格拉桑家都来了。蓬风庭长先到，他给欧边妮小姐送上了一大束不花钱的鲜花。然后才是阿道尔夫，他亲了欧也妮的两颊，献上一个针线匣，里面的用具都是镀金的，虽然是地地道道的假货，但是十分精致。这给少女带来了由衷的快乐，她转眼看着父亲，葛朗台说了声："收下罢，女儿！"音调之铿锵，足以让一个演员一举成名。这一着让蓬风庭长十分难堪，加上头发蓬乱，模样看上去颇为吓人。

晚上八点半，两张桌子都支好了，大家开始玩牌。漂亮的德·格拉桑太太想办法让自己儿子坐在欧也妮旁边。老箍桶匠扬扬得意地端详着两家人神态各异的六张面孔，心想："他们都是冲着我的钱来的，哼！休想。"

古老客厅里笑声时起，伴着大个子拿侬的纺织声，但只有欧也妮和母亲的笑是真诚的，其他人的卑鄙心胸却只关切重大的利益。

令人吃惊的是，葛朗台在巴黎的漂亮侄子，22岁的夏尔·葛朗台也在当晚突然来到了葛朗台家，他大城市的少爷气派让蓬风庭长和阿道尔夫黯然失色。

巴黎来的花花公子夏尔

夏尔的风度、仪表、拿长柄眼镜的姿势、故意装出的傲慢都令欧也妮喜欢，使她晚上睡觉也浮想联翩，念念不忘堂兄弟这个人中凤凰。

他给葛朗台带来父亲的一封信。原来巴黎的商业巨子葛朗台先生面临破产，准备自杀。但放心不下儿子，请求兄弟做儿子的监护人，并给他一些资助，助其重振家业。葛朗台吃了一惊，但还是不动声色地送走了客人，并为侄儿指定了卧室。

毫不知情的夏尔走进卧室时不禁大失所望，他感觉到这破烂不堪的屋子和家具不但和当过市长的叔父不相配，更和他从巴黎带来的花花公子的全副玩艺儿不配。显然他不知道欧也妮曾经煞费苦心地布置了好久，甚至不惜冒挨揍的危险动用了家里的白烛。

第二天，当夏尔对自己以后几天的行程做安排时，报上登的关于父亲自杀的消息顿时把他推入了深渊。

在夏尔受苦受难的日子里，葛朗台家的两位女主人一边同他一起受苦流泪，一边不断地安慰和鼓励他。欧也妮更是对堂弟倾入了全部的心血，一方面她时刻关注堂弟的一言一行，一方面对堂弟的照顾也使她自己的生活变得充实而有意义。显然，她爱上了夏尔。她的爱是受难中的夏尔最可凭恃的慰藉，灾难把两颗年轻的心紧紧地连在一起。

欧也妮看到夏尔写给朋友和情人的信

这些天，葛朗台由于算计准确，高价抛出了一批酒和木材，一下子收入九十万法郎。但当欧也妮请求他帮助堂弟时，招来的却是一顿严厉的训斥。对于这事，葛朗台另有打算。

他请来了三位克罗旭到家吃饭——根据葛朗台太太的记忆，这应该是家里第三次请客。他结结巴巴地向蓬风庭长请教破产和清盘的事，后者满以为弄清了老头子的心思，以为他真的不懂这门子事，他不会明白这是老头子的惯用伎俩。

他解释说：破产和清盘是两码事，破产者将名誉扫地，但宣告清盘的人是清白的。他提议让商事裁判所出面阻止这

欧也妮和夏尔在分别前海誓山盟，"我永远是您的"这句话说了无数遍。

次破产事件，然后把约期票打折从市场上收回来，只要拿到所有债券，夏尔的名誉就不会受损，而且这样一来，葛朗台可以一文不花地落一个有义气的兄弟的美名。

最后这事还是由德·格拉桑去办理，因为他声明去巴黎的路费不要葛朗台掏。

不出所料，阴谋轻易得逞，葛朗台的这一"义举"得到了全城人的赞扬。

夏尔经过一段痛苦之后冷静了下来，他开始考虑自己的前途，把随身带来的所有值钱的东西都交给叔父，请他帮忙变卖，结果葛朗台以一千五百法郎的低价全部买下。夏尔还写信给巴黎的朋友和情人，前者是请他处理自己在巴黎的家私，以偿还他的全部私债；后者则是和情人的诀别信。这两封信都碰巧让欧也妮看到了，她知道了可怜的堂弟需要什么。于是，她毫不犹豫地拿出自己所有的积蓄——大约六千法郎，恳求夏尔收下。夏尔流着泪把母亲给他的镶金梳妆匣交给欧也妮代管。

夏尔就要去印度了，两人在分别前海誓山盟，"我永远是您的"这句誓言两人不知说了多少遍。

心上人走后，思念堂弟、揣摩婶母的肖像、查看印度地图成了可怜的姑娘每天的必修课。如果说在堂弟到来之前，欧也妮可以比作是童贞女的话，那么堂弟走后，她就俨然是怀胎的圣母了：她的胎儿是爱情。

1826年元旦这个提心吊胆的日子终于来了，这一天葛朗台照例是要看女儿的金洋的。母女俩为此提心吊胆了不知多少天，可真到父亲问到金洋的时候，她反而镇定了。她对自己说："为了他，为了他，千刀万剐我也甘心。"然后站起身，面对面看着父亲，对他说：

"我的金子已经没有了。"

"你的金子没了。"葛朗台大叫起来，脸色发白，顿足大骂，好久才找到词："你这个丫头是条该死的毒蛇，你要掐死你父亲，我诅咒你，你的堂弟，你的孩子……"

最后宣布了处罚结果：把欧也妮关在屋子里，只给冷水和面包，然后不顾老伴的一再求情，气冲冲地走了。

当晚，二十四年来，葛朗台第一次一个人吃晚饭。可怜的葛朗台太太又气又急，一病不起。欧也妮对此判决根本就不屑一顾，为了堂弟，吃这么一点儿苦算什么呢？

不久，公证人克罗旭探访葛朗台府上时得知了这个情况，提醒葛朗台说如果老伴一旦去世，那么女儿就有权以继承遗产的名义分掉一半家产。这对于葛朗台简直是晴天霹雳，"那简直是抹自己的脖子！"他平生头一次深感人生的冷酷和痛苦。

他决心向母女俩屈服。他蹑手蹑脚地走进太太房里，母女俩正在捧着那只精美的梳妆盒仔细端详。"是真金，金子！"老家伙不由自主地大叫着扑向梳妆盒，犹如猛虎扑向熟睡的孩子，一把把那宝贝抓了过来，掏出刀子，就想撬开一块金块。欧也妮苦苦相求，老家伙根本不为所动，直到女儿拿起刀子以自杀相威胁，葛朗台才扔下箱子。他吻着吓得快要晕死的老伴的手说："没事了，得了，你看，我们讲和了。"他还拥抱了女儿说："你不用只吃面包了，想吃什么就吃什么吧，想嫁给堂弟也行。"

尽管葛朗台巴望老伴好起来，女儿也是竭力侍候，葛朗台太太还是一声不吭地溘然长逝了。她最后的眼神久久地停留在女儿身上，她放心不下女儿孤苦伶仃地留在这个自私自利的世界上，像一头柔弱的羔羊任人宰割、掠夺，她咽气前对女儿说："总有一天你会知道，幸福只在天上。"

到了全家戴孝的那天，葛朗台的恐惧到了极点。他试探着哀求女儿放弃对母亲的继承权。女儿正沉浸在对母亲的悲痛之中，毫不犹豫地在文书上签了字。老头子激动地拥抱女儿："好孩子，你救了父亲的命。"

尽管他身体还结实，他还是花两年的时间向女儿传授了自己一整套吝啬的持家方法，第三年才放心地把家里的开支大权交给女儿。

1827年，葛朗台的身体再也支持不住了，他惟一可做的事就是叫女儿把金币摊放在桌子上，一连几个小时地盯着。“这让我感到暖和。”他露出一丝费劲的笑意。

临终时，神甫把镀金的十字架送到他嘴边，让他亲吻基督，他做了一个可怕的动作，想抓住十字架。这一使劲要了他的命。

“父亲，祝福我吧。”欧也妮求道。

“好好照看一切，到了那边向我交账。”他说的最后一句话证明了基督教应该是守财奴的宗教。

葛朗台死后，公证人克罗旭告诉欧也妮，她父亲留下的财产有一千七百万法郎。欧也妮给拿侬一千二百法郎终身年金，这个五十九岁的老姑娘由此摇身一变成了科努瓦耶太太，丈夫是欧也妮小姐地产物业的总管。欧也妮送给她三打餐具作为结婚礼物，拿侬为此热泪盈眶，甘愿为她赴汤蹈火。

欧也妮这一年已三十岁，除了和堂弟的恋情，她还没尝到一点儿生活乐趣。但夏尔这阵子正在印度，他干的大多是贩卖人口、放高利贷、销赃这类事，总算发了财。他和各种肤色的女人花天酒地地鬼混。虽然没有把欧也妮忘掉，但在他心目中她只是借钱给他的一个债主。

三十岁的欧也妮除了和堂弟的恋情外，还没有尝到一点儿生活乐趣。

欧也妮终于收到堂弟的来信，但她看了信之后就哭作一团。信中说他要与奥勃里翁家的独生女儿结婚，但是他并没有说他的岳家势力有多大，未婚妻有多丑，随信还寄来了八千法郎的汇票，同时也要求欧也妮交还梳妆匣。

这就是欧也妮

苦等了七年的结果。欧也妮崩溃了，她半死不活、听天由命、哭哭啼啼，却又宽恕、祈祷、回忆。这就是欧也妮的爱，真正的爱，天使的爱，为痛苦而生、为痛苦而死的高傲的爱。

不久，巴黎又传来消息说夏尔的婚姻遇到了阻力，那就是他父亲的债务还没有最终了结，侯爵不愿把女儿嫁给一个破产人的儿子。

善良的欧也妮决心帮助夏尔。她让蓬风庭长到巴黎替叔父偿清了四百万法郎的债务，并最终答应了他的求婚以作为报答，条件是只作名义上的夫妻，但死后互赠遗产，这正是蓬风庭长所赞同的，他不希望有个儿子什么的来分遗产。至于真夫妻假夫妻那根本就不重要。当他得意扬扬地把未婚妻的财产告诉夏尔时，夏尔差点晕倒。但他自己也好景不长，三年后，他在索漠议员任上只待了八天就死了，对于葛朗台家的财产，他一无所获。

蓬风太太现在有八十万法郎的年收入，此时她已三十三岁，仍然很美，但这种美已是那种中年女子风韵犹存的美。她依旧过着原来的生活，11月1日生火，3月1日灭火。衣着也绝不改变，老宅子还是阴森森的，丝毫也不见新气象。但她为公众办了一所养老院，几处教会小学，一所图书馆。

欧也妮过着这样平静的日子，她显然是天生的贤妻良母，却无丈夫，无子女，无家庭。但这也许是好事，在这个世风日下、人欲横流的世界，作为一个被黄金包围的女子，这未尝不是一个好的生活方式。

这便是这个在世等于出世的女子的全部故事。

（李安民）

叶甫盖尼·奥涅金

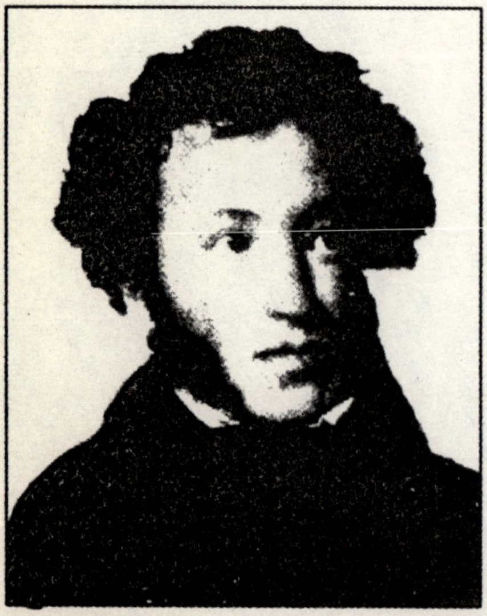

普希金

亚历山大·普希金（1799年-1837年）：被誉为“俄罗斯诗歌的太阳”，是俄罗斯最伟大的诗人，也是近代俄罗斯文学的奠基人。普希金具有超人的文学天赋，集抒情诗人、歌剧作家和故事作家于一身，其剧作给俄罗斯的作曲家提供了源源不断的创作灵感和主题。《叶甫盖尼·奥涅金》、《鲍利斯·戈都诺夫》、《罗萨尔加》及《别克夫人》等经典歌剧都是根据他的作品改编而成的。

1799年6月6日，普希金出生在莫斯科一个贵族家庭。小时候，许多文化名人经常到他家聚会，受环境的熏陶和影响，他七岁时就开始习诗作赋。1817年，普希金到彼得堡外交部任职，开始了一种放荡不羁、随心所欲的贵族生活。1820年，他发表了浪漫史诗《鲁斯兰与柳德米拉》，引起了沙皇政府的强烈反对，因而把他流放到南方。绮丽的南方风光和哥萨克人的风土人情极大地激发了他的创作灵感，并为《高加索的俘虏》、《囚徒》、《茨冈》等名篇的创作提供了丰富的生活素材。

1824年7月26日，普希金在给友人的一封信中对灵魂不灭提出质疑。沙皇政府对此极为不满，于是就革除了他的公职，把他流放到老家米哈依洛夫斯克村进行改造。父亲对于儿子的叛逆行为苦恼不已，时隔不久便率家人愤然离开庄园，只留下一个老保姆照料普希金的起居。在此期间，他写就了历史悲剧《鲍利斯·戈都诺夫》，并完成了其最负盛名的作品《叶甫盖尼·奥涅金》的前三章。1825年冬，他所参加的十二月党人发动的起义遭到失败，于是他就整理好文稿坐等逮捕。沙皇尼古拉一世不但没有把他投入监狱，反而让他重返政府，希望他为沙皇效力。但这并没有改变他反对沙皇专制的决心。

普希金的妻子娃塔丽亚·冈察罗娃·普希金

普希金于1831年完成《叶甫盖尼·奥涅金》，是时，他已经与恋人娃塔丽亚·冈察罗娃完婚。1836年，普希金最长的散文体小说《上尉的女儿》得以问世。次年2月7日，他在与驻圣彼得堡的荷兰大使丹特斯进行的决斗中受了重伤，两天后不幸去世。“俄罗斯诗歌的太阳”就此陨落。

《叶甫盖尼·奥涅金》是作者用诗体写成的一部长篇小说，在普希金的作品中占有极其重要的地位，被称为“俄罗斯生活的百科全书和最富有人民性的作品”，恩格斯也曾经把其中的个别篇章译为德文。

叶甫盖尼·奥涅金出生于贵族家庭，他具备贵族青年的所有特征：受过良好教育，更是社交能手。这位翩翩风度的佳公子，在红粉丛中游刃有余。原本他应该是志得意满，生活优裕而受人尊重，叶甫盖尼却让人意外地逐渐对恋情和上流社会的社交失去了往日的热情，开始厌倦这一切，更感觉到空虚和无奈。

叶甫盖尼开始厌烦上流社会的喧嚣，女人们虚伪的爱情让他无数次寒心，已经不能再吸引他长久地追逐，为他们思虑伤神是不值得的事，他的热情开始冷却。奔放的玛祖卡舞都无法再让他投入，芭蕾舞也让他提不起精神，"波士顿牌戏、流言中伤、可爱的秋波、傲慢的叹息——一切都没能使他动心，一切都没能叫他注意。"叶甫盖尼似乎注定是追求流行的典范，连"俄罗斯郁闷"症也没错过。

叶甫盖尼抛开美人和喧闹的享乐，把自己关在家里，想要写作，拿着鹅毛笔，却无从下手，结果一个字也写不出来。别无选择，他埋头苦读，但却理不出头绪，书里尽是欺骗、胡说，到处是思想镣铐，叫人发腻，于是，叶甫盖尼抛弃书本，就像抛弃女人。

在伯父终于如他所愿地很快"被鬼抓走"，叶甫盖尼也将一切安顿下来之后，他开始享用自己继承的乡村田产。起初，田野乡间的一切都让他觉得新奇，袅袅轻烟，潺潺流水，幽静的树林透出的淡淡凉意，都让叶甫盖尼感觉与以往的生活不同。但第三天，他对这一切就都没有了兴趣。连他自己也看清了，乡下的生活同样让人腻味，他再次感觉到非常郁闷。

为了打发时光，他想到了要重新制定领地的规章，取消了繁重的劳役，农奴们为自己的好运欢呼，而邻居地主则说这家伙是个怪人。后来，邻居来访，叶甫盖尼总会想尽办法溜开，包括从后门逃跑。过不了多久，邻居们都不再理睬他了。

有一位朋友却是例外，就是他在乡间结识的青年地主弗拉基米尔·连斯基。有着一头披肩卷发的弗拉基米尔去过德国，深受康德和席勒的影响，是个充满浪漫气息、质朴又奔放、热爱自由、对爱情充满向往的年轻人。一开始他们互相讨厌，到后来彼此喜欢，然后每天见面，很快就成为了好朋友。这两个人能成为朋友，是因为他们彼此欣赏，更因为除了彼此

奥涅金结识了一位刚从德国归来的青年地主弗拉基米尔·连斯基。

欣赏外，更无他人欣赏他们，在别人眼里弗拉基米尔的性格也怪得出奇。叶甫盖尼和弗拉基米尔常常探讨问题，也常常引发争论，他们乐此不疲，当然了，主题更多的则是围绕爱情。

说到爱情，叶甫盖尼更多的是懊恼，他对爱情早就寒心了，感觉自己像是个情场上肢残的伤兵，被人遗忘在角落，却要听着这个卷发的热情如火的青年在他面前慷慨激昂地陈述自己对爱情的看法。弗拉基米尔什么都掩藏不住，总是滔滔不绝地倾吐一切。很快，叶甫盖尼就认为自己弄明白了一件事情，这个血气方刚的青年的青涩情史，虽然讲得很狂热，实际上并不新鲜。他就像一个爱情领域受过伤的过来人，听着这个生龙活虎的后来者讲述自己的故事，连斯基爱情的结果又能好到哪里去？

通过连斯基的介绍，奥涅金到了拉林的家里并结识了塔吉雅娜。

他们一同去本村的地主拉林家做客。拉林家有两个女儿。弗拉基米尔与其中的妹妹奥丽加定了婚。奥丽加长得很漂亮，很受众人喜爱，她虽然年纪最小，却是姑娘中的领袖人物。此时的弗拉基米尔对自己的未婚妻奥丽加非常满意，在他眼里，“她总是那么温和柔顺，永远像晨光一样欢悦”，他做着青春的美梦。奥丽加的姐姐塔吉雅娜则沉默寡言，忧郁又腼腆，对乡村的社交生活并不热衷，是个富于幻想、热爱自然、沉溺于小说的虚构世界的姑娘。相比自己的妹妹，塔吉雅娜没有漂亮的外表，迷人的笑容，但是有眼光的人会看得出她才是真正的美人。

叶甫盖尼通过弗拉基米尔认识了拉林家的两姐妹。但他们两位来拉林家做客的时候，拉林家很多人把叶甫盖尼想像成来向塔吉雅娜求婚的人，因为他们真的很期望塔吉雅娜能像她妹妹那样尽快找到可以结婚的对象，别再让他们失望。村子上很快有了此类传言，甚至说婚礼都要准备好了。塔吉雅娜为此很难堪，也很生气，但是她更感觉到心中异样的感觉，在感觉到叶甫盖尼身上与众不同的气息的时候，可怜的她便注定万劫不复地走人了爱恋的深渊，开始心烦意乱，心中燃起火焰。

叶甫盖尼却对聚会毫无兴趣，他从挑剔食物到挑剔参加聚会的人，十分厌烦这样的气氛，恨不得早点离去。叶甫盖尼甚至没有注意到塔吉雅娜。而塔吉雅娜却深深地爱上了叶甫盖尼，她把所有书中读来的美好形象都汇集在了叶甫盖尼身上，并且在所有小说中的女主角身上寻找自己的影子。塔吉雅娜把自己的苦闷告诉了奶妈，对于这个诚实、单纯的姑娘来说，除了服从感情的引导，她一点儿吸引男人的伎俩都不会。她像个孩童一样爱上了一个人，为此手足无措。塔吉雅娜整整花了一个晚上的时间给叶甫盖尼写了一封充满激情的情书，表达了自己纯真的爱情。

在情书送出的那刻开始，塔吉雅娜就处于焦急地等待之中。她每天一大早就穿上新衣服等待，然而一天、两天过去了，毫无回音，塔基亚娜的脸色一天比一天苍白。弗拉基米尔倒是每天都来看望奥丽加。塔吉雅娜立在窗前，心中仍然充满幻想，期待让她的神经都变得敏感和脆弱。当马蹄声传来，塔吉雅娜的心开始颤抖，不知道自己是如何飞奔到花园的，在长凳上平静自己的呼吸，听到远方传来的歌声，一切都那么美好。塔吉雅娜怀着忐忑的心，准备回转，却在林荫道上与叶甫盖尼相遇。

奥涅金对塔吉雅娜虽有好感，但还是拒绝了她的爱。

叶甫盖尼直言自己不是做好丈夫的人选，他的情场经验太丰富，曾经的幻想也破灭得无影无踪。对他来说，恋爱就像玩牌局，坐下来开始，结束了就离去，回到家就倒头睡觉。于是，他有理由相信无论他们怎样的相爱，一旦厌烦，他就会丢开塔吉雅娜，而到时候塔吉雅娜的眼泪对他来说不会有任何作用。叶甫盖尼的一番话让塔吉雅娜对爱情的幻想破碎得无影无踪。

其实，叶甫盖尼收到塔吉雅娜的来信，也深深为之感动。想到塔吉雅娜的羞涩、单纯，他几乎要重新燃起爱的热情。但是面对少女的纯真和轻信，他不愿意欺骗，于是他决定再见塔吉雅娜一面，说明自己的想法，也让塔吉雅娜对他死心。

自从和塔吉雅娜在林荫道上见面之后，叶甫盖尼继续在他那个寂寞冷清的庄园里过着隐士般的生活。除了弗拉基米尔偶尔会来看望他，他几乎每天做的事情就是去森林的小溪边散步，阅读书刊，骑马等等，孤单而寂寞。

那年冬季，弗拉基米尔邀请叶甫盖尼和他一起去拉林家，参加庆祝塔吉雅娜的命名的聚会，并说这仅仅是一次小型的家庭聚会，叶甫盖尼才勉强同意去。但是，当他发现并不是弗拉基米尔说的那样，晚会也并非仅仅是家庭聚会，而恰恰相反的时候，叶甫盖尼感到上当受骗了。而这时塔吉雅娜被安排坐在了他的对面，面色苍白，两眼含泪，这让曾经拒绝她的叶甫盖尼感觉到心绪不宁。

乡村地主们的聚会和城市上流社会的交际聚会并非完全不同，这里更有的是庸俗的谈吐、夸张的食物和缺乏优雅风度的人群。这一切都让叶甫盖尼厌倦，更对弗拉基米尔的所为气恼不已。心存报复的他故意邀请奥丽加和他跳舞，一曲接着一曲，以此来剥夺弗拉基米尔与他的未婚妻一起跳舞的机会，还故意和奥丽加谈笑风生，甚至偶有私语，他的这些做法无疑让大家对他们的关系产生怀疑，更引发了窃窃私语。弗拉基米尔又嫉妒又生气，愤而离去。而塔吉雅娜将一切看在眼里，除了痛苦，她感受不到别的。

弗拉基米尔无法忍受自己在聚会上遭受到的屈辱，愤恨和嫉妒驱使他向叶甫盖尼提出决斗。叶甫盖尼接受了他的挑战。两个朋友相遇决斗现场，叶甫盖尼先开了枪，击中了弗拉基米尔的胸膛，打死了自己惟一的好朋友。叶甫盖尼悔恨莫及，离开了庄园，独自一人到处漫游。他本不希望看到这样的结局，对于自己曾经在聚会上的行为也心存不安，这种不安在他接到弗拉基米尔的决斗要求时得到证实，但是高傲、执拗的叶甫盖尼不会让人把他当成胆小鬼，接受挑战是必然的决定。如今打死了自己的好友，叶甫盖尼负疚的心难以恢复平静，他只有选择离开。

不久，奥丽加和一个军官结了婚，并告别了母亲和姐姐，离开了家。塔吉雅娜更加孤独了。尽管发生了那么多令人痛苦的事情，塔吉雅娜对叶甫盖尼的爱依然那么热烈，更在孤独的日子里变得愈发的深刻。一天傍晚，忧郁、惆怅的塔吉雅娜独自一人在林中漫步，突然看到了叶甫盖尼原来住过的庄园。塔吉雅娜用深情的目光环视周围的一切，她找到管家，走进书房，在这里，她仔细翻阅了叶甫盖尼读过的书。从这些书的主人用铅笔和指甲划过的字句里，她更加了解了叶甫盖尼的思想和对生活的见解。一连几天，塔吉雅娜都来这里阅读。叶甫盖尼特别喜爱《唐璜》和其他愤世嫉俗的作品，他的评注大量暴露了他的自私和幻想的破灭。塔吉雅娜读了他的那些书和批注以后，知道了许多人世间的苦难，终于对叶甫盖尼有了更深的了解。

塔吉雅娜拒绝了好几次别人的求婚，这让她的母亲对她无可奈何，却也无计可施。这位姑娘似乎对追求她的人都不感兴趣。母亲采纳了亲戚们的建议，决定把塔吉雅娜带往莫斯科，因为那儿可供选择的男子会多些，也让塔吉雅娜见一见世面。她们准备在一位老姑母家逗留一段时期，希望在那儿能解决塔吉雅娜的婚姻问题。

塔吉雅娜被带着走亲访友，认识了很多自己的表妹，这些莫斯科的漂亮小姐们起初看到土里土气的塔吉雅娜的时候也很奇怪，但是她们都很喜欢这个乡下姑娘，很快就成为了朋友。她们给塔吉雅娜做时髦的发型，而逐渐地，塔吉雅娜在社交场合的一举一动都更温文有礼，典雅高贵，但是她很快也对这样庸俗无聊的聚会感觉到厌烦。正在此时，在一次舞会上，她引起了一位有名望的身为将军的公爵的注意。尽管他很肥胖，但他很殷勤，塔吉雅娜接受了他的求婚。

叶甫盖尼经过两年多的漫游以后又回到了莫斯科。他再也没有了曾经在这里的光环，整个人变得阴郁，弗拉基米尔的死让他对生活更加不感兴趣。一天，心血来潮，想要排遣无聊的心绪，他决定去参加一个上流社会的舞会。他受到原来彼此就是朋友的主人的热情接待。在舞会当中，他注意到一个仪态万方的女人，这个女人从容稳重，不急不慢，一切都那么沉静、朴实。而所有人，无论男人女人的眼光都围绕着她，她身边那位显赫的将军更证实了她就是这里的女主人。叶甫盖尼觉得她看起来很面熟。当他向公爵打听她是何许人时，他万分惊讶地得知她竟然就是塔吉雅娜。叶甫盖尼无法相信，这个曾经面带羞色、质朴善良的乡下姑娘，这个曾经向他表达过赤诚爱恋的女子，竟然成了眼前这个姿态迷人的公爵夫人。

叶甫盖尼眼中的塔吉雅娜的确变了，丝毫也看不出她过去的痕迹。而在公爵给他们彼此作介绍的时候，塔吉雅娜表面沉静，没有诧异，也没有震惊，尽管她的内心激荡不已，表面上却看不出一点心理变化。叶甫盖尼彻底被她迷住了，像个孩子一样地爱上了这个冷漠的像女神一样让人难以接近的公爵夫人。从此经常去她家里，但他得到的只是礼貌而冷漠的接待。叶甫盖尼并没有因为塔吉雅娜的冷淡而退缩，反而感觉自己的感情更加强烈，甚至为此差点儿得了痨病。

叶甫盖尼开始给塔吉雅娜写信，为过去的行为忏悔，更吐露他那无法实现的渴望。塔吉雅娜始终没有作任何表示。接二连三发出去的书信都如石沉大海，叶甫盖尼更在聚会上看到塔吉雅娜的冷峻表情，甚至感受到了她的愤怒，没有一点儿他预想到的同情或者感

奥涅金沉浸在疯狂的悔恨和痛苦中，他跪在塔吉雅娜的脚下，祈求她的原谅。

动。叶甫盖尼心灰意冷，整个冬天，都守在他那阴暗的房间里读书和沉思。

春天来了，叶甫盖尼受到鼓舞，在一个天朗气清的早晨，一路飞奔，去看望塔吉雅娜，连他自己都不知道自己这么做究竟是为什么。他未经通报就径直去见塔吉雅娜，出其不意地撞见她正在重新阅读他给她的信。塔吉雅娜满眼含泪、脆弱的样子让他看到了乡下时候的那个纯真的姑娘。叶甫盖尼跪在塔吉雅娜的身边，祈求她原谅。

塔吉雅娜呆呆地看着他，许久才轻轻开口说话："奥涅金，起来吧，还记得吗？那次命运让我们在林荫道上相逢，你告诉我的一番话，少女纯真的爱情对你不新鲜。想起你的教训，我的心都凉了。但是我并不怪你，因为你是那样光明磊落，在我面前问心无愧。以前你不喜欢我，为什么现在我又成为你追逐的目标？如今你对我的青睐，无非是因为我在上流社会抛头露面，门第尊贵。而我却更喜欢你骂我的尖刻词句，更喜欢那次冷酷的交谈，而不是这些眼泪和信件。

"我宁愿抛开荣华富贵，宁愿将宅第、晚会扔到脑后，换回书本和荒僻的花园，换回简朴的故居，换回我们那些旧地，因为你我第一次相遇就在那里。可我的命运已经注定，也许一切的决定都过于匆忙而不够慎重。在母亲的哀求下，我就这样嫁出了家门。我知道你心里有的是自尊，也真心地爱惜自己的名声。我依旧爱你，这一点没有必要骗你，但是我已经嫁给了别人，我要对他一辈子忠心。"

塔吉雅娜说完这番话，起身离去，留下叶甫盖尼呆若木鸡地站在原地。正在这时，男主人回来了，叶甫盖尼在这样尴尬的情景下悄然离去，而此去即成为永别。

（阎 敏）

基督山伯爵

天才的小说家大仲马

大仲马（1802年-1870年）：一百多年来最受读者欢迎的作家非大仲马莫属了。别林斯基称其为“天才小说家”，马克思把他列为“我最喜欢的作家之一”。

1802年7月24日，大仲马出生在法国的维莱科特雷小镇上。父亲为法国侯爵和海地黑奴所生，在法国大革命爆发后屡建奇功，当上了拿破仑共和政府的将军。遗憾的是，父亲在他还不满周岁时就去世了。由于家道中落，年幼的他没有机会接受更多的教育。二十岁时在巴黎做低级文书谋生，二十二岁生下私生子小仲马（因《茶花女》一书而成为世界上最受欢迎的小说家之一）。大仲马为这个私生子的成就而倍感骄傲，笑称小仲马是他一生中最佳的作品。起初，大仲马的创作并不顺利。1829年，他所改写的历史剧《亨利三世》在巴黎上演后获得成功，从此一举成名，并成为了浪漫主义运动的领袖人物。

在这次成功的经历之后，大仲马几乎将所有的精力都放在了历史小说的写作上。他的作品多达百部，大都以史实为背景，以主人公的奇遇为内容，情节一波三折，处处出乎读者的意料。他的主要作品有：《基督山伯爵》、《三个火枪手》、《二十年后》、《布拉日罗纳子爵》和《黑色郁金香》。由于其著述过丰，因而引起了一些人的猜疑和臆测。据传他并不亲自写作书稿，只是在别人写好后加些材料，以增加作品的诱惑力而已。但这些传闻并没有可靠的证据。

《基督山伯爵》是大仲马最负盛名的小说之一，取材于《巴黎警察署档案记录》中的一段错判和复仇的案件，基度山伯爵的原型就是这个案件中的受害者——鞋匠弗朗索瓦·皮科，大仲马把他虚构成了一个富可敌国、为着某个远大目标而复仇的传奇人物。

因妒忌而生的阴谋

1815年2月28日，三桅帆船“埃及王号”从士麦拿回到了马赛港，负责指挥的人是这艘船的大副——年轻的爱德蒙·邓蒂斯，船长在航行途中因病亡故了。船长留下了一个包裹给贝特朗元帅，邓蒂斯完成了他的遗愿，在厄尔巴岛上，他将包裹交给了元帅，并且和被放逐的皇帝拿破仑进行了交谈。

船主摩莱尔先生肯定了邓蒂斯的能力，决定提升他担任船长。邓蒂斯欣喜异常，兴冲冲地跑回家，见到了分别已久的父亲。接着，他来到了马赛附近迦太南人的村里。在那里，他未婚妻、漂亮的长着大大的黑眼睛的美茜蒂丝，正在焦急地等待着他的归来呢。

邓蒂斯与美茜蒂丝紧紧拥抱在一起，他们都没有注意到墙角那双闪烁着妒忌和恶毒的眼光。

但是，他的好运气却激起了别人的妒忌。邓格拉司，“埃及王号”的押运员，希望自己能够接替船长的位置；弗南，美茜蒂丝的表兄，因为邓蒂斯赢得了美茜蒂丝的芳心而对他恨之入骨。弗南心中充满了嫉恨，在他得知邓格拉司的报复计划后，欣然同意合作。他们利用邓蒂斯曾到过厄尔巴岛这件事情，向检察官写了一封匿名的告发信。要知道，在当时与波拿巴分子串通可是相当危险的事情。卡德罗斯也知道这个阴谋，但是，他认为这样来陷害年轻的船长是非常可耻的，从而拒绝参与这个计划。

第二天，婚礼酒会开始了。下午两点，被幸福围绕的邓蒂斯满面红光，正准备和新娘到维丽饭店去举行公民婚典。这时，楼梯上响起了士兵整齐的脚步声，一位警长出现了，他宣布了将邓蒂斯逮捕的命令。抵抗或者抗议是无济于事的，邓蒂斯被带到了马赛，代理检察官维尔福对他进行了审问。邓蒂斯向维尔福讲述了他到厄尔巴岛的事情。

维尔福说道：“噢！如果说你是有罪的，那么也只能是疏忽罪。把你从厄尔巴岛带回来的信交给我们，然后你就可以回家，回到你的朋友那里去了。”

邓蒂斯喊道：“你已经拿到它了。”

维尔福看着这封信，信封上的字使他大吃一惊。他倒在椅子里，脸色苍白。这封信是写给诺梯埃先生的，他是一个坚定的波拿巴分子。

维尔福低声说道：“噢，要是他知道这封信的内容，知道诺梯埃是我的父亲，那么我就全完了！”他走近壁炉，将这封致命的信件抛了进去。

他对邓蒂斯说：“先生，今晚之前，我得把你扣留在法院里，假如有谁来审问你，对于这封信你一定不要透露一个字。”

“我发誓。”

现在看起来似乎是维尔福在恳求，而犯人在安慰他了。

但是，邓蒂斯的厄运由此就注定了。维尔福为了满足自己在仕途上的飞黄腾达，牺牲了邓蒂斯的幸福。这一晚，邓蒂斯被关到了伊夫堡监狱阴冷潮湿的地牢中。而维尔福自己到巴黎向国王示警，说篡位者波拿巴正在密谋登陆法国。

拿破仑果真杀回来了，接下来就是拿破仑复位的“百日”和路易十八的重新登上王位。在拿破仑那短暂的胜利中，摩莱尔先生前去请求维尔福，希望能够使邓蒂斯获得释放。但是，由于路易十八的复位，使得监狱中的邓蒂斯受到了更大的不幸。邓蒂斯在伊夫堡肮脏、龌龊的地牢里日渐憔悴。

在邓蒂斯牢房旁边的屋子里关押的也是一个政治犯，法利亚长老。当邓蒂斯被关到这里的时候，法利亚长老已经在这里四年了，他凭借一些简陋的自制工具和令人难以置信的顽强毅力，终于在岩石中挖出了一条长达五十英尺的地道，但是由于计算失误，地道没有挖向监狱的外墙，反倒挖到了邓蒂斯的牢房。邓蒂斯孤独地在牢房中待了六年之后，法利亚长老挖通了他的牢房。

在狱卒来巡查的间隙，这两个犯人开始了每日的见面。法利亚长老向邓蒂斯展示了他的聪明才智和勤奋所创作出来的成果写在衬衣上的著作，他的鱼骨笔和鱼骨针，小刀，火柴，等等。这些东西都是他偷偷完成的。在囚房里，他教会了邓蒂斯科学、历史知识和各种语言。邓蒂斯具有超人的记忆力和极强的理解力，对各种知识一学就会。邓蒂斯将自己的遭遇告诉了法利亚长老，而长老很轻易地指出是邓蒂斯的那些所谓朋友和代理检察官一起将他送进了监狱，这让邓蒂斯大吃一惊，也让他明白了这其中的原委。他的心中产生了一种新的情感，那就是复仇。

二　伊夫堡监狱的墓地

就这样，又过去了七年多的时间。一天晚上，邓蒂斯来到法利亚长老的牢房，发现他已经瘫痪了，右手右脚都无法动弹。当邓蒂斯再次去探望长老的时候，长老给了他一张卷成圆筒状、烧掉了一半的纸。

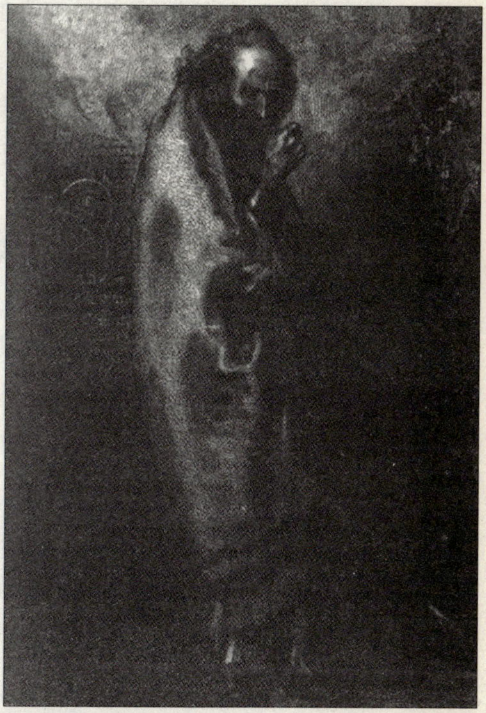

法利亚长老告诉邓蒂斯，在地中海一座名叫基督山的荒岛上埋藏着数量巨大的财宝。

法利亚长老说道：“这张纸就是我的财宝。假如我无法得到这些，你会得到的。谁知道我的病会不会再次发作呢？如果是那样的话，一切都完了。”

法利亚长老曾是红衣主教斯巴达的秘书，而红衣主教斯巴达是斯巴达亲王这一族中最后的一位，这个家族是中世纪意大利最有权势的。当斯巴达穷困潦倒的时候，他留给了法利亚一本家族珍藏的、已经很旧的祈祷书。出于偶然，法利亚发现了一张因年代久远而发黄了的纸片，点燃了它。火苗窜起，法利亚发现纸上出现了淡黄色的字迹。在被关进监狱的头几年里，他通过剩下的纸片，终于找出了纸片所蕴藏的秘密。原来，在15世纪末，红衣主教斯巴达害怕被教皇亚历山大六世下毒，将他的宝藏——金银条，金块，宝石，钻石，美玉——都埋藏在了位于科西嘉岛和厄尔巴岛中间的基督山小岛上，当时大约值两百万罗马埃居。

法利亚长老接着说道："红衣主教斯巴达让我成为了他的继承人，现在这些财宝大约值一千三百万埃居！"

法利亚长老身体越来越糟，他已经放弃了享受财宝的希望。疾病再次发作，他走了，只剩下邓蒂斯孤单的一个人。

第二天，狱卒把法利亚长老的尸体装进了一个麻袋里，准备晚上将麻袋扔下大海。邓蒂斯趁着没人，来到了法利亚长老的囚房。

他自言自语道："噢！既然只有死人才能离开牢房，那就让我来装死吧！"

于是，他打开麻袋，把朋友的尸体拖出来，顺着地道，运到了自己的牢房里。邓蒂斯把法利亚长老放到床上，用自己的破旧衣服将尸体盖上。回到法利亚长老的房间，邓蒂斯钻进麻袋，用法利亚长老的针线从里面把袋口缝了起来。手里拿着法利亚长老自制的刀子，邓蒂斯的心紧张得砰砰直跳，他在等待着那关键时刻的到来。

时间一点儿一点儿地过去，最后，他终于听到了监狱看守们走下地牢沉重的脚步声。看守们抬起麻袋，放到担架上，走出了伊夫堡监狱的大门。在通过大门的那一刻，邓蒂斯清楚地听到了波涛冲击城堡下岩石所发出的声音。

邓蒂斯感觉到看守抬起了他的头和脚，接着，他就被扔进了大海，在他的脚上绑着一个重达三十六磅的铁球，正把他拖向大海深处。大海就是伊夫堡监狱的墓地。

尽管邓蒂斯头晕目眩，甚至有些窒息，但他仍然清醒，他屏住呼吸。他的右手一直都拿着刀子，他迅速割开了麻袋，伸出了胳膊，拼命用力割断了那绑住他两脚的绳索，此时他几乎要窒息了。他用力一蹬，浮出了海面。经过短暂的喘息，他又潜到了水里，这样做是为了避免被人发现。当第二次浮出水面的时候，他张开双臂，奋力游向大海。他很幸运，一艘正在航行的帆船救起了他。

现在，他自由了，在被捕入狱十四年后，他再次发誓，一定要向邓格拉司、弗南和维尔福复仇。没用多长时间，邓蒂斯就发现了基督山岛上的秘密洞穴，获得了让人眼花缭乱的所有的宝藏，和法利亚长老所预言的一模一样。此时此刻，他沉迷于如何来向他的那些仇人报仇了。

三　开始复仇

大约在两年后，布揆尔附近一家小客栈的店主葛司柏·卡德罗斯，无精打采地坐在店门口，一位骑马的旅客在客栈门口停下了。这个来客就是基督山，他化装成一个长老。卡德罗斯对这位来客很清楚他以前的事情很是吃惊。长老说他是代表死在监狱里的邓蒂斯而来的，并且说在邓蒂斯临死的时候还不清楚自己为何而入狱。

卡德罗斯喊道："确实是这样！他是不会知道的。"

长老已经听说过自己年老的父亲去世的消息，这次，卡德罗斯告诉他老人是死于饥饿。

卡德罗斯说道："上帝不会补偿那些善良的人们的，我也是穷困潦倒，差点饿死，就像老邓蒂斯那样。而弗南和邓格拉司却发了大财。他们虽坏事做绝，却一直好运连连。邓格拉司做投机生意，发财了，他现在成了百万富翁，已经是邓格拉司男爵了。弗南在李格尼战役中扮演的是叛国者的角色，他私通波旁王朝。后来，他成了马瑟夫伯爵。他在希腊独立战争中出卖了阿里·帕夏总督，得到了很大一笔财富。"

长老这时候欲言又止，终于他鼓起勇气，问道："那么，美茜蒂丝呢？她失踪了吗？"

"是的，就像太阳失踪一样，但是当它再次升起来的时候却更加光彩照人。她现在地位显赫，目前是巴黎最出风头的贵夫人之一。她等候着邓蒂斯，苦苦等了两年。在绝望中，她嫁给了弗南，现在她是马瑟夫伯爵夫人。但我相信她并不幸福。"

长老问道："维尔福先生怎么样了？"

"在将邓蒂斯被捕后不久，他就结婚了，并且离开了马赛。毫无疑问，他一定也和那些人一样走运。"

长老说："上帝似乎会暂时忘记什么，那是当他的正义之神休息的时候，但他总会想起来的。"

1838年初，一个被称为基督山伯爵的人成为巴黎社交界引人瞩目的人物。他的名字使巴黎人联想到了浪漫和令人眩晕的财富。是艾伯特·马瑟夫伯爵的儿子，首先将基督山伯爵介绍给巴黎的上流社会的。在罗马的时候，他们就相当熟悉。基督山伯爵在那里给予了艾伯特子爵和他的朋友弗兰兹很大的帮助。

关于基督山伯爵的各种故事在巴黎流传着。当他去歌剧院的时候，身边陪同着一位漂亮的希腊美女，名叫海黛，基督山是她的保护人。

但是基督山却没有受到这些消息的影响，他的一举一动还是那么镇定、从容。从某些方面讲，他更像是一部机器，而不是一个人。他言出必行。他暗地里所计划的事情，现在正在有条不紊的执行之中。

维尔福先生已经升任检察官了，他又结了一次婚，前妻为他生的女儿瓦伦丁和他住在一起。在父亲的命令下，她违心地和弗朗茨男爵订了婚，但在她的心里，爱的却是年轻的军官马克西米利安——马赛一位船主的儿子。但他们不敢让瓦伦丁的父亲知道他们

海黛把卖身契交给审查委员会的主席

的恋情。

好运气似乎远离了邓格拉司男爵。他的生意遭受了很大的损失，但是，他最大的损失却是因有关公债价格的虚假消息所致，而其中的原委只有基督山才清楚。

男爵的女儿和马瑟夫伯爵的儿子艾伯特订婚了。但是，马瑟夫伯爵却遇到了麻烦，当年他背叛阿里·帕夏的事情已经被人公之于众，基督山伯爵当然知道整个事情的来龙去脉。看到这种情况，男爵毫不犹豫地断绝了和伯爵家的婚约，同意了一个轻浮的年轻人卡瓦尔康蒂子爵的求婚，这个年轻人是基督山伯爵介绍的，但却没有人知道这个年轻人的家世。

马瑟夫伯爵因背叛阿里而受到审查，但却缺少证据。就在伯爵要被宣布无罪的时候，一位蒙着面纱的女子出现了。在审查委员会面前，她证明自己就是阿里·帕夏的女儿，并且指出马瑟夫伯爵不但将她的父亲出卖给了土耳其政府，而且还把她和她的母亲卖给了奴隶贩子。这个蒙着面纱的女子就是海黛，基督山伯爵的被保护人。马瑟夫伯爵被彻底击垮了，当他的儿子艾伯特知道是基督山伯爵在整个事件中的角色时，在歌剧院，他当众和基督山伯爵发生了口角。

艾伯特知道事情的真相后，公开向伯爵道歉，他和伯爵之间的一场决斗被避免了。马瑟夫伯爵知道儿子没有为自己向基督山复仇，恼羞成怒，坐着马车冲到了基督山伯爵的家中。

马瑟夫说道："我来是想告诉你，既然我的儿子不和你决斗，那么就由我们来进行决斗吧。"

基督山伯爵说："那样更好，你准备好了吗？"

"是的，先生。我们不需要目击证人，因为我们并不熟悉对方。"

基督山伯爵说："目击证人当然是没有必要的，但是，我们却是老相识。你不是那个在滑铁卢大战前夜开小差的士兵弗南吗？你不是那个在西班牙给法国军队当向导和间谍的弗南中尉吗？你不是那个背叛、出卖和杀害自己的恩人阿里的上校弗南吗？"

将军喊道："噢，你这个卑鄙的家伙，这个时候还要羞辱我！告诉我你的真实名字，在我的剑刺穿你的心脏的时候，我可以喊你的真名字。"

基督山伯爵快步走进旁边的一间更衣室，撕下他的领结、上装、背心，穿上一件水手的短褂，戴上一顶水手帽，走回客厅。

看着面前的这个人，马瑟夫伯爵吃惊地睁大了眼睛，仿佛这个人是从地狱而来向他复仇的。他后退靠在墙上，以免跌倒。然后，他一点点地退出门口，发出凄厉的叫喊："爱德蒙·邓蒂斯！"

时间过得很快，现在巴黎几乎没有人再谈论关于马瑟夫伯爵自杀的事情。卡瓦尔康蒂的真实身份暴露了，他原来是一个名叫贝尼代托的苦役犯，这次因为谋杀当初一起坐牢的同伴而被捕。

邓格拉司逃出法国，他的巨大产业土崩瓦解。他随身带着属于巴黎医院的巨额财富。在罗马附近，一伙强盗把他的钱财都抢走了，而这伙人是听命于基督山伯爵的。

四　复仇结束

对于维尔福一家，基督山伯爵还没有进行任何报复行动。从一开始，基督山就发现维尔福现在的妻子对毒药很感兴趣，于是他决定从此处下手。在维尔福的家里，已经发生了三起离奇死亡的事情，现在，在美丽的瓦伦丁身上，也显示出某种慢性毒药中毒的早期症状。马克西米利安对瓦伦丁的生命忧心忡忡，他跑到基督山那里，想要得到建议和帮助。

基督山自问道："难道我能让这个被诅咒的家庭中的一员逃脱惩罚吗？"但是，看在马克西米利安的份上，他还是决定救瓦伦丁一命。他在维尔福家隔壁买了幢房子，而且让工人将破旧的墙壁拆除。接下来，他把那些遗留的石头清除掉，这样，他就能轻松地进入瓦伦丁卧室的一个大壁橱中。在瓦伦丁睡觉的时候，伯爵在壁橱中监视，他看到维尔福夫人蹑手蹑脚地走进来，把瓦伦丁杯子里的药倒掉，换上了毒药。

维尔福夫人走后，基督山伯爵进入房间，将杯子里的毒药倒了一半在壁炉里。瓦伦丁醒后，他给她吃了点麻药，瓦伦丁沉沉睡去，看上去就如同死了一般。

第二天，医生宣布瓦伦丁已经死亡。医生在杯子里发现了毒药，在维尔福夫人的实验室里，人们找到了同样的毒药，无疑，是维尔福夫人杀死了瓦伦丁。她承认自己犯了罪，说这么做的目的只是想让自己的儿子成为维尔福家族的惟一遗产继承人。

维尔福夫人跪倒在自己丈夫的脚下。在维尔福转身离去的时候，他毫不留情地斥责自己的夫人。

他说："好好想想吧，夫人，我回来的时候如果正义还没有得到伸张，我就会亲自宣布你的罪行，亲自将你逮捕！现在我要去法庭宣判一个杀人犯的死刑。在我回来后，发现你还活着，那么今晚你就到监狱去睡觉吧。"

维尔福冲进卧室，只看到妻子和儿子的尸体。

维尔福夫人绝望地叹息着，她彻底崩溃了，瘫软在地毯上。

但是，维尔福先生此时却不知道他对妻子所说的这些话用到他自己身上更合适。他要宣判死刑的那个所谓的卡瓦尔康蒂子爵，真实名字叫贝尼代托的人，实际上就是他的私生子；贝尼代托刚刚出生，维尔福就把他活埋在阿都尔一座房子的花园中。开庭的前一天，贝尼代托和基督山伯爵的管家作过一次长谈，管家告诉了他出生的秘密。在法庭上，他说出自己的父亲就是维尔福，检察官维尔福！此言一出，法庭顿时陷入混乱，所有人都把目光投向维尔福，而贝尼代托继续回答着审判长的问题，以证明自己的确就是维尔福活埋的那个孩子。检察官承认了自己的罪孽，脚步踌跚地走出了法庭。

维尔福回到家中，发现家里已经是混乱不堪。他冲向妻子的卧室，维尔福夫人已经吞食了毒药，而且也毒死了自己的儿子爱德华。看到这一切，维尔福彻底绝望了。

维尔福先生看到这悲惨的一幕，精神遭受了巨大打击，疯了。他不顾一切地冲到花园，拿着铁锹在地上挖起土来。

邓蒂斯的复仇，虽然用了很久的时间，但经过周密、细致的计划，终于得以实现。现在他要做的就是再做一件不可思议的事情，同时也以此证明他的慷慨和宽大。瓦伦丁已经下葬，马克西米利安痛不欲生；但基督山伯爵劝他要有耐心和希望。

基督山伯爵和马克西米利安约好一个月后在基督山岛见面。一个月后，马克西米利安来到岛上。

他对伯爵说："我记得你说过的话，现在，要么让我去死，要么让我见到心爱的瓦伦丁吧！"

"啊！一个奇迹就能挽救你的生命——瓦伦丁复活！这样我就履行了我的诺言！"

基督山伯爵转身拿出一个珠宝箱，从里边取出一小匙绿色的胶体。马克西米利安吞下了那种神秘的东西，坐了下来，等待着死亡。但基督山伯爵给他的只是麻药而已。

"伯爵，我觉得我快要死了，永别了！"

这时候，伯爵打开一扇门，强烈的灯光照射过来。马克西米利安张开双眼，朝着灯光望去，他看到了一个人——瓦伦丁！

在海天相接处，一片白帆依稀可见。

伯爵说道："瓦伦丁，他在呼

唤你，他以为自己已经死了。但是，就像我从墓地救出你一样，我把他也救了回来。现在他还处于晕眩之中，等他清醒后，你们就再也不会分离！”

第二天早上，马克西米利安和瓦伦丁正在沙滩上散步，贾可布，基督山伯爵游艇的船长，走过来交给他们一封信。看着信，他们哭了，基督山伯爵已经离开了这里。

基督山在信中写道：“我的朋友，这个洞里的一切，我在香榭丽舍大道的房子，以及我在港口的别墅，都是爱德蒙·邓蒂斯送给摩莱尔船主的儿子的结婚礼物。也请维尔福小姐和你共享这一切。我想请她把她从父亲和弟弟那继承来的大笔财产捐赠给穷人，现在，她的父亲已经疯了，而她的弟弟去年9月和他母亲一起死去。”

马克西米利安急切地问道：“伯爵现在在哪？”瓦伦丁问：“海黛呢？”贾可布指着地平线，在海天相接处，一片白帆依稀可见。

（[美] 汉默顿缩写　王强译）

红 字

纳撒尼尔·霍桑（1804年—1864年）："在美国所有的作家中，如果霍桑自称第二，那么没有人敢称第一。"一位美国评论家如此诙谐地评价霍桑。

1804年，霍桑出生在马萨诸塞州塞勒姆镇的一个清教徒家里。四岁时，他的父亲不幸去世。受此沉重打击，母亲整日闭门索居，脾气变得非常古怪。他在孤独寂寞中度过了童年时期，广泛阅读成了他惟一的乐趣。1821年进入博多因学院学习，毕业后重返家乡，过着隐士般的生活，一直持续到三十三岁。1837年，他发表了短篇小说

霍桑，他的小说没有一部是轻松愉快的，然而沉闷中却带着幽默，并有一种内在的力量，常给人以神秘感。描写罪恶、忏悔、最后赎罪是霍桑喜欢的主题之一。

《故事重述》，从而一举成名。

霍桑到1842年才结婚，此后与梭罗、爱默生和玛格丽特·富勒交往密切，成为挚友，他自幼受到清教徒的环境的影响，对清教徒思想有着独到的见解，过去的生活情景极大地激发着他的想像力。

在长期的酝酿和创作之后，于1850年发表了使他闻名于世的小说《红字》。

霍桑的老同学富兰克林·皮尔斯当选为美国总统之后，委任他为驻英国领事。在此期间，他访问了法国和意大利，1860年回国。四年后，给他带来了巨大痛苦的疾病与南北战争夺去了他的生命。

《红字》是他的代表作，讲述的是发生在古老的塞勒姆的一个有关罪孽和忏悔的故事。小说通过一个受不合理婚姻束缚的少妇海丝特·白兰因犯“通奸”罪被监禁、示众和长期隔离的故事，揭露了政教合一体制统治下殖民地社会的冷酷与虚伪，探讨了有关罪恶和人性的道德问题。

站在示众刑台上的海丝特的目光已越过重山，似乎看到了老英格兰故乡的村落和父母的家园。

二百多年前一个夏日的上午，狱前街上牢房门前的草地上，满满地站着好大一群波士顿的居民，等待着一睹被清教徒法官判有通奸罪的海丝特·白兰为快。她将被判胸前佩戴一个红色的“A”字，在示众刑台上站三个小时，以达到使本人蒙受羞辱、使众人得到警诫的目的。

许久，牢门打开了，海丝特在狱吏的押解下一步步拾级走上示众刑台。很明显，她的出现使一部分认识她的人惊呆了，他们原先满以为她经历过这样一次磨难，会黯然失色地出现在众人面前，而现在的海丝特，仍是那样的皮肤滋润，身材轻盈，楚楚动人。她露出高傲的目光注视着她同镇的居民和街坊邻居，她此时此刻比以前任何时刻更像一位贵妇，而她焕发的美丽，竟把笼罩着她的不幸和耻辱凝成一轮笼罩在她身上的光环。不过，目光敏锐的旁观者无疑能从中觉察出一种微妙的痛楚。

她的前胸露出用红色细布做就的、周围用金丝线绣成的有奇巧花边的一个字母“A”，这番修饰使这个字母不像是一个通奸者的标志，倒更像是一个华丽的饰物。她的怀里稳稳地抱着一个三个月大小的婴儿。

此时，海丝特眼前一片茫然，她的目光和思绪丝毫也没有停留在喧闹的人群、庄严的参议员和法官的身上。她的目光越过重山，似乎看到了老英格兰故乡的村落和父母的家园，自己的孩提时代和学校生活，儿时的游戏，父亲的面容，母亲的无微不至和牵肠挂肚的爱的表情。

突然，人群当中一个身上混穿文明与野蛮服装的白种人不可遏止地占据了她的头脑。他身材矮小，满脸皱纹，但不能说年事已高。他一望可知是个智慧出众的人，他身上那件宽大的衣服难以遮掩他两肩的不一般高。她不由自主地再一次搂紧女儿，以致把孩子都弄哭了，但母亲好像对此听而不闻。

此时，那个人正在询问身边的居民，居民告诉他，海丝特原是一名学者的妻子，那个人原是英国人，他想搬到马萨诸塞州这边来。为此，他先把妻子送了过来，两年了，他却没有任何消息。他的妻子就和别人私通了，被判站到这个示众刑台上，至于孩子的父亲她始终不说。“那个学者，”那陌生人冷笑着评论说，“应该亲自过问这桩奇案。”

示众刑台下威严的威尔逊牧师严厉地要求她说出孩子的父亲，年轻英俊的丁梅斯代尔牧师也用忧郁的声音百般劝说她这样做。

丑陋的老罗杰在逼问海丝特，要她说出孩子父亲的姓名。

海丝特靠针线手艺得来的收入除了维持生计外，都用在救济他人上面。

“我不说，”海丝特坚定地回答，“我的孩子应该寻求一个上天的父亲，她将永远不知道有一个世俗的父亲。”

海丝特回到监狱后，便陷入一阵神经质的激动当中，孩子也因痛苦的痉挛而扭动着。

看守领着罗杰·齐灵渥斯医生走进监狱，这个医生就是海丝特上午看到的那个人。他支开看守，用药物镇住了孩子的痉挛后，问询孩子的父亲，海丝特坚决地拒绝了他。

“永远不说，”他脸上露出阴沉和自信的笑意，“没有什么事情能逃过一个对解决神秘问题孜孜以求的人的眼睛。”

接着他要求海丝特发誓不说出他曾经是她的丈夫，她被迫照办了。

海丝特出狱后，仍然留在这里，靠精湛的针线手艺过活。她的收入除了维特生计以外，都用在救济他人身上，尽管以此换来的常是横加的侮辱。

海丝特自己虽不修饰，却把女儿打扮得漂漂亮亮。三年来，珠儿已长成一个聪明、任性的小姑娘。

一天，海丝特到贝灵汉总督的宅邸去送他订做的手套，此时，她还有一个更为重要的原因要找这个大人物。她听说有人要夺走珠儿，因为她既然可能是妖魔的孽种，为了对母亲的灵魂表示关怀，也为了孩子的前途，那么就应该把她交给更高明的监护人。

和州长在一起的还有可敬的威尔逊牧师、丁梅斯代尔牧师和他的朋友兼医生老罗杰。这位年轻牧师在教会事物上太过尽职，最近健康严重受损。

听了海丝特的诉说后，贝灵汉州长和威尔逊牧师却认为孩子是应该交出来。海丝特大惊失色，孩子是维持她心灵存在的惟一珍宝。“我绝不会放弃她！”她简直喊叫起来。

海丝特转而请求丁梅斯代尔牧师替她说话，因为他曾是她的牧师。于是，年轻的牧师站了出来，用柔和而有力的声音陈述了他的想法，州长以此改变了他原来的看法。

老罗杰对年轻的牧师说他的话诚挚得出奇。

老罗杰来到镇上不久，就以精湛的医术受到人们的欢迎。他选定了丁梅斯代尔先生做他精神的导师，并以教民的身份追随其左右，而这时年轻牧师的健康开始明显地恶化，他却不过大家的意，答应老罗杰做他的医药顾问。

过了一段时间，在老罗杰的暗示下，关心年轻牧师的朋友们把他们安排在一栋房子里，这样，老医生有更充分的时间观察牧师的病情，还用似乎可以看透一切的老眼观察他内心深处的秘密，但过了很长时间他一无所获。

一天，医生和牧师靠着窗户又在谈天。窗外的墓地上，珠儿一边跑着，一边发出清澈而狂野的笑声。医生关注着这个可爱的小姑娘，他漫不经心地对牧师说：

“你能叫你的医生只诊治你肉体上的病症吗？你要是不肯首先向他袒示你灵魂深处的创伤与烦恼，他又怎能对症下药呢？”

“我！——不会对你说，”牧师突然激动地叫起来，“我不会对你说！如果我得的是灵魂上的疾病，我就把自己交给灵魂的惟一的医生！只要他高兴，就随心所欲地处置我吧！然而你算什么？一个世俗的医生，竟敢置身于受磨难的人和他的上帝之间。”

他近乎疯狂地冲出屋子。

“迈出这一步也好，”医生望着牧师的背影，阴沉地笑着，“这位虔诚的牧师，以前在激情的驱使下，一定干出过荒唐事的。”

数小时后，牧师怀着懊悔的心情向医生道歉，并请他继续为他治病。老罗杰欣然同意。

老罗杰偷偷打开酣睡中的丁梅斯代尔牧师胸前的法衣，在他的胸口上看到一个红色的“A”字烙印。

一天正午，医生趁牧师酣睡时，偷偷打开了牧师胸口的法衣，这是他目前为止诊治时始终没解开的法衣。

随即，他转身离去。然而他是带着一种多么狂野、惊奇、欢乐和恐惧的表情。这些表情不仅仅是从他的眼睛和表情所能表达的，而是从他整个丑陋的身体迸发出来，那是只有撒旦才能表达出来的表情。

在那件事之后，这个阴险的医生几乎随心所欲地利用年青牧师心灵深处的苦处，引起他一阵阵痛苦的悸动或让他因恐惧而大惊失色。这一切做得那样巧妙诡秘，以至于牧师虽对他有一种深刻的憎恨和反感，却又不名实质，反而自责自己不该把一切不祥预感归咎于其他。

由于诡计的摆布，牧师饱尝肉体和精神上的痛苦。而这期间他在他的圣职上却大放异彩，这来自于他对道德的深刻理解和他对自己痛苦的重负，面对犯罪的同胞有无比亲切的同情。

人们无比地尊敬他，他反而从这里感到新的痛苦，他渴望向人们昭示自己，但一直没能做到。虽然他常告诉他们自己也是一个邪恶的人，但这却换来更大的尊敬，他感觉到自己新的罪行——伪君子。

在牧师的密室里，他时常一边苦笑，一边用血淋淋的刑鞭抽打自己，并用清教徒常用的斋戒来惩罚自己，直到双膝不住颤抖。他的幻觉中常出现珠儿，她扬起食指，指一下海丝特胸前的红字，又指一下自己的胸膛。

5月初一个朦胧的夜晚，丁梅斯代尔悄悄地站到了当初海丝特受辱的示众刑台上，这时，一种巨大的恐惧感攫住了他，仿佛整个宇宙都在盯视自己胸膛上红色的标记。他不由自主地大叫一声，不禁惊慌失措起来，幸好这声尖叫并没有惊醒镇上的居民。

忽然，一声轻灵的稚笑声传来，是珠儿——海丝特带她从刚过世的温斯洛普总督家里回来。

她见到牧师很惊奇，牧师请她两人再上一次示众刑台，牧师牵着珠儿的手，珠儿的另一只手在母亲手里，一股生命的激越之潮涌入他的心房。

一颗流星划过天际，牧师抬眼观望，幻觉中，他惊异地发现这道光线勾出了一个巨大的红色的字母“A”！

这时，他注意到街道对面老罗杰站在那儿，阴沉地微笑着。

“他是谁？海丝特，”牧师心惊胆颤地喘着气说，“我一见到他就发抖！你认识他吗？我恨他，海丝特。”

海丝特沉默无言。

“尊贵的先生，”医生走过来说，“我正从死去的总督那边过来，你要少读点书，好先生，想办法散散心，否则，这夜游症在你身上会越来越重的。”

心力交瘁的牧师听凭医生把他带走。

第二天是安息日，年轻牧师的布道充满神启，让很多人的灵魂领悟了那次布道的真谛。当他步下讲台时，老习役举出了牧师昨晚丢在示众刑台上的黑手套，他的笑容充满阴险，他的语言充满暗示，牧师只有敷愆过去。

海丝特所处的地位和当初受辱时已大不相同，七年来，她仁厚的爱心、忘我的献身改变着人们对她的看法，——爱总要比恨来得容易。他们说那字母的意思是“能干”，她只是一个弱女子，但她太有力量了。

自从那天夜里，她发现牧师的健康大为下降，她为此大为震惊，她决定找老罗杰，宁愿做出一切牺牲也要从他手中救出可怜的牧师。

医生在海边采药时她找到了他，她惊奇地发现，这个人原来和平安详的风度如今已踪影全无，而是一种急切窥测的神色和阴险的狰狞。她请求医生停止对牧师的折磨，否则她将昭示他们的夫妻关系。

“九年前我是一个真诚勤学的学者，”他紧盯着她的面孔，说：“现在，我是一个恶魔，是谁把我逼成这样子的？”

“上天没有赐予我饶恕敌人的力量。”他挥了挥手，又继续采药去了。

“不管是不是罪过，”海丝特一边注视着他丑陋的背影，一边狠狠地说，“反正，我恨这个人！”她惊诧于自己会嫁给他，她简直不知道自己是何以嫁给他的。

在一个病人的口中，她得知前一天牧师到他的印第安信徒中拜访去了，他可能在第二个下午某个时刻回来。于是，她带上珠儿出发了。

森林深处的暗影中，她看着牧师正沿着山间崎岖的路径走来，他憔悴无比，神情沮丧，那样子好像在说，他如果还有什么可高兴的，那就是在最近的一棵树下躺倒，无所事事地躺一辈子。

他发现了海丝特。

“海丝特！海丝特·白兰！”他急切地喊道，“是你吗？你是活的吗？”

“岂止如此，”她回答道，“我已这样生活了七年！你呢，阿瑟·丁梅斯代尔，你还活着吗？”

他俩没再多说，凭一种默契，双双坐到那堆青苔上。

她告诉了他老罗杰是他的敌人，也是她的丈夫。

他惊呆了，他一屁股坐在地上，把脸埋在双手之中。

“你原谅我吧！”海丝特一边叫着，一边扑过去搂住了他，把他的脸靠在她胸前，她没有顾及到一点，他的面颊恰好贴在那红字上。树林阴暗，树枝在他们头上沉重地悲吟。

海丝特请求他到遥远的地方去，躲开这场灾难和敌人的折磨。

“独自一人啊，海丝特！”牧师绝望地喊道。

“不会叫你独自一人前往的。”她深沉地悄声回答说。

牧师凝视着她的面孔，他的神情确实闪烁着希望和欣喜，但其中也有畏缩，以及对她胆识的一种惊惧，因为她说出了他隐约暗示而没有说出的话。

“咱们不要回头看了。”海丝特一边说着，一边解开红字，远远地抛在枯叶之中。

他们约定四天后乘船去英国，海丝特认识船长，可以弄到船票。

牧师激动的感情赋予他所不习惯的能量，他大步流星地向前走去。但他走进镇上时，他一路上遇到了以前的人和物，还有那熟悉的建筑，他的激情消却了，他明白了自己该做什么。

医生进来了。牧师对他说，他再也不需要他的药了，他将到另一个世界去，医生用严肃而专注的目光久久地盯着牧师。

当晚，牧师一夜未睡，他在写布道词，他感觉自己受到了神启，他的思绪和激情是如此的源源不绝。

三天后，新州长就职的日子到了，海丝特带着珠儿早早来到市场。她碰到了船长，船长告诉她老罗杰明天也和他们一起搭乘去英国的海船，海丝特惊愕无比，这时她看到了老罗杰本人在市场远处的角落里朝她阴冷地微笑。

海丝特看着丁梅斯代尔牧师领着人群朝这边走来，心里感到一阵悲凉，森林中那场倾诉如梦似幻。

讲演开始了，牧师的声音完美地传达着热情和悲怆、高昂和激动。

海丝特站在示众刑台下听牧师演讲，珠儿又跑回来了，船长让她带话说医生保证带她的朋友到船上去，要她不用再操别的心了。海丝特坚强镇定的精神坍塌了。

布道结束了，人们还没有走出牧师火一般语言，空气中满载着他思想的香馥的气氛，到处翻腾着人们对牧师的谀美之词。

牧师茫茫然地移步走向示众刑台，向前伸出双臂。

“珠儿，”他说，“过来呀！来，我的小珠儿！”

那孩子象鸟儿一样朝他飞去，还搂住了他的双膝，海丝特也似乎被命运所驱动，缓缓地走近牧师。

医生从人群中钻出来，脸上带着地狱中才有的阴暗、慌乱和邪恶，他一把抓住牧师的胳臂。

“诱惑者啊！你来得太迟了！”牧师畏惧而又坚定地正对着他的目光，“你的权力已不像以前了！有了上帝的帮助，我现在要逃脱你的羁绊了！”

牧师一边由海丝特扶着，一边扶着小珠儿的手，站到了示众刑台上。

“新英格兰的人们，”他的声音高昂而又雄浑，一直越过人们的头顶，“你们这些热爱我的人！——你们这些敬我如神的人！——向这儿看，看看我这世上的罪人吧！终于！——终于！我站到了七年前我就该站立的地方……”

他哆哆嗦嗦地猛地扯开胸前的法衣，红色的“A”字烙印出现在他的胸前！

老罗杰跑到他身边，表情呆滞，仿佛失去了生命。

“你总算逃过了我！”他一再重复说，“总算逃过了我！”

“愿上帝饶恕你吧！”牧师说，“你，同样是罪孽深重的。”

“我的小珠儿，”他有气无力地说——他的脸上露出甜蜜而温柔的微笑，“亲爱的小珠儿，你现在愿意亲亲我吗？”

珠儿亲吻着他的嘴唇，泪水滴在她父亲的脸上。

“海丝特，”牧师说，“别了，海丝特。”

“我们难道不能再有机会吗？”她俯下身，把脸靠着他的脸颊。

“别做声，海丝特，别做声！”他神情肃穆，声音颤抖，“法律，我们破坏了！这里的罪孽如此可怕地揭示了！我们希望重逢恐怕是徒劳了，上帝是仁慈的，他把我带到这里，让我在众人面前，死在胜利的耻辱中！我不会永远沉沦了！赞颂他的圣明吧！完成他的旨意吧！别了。”

随着最后一句出口，牧师吐出了最后一口气。人群中迸发出奇异而惊惧的声音，这种沉沉滚动的声响，伴随着辞世的灵魂远远地散发出去……

（李安民）

死　魂　灵

尼古拉·瓦希里耶维奇·果戈里（1809年-1852年）：被誉为“现代俄罗斯现实主义之父”，是最早批判自己国家的生活方式和最早写普通人民生活故事的作家之一。他是俄国第一个现实主义作家，也是现代主义的鼻祖，同时，由于“在浪漫主义的哥特塔上安装了滴水嘴”，他还与浪漫主义存在着一定的联系。他仰慕斯特恩，凭借个人非凡的想像力，虚构了一个独特奇妙而又怪异的世界，其作品语言如同莎士比亚时代的英语一样新鲜、生动，并具有很强的可塑性。

1809年3月31日，果戈里出生于乌克兰的一个小地主家庭，其父母一共生下了十二个孩子。1828年到圣彼得堡一家社会服务机构任职，业余时间从事写作，故事集《狄康卡近乡夜话》的问世使他名声大振。1836年，他发表了伟大的讽刺剧《钦差大臣》，引起了保守派和自由派之间的大论战，果戈里不堪论战带给他的巨大压力，被迫逃往意大利。他在罗马开始创作其最著名的小说《死魂灵》。1842年，该书第一卷的出版在俄国引起了巨大轰动。为了把俄国人民从对道义的漠不关心中解脱出来，他创作了《与友人书简选》。这部作品却成了贵族政治和农奴制度的辩护书，其问世引起了他最忠诚的支持者的强烈不满，纷纷指责于他。他因此心烦意乱，渴望超脱，再也找不到创作的灵感，绝望之中，他焚毁了《死魂灵》的第二卷。1852年3月4日，果戈里在经受了长期祈祷与禁食的折磨和摧残之后弃世而去，终生未婚。

《死魂灵》历来被认为是19世纪俄国批判现实主义文学的奠基作品，被称为“俄国文坛划时代的巨著”。相对于阴森可怖的书名而言，《死魂灵》的内容要活泼、生动得多，它入木三分地刻画了俄罗斯社会的众生之相，饱含着对平民的诙谐同情以及对欺诈、伪善的辛辣讽刺和蔑视。

一天，省会N市一家旅馆的大门口，停放着一辆考究、软垫子的小篷车——这是中等绅士一类人所爱坐的车子。车子里面坐着一位先生，不很漂亮却也并不难看；不怎么胖，可也不显得瘦；虽说他不老，却也不怎么年轻了。巴维尔·伊凡诺维奇·乞乞科夫的到来，虽然引起了人们的注目，但并没有给旅馆带来惊奇的感觉。

马车一进园中，就有一个活泼、勤快的侍者跳出来迎接这位绅士。侍者是一个身材高大的少年，他一只手拿着抹布，将头发往后一甩，就带着这位绅士到楼上去看房间。房间是极其普通的，收价不高，一天只要花上两个卢布，就能住上一间幽静的房间。为这位绅士准备的房间通到隔壁房间的门，是用一口衣橱挡起来的。那边住着的邻居，是一个静悄悄、少说话，然而出格的爱管闲事的人。他对每个旅客和他们的私事都感兴趣。

还没有收拾停当，乞乞科夫就跑到旅馆的大厅里跟那边的伙计或侍者打听各种情况：这旅馆先前是谁的，现在的东家是谁了，能赚多少钱…… 侍者或伙计回答他后，他又详细地打听了这市上的知事、审判厅长和检事等人的情况。凡是大官，他一个也没有遗漏；但打听得更详细的却是这一带所有出名的地主，问他们每人有多少农奴，住在离市区多远的地方，性情怎样，是不是常到市里来；他还详细地过问了本地的其他情况，比如境内可有什么疾病或者时疫。他对这里的一切都表现得如此关心、细致，看来并非爱管闲事，这里面一定大有文章。

乞乞科夫整天忙于访问本市的大官和出席各种晚会

第二天一大早起来，乞乞科夫就遍访了

这里的大官，连卫生监督和建筑技师那里，他都去表示了敬意。在和阔人们谈话的时候，他对谁都很恭维。他称赞市里所有的官员，并且由于在谈话中故意错喊了副知事和审判厅长两回“大人”，因而知事邀请他参加家庭夜宴；其他的官员也各自接待了他一番，请他吃中饭，喝茶，玩叶子牌之类。乞乞科夫是一个精通人情世故的人，善于奉承，举止得体，应酬自如，每逢谈天，他总是与人们谈得很投机，他的智慧与才能，博得了官员们的赏识和赞扬。

他在知事家的晚会上结识了一个姓玛尼罗夫的高雅可爱的地主和另一个姓梭巴开维支的绅士。他悄悄地向审判厅长和邮政局长打听他们的情况，问他们有多少农奴，田庄的状况如何。不多工夫，他和这两个人竟交上了朋友。玛尼罗夫年纪不大，笑起来双眼眯成一条线，他十分佩服乞乞科夫，临别时，还请乞乞科夫光临自己的村舍。外表有些鲁莽的梭巴开维支也邀请他去自己家里做客。乞乞科夫对他们恭敬地点头。

乞乞科夫每天赴午宴，参加夜会，在N市里过了一个多星期快乐日子以后，终于决定要到市郊去访问地主玛尼罗夫和梭巴开维支。

玛尼罗夫村孤零零地坐落在高岗上，但这里的风景幽美、恬静，给人一种舒适的感觉。当乞乞科夫的篷车渐渐驶近大门的时候，玛尼罗夫站在台阶上，手搭额头遮阳，正在研究着逐渐驶来的篷车。篷车愈近，他的神情就显得愈加快活，脸上的微笑也更甜。他终于断定来客就是盼望已久的贵客乞乞科夫，于是大叫起来：“巴维尔·伊凡诺维奇！您到底还是记得我们的！”在门口，他们互相再三谦让，很是客套了一番，这两位朋友终于并排走着，一起挤进客厅。

玛尼罗夫这个人表面上文明高雅，实则庸俗不堪。初次见面，谁都会认为这是一个“可爱而出色的人”，但稍停一会儿，你“就什么话也不能说了”，再过一会，你就会厌恶地离开他，否则，“那就立刻觉得无聊得要命”。他头脑空虚，懒惰异常，五谷不分，爱好幻想，对待任何问题都毫无主见，束手无策。他不但看不出乞乞科夫的欺骗手段，反而对他顶礼膜拜。同常见的地主和花花公子一样，他外表上热情迸发和彬彬有礼，内心却极度空虚而不自知。他的言谈、神态和举动，无不表露出多情善感、游手好闲、惯于梦想的性格特征。

漂亮的玛尼罗夫夫人看到客人来家里，马上说了一些客套话，表示对客人的光临感到无比的荣幸。他们彼此恭维，互相赞叹，在十分和谐、友好的气氛中亲切地交谈着。如果不是仆人来催他们吃饭，他们夸张的交谈，不知什么时候才能完结。去吃饭时，为了让对方先进餐厅，他们又谦让了好一阵，才又并排挤入。餐厅里，有两个孩子在等候，是玛尼罗夫的儿子，旁边站着位家庭教师。为了讨好主人，乞乞科夫极力夸赞他们的机灵和聪颖。

饭后闲聊的时候，乞乞科夫找个机会用一种奇怪的声调问玛尼罗夫，他这里是不是死了许多农奴。玛尼罗夫吩咐他的经理把死者清理一下，开一张详细的名单。玛尼罗夫问道："您为什么喜欢知道这些呢？"乞乞科夫难为情地说："我要买农奴。"玛尼罗夫认为他是要买活农奴，于是问道："您要农奴，是连田地，还是单要他们去，就是不要田地呢？"乞乞科夫则说他要的是死掉的农奴。

玛尼罗夫听说乞乞科夫要买死魂灵，惊讶得把烟杆都掉在了地上。

玛尼罗夫听了，诧异非常。这时，乞乞科夫突然提出要立买卖合同，他更加感到惊疑了。乞乞科夫向他保证不违反民法之后，玛尼罗夫才在惊疑中勉强地与乞乞科夫达成购买"死魂灵"的协议。乞乞科夫请求玛尼罗夫把"死魂灵"的买卖合同亲自送到市里去，并起身告辞，玛尼罗夫心里非常难过，彼此还说了一通令人作呕的客套话。乞乞科夫问明去梭巴开维支家的道路后，玛尼罗夫夫妇依依不舍地目送渐渐远去的马车。

夜晚，在去梭巴开维支庄园的路上，喝了酒的乞乞科夫迷迷糊糊，迷了路，误到了女地主柯罗博奇卡的庄园。乞乞科夫打算和女主人洽谈购买死魂灵的生意。但是女地主对他要买死去的农奴的事情很是意外，觉得应该可以等到另外的做这类买卖的人比比价钱再决定，乞乞科夫百般劝说也没有用，急得冒汗的他又多加了十个卢布，仍然没有起到作用。不仅如此，老太婆极力要把自己的那些燕麦呀、荞麦粉呀、麦子粉等等的农作物卖给他。乞乞科夫在说话时，无意中说自己是办差的，并且看到老太婆怕鬼，就极力吓唬她，女地主这才以十五卢布的价钱同他达成出卖"死魂灵"的协议。

在女地主家里美餐一顿之后，乞乞科夫主仆的马车继续前行，到了一家客店，乞乞科夫叫马夫停车休息。在这里他意外地碰上了地主罗士特来夫——他们曾在检察官家里一同吃过饭。罗士特来夫对乞乞科夫滔滔不绝地谈起了他在城里打牌而输得精光的事情。接着他又邀请客人到自己家里去做客。乞乞科夫欣然同意。

不仅狂热的欢乐、酒后的放荡、粗野的斗殴和紧张的赌博是罗士特来夫的终生嗜好，而且吹牛撒谎也是他的天性。尽管他的家业本已破败萧条，但一进屋就对客人大肆吹嘘。罗士特来夫撒谎是从他的天性中自然而然地流露出来的，他的撒谎不仅荒谬绝伦，甚至是没有意识和没有目的的。比如他家里一匹极为普通的栗色公马，本来值不了几个钱，他硬赌咒发誓地说是花了一万卢布买来的。

罗士特来夫为客人准备的中餐，菜的花样虽说不多，但桌子上摆满了各种名酒。许多酒乞乞科夫不仅没有喝过，连名字也没有听过。饭后，罗士特来夫赌瘾复发了。他邀请客人一起“来一下”。乞乞科夫假装没有听见，却突然想到了什么似的说道：“哦，几乎忘记了，我要和你商量一点儿事！”于是，他们的话题陡然转到购买“死魂灵”上面来了。这个新奇的玩艺儿引起了罗士特来夫极大的兴趣，他立即问乞乞科夫购买“死魂灵”的用意何在。乞乞科夫不愿意告诉他。罗士特来夫毫不退让地说：“很好，随你说吧。在你没有告诉我之前，我不答应！”

而乞乞科夫却对罗士特来夫撒了个谎，开始说是为了“增加自己的名望”，随后又说是结婚的需要。然而狡猾的罗士特来夫知道这是谎言，骂乞乞科夫是个大骗子，不同意将“死魂灵”卖给他。要做生意的话，可以让乞乞科夫买点儿别的东西去，例如那匹值钱的母马等等。乞乞科夫拒绝了。为了这些交易，两人居然争吵了起来，罗士特来夫甚至下令仆人不给乞乞科夫的马喂燕麦。为了弄到他家的“死魂灵”名单，乞乞科夫不愿因此而离开他家。

罗士特来夫提议用赌博或下棋的输赢来处理这笔交易，乞乞科夫只得答应。下棋时，罗士特来夫作弊，被乞乞科夫发觉。他们又发生了激烈的争吵。这可惹怒了罗士特来夫，他要打乞乞科夫。乞乞科夫两手紧紧地捏住罗士特来夫的手。罗士特来夫发疯似的喊家丁帮忙打乞乞科夫。在这千钧一发之际，当地法院院长坐着马车朝罗士特来夫家驰来，乞乞科夫才趁机逃脱。

乞乞科夫去了梭巴开维支家，他觉得梭巴开维支的外形、举动，甚至内心世界无一不与熊相似——笨拙、贪食而残忍。他的存在使人感到一种威胁。他的身体与生活使人觉得一切“无不坚固，而且岿然屹立在地面上”，似乎深沉不可动摇，连他房间里的陈设都体现了这个特点。他房间里的家具也都像主人本身一样，无不“笨重、坚实”，“全都带有一种沉重而又不安的性质”。每样东西，每把椅子，似乎都在说：“我也是一个梭巴开维支！”“我也像梭巴开维支！”

梭巴开维支在与乞乞科夫谈买卖死魂灵时，他开口要价一百卢布一个死魂灵，乞乞科夫大吃一惊。梭巴开维支向客人介绍说，他卖的这些死魂灵可都是些“手艺人和有力气的种田人”。他们讨价还价了好半天。言谈中，梭巴开维支提到附近有一个拥有八百农奴的吝啬鬼泼留希金，还说他那里的农奴都快要饿死了。乞乞科夫暗下决心，要去做一笔大生意。

梭巴开维支拿着乞乞科夫给他的卖死魂灵的钱在细细地看

泼留希金穿着一件脏得发亮、烂着大窟窿的女睡袍，头戴一顶乡下女仆戴的小圆帽，背上沾满面粉，腰上别着钥匙。乞乞科夫刚开始还把他当作了女人。他家拥有一千以上的农奴和堆积如山的财物，堆房、仓库和地窖里堆满了“几代也使用不完的”东西，米堆和草堆都变成了真正的肥堆，面粉硬得像石头一样，棉、麻、毛织品已经化成了灰，但他还感到不满足。他每天跑到庄园外面去寻找物品，东张西望，看看路上、桥下能否捞到什么东西，哪怕是碰见“一块旧鞋底，一片破衣服，一个铁钉，一片碎瓦”，他都要捡回家去储藏起来。他从不拜访别人，也拒绝别人的造访。对待农奴，就更是穷凶极恶，所有的仆人只有一双公用的靴子，还须在进入他的房间时穿，饿死的农奴数以百计。

乞乞科夫以富商的姿态出现在他面前，表示愿意出钱购买他的死魂灵，而且声明，合同费也不必他付。当乞乞科夫以二十个卢布的价钱买了他七十八个死魂灵时，泼留希金用颤抖的双手抓住钱，仿佛手里捧着一种液体，每一瞬间都怕它流走一样。他感激地称乞乞科夫为救命恩人。乞乞科夫拿到“死魂灵”名单，开水都没有喝一杯，就匆匆地离开了泼留希金家。

在遍访了各个地主庄园，购得了大批死魂灵之后，乞乞科夫心满意足地返回市内。一想到自己将拥有四百个农奴，他就满面春风。他亲手写好了契约和申请，领着玛尼罗夫、梭巴开维支和几个胡乱拉来充当“当事人”的人，来到民政厅办理手续。伶俐的厅长很快为他们办妥，并将乞乞科夫的一半注册费奇妙地算在了别的申请人头上，至于用的什么方法，就不得而知了。

乞乞科夫购买“死魂灵”一事，已经成为市镇街头巷尾谈话的中心。人们的议论给乞乞科夫招来了极大的声誉。人们把他当作百万富翁，对他恭维备至，并深情地挽留他多住一个星期。N市的闺秀们也不甘落后，人人都在这个“百万富翁”面前献媚争宠。乞乞科夫甚至还接到一位闺秀的求爱信。

乞乞科夫大受女士的青睐，他沉醉在良辰美景的梦幻当中。

一天，知事发来帖子，邀乞乞科夫参加舞会。他一走进舞厅，就引起了特别强烈的反响。在场的人都无比亲热地向他打招呼，争先恐后地同他拥抱。不一会儿，知事太太挽着一个十六七岁的年轻姑娘在乞乞科夫面前出现了。这位美艳少女的出现，使乞乞科夫的心田荡起一层涟漪。他把全部注意力都集中到这女郎身上，而置其他的闺秀于不顾。乞乞科夫的行为，引起了闺秀们极大的不满。但乞乞科夫却沉醉在良辰美景的梦幻之中。

可是，好景不长，正当乞乞科夫与这位美艳女郎谈得起劲的时候，说谎专家罗士特来夫在舞会上出现了。他在舞会上大肆宣扬乞乞科夫购买“死魂灵”的机密，使乞乞科夫心神不定，坐立不安。然而好在人人都知道罗士特来夫的撒谎性格，不相信他的话。但是乞乞科夫却因担心自己的秘密被泄漏而心神不宁。

听说是卖死魂灵给他的那个老太婆地主散播的流言，乞乞科夫购买死农奴的原由又成了街头巷尾，尤其是那些上流社会太太们议论和流传的重点新闻。人言可畏，说什么的都有：有的说乞乞科夫是拿破仑手下化装隐藏在俄国的特务；有的说乞乞科夫伪造钞票；也有的说他是强盗。谣言甚至让乞乞科夫在知事家里也吃了闭门羹。罗士特来夫把市镇上的一切谣传转告了乞乞科夫，他才恍然大悟：购买“死魂灵”的黄粱美梦彻底破产了，而他也无法继续在这个地方待下去了。

事情的起因是这样的：乞乞科夫出生于破落的地主家庭。父亲教导他说：“不要多交朋友，他们不会给你多大好处的；如果要交，那就拣一拣，要拣有钱有势的来做朋友，好帮帮你的忙，这才有用处……但顶要紧的是：省钱、积钱，世界上的什么东西都可以不要，这却是不能不要的。朋友和伙伴会欺骗你，你倒运，首先抛弃你的是他们。但钱是永远不会抛弃你的，即使遭了艰难或危险，只要有钱，你想怎样就怎样，什么都办得到，什么都做得成。”父亲的这些临别赠言，成了他生活的座右铭和行动的指南。他承袭父亲的衣钵走入社会，凭着它，首先使衙门里的旧官员上了当。后来他当上了财政厅的职员。为了要做科长，他不惜追求上司其貌不扬的女儿，但等到科长的头衔一到手，又若无其事地退避三舍。

他的野心和他的胆子一样大，在一次他贪污的行径被人揭发后，非分之财顷刻化为乌有。这一沉重的打击，并没有使他灰心丧气，放弃既定的目标。他像一只饥饿的豺狼寻找食物一样，贪婪地追求财富，只要能够达到这一目的，哪怕是伤风败俗，冒险投机也在所不惜。一次偶然的机会，他在办理某地主用土地向国家作抵押一事时，同僚无意中说了死农奴未注销可以当活农奴买卖的问题，他马上闪出一个想法来：趁新的纳税农奴花名册发下之前把所有死掉的农奴买进来，再抵押给公家，这就可从赈济局拿到大量卢布。于是，就有了收购死魂灵的那些事情。

乞乞科夫被投进了监狱，但不久后他重新获得了自由，离去时他避免了和任何人相遇，悄悄地离开了这座城市。在马车上，他的心境难以名状地古怪。他想改过自新，但好像还没有找到方法，也许是因为没有榜样吧！

（[美] 汉默顿缩写　阎敏译）

名利场

威廉·梅克皮斯·萨克雷（1811年—1863年）：出生于印度加尔各答，是父母的独子。他四岁时，在东印度公司任职的父亲不幸辞世。六岁后他被送到英国接受教育。他先后在著名的查特豪斯公立学校和剑桥大学三一学院学习。1830年到1831年，他去了欧洲。1834赴巴黎学习绘画。1836年，他与伊莎贝拉·肖结为伉俪，并有了三个女儿。但萨克雷夫人在怀最小的女儿时得了精神病，此后，为设法赚钱，早已把父亲的遗产挥霍一空的萨克雷成了写作机器。

1846年，他的《名利场》以杂志连载的形式陆续发表，这部副标题为“没有男主人翁”的小说，是英国第一部实实在在描写女人的生活情感与欲望的小说。尽管如此，该书还是惟妙惟肖地刻画了好几个中产阶级人士。起初，该书并没有什么反响，但不久就引起了读者的注意，小说获得了巨大的声誉，而萨克雷也因为该书成为继查尔斯·狄更斯之后英国维多利亚时代最伟大的小说家之一。

萨克雷的大部分作品都是以连载形式发表然后成书的。他的其他著作还有《势利者脸谱》、《莱茵河畔基克勒布吕一家》、《纽克姆一家》和《玫瑰与指环》等。

一　夏泼小姐开始了她的战役

在一个6月的早晨，阳光明媚，契息克林荫道上平克顿女子学校的大铁门前，来了一辆宽敞的私人马车。拉车的两匹肥马套着鲜亮的马具。

“姐姐，是赛特笠夫人的马车来了。”吉米玛小姐说道。该是启程的时刻了，亲切可人的爱米丽亚·赛特笠小姐喜欢回家，可是又舍不得离开学校。丽贝卡·夏泼小姐将陪同爱米丽亚小姐回家，一周后，要到脱·克劳莱爵士家里做家庭教师。丽贝卡·夏泼小姐的父亲曾经是一位画家。

萨克雷为《名利场》作的插图

两个女孩开始步入社会。对爱米丽亚来说，这是一个新鲜的、五光十色且美丽的世界；对于丽贝卡来说，在她到林荫道做半工半读的教师之前，就已经有一些社会经验了，她经常要跟讨债者打交道，想法子把他们从父亲的门口打发走。她说自己从来没有做过孩子，从八岁起就是成年妇人。

在拉塞尔广场，丽贝卡看到了两块华丽的羊绒披肩，那是乔瑟夫·赛特笠给他妹妹买的。乔瑟夫在东印度公司民政部做事。丽贝卡说，有个哥哥真好啊！这话很容易使软心肠的爱米丽亚因为丽贝卡的孤苦伶仃而对她产生怜悯之情。虽然只有十九岁，但是有着足够机灵的丽贝卡，问了这个朋友一连串的问题后，得出了如下结论：“如果赛特笠先生既有钱又没有结婚的话，我为什么不能嫁给他呢？虽然我的确只有两个星期的时间，可是试试也无妨！”我想我们没有任何权利去指责她，她没有和蔼可亲的父母替她安排婚事，只能由她自己操心了。

乔瑟夫·赛特笠先生贪吃，虚荣，又胆小，是烂泥扶不上墙的那种人。年轻的乔治·

奥斯本上尉是老赛特笠的教子，也是大家公认的爱米丽亚的未婚夫。他认为乔瑟夫是一个懦弱的人。他经过反复的考虑，正像赛特笠一样，觉得乔瑟夫与丽贝卡的婚事，不是一件令人高兴的事，既然自己已经准备和赛特笠一家结亲，成为这一家的一分子，那么这家就不该降低身份去娶一个没有地位的家庭教师。他对他的朋友都宾上尉说："他家的门第已经够低的了，再加上她，成什么样子？做家庭教师当然也不错，不过我宁可我的嫂子是个有身份的小姐。我是个心胸宽大的人，可是我也有正当的自尊心。我明白我的地位，她也应该明白她的地位。那印度财主盛气凌人，我要给他个下马威。得叫他别傻过了头，所以我才叫他留神，那女孩子说不定会上法院告他。"

爱米丽亚小姐本来心里一直希望乔瑟夫能娶个妻子一起回印度。老赛特笠保持中立态度，他对自己的妻子说："乔瑟夫喜欢哪个就娶哪个，这不关我的事。这个女孩没有财产；可是当年赛特笠太太也一样穷。她看上去很快乐，又聪明，或许还会把他的生活料理得很有条理。亲爱的，总比让乔瑟夫娶个黑老婆，生一堆红色皮肤的孙子好得多吧。不过我很明白，如果我和你和他妹妹明儿都死掉的话，他也不过叫声'老天爷！'然后照样吃他的饭。所以我也不愿意为他操心。他爱娶谁就娶谁。我不管他的事。"

如果乔瑟夫·赛特笠有勇气的话，他单身汉时期也许就可以结束了。他整晚都在想，他是否爱上了夏泼小姐，虽然爱的激情一点也没有防碍乔瑟夫先生的胃口和睡眠，可是，当想到夏泼小姐在印度为他唱歌时的情景，他又感到无比的幸福。这是一个多么与众不同的女孩啊。她说的法语比总督女士本人说的还好，在加尔各答舞会上，她将引起怎样的轰动啊。他心想："这个可怜的小妖精一定是爱上我了。跟那些出国到印度去的女孩子比一比，她不见得穷到哪儿去。如果我不找她，说不定会挑个不如她的呢！"

那个夜晚来到了，都宾、乔治·奥斯本和乔瑟夫·赛特笠陪着爱米丽亚和丽贝卡一起去了游乐场，那位印度的公务员因为一大碗的五味酒而大醉一场。第二天早上，当丽贝卡以为她的好日子就要到来时，赛特笠却在哼哼唧唧地忍受着痛苦。因为当年还没有苏打水，所以隔夜的宿醉只能用淡啤酒来解。乔治·奥斯本来看望他，不幸的乔瑟夫听到他昨晚的表演受了惊吓，乔治就建议他先不要着急结婚，应该去切尔腾纳姆几天，然后给爱米丽亚写张条子让她帮他跟夏泼小姐解释一下，请求她原谅他昨晚的行为。

乔瑟夫·赛特笠逃到了切尔腾纳姆，丽贝卡在心里暗想："是乔治·奥斯本破坏了我的婚事。"从此，她对乔治·奥斯本耿耿于怀。

全家人都觉得丽贝卡应该动身了，只有可怜的爱米丽亚是例外。大家都认为她该前往从男爵毕脱·克劳莱府邸了，这也被称作"女王的克劳莱镇"。毕脱爵士的前妻为他生了两个儿子，一位叫毕脱，一位叫罗登。这位太太还生了两个女儿，丽贝卡·夏泼就做这两个女孩的教师。这样看来，丽贝卡现在进了好人家的门，与原来在拉赛尔广场接触的圈子将完全不同，接触的都是有身份的上等人。

二　两桩婚姻

丽贝卡在女王的克劳莱镇不满一年，已经赢得了从男爵的信任。当克劳莱先生不在家的时候，她几乎就是宅子的主妇。她总是小心谨慎且虚心地履行她尊贵的新职责，为的是不会冒犯厨房和马房的主管。

克劳莱家里的两个兄弟谁都看不上谁。罗登，是一位骑兵，除了一年来拜访一次克劳莱姑妈，很少回到这里。这位姑妈最了不起的好处，就是她拥有七万英镑的财产，而且她差不多已经收罗登做干儿子了。

克劳莱姑妈和罗登都很喜欢丽贝卡，克劳莱夫人去世后，毕脱爵士对他女儿的家庭教师说："没有你我无法生活，做我的妻子吧，我认为你就是最好的女士。答应我吧，贝基。我还有二十年好日子，准能让你过得很开心，瞧着吧。"

丽贝卡惊讶得直往后退，……"哦，毕脱爵士！"她说，"我，我已经结婚了。"

几周后，在布朗普顿一所舒适的新居中，罗登对他娇小的妻子说："如果老太太不肯回心转意怎么办？嗯，贝基？"

"那我将替你挣一份家产。"贝基说道。

但是老小姐克劳莱并没有回心转意，罗登·克劳莱上尉和丽贝卡在1815年的6月随着英国军队去了布鲁塞尔。

1815年3月，拿破仑登陆戛纳也导致了老股票经纪人约翰·赛特笠的破产，他的债权人竟是他的老朋友和邻居约翰·奥斯本。他帮奥斯本先生开创了事业，给过他不知多少好处，而且又是未来的儿女亲家。而奥斯本先生却因为原来的这些恩惠而不能忍受，而且还不停地激怒赛特笠先生。

乔瑟夫·赛特笠在听说自己的家庭遭受的不幸后，还像往常一样安排着自己的部署。他没有去伦敦，而是给他母亲写了一封信，说如果需要钱，可以去找他的代理人，那样的话，他和蔼的精神颓废的老父母就不用害怕现实的贫穷了。这些事情做完后，乔瑟夫更多的时间是住在切尔腾纳姆的公寓里。

约翰·奥斯本寄给了爱米丽亚一封措辞恶毒的信，短短的几行字，说要取消两家的婚约，爱米丽亚看到这封信，脸色苍白，但心情平静。老约翰·赛特笠一提起这事也是一样的怨恨。他发誓说无论如何也不把女儿嫁给那种混账东西的儿子。他命令爱米丽亚从此不许再想念乔治。

威廉·都宾上尉确信赛特笠小姐准会伤心失望得不能活下去，他下决心要促成乔治·奥斯本和爱米丽亚的婚事。

为了说服老赛特笠同意这两个年轻人的婚事，都宾说道："如果您不允许的话，您的女儿就应该不要得到父母同意，自己和乔治结婚。奥斯本对你横加指责，如今他的儿子偏偏要求娶您的女儿，愿意加入你们这一家，这样岂不是灭了他的气焰？"

乔治·奥斯本气愤地与他的父亲一刀两断。

在和自己的儿子会见的最后，奥斯本老头儿嚷道："少跟我说这些废话，全是胡说八道。我家里的人，不准和叫花子结婚。"奥斯本先生气得脸上发黑，命令管家出去雇辆车打发奥斯本上尉出门。

乔治把他和父亲之间的吵闹告诉了都宾。

"我明天就和她结婚，"他发誓说，"我一天比一天更爱她了。"

在4月阴冷、刮着大风的一天，奥斯本和都宾上尉坐着马车，在福兰路附近的一个教堂前面停下来。

"你们来了，"乔瑟夫·赛特笠迎上前来，"瞧这个天，乔治，你来晚了五分钟，来吧，我的母亲和爱米在教堂的小屋等着呢。"

教堂里只有牧师，执事人，男女两家几个亲友和他们的佣人而已。赛特笠老头儿不肯来。乔治便做他的代表，领着新娘走上婚礼殿堂。都宾就做了乔治的伴郎。

在他们到教堂的事务所里登记签字时，乔治拉着朋友的手说："都宾，愿上帝保佑你！"都宾感动得说不出话来，点点头算做回答。

在婚礼举行过后十天，都宾来到了布赖顿，奥斯本上尉和爱米丽亚也在这里，而且罗登·克劳莱一家也来了。他已经见过老奥斯本，并且试图劝他接受儿子的婚姻，结果却把老头气得发抖。他还听到一个消息：一两天之内，队伍就会奉命前往比利时。

他说："乔治，依我看，不出三星期，法国皇帝便要对咱们发起攻击了。你跟奥斯本太太暂且不必这么说。"布鲁塞尔仍旧挤满了又时髦又漂亮的男男女女。

说句老实话，爱米丽亚并不怎么看得起她丈夫的朋友都宾上尉。他相貌平常，行为举止又没半点儿飘逸洒脱的风度。虽然不是很了解他，爱米丽亚也看不起老实的威廉。都宾明明知道她的心思，却虚心下气地接受她对于自己的评价。后来她和都宾混熟之后，才改变了原来的看法，不过这是后话。讲到丽贝卡呢，都宾上尉和太太们在一起不到两个钟头的工夫，她已经看穿了他的秘密。她嫌他，不喜欢他，而且暗地里还有些儿怕他。不管丽贝卡要什么把戏，说什么甜言蜜语，都打不动他。他自然而然地厌恶丽贝卡，一看见她就远远躲开。

5月8日，乔治·奥斯本接到父亲律师的一封信，告诉他，“由于您的婚姻问题所引起的纠葛，奥斯本先生不愿再认您为家庭的一分子。这个决定是最终的、无可挽回的。”

收到信后没几天，乔治·奥斯本和妻子，都宾，以及乔瑟夫·赛特笠，罗登·克劳莱一家向布鲁塞尔进发了。

三　滑铁卢战役之后

大概在6月18日之后三个星期左右，奥斯本先生的朋友威廉·都宾爵士到拉塞尔广场来拜访他。威廉爵士一定要见奥斯本本人。他迟疑了一下，说道：“今天有个军官到伦敦来，小儿都宾上尉托他带来一封家信。里面附着给你的信，奥斯本。”

信上的字写得很有力度，一望便知是乔治的笔迹。这封信就是他在6月16日黎明和爱米丽亚分别以前写的。那印章在乔治死在战场上的时候给偷掉了。这件事情他父亲并不知道。他心慌意乱、傻傻地对着那封信发怔，站起来拿信的时候差些儿栽倒在地上。

可怜的孩子信上并没有多少话。他太骄傲了，不肯让心里的感情流露出来。他只说大战就在眼前，愿意在上战场之前和父亲告别。他恳求父亲照料他撇下的妻子，说不定还有孩子。一来英国人是向来不爱多话的，二来他这人心高气傲，三来也许是一时间觉得忸怩，所以他的嘴就给堵住了。当时他怎么吻他父亲的名字，可惜奥斯本先生看不见。他看完儿子的信，只觉得自己的感情受了挫折，又没了报复的机会，心里充满了最怨毒最辛酸的滋味。他仍旧爱儿子，可是也仍旧不能原谅他。

乔治的葬礼举行两个月之后，一块纪念乔治·奥斯本的纪念碑出现在奥斯本先生常去的教堂的墙上。秋天，老人家去了比利时。乔治的遗孀还在布鲁塞尔，军队正在那里休整，很多人在那里养伤。大战发生以后好几个月里头，这座城市就成了一个庞大的军事医院。

奥斯本到滑铁卢和加德白拉去走了一趟。日落时分，奥斯本先生的马车从滑铁卢回来，将近城门的时候，碰见另外一辆敞篷车，有一个军官骑着马跟在车子旁边。奥斯本回头看了一眼，车子里原来是爱米丽亚，她怔怔地瞧着奥斯本的脸，却不认识他。她的脸蛋儿又瘦又白，眼睛直勾勾的，茫然若失。奥斯本知道了车里坐的是谁。他恨她，直到相见的一刹那，连他自己也不知道心里多么恨她。爱米丽亚的车子过去了。过了一会，奥斯本车子后面响起马蹄声，都宾骑马赶上来了。

萨克雷为《名利场》作的插图

都宾叫道："奥斯本先生，奥斯本先生！"奥斯本叫车夫加鞭快走。都宾说道："我要跟你谈谈，还有口信带给您。"

奥斯本恶狠狠地答道："那女人叫你来说的吗？"

都宾答道："不是，是你儿子的口信。"奥斯本听了这话，一倒身靠在马车角落里不言语。都宾自己紧跟在后面，到了奥斯本住的旅馆。都宾跟着奥斯本先生进了他的房间。

老头儿咒骂着，说道："请你赶快说。"

少佐说："我是他最亲近的朋友，又是他遗嘱的执行人。他留下不多几个钱，他的妻子境况非常艰难，这事情您知道不知道呢？她受了这个打击，伤心得神志糊涂，连性命都有危险。她不久就要生产了。不知您打算让那孩子替父亲受过呢，还是愿意看乔治面上饶了孩子。"

奥斯本一口气说了一大串话，没命地咒骂儿子，夸赞自己。他说全英国找不出比他对儿子更慈爱的父亲，儿子这样忤逆，甚至于到死都不肯认错。他已经发誓不和那女人交谈，也不认她做儿媳妇。他咒骂着说："这样的想法，我是至死不变的。"

看来这方面是没有希望了。那寡妇只能靠自己微薄的收入过活，或许乔斯能够周济她一些。

六年来，爱米丽亚一直靠着这点儿收入和孩子、自己的父母生活在福兰路，都宾和乔瑟夫·赛特笠眼下在印度，老赛特笠的生意一直没有成功，家里再次陷入绝境。

奥斯本先生已经看过自己的孙子，正式提议领养孙子，让他承继他父亲名下的一份财产。他愿意供给乔治·奥斯本太太足够的生活费用，但条件是孩子必须跟着祖父住在拉塞尔广场，偶尔也可以到奥斯本太太的家里来看看她。

开始的时候，爱米丽亚断然拒绝了这个提议。但是，她知道了自己的父亲做投机买卖失败，拿走乔瑟夫寄来的钱。在贫穷和痛苦的压力下，她被迫屈服了。她自己的那些钱，仅仅能够赡养自己的父母，根本不能为自己的孩子提供很好的生活条件。

奥斯本小姐，家里惟一一个还没有结婚的女儿，给奥斯本读爱米丽亚的来信。奥斯本老头儿听了，声音颤抖着说道："什么？这位骄傲的太太低头了吗？"

"他们快饿死了。哈，哈！我老早就知道会有这么一天。"他假装镇静，想要照常看报，可是怎么也看不进去，只把报纸挡着脸，一会儿赌神罚咒，一会儿呵呵笑。

奥斯本先生临走对女儿说："把我书房上面那间屋子——就是他的屋子——给收拾干净。给那女的送点儿钱去。不能让她缺一件少一件的。给她一百英镑。别让她到咱们家里来。哼！哪怕你把伦敦城里所有的钱都给了我，我也不能让她来。"

分别的一天终于到了。孩子被当作祭献，供奉给命运之神了。那寡妇只剩下孤身一人。

克劳莱一家舒适的生活结束了。在斯丹恩勋爵的帮助下，罗登当上了考文脱莱岛上的总督。谁还关心贝基呢？据说她去了拿不勒斯，罗登不愿意和妻子重归于好，因为她从斯丹恩勋爵那里收了很多钱财，却没告诉自己的丈夫。罗登说："就算她是清白的，她的罪名也不能因此减低。我不愿意见她——永远也不要见她。"

四　都宾上尉退伍

好运气开始降临到爱米丽亚身上。乔瑟夫发了大财后回到英国，和他一同回来的还有都宾上尉。一家人团聚没有多久，赛特笠太太就死了。老赛特笠没过多久，也追随夫人去了。

老奥斯本的想法有些变化。他发现都宾上尉是一个很优秀的军官，一天，他把上尉代小乔治和他母亲记的账目细细地查了一下，发现寡妇和她孩子靠着过活的资金里面有一部分是上尉自己掏的钱。

他和都宾上尉成了好朋友，从那以后，都宾就经常到拉塞尔广场去吃饭。他竭力使老人心平气和，想起儿子不再发狠。他有过几次在上尉面前问起乔治·奥斯本太太。有一天早晨，佣人发现他中风倒在梳妆台旁边，他无法说话，不到四天就死了。他和乔治·奥斯本太太的恩怨也一笔勾销。

开读遗嘱之后，发现他把一半财产传给小乔治，剩下的给两姊妹平分。他又从小乔治财产上每年提出五百英镑给他母亲，"爱儿乔治·奥斯本的妻子"。小乔治也仍旧归她抚养。他指定"爱儿的好友威廉·都宾上尉"为遗嘱执行人。

这年夏天，都宾和乔瑟夫陪伴爱米丽亚和小乔治到欧洲大陆去避暑，他们到了德国的本浦聂格尔，这是一个景色秀美的山谷。乔瑟夫遇到了克劳莱太太，在一番长谈之后，深信贝基是最贤淑、最可爱的女人。爱米丽亚被贝基所叙述的遭遇打动，但都宾却不为所动。爱米丽亚不想放弃贝基，都宾只好和她分手。

爱米丽亚虽然不想嫁给都宾，但却想让他留在身边，都宾的离去让她受到很大打击。尽管都宾与贝基作对，但贝基并不怨恨他。他这一着棋子走得光明正大，待人还是公道的。她甚至有些喜欢他。贝基毫不顾忌地称赞他是人品高贵的君子，表示十分佩服他，而且责备爱米丽亚对他太不近人情。

乔瑟夫和爱米丽亚在别人的劝说下来到了奥斯当。在这里，贝基被很多人在背后指指点点。楼德少佐和卢克上尉这两个流氓不久就踏进了乔瑟夫·赛特笠先生高尚的圈子里。

说句公平话，这两个人来他们家的时候，丽贝卡从来不让爱米丽亚独自陪着这些客人。

晚上，贝基说："爱米丽亚，听我说，你必须得离开这儿。你不适合生活在这个地方。你跟手里抱着的奶娃娃一样，哪儿配在外面混！你还是赶快结婚吧，要不然你和你那宝贝儿子准遭殃。傻瓜，你非有个丈夫不行。有一位百里挑一的君子已经再三向你求婚，而你却回绝了他。你这糊涂、没心肝、没天良的小东西！"

爱米丽亚满脸通红，答道："我——我今天早上已经写信给他了。"

只有乔治和他的舅舅出现在婚礼仪式上。都宾上尉结婚以后立刻退役，此后在汉普郡离"女王的克劳莱镇"不远的地方租了一套漂亮的房子住下来。

罗登·克劳莱上校在考文脱莱岛害黄热病去世，比他哥哥毕脱爵士早死了一个半月。

丽贝卡，即克劳莱太太（她自称克劳莱爵士夫人）有一份丰厚的生活费，主要在温泉和契尔顿纳姆两边住。在这两个地方有许多极好的人都帮她说话，认为她一辈子受尽了冤屈。

唉！浮名浮利，一切虚空！我们这些人里面谁是真正快活的？

（[美] 汉默顿缩写　王强译）

大卫·科波菲尔

狄更斯，劳托洛作。从未上过大学，所受教育都是通过自己的阅读、观察和日常体验得来的。他的小说写的都是他自己时代和自己周围的事，他是英国最伟大的作家。

查尔斯·狄更斯（1812年－1870年）：1841年的一天，一艘从英国开来的巨轮在纽约港缓缓靠岸。码头上的人们像潮水一般涌到岸边，迫不及待地大声问道："小耐儿死了吗？"

原来，小耐儿是连载小说《老古玩店》里的女主人公，小说的最后一期就是由这艘轮船运载而来。能够激起人们如此巨大的期待与热情的正是被誉为"英国最伟大的创作家"的狄更斯，时年仅二十九岁。翌年他访问美国，受到接待的隆重程度不亚于1824年时访美的拉法耶特。实际上，早在六年前，狄更斯就已经因为《匹克威克外传》的问世而成为世界上最出名的作家了。

1812年2月7日，狄更斯出生在朴次茅斯的一个贫困家庭。父亲约翰·狄更斯是海军部门的小职员，为人

R·W·布士所绘的《狄更斯的梦》

和善，可因家眷太多，生活颇为艰难。一家人东奔西走，四处飘泊，日子越来越难过。后来，约翰·狄更斯因负债进了拘留所，为了照顾全家生计，就把妻子和小一点儿的孩子接进去一起住。狄更斯十一岁就承担起了繁重的家务劳动。他从未上过大学，几年的中学生活便是他所有的教育历程。

狄更斯一生共创作了十四部长篇小说，还有许多中、短篇小说和杂文、游记、戏剧、小品。其中最著名的小说有《艰难时代》和《双城记》，其他作品还有《雾都孤儿》、《董贝父子》和《远大前程》等。

《大卫·科波菲尔》是狄更斯的代表作，至今仍是世界上最受欢迎的小说之一。一位伟大的作家曾经这样评价这部作品："令我感激的是，《大卫·科波菲尔》的作者给我的孩子们带来了天真无邪的欢笑。"在这部小说里，狄更斯用一种奇幻般的魔力驾驭着读者的情感：读上一页时，你会因捧腹大笑而泪流满面；读下一页时，你又会因忧愤悲伤而泪流满面。

一　我的童年

我是一个星期五的午夜十二点出生的，出生地是在萨克福的布兰德斯通，人们总是这么告诉我，这让我深信不疑。我是一个遗腹子。在我出生前六个月，父亲就离开了人世。贝西·特洛伍德小姐，是我父亲的姨婆，在我出生那天的下午来到我家，告诉我的母亲（母亲非常怕她），她准备抚养这个未出世的孩子，一个女孩。

当姨婆看到出生的是个男孩而不是女孩的时候，一言未发，只是拿起帽带，好像拿着一个投石器似的对着医生的头部瞄了一会，然后把帽子往头上一扣，走了，再没有回来。她消失了，如同失望的仙女。

当我回首我的幼年，能够清晰记得的是我的母亲，长着一头秀发、有着年轻脸庞的母亲，还有皮果提，我的老保姆，她相貌平平，红彤彤的脸颊和双臂棱角分明，我常常奇怪，为什么鸟儿宁愿去啄苹果，而不是来啄她。

许多年过去了，我一直记得在星期天的时候。一位有着漂亮的黑头发和胡须的先生陪我们一起回家。但是，不知道为什么，我不喜欢这个人，也不喜欢他低沉的嗓音，我对他的手在摸我时会摸到我母亲的手而深怀妒意。

一天晚上，当我从一种极不舒服的瞌睡中醒来，发现皮果提和母亲一边流泪，一边谈着什么。

皮果提说道："不是这样的人，科波菲尔先生绝不会喜欢。我就这么说，我敢发誓！"

我的母亲喊道："天啊！你想要逼疯我吗？你怎么忍心对我说这么残忍的话？你知道除了你我没有一个朋友。"第二个星期天，我又看到了那个有着黑胡须的先生，他从教堂陪我们回家，渐渐地，我也习惯看到这个人了，还知道他是默德斯通先生。我像过去一样，对他没半点儿好感，也同样对他怀有令人不安的嫉妒。

我和皮果提到雅茅斯去待了两个星期，去她的哥哥家里。等我回来时，发现妈妈已经和默德斯通先生结了婚。我走进家门，看到他们正坐在我家客厅里的火炉旁边。

我向他伸出手，犹豫了一下，走过去亲吻了母亲。我不想看她，也不想看他。我很清楚他在看着我们。到了可以溜走的时候，我就跑掉了。上了楼，我哭着进入梦乡。

一句鼓励的话，一句对我的年幼无知表示同情的话，一句欢迎回家的话，一句让我觉得这里就是我的家的话，就可以让我实心实意地顺从他，而不只是虚伪地在外表上顺从他，也会让我敬重他而不是憎恨他。

第二天，默德斯通小姐来了，她和她的兄弟一样黑，他们在相貌和声音上也非常相像。"坚定"是默德斯通姐弟自认为了不起的品格，但我却宁可称其为"专横"。

我的学习很快就变得一团糟。如果只有母亲在我身旁，我就能专心学习，但是那姐弟俩现在也总是坐在旁边。他们对我的影响就像是两条毒蛇对一只可怜的小鸟的影响那样有震慑力。

在一个可怕的早晨，我的功课比平时做得更糟。默德斯通先生抓住我，用胳膊夹住我的头，试图用鞭子教训我。在挨了一鞭子之后，我抓住他抱着我的手，狠狠地咬了他一口。他打得更重了，似乎要把我打死才肯罢休。后来，他终于走了，把我锁在屋里。他还规定我不能见母亲，每天只能在花园里待半个小时。默德斯通小姐像看守一样在监视着我。五天的惩罚结束后，她告诉我，我将被送到布莱克汉斯的萨伦学校。

在我离家之前，见到了母亲。他们竭力让她相信我是个坏家伙，这比我的离开更让她伤心。

二　开始独自生活

当我知道母亲死亡的消息时，已经是我在学校的第二个学期了。我赶回家参加葬礼。

这之后，我再也没有回过萨伦学校。默德斯通先生和他的姐姐对我置之不理。我能感觉到默德斯通先生更不喜欢我了。我也偶尔想过自己可能再也不能接受教育，再也得不到关爱了，我可能成为一个穷困潦倒、心情忧郁的人，在乡下过着游手好闲的生活。

皮果提被辞退了，她想到雅茅斯和她的哥哥生活在一起。但事实上她没有这么做，而是嫁给了车夫巴吉斯。

皮果提在她结婚的那天对我说："亲爱的大卫，不管是年轻还是年老，只要我活着，还住在这个房子里，这里就会随时都欢迎你来。我每天都会收拾它，就像以前收拾你的那个小房间一样。"

我在家里孤独地待了几个星期。一天，默德斯通先生说要让我到默德斯通和格林伯公司去工作。

默德斯通先生说："你能挣够自己的吃喝，以及花消。你住的地方我已经安排好了，由我出钱负担。你的洗衣费用也由我们支付。现在去伦敦吧，大卫，去自己闯天下吧。"

他姐姐在旁边补充道："总之，你得到照顾了，相信你会尽责的。"

十岁时，我成为默德斯通和格林伯公司的小劳力。

默德斯通和格林伯公司的货栈位于河边，处在黑弗莱尔的南端。公司的一项重要业务是给一些邮船提供葡萄酒和烈性酒。业务的结果之一就是产生了大量的空瓶子。大量的男人和男孩，我也是其中之一，被雇佣过来清洗这些瓶子。空瓶子洗完了，就往装满酒的瓶子上贴标签，或封住木塞，或把贴上标签、封住木塞的瓶子装箱。

包括我在内，这里总共有三四个男孩。年纪最大的男孩名叫迈克·沃克，系着条破破烂烂的围裙，戴着一顶纸帽子。他介绍另一个男孩给我认识，这个人的名字很怪，叫白粉·土豆，这只是货栈的人给他取的外号，因为他肤色很苍白。

他们无法和我童年的伙伴相比，也无法和萨伦学校的同学相比，我沦落到和这些人为伍，心中的痛苦无法用语言来表达。清晨，当我独自一人的时候，我的眼泪常常流到洗瓶子的水中，在我的胸口似乎有道裂缝，随时都会胀裂开来。

我每周的薪水开始是六先令，后来加到七先令。我需要用这些钱来支付一周的花消，早餐是一便士的面包和一便士的牛奶，还得另外准备一小片面包和一小块干酪，留着我晚上回来做晚餐。

我是那么年轻、幼稚，没有多少能力去安排好自己的生活。我经常因为无法抗拒摆在糕饼店前以半价出售的隔夜蛋糕而花去了吃午饭的钱。在这样的日子里，我或者不吃午饭，或者只买一个蛋卷或一小片布丁充饥。

我是那么小，当我走进陌生的酒店要买杯麦酒或黑啤酒调配午餐时，他们竟然不敢卖给我。

我知道，我并没有夸大我的经济上的窘境和生活的艰难。我知道，如果有人给我一先令，我就马上会去买午饭或者茶点。我知道，我是一个衣衫褴褛的穷孩子，从早到晚地工作，饥渴交加地在街上游荡。我知道，如果不是上天怜悯，在我所受的那种待遇下，我能轻易地就成为一个小强盗或小流氓。

默德斯通先生安排我和米考伯先生一家住在一起，他为默德斯通和格林伯公司拉生意，他陪同我来到了他位于都市路温泽巷的家。

米考伯先生是个身体结实的中年人，穿着褐色外套，四方大脸，头发比鸡蛋上的毛还少。他的衣服很寒酸，却戴一条很扎眼的硬假领。他的拐杖很时髦，上边还系着一对褪色的穗子，外套上挂着一个单片眼镜，我后来发现这是用来做装饰的，他几乎从不用它，就是用它也根本看不清什么。

来到他位于温泽巷的家，我注意到，这个房子和它的主人一样，也是那么寒酸，但也和他一样尽量显得体面。他向我介绍米考伯太太，他太太身材瘦削，面容憔悴，一点儿都不年轻。

米考伯太太领我到后边房子的顶楼，边走边说道："在我结婚之前，从来没有想过有必要招收房客。米考伯先生现在很困难，为生活所迫，个人的想法也不得不放弃啊。"

我说："是的，夫人。"

米考伯夫人说："米考伯先生现在遇到了最大的难处，我不知道他是否能闯过这道关。如果米考伯的那些债主不肯多给他时间，那他们就得自食其果。"

孤苦伶仃的我，很快就和这家人建立了很深的感情。后来，米考伯先生到了最危急的关头，他遭到逮捕，被送进了监狱。米考伯太太决定搬进监狱去和丈夫住在一起，我在监狱旁租了一个很小的房间。

根据《破产债务人法》，米考伯先生被释放了。他要搬到普利茅斯，米考伯夫人认为她的娘家在那里还有些影响力。

我必须重新想想自己的生活了。我决心离开这里，想尽一切办法去乡下，找到我在这个世界上惟一的亲人，我的姨婆贝西小姐，将我的事情一五一十地告诉她。从皮果提那里，我打听到贝西小姐住在多佛附近，不过她也不能肯定是住在多佛当地，还是住在海斯、沙门或弗克斯通。我向周围的工友询问，他们告诉我，这些地方离得都不远。我认为这对我来说就够了。在送走米考伯一家后，我也动身了。

三　姨婆负担起我的生活

经过长途跋涉，在出发后的第六天，我终于到达了多佛。

这么遥远的路途，我是一步一步走过来的，到了晚上，就睡在干草堆上。我还算幸运，当时是夏季，可以允许我卖掉外套和背心去买吃的。我的鞋子已经破烂不堪；而帽子因为睡觉的时候被当作睡帽，又扁又皱，就算是被扔到垃圾堆上的破锅也比它好看得多。我的衬衣和裤子上沾着汗气、露水、草屑、肯特的泥土（我在那泥上睡过觉）。当我这样子站在姨婆的门口，可能连花园里的小鸟都会吓一跳吧。自从我离开伦敦，头发就没碰过梳子和刷子。就这样，我等着向我那令人敬畏的姨婆介绍自己。

待大卫一路乞讨走到多佛姨婆的别墅时，已是浑身褴褛。

我站在那里，等待着。过了一会，屋里走出一个女人，她的帽子上扎了条头巾，手上戴着双整理花园用的手套，还拿着把大剪刀。从她走路的姿势，我判断她肯定是贝西小姐，从我懂事起，妈妈就常常向我描述姨婆走出房门的样子。

看到我，贝西小姐喊道："走开！走远点！男孩不许来这里！"

我看着她，看着她走到花园的一个角落里。绝望的我只好鼓起勇气，轻轻地走过去，站在她身旁。

“对不起，夫人；对不起，姨婆，我是你的侄孙子。”

我的姨婆喊道：“噢，上帝！”一下子就坐到了花园的石径上。

“我是大卫·科波菲尔，从萨克福的布兰德斯通来，在我出生的时候你到过那里。我母亲去世后，我一直生活在不幸之中。我不能上学，被迫去做不适合我的工作。万般无奈之下，我只有来找您了。这一路我是走来的，动身后我就没有在床上睡过觉。”

说到这里，我控制不住自己，大哭起来。

姨婆听到这里，急忙站了起来，拉着我的衣领，进了客厅。

姨婆做的第一件事情是把几个瓶子里的东西塞进我的嘴里。我敢肯定姨婆当时是见瓶子就拿的，因为我尝到了茴香汁、鱼子酱、调味色拉油。然后她把我放到沙发上，并且听从那个长相和蔼、灰白头发、她称为“狄克先生”的人的建议，给我洗了个热水澡。然后，姨婆给我穿上狄克先生的衬衣和裤子，又用两三条披巾把我裹上，而我呢，就这样沉沉地睡着了。

从此，姨婆收养了我。她给默德斯通先生写了封信。几天后默德斯通先生和他姐姐到了。

最后，默德斯通先生说他可以无条件地让我回去，但如果我不想回去，那么从此以后我就再也无法回去。

“孩子你呢？”姨婆说，“你想回去吗，大卫？”

我回答道：“不！”并且恳求姨婆不要赶我走。我乞求姨婆看在我父亲的分上能够保护我。

姨婆说道：“狄克先生，我该怎么对待这个孩子呢？”

狄克先生思考着，犹豫片刻后面带喜色地回答道：“我们应该立刻给他量身定做一套衣服！”

姨婆说道：“狄克先生，把你的手给我，你的见解真是太宝贵了。”她把我拉到身旁，对默德斯通先生说：“如果你愿意，现在就可以走了。我想和这个孩子在一起，试试运气怎么样！”

默德斯通姐弟俩走后，姨婆宣布狄克先生和她一起成为我的监护人，现在我应该被称为“特洛伍德·科波菲尔”。

就这样，我有了新的名字，在一个崭新的环境中开始了我的新生活。

姨婆把我送到了位于坎特伯雷的一所学校，因为学校不为寄宿生提供住处，我又被安排到姨婆的律师威克费尔德先生家去住。

大卫一见到艾格尼丝就喜欢上她了

我对这种安排很满意，姨婆也和我一样高兴。威克费尔德先生的家宽敞、安静，家里惟一的女子就是他的独生女艾格尼丝，和我年纪差不多大，她的脸明亮，快乐，和在楼梯处看到的一幅画中的女人十分相像。房子是宁静的，艾格尼丝是宁静的，她是和善、恬静的精灵，无论如何我都无法将她忘记。

我现在的学校无论从哪方面讲都要比萨伦学校强得多。很久以来，除了米克·沃克和白粉·土豆，我一直没有任何同龄伙伴，所以刚开始我对学校生活感到非常陌生。我早已忘掉了自己所学过的知识，在进行测试时，我一无所知，于是，我被安排在学校最低的年级。

第二天上学，我的不安减轻了一些；再过一天，不安又减轻了一点。就这样，我一点点地摆脱了不安，不到半个月，我已经适应了这样的生活，在新伙伴中也非常快乐了。

姨婆在离开威克费尔德先生家之前曾对我说："特洛，你要对得起你自己，对得起我，对得起狄克先生，上帝保佑你！不要做卑鄙的事情；不要失信于人，不要残忍狠毒。远离这些罪恶吧，特洛，我对你寄予希望。现在马车就停在门口，我走了！"

她匆匆地抱了我一下，就走了出去，顺手关上房门。我向街上望去，看到她无精打采地上了马车，头也不抬地驾车离去。

四　尤来亚·希普和米考伯先生

在姨婆领我到威克费尔德先生家的那天，我第一次见到尤来亚·希普。那时他是个长着一头红头发的十五岁青年，但看上去年纪要大些。他的头发剪得很短，像麦茬一样。

他几乎没有眉毛，也没有睫毛，眼睛呈棕红色。他双肩高耸，身材瘦削，穿着体面的黑色衣服，系了一条白领带，衣领一直扣到遮住了脖子，我还注意到，他有着一双细长、瘦骨嶙峋的手。

希普是威克费尔德先生的雇员，我经常在晚上看到他在一个小的圆形办公室读书，偶尔我也会走进去和他聊会儿天。

一天晚上，他告诉我他并不是在工作，而是在读书以增进自己的法律知识。

我注视了他一会，说道："我想你是一位很出色的律师吧？"

希普说道："科波菲尔少爷，你是在说我吗？不，我可不是！我只是个卑贱的人。不管别人怎么样，我知道自己是个卑贱的人。我的母亲也是如此。我们生活在一个卑贱的地方，科波菲尔少爷，但是，也有很多值得感谢的地方。我父亲以前从事的的职业很卑贱，是个教堂看墓人。"

我问道："现在他做什么？"

希普说："科波菲尔少爷，现在他已经到天堂去了。在很多方面，我们应该充满感激。能和威克费尔德先生在一起，这多么值得感谢啊！"

我问他是不是已经跟着威克费尔德先生很久了。

希普回答道："我已经跟了他四年，科波菲尔少爷。父亲去世一年后我就来到这里。这是多么值得我感谢啊！威克费尔德先生心地善良，让我做见习，这多么值得感谢！否则，以母亲和我的卑贱身份又怎么能够呢？"

我想讨他的高兴，说道："也许，当你成为正式律师，会成为威克费尔德先生的合作伙伴。那就会是威克费尔德——希普事务所，或者希普——已故威克费尔德事务所了。"

希普连忙摇头道："不，科波菲尔少爷，我太卑贱了，怎么能这样呢？"

五六年之后，我在伦敦，希普的发展证实了我的预言。

艾格尼丝很早就留意到威克费尔德先生的变化。他喝的酒越来越多，以致双手发颤，说起话来含糊不清，每当这时候，希普就会走过来找他，说有事情要办。

艾格尼丝告诉我，希普已经成为威克费尔德先生的左膀右臂，她父亲已经离不开他了。

她说："他很敏感，戒心非常强；他清楚爸爸的弱点，便助长这些弱点，利用这些弱点，直到爸爸害怕他。"

听说了希普的这些做法，我感到非常气愤，但是当我看到希普，我还是控制住了自己的情绪。艾格尼丝说为了她父亲，也为了她，还是不去招惹他的好。

希普提醒我说："你已经证实你是个多么灵验的预言家了，科波菲尔先生！你可能忘记了吧？不过，当一个人处于卑贱之中时，他可会牢牢记住这些话呢。但是最卑贱的人，科波菲尔少爷，或许是优秀的助手。我想起来很高兴，我曾做过威克费尔德先生的优秀助手，我也许会做得更优秀呢。哦，他是那么可敬的人，但以前他又是多么不谨慎啊！”

这个流氓继续说他“爱他的艾格尼丝走过的路面”，他认为艾格尼丝知道他对她父亲是有用的，为了父亲，艾格尼丝也会对他好的。我的头脑里闪过一个疯狂的念头：从火中拿出那烧红的火钳去狠狠地刺穿他。但是，为艾格尼丝着想，我什么也没有说。最后，希普的所有阴谋诡计都被我的老朋友米考伯先生揭穿。米考伯先生来到坎特伯雷，在希普的公司碰到我，而希普雇他当了职员，每周的薪水只有二十二先令六便士。

米考伯发现希普欺骗威克费尔德先生以让他签署各种文件，骗光我姨婆委托威克费尔德先生打理的财产，于是他挺身而出揭发了希普，完成了他所谓的“希普的最后毁灭”。

米考伯没有了工作，再次陷入了“财政危机”。我姨婆对他很是感激，为了报答他，建议他移民到澳大利亚，米考伯先生很快就接受了这个提议。

米考伯夫人说：“我想，那里的气候一定是非常好的。但是，另一个问题是：那地方的条件是否能让像米考伯先生这样有才能的人得到出人头地的机会呢？我并不是说他现在有要做总督的打算或那样的想法；我只想说，那里是不是为他提供一个良好的开始，能让他发展他的才能？如果是这样的话，我认为澳洲显然是能让米考伯先生大展身手的最佳舞台了！”

米考伯先生说：“我相信那是个好地方。在现在的环境下，那是我和我的家人去的地方，惟一的地方；一种非同寻常的机会将在大洋彼岸出现。”

希普的失败和米考伯的移民发生在我成年之后，现在我回头讲讲中间几年的事情。

五　我成年了

我的学校生活！我的学校生活，在从童年到青年间无声无息地滑动，那是我生命看不见、觉察不到的进展！

时光悄无声息地溜走。我当了班长。我往下看那些个子低于我的学生，带着屈尊俯就的意思。他们中的一些人使我想起我刚到这里的情形，我对他们尤为亲切。当初那个小家伙好像根本就不是我。我回忆起他，就如同是回忆起人生路途上遗落在后面的什么东西，就像是回忆起别人。

我刚到威克费尔德先生家见到的那个小姑娘，现在在哪里？我再也没看见她。取而代之的是那幅肖像的翻版，不再是一个孩子的化身了，这翻版在家里走来走去。艾格尼丝，我亲爱的妹妹，我在心里这么称呼她，她是我的顾问和朋友，对于一切受到她那种祥和善良和无私精神影响的人来说又是幸运女神。现在，她已经长成大人了。

我现在应该找份工作，姨婆建议我去做博士院的代讼人。我知道代讼人也是律师。博士院就在圣保罗教堂附近一个冷清、古老、偏僻的角落里，这里要解决的就是有关平民遗嘱、婚姻诉讼以及大船和小船之间的争议。

我决定去做代讼人。后来，我姨婆的钱财被希普骗得一干二净，我找到斯宾罗先生，想问问他是否可以解除我的代讼人见习合约。我认为约金斯先生要固执一些，所以不敢去找他。

“如果我不受制约——如果我没有一个合伙人约金斯先生，那该多好。不过，我了解我的合伙人，科波菲尔。约金斯先生不是会接受这种特殊提议的人。要想让约金斯先生违背常规是很难的。”

这些年代都过去了。

从法律上讲，我已经成人了，现在我二十一岁。我还是想想自己所取得的成就吧。

因为要去赚钱，我掌握了那让人头痛的、神秘的速记，通过为一家早报提供议会争论的内容而赚得了一笔很可观的收入。一晚接着一晚，我记下那无法实现的预言、永不履行的声明和令人迷惑的解释。

我已开始以另一种方式来谋生了。我诚惶诚恐地开始了写作生涯。我偷偷写了些文章，送到一家杂志，文章竟发表了。从那时起，我鼓起劲头写了许多小玩艺。打那之后，我就专心致志地开始了写作生涯。

我的回忆即将接近尾声。

皮果提，已经成了寡妇，和

大卫和艾格尼丝举行了盛大的婚礼

我的姨婆、狄克先生坐在房间里。

姨婆喊道："天啊！你带回家的这个人是谁？"

我说道："艾格尼丝。"

不到两周，我们就结了婚。艾格尼丝把手温柔地放在我的肩膀上，看着我的脸。我告诉她，从她那里我获益良多，艾格尼丝说她一直都在爱着我。

在结束本书之前，让我再回忆一些事情，最后一次。

我获得了很大的名声和财富。已经结婚十年的我，看着孩子们在屋子里玩耍。

这是我的姨婆，戴着度数更深的眼镜，八十多岁的老太太身子依然笔直，她真的成了真实的、活生生的贝西·特洛伍德的教母。经常陪伴在她左右的是皮果提，我的老保姆，她也同样戴着副眼镜。从一份澳大利亚的报纸上得知，米考伯先生现在是米德尔港的一名地方官员，他在当地的影响愈来愈大。

有一张脸高出一切之上，超出一切之外。我扭过头去，看见我身边那美丽宁静的脸。当我的生命走到尽头的时候，艾格尼丝，希望你的脸也能这样陪伴在我身边；当现实的一切都消逝而去，希望我仍能看到你在我身边，以手指天！

（金松林）

西线无战事

埃里希·马里亚·雷马克（1898年－1970年）：出生于德国威斯特伐里亚，父亲在本地一家工厂做装订工，一家人都是虔诚的天主教徒，生活过得十分清苦。雷马克十八岁时，从学校应征入伍，参加了第一次世界大战。在佛兰德战役中，他为解救一位受伤的战友，遭遇英国的突然袭击，被多枚手榴弹炸成重伤。大战结束后，他在一个边境小村当了一年的小学老师。此后，为了生计，他做过种种零工，如街头小贩、石匠、风琴手等等，后来，他为《大陆回声报》撰写广告和评论文章以维持生活。1922年，他担任该报主编，后被聘为《体育画报》编辑。

1928年，《福斯报》以连载形式刊登了小说《西线无战事》，这是他利用六个星期的业余时间写就的。由于连载效果不俗，1929年该小说又被印成单行本出版，该书的出版在德国和世界各地受到了广泛的欢迎。该书的销售量在出版史上也是空前的。几乎一夜之间，雷马克就从一个默默无闻的记者晋升为举世闻名的红作家。由于雷马克在该书中表现出来的对英雄主义的冷淡态度，受到了纳粹党的关注。1930年，纳粹党以他对待一战的反英雄主义态度为借口，迫使他去国离乡。1933年希特勒上台后，他的作品被公开烧毁。1938年，他被剥夺了德国国籍。1947年他加入美国国籍。60年代中期，他的健康状况开始恶化，1970年9月25日，72岁的他病逝于瑞士。

雷马克的其他作品有《三个战士》、《上帝没有宠儿》、《里斯本之夜》及《天堂里的影子》等。

我的同班同学，共二十个青年，全在校长坎托列克沙文主义的宣传煽动下参了军。我们当时满心喜悦，对于战争和未来，尽管没有清晰的概念，但却充满了浪漫幻想。在学校，我们都是志向远大的人，拥有着美丽的梦想和一腔热血，我们是抱着保卫国家的雄心壮志来到战场的。可战争比我们想像的要残酷得多，如今，沙文主义者们还在写文章，做演说，然而经历战争的我们看到的却是野战医院和死亡。我们当然不会去当逃兵、胆小鬼，依旧英勇地参加每一次战斗。

昨天才换了防，全连一百五十个人，生还的只有八十几个。因此军需处发下来的生活资料，留给我们这些幸存者们的是双倍。睡足了觉，开始排队买饭。排在长队最前头的自然是那些最饿的人。小阿尔贝特、米勒、勒尔和我四个人都只有十九岁，他们三个是我的同学。还有我们的四个朋友：恰登、海伊、德特林和斯坦尼斯劳斯。

我们去医院看望另一个同学克默里希。在学校时只有他一个人能在单杠上玩大翻身，这个一直幻想着去当一个林区主任管理员的同学的一条腿已被截掉，虚弱地躺在床上。他让我把那双系有缚带的皮靴带去给米勒，因为米勒曾非常想要这双皮靴。克默里希的脸越来越苍白，我们眼睁睁地看着他死去。医院护理员无动于衷地说："光是今天，已经死了十六个——你们那位是第十七个。总共大概要有二十个……"

在战场，我们常常自己想办法改善伙食，卡特是最能干的一个，他还常常发表自己的高见："一样的伙食，一样的薪金，就再也不会有战争了。"一天夜里，我们驻扎在一家小工厂里，睡在床架上绷着的铁丝网上。卡特带着海伊出去，一会儿就抱回一大捆稻草。然后又不知从什么地方搞到面包、马肉，大家饱餐了一顿。

排长希默尔施托斯军士已服过十二年军役，他原来的职业是邮递员。严酷的排长特别不喜欢克罗普、恰登、海伊和我，因为他感到我们身上有种无声的反抗。有一天早晨，我给他整理了十四次床铺——每次他都故意找些差错，把刚叠好的又抖乱了。我花了整整二十个小时把他那双古老的、硬得像石头一样的皮靴揉得像黄油一样软，连他自己也找不出茬儿来。恰登有遗尿的毛病，希默尔施托斯惩罚性地将他和另一个有遗尿病的人安排在一张床的上下铺，床面是铁丝网做的。他们每天必须交换铺位，轮番遭受上铺的"淋浴"。不仅如此，我们有时没戴手套在严寒中一口气"立正"一刻钟；有时一连四小时在翻耕的田地里练习“预备，跑步走”和“卧倒”；在练习格斗时被他打得浑身青紫。

我们被派往前沿构筑堑壕工事。炮弹经常在我们的身边炸响。一阵炮轰之后，四周便响彻着可怕的号叫，我们只好待在墓地里。炮弹呼啸而过，倏地带来一阵黑暗，飞过我们的头顶。接着，是炮弹爆炸的火光，整个墓地都被照亮了。我的脑壳上挨了一下，我的知觉开始模糊，不知抓住了一个什么东西，便爬到它的下面，把它盖在头上作为掩护，待睁眼一看，原来是个死人。一个黄头发的新兵关节被炸成了肉酱和碎骨，我们想一枪把他打死算了，免得他经受苏醒之后的巨痛和以后大半生的痛苦，但没能干成。

战场上只有硝烟、流血、死亡，士兵们只有惊恐而又麻木地等着被炸死或者被打死。

阿尔贝特说：“战争把我们的一切都毁了。”

持续不断的炮击，把战壕几乎夷为平地。在双方的战壕之间，堆积着数不清的尸体。我们惊恐而又麻木地等着被炸死。能活下来真的纯属偶然。我们的进攻总是发生不了，反而处在敌人的猛烈进攻下竭力防卫的状况。一个新兵神经错乱了，又哭又叫地要往掩护壕外冲。我们仿佛待在自己的坟墓里，只等着被人掩埋。令人窒息的空气时刻压迫着我们的神经。仅仅几天的工夫，可我们感觉已经过了几个月甚至一年。

我们已经不是在战斗了，而是为了免遭毁灭而保卫自己，我们投掷手榴弹不是为了对付敌人，而是在伸出双手的死神面前拼命逃亡。反攻终于开始了，所有人又被挟裹着冲到前面去，全无意志，只是发疯似的野蛮和愤怒。我们要杀戮，因为如果我们不去杀死他们，那么他们就会来消灭我们。

一个掉了队的年轻的法国士兵，被我们赶上了，无视他已经举起的双手，一铁锹抡下去，就把他的脸劈开了。另一个法国兵见此情景，试图往前跑，一枪刺就往他的脊背上捅下去，他跌跌撞撞，放声嚎叫，枪刺在他背上颤动。

活生生的人，在下一刻头盖骨就被炸开了；刚刚还在奔跑的人，一会儿他们的脚就被炸断了；一个一等兵，拖着被炸烂的膝盖，用手在地上爬了两公里；还有一个一等兵，

海伊背部负了重伤，每呼吸一下，从伤口就可以看到他的肺在搏动。

赶到了急救所，肠子堆在他一双交叠起来的手上；我们还看见一些没有嘴、没有下巴、没有脸孔的人；一个人把他胳膊上的动脉用牙咬住了两小时，这样做就是为了不让自己的血流光致死。海伊背上负了重伤，每呼吸一下，从伤口里可以看见他的肺在搏动。“什么都完了，保罗。”

我们连最后只剩下三十二个人，我们调防了，被送到比往常更远的后方的一所野战兵站，我们连需要补充一百多名士兵。希默尔施托斯到我们这里来了，他已经不像从前那样霸道了，战争消磨了他的火气。

我们宿营在运河附近。河对岸住着三个法国姑娘。恰登将一个军粮面包高高举起，她们便又是点头，又是招手。夜里我们泅水到对岸，把包打开，将东西递给她们。她们的眼睛闪闪发光，一看就知道她们全都饿急了。

因为休假，我要离开六个星期。大家喝着酒，都闷声不响。谁知道我回来之后，还能否看到他们，海伊和克默里希早都已经不在了，不知道下一个会轮到谁。

我站在车窗前，注视着车外的草地、田野、农场。平原豁然开朗，我的故乡的剪影开始在远处出现了。出了车站，是一条小溪在街边潺潺地流着，这是从磨坊桥的水闸里喷着泡沫冲出来的。那边矗立着一座古老的、方形的瞭望楼，它前面是那株高大的、斑驳的菩提树，背景则是一片暮色。

“保罗！”我的大姐迎了出来。姐姐的一声呼唤竟使我浑身没有了力气，泪珠从我腮帮上滚落了下来。卧病在床的母亲以她少有外露的感情呼唤着我。她将家里所有的好一点的东西，都给我留着。我这是回到了自己的家里了！我喃喃地自语着。可是一种陌生的感觉并没有让我摆脱掉。

我没有想到休假会是这样的状况。今日与往昔之间，隔着一条鸿沟。一年前我对战争一无所知，今天的自己在不知不觉中已经被摧毁。对于这里来说，我变成了一个陌生人。我宁愿独自一个人，而不愿意别人来打扰我，因为我与他们已经没有了共同语言。我想忘掉战争，但却做不到，我想着呼啸的炮弹、伤员、蜷缩在堑壕里的战友，竟然内心里对这里周围的人妒忌鄙弃起来。

我拿起我房间书架上的书——曾经负载着我的希望和梦想的书籍。可是现在，我认不清一个词，发不出一个音。我只能跟它们永别！我不甘心，我坐着，等待着，希冀青春的活力重新回来。

假期很快就要结束了，离别的情绪占据着我的心，越逼近行期日子过得越沉重，母亲的眼神也越来越忧郁。临别的夜晚，母亲来到我的床前，一直坐到将近破晓。真希望能够把我的头伏在母亲的膝盖上，痛哭一场。真想穿过逝去的时光，回到往日的岁月里去，那时我们就再也不会蒙受所有这些苦难了。

大家经常讨论一个问题：为什么要进行战争。

我根本不应该回来的。

我根本就不应该回来休假。

我赶上部队，终于回到了伙伴们中间，给他们吃带来的煎饼，卡特问："这些都是你母亲给的吧？一尝味道就知道了。"我差点儿哭了出来。

我们重新上了前线。我去侦察敌人阵地，悄悄爬到了敌人的散兵线后面，躲在一个大弹坑里，突然有一个法国兵重重地摔了进来，我下意识地将匕首刺进了他的身体。眼看着他艰难地死去，我的脑海里突然想到他的妻子长的什么样？他有没有父母和子女？我对他说："伙伴，我本来并不想杀死你。"从前，对我来说，敌人不过是一个抽象的概念，一个活在我头脑里的逻辑联想，我刺向的，正是那个联想。可是现在，我才看到这个死去的是一个像我一样的人。“以前我只想到你的手榴弹、你的刺刀和你的步枪；而现在我才看到了你的妻子、你的脸和你与我之间的共同的东西。为什么他们从来没有告诉过我们，说你们和我们一样是一些可怜的人，你们的母亲也和我们的母亲一样在着急……”我着急又慌乱地翻着他的皮夹，寻找和他相关的信息，我要写信给他的妻子，我要去帮助她，去帮助他的父母和子女。也许我能忘掉许多事情，可“吉拉尔德·杜凡尔，排字工人”这几个字却像钉子一样，钉进我的心里永远也拨不出来，

阿尔贝特和我被送进了医院，他被截了肢，抬走了。我也见到不少来探视伤者的家属。第二天清早，其中的一位老太太又来探望自己的亲人，可病床上已经换了人，她只好到太平间去了。死亡，在战场和医院都是再平常不过的事。在战场上，各个民族彼此敌视，而且默默地、无知地、愚蠢地、甘心地、无辜地在互相残杀的同时，世界上最聪明的头脑还在发明着武器和撰写讴歌侵略的文章，使这种敌视和残杀更为巧妙，更加具备合理性，更加狂热和持久。我们这些人不过二十岁，可是有生以来的第一个职业就是杀人。对于人生，除了绝望、死亡、恐惧以及与悲痛的深渊联系在一起的迷惘浅薄之外，一无所知。我在医院里，但战斗仍然在持续，死亡也在继续。

德特林开小差，逃跑途中被宪兵逮捕，从此再没有关于他的消息。米勒死了，卡特也死了。到秋天，曾经一起的伙伴中间只有我一个人还活着。我们不能回家，因为当战争被忘却之后，我们只会被抛弃，我们只是作为战争的棋子。我们没有根底，没有道路，更没有未来。想到这一切，心中只有忧伤和惊愕。

1918年10月，本书主人公保罗阵亡那天，整个前线是如此沉寂和宁静，战报上仅仅用一句话来概括：西线无战事。

（阎敏）

简·爱

夏洛蒂·勃朗特（1816年-1855年），19世纪英国著名小说家，与妹妹艾米莉·勃朗特（1818年-1848年）和安·勃朗特（1820年-1849年）并称“英国文坛传奇三姐妹”。

她们出生在英格兰北部约克郡偏僻村子里一个穷牧师的家庭里。她们家所处的那片荒凉的旷野，就是19世纪两部著名小说《简·爱》和《呼啸山庄》的背景。这两部巨著悲剧性的浪漫主义故事情节和富有神秘色彩的场面，如今仍然深深地吸引着全世界的广大读者。小妹妹安妮的作品也

勃朗特三姐妹。从左至右依次为《简·爱》的作者夏洛蒂·勃朗特、《呼啸山庄》的作者艾米莉·勃朗特和《艾格尼斯·格雷》的作者安·勃朗特，勃兰威尔作。

夏洛蒂·勃朗特：风华绝代，红颜薄命。

同样具有感召力，令读者爱不释手。

1820年，全家移居约克郡。过了不久，勃朗特夫人和两个大些的孩子相继去世，勃朗特先生一人照顾姐妹三人和她们的弟弟。三姐妹主要通过自学不断成长起来，她们经常在一起写故事，讲故事。为了谋生，三姐妹于1844年动用姨母遗产的一小部分办学，却以失败而告终。弟弟布兰韦尔因失业而变得有些神经质，性格乖僻，经常酗酒、吸食鸦片。为了支撑这个贫困的家庭，夏洛蒂说服妹妹们出版一部诗集。当时人们对妇女从事文学创作有极大的偏见和抵触情绪，为此，她们1846年自费出版的《柯勒、埃利斯和阿克顿·贝尔诗集》用的是男姓笔名。然而，销售情况很糟糕，仅卖出了两册。

1847年，夏洛蒂的《教师》、埃米莉的《呼啸山庄》和安妮的《艾格尼丝·格雷》都已完成，但均未获得成功。直到后来夏洛蒂《简·爱》的发表，三姐妹才逐渐引起了评论界和读者的广泛关注。尽管《简·爱》用的是男姓笔名，还是为当时已驰名文坛的萨克雷所识破："这绝对是女性所作。"夏洛蒂因《简·爱》的问世而受到了伦敦文学界特别是萨克雷的好评，被马克思列为以狄更斯为首的"出色的一派"中的一员。

《简·爱》的电影海报

《简·爱》是一部独树一帜、反对世袭观念的具有浪漫主义色彩的现实主义文学作品，为英国小说开辟了一片新天地。女主人公简·爱出身贫寒之家，其貌不扬，却经历了浪漫的爱情。《简·爱》在世界文学殿堂中的显赫地位从一定意义上说应该归功于这个主题：平凡的女子同样可以实现做"白雪公主"的美丽梦想。

如果说那天凛冽的寒风和绵绵苦雨合了我什么心意的话，那就是它们取消了我们的户外活动。我从心底里讨厌午后的散步：手脚冻得冰凉，保姆蓓茜的数落，最难受的当然是自觉身体不如里德家里的伊丽莎、约翰和乔治娜强壮而丢脸。

这时候，他们几个正簇拥在他们母亲——里德太太的周围。从里德太太心满意足的神态上看得出，这是她最高兴的时候了。而每当这个时候，我总是被支开的。她才不顾那样会伤了一个孤儿的心呢！我父母在我几个月大的时候就死了，里德是我的亲舅舅，可九年前也死了。虽然里德太太在他临终前答应了把我像她亲生儿女一样抚养成人，但里德太太也许认为没有把我赶出去就是遵守了诺言。既然这样，佣人们也乐得欺负我，说我的坏话。

我为什么落身到这么一户人家，老受折磨，老受欺侮，老挨骂，一辈子也翻不了身，这不公平啊！

约翰已经十四岁了，比我大四岁。他是我的死对头，仗着身子强壮，他哪天都要欺负我好几回，可里德家里的人都护着他，我对他是又恨又怕。这一次连我在窗帘后看书都被揪出来欺负，我再也忍不住了，还了手，还骂了他，却被关进九年前里德舅舅死和装殓的那间红屋子，我又吵闹了一回。这样一来，里德家里的人对我越加冷淡了。

幸好不久后我被送到五十英里外的洛伍德学校，这其实是一所孤儿院。能离开约翰他们，我非常高兴。在这里，我交了新的朋友——十四岁的海伦。学监谭玻尔小姐对我也非常好。

洛伍德学校里姑娘们的穿着打扮是统一的，朴素得近乎古怪。饭食非常少，而且还常散发出一股怪味，大家常常是吃不饱也吃不了，身子很瘦弱。当第二年春天的瘟疫和伤寒袭来时，很多人根本抵抗不住。全校八十几个姑娘中病倒了四十五个，课是上不成了。海伦也死了，不是伤寒，是肺病。

学校的流行病引起了公众的注意，各种弊端的暴露更引起了他们极大的公愤。革新随之而来，饭食好很多了，也卫生了很多。学校搬了地方，疾病的威胁大大减弱。

八年来，我的生活一成不变，却不乏愉快。由于我的努力，我升到了第一班第一名。第七年的时候，我被授予了教师的职位。较为和谐的思想，较有节制的感情，已经在我的心灵里扎了根。

历经种种变迁，谭玻尔小姐始终担任这所学校的学监，她和我的关系一直是我的一种安慰。在我当教师的第二年，她结了婚，要搬到很远的地方去。她的离去让我失去了伴我已久的宁静。我开始向往一种新的、自由的生活，而且这种感觉越来越强烈。

我在一家报纸上登了一则求职广告，没想到那么快就起了作用。我受到一户人家的雇用，工作是家庭教师。

我怀着甜美、温暖而又忐忑不安的心情来到聘用我的桑菲尔德府，受到了热情的接待。管家费尔法克斯夫人真是一个温和、善良的女人。我的学生——阿黛尔还不满十岁，非常逗人喜欢，她的监护人是大屋的主人罗切斯特先生，他远行未归。

几天下来，我感觉非常好，甚至能静下心来享受这里恬静的景色和宜人的新鲜空气，愉快地听着哇哇的鸦鸣。

每天早上，阳光都从鲜艳的蓝色窗帘缝射进来，照亮了整个房间。每当这个时候，我都会感觉全身的官能都被唤醒过来，跃跃欲试。我说不清自己究竟在期待什么，但总是某种愉快的事物。也许不是这一天或者这个月就能来临，而是在未来的某一天。

一天晚上，我从阁楼上下来，经过一条长长的寂静的走廊。突然听到了一声奇怪的笑声，清晰、呆板而又郁郁寡欢。接着，一扇门开了，一个三四十岁的女人走了出来，她身材僵硬而横阔，红头发，长着一张严厉而其貌不扬的脸。简直再也找不出比这更缺少神奇气息、更不像鬼的鬼魂了。她是一个仆人，费尔法克斯太太叫她格雷斯。她是个疯子，以后又听到过好几次这种诡异的笑声。

10月，11月，12月依次过去，1月的一天，因为阿黛尔着了凉，我准了她一天假，我自己替费尔法克斯太太去干草村送一封信。

路面坚硬，空气凝滞，我细细地品味这寂寞旅途所蕴涵着的乐趣。但一阵得得的马蹄声打破了这种宁静，一匹马直奔过来，因为年青，我还把这个家伙幻想成某种妖精所化。但很快就知道不是，这个大物竟然因为路面上的一层薄冰就狠狠地摔了一跤，一同摔倒的还有骑士。

我走了过去。“你受伤了吗，先生？”接着我又问了一句，“我能帮你点儿什么吗？”

“你就站到一边吧。”骑士恼怒地答道。

他爬了起来，我这才把他的模样看了个大概：三十五六岁光景，中等身材，胸部相当宽，脸黑黑的，眉头紧蹙，一付不耐烦的模样。

说实话，我从理论上对男人的漂亮、文雅、殷勤和迷人十分看重，但一旦遇到真正具有这些品性的男子，我会本能地离开，我觉得他们和我身上的一切都既没有也不会有合拍的地方。

这个男子不是那种绅士，而且他那种厌烦和无礼的态度，反而使我感到没有了拘束。我不顾他的拒绝，再次要求帮他。最后，他借用了我肩膀的力量上了马，而后奔腾而去。

在剩下的旅途中，我为这样一个小插曲而有了异样的感觉：一是因为我在完全被动的生活中有了一次主动的行为；另一是这个男子的黝黑、强健、严峻给我留下了那么新奇的印象。

简正在品味着寂寞旅途的乐趣，这时，一匹马远远地奔来，马蹄声打破了这种岑寂。

回来后，我从仆人那里得知主人罗切斯特先生已经回来。几天后，当我在客厅里见到他时，惊奇地发现他就是那天摔倒的行人。

由于阿黛尔的关系，他询问了我一些情况。谈话中，我发现他又大又黑的眼睛非常漂亮，他也发现了我的目光正盯在他的脸上。

“你细细地看着我，爱小姐，”他说，“你觉得我漂亮？”

“不，先生。”我脱口而出。

我的坦率和不卑不亢让他来了兴致，那次我们谈了很多话。事实上后来我们又谈过几次。我觉得他对我推心置腹。他对我的邀请丝毫也没有主人的气派，而完全是一种对女士的态度。在和他的谈话中，我感觉到一种从未有过的快乐，因为他无所不谈，而且充满思想。他盛赞我平静的心境、纯洁的良心和没有被玷污过的记忆。

一个下午，我们在庭院里偶而相遇。他请我散步，然后提到了阿黛尔。那是他年青时的荒唐事。他受了一个法国女人的玩弄，他为此花了很多钱，真相大白后断绝了关系。不久，她却送来了她的孩子，她说也是他的，他知道不是，但还是留了下来，那就是阿黛尔。在他述说这段往事的时候，我看到了他以前从没有过的表情：痛苦、羞耻、愤怒，——烦躁、厌恶、憎恨———一时仿佛在他浓眉下瞪得大大的瞳孔里闪烁不定的彼此角逐，最后却归于一种木然的神气。

晚上我吹灭蜡烛上了床，却怎么也睡不着觉，费尔法克斯太太说他很少在家待过两星期以上，这一次却已住了八个星期。要是他真走的话，那么这里的阳光和好天气会显得多么毫无乐趣啊！

夜已深了，我还在辗转反侧。忽然，一阵魔鬼般的笑声从我的房门口飘过，我循声走了过去，发现一股浓烟从罗切斯特先生的房里冲出。我不顾一切地冲进去，用水浇醒了他，他得救了。

经过他的一番勘查，真相出来了，那个发出魔鬼般笑声的疯女人想烧死他。奇怪的是，他却要我不要声张。

“你救了我的命。我有幸欠了你这么大一笔情……你的恩惠我一点儿也不觉得是个负担，简。”

他握住我的手，凝视着我，声音哽住了，目光中有种奇异的激情。

那个晚上，我兴奋得无法入睡。罗切斯特先生还丑吗？我不住地问自己，不，他的脸是我最爱看的东西啊！

第二天，罗切斯特先生出去了。仆人们却谈起了将要举行的聚会，谈到了那个叫英格拉姆小姐的美丽和多才多艺，还谈到了她和罗切斯特先生的婚姻。我如梦初醒：世上再没有一个比简·爱更大的傻瓜、白痴了，她狼吞虎咽地填满了一肚子的谎言，把毒药当甘露吞下。

“你，有哪一点受到他的看重吗？”

“你竟敢这么大胆！蠢得可怜的受骗者！”

我庆幸理智还没有逃离我的身体。

星期四到了。桑菲尔德府聚集了很多客人，其中也有高贵的英格拉姆小姐。

舞会上，我的主人尽心地关照着客人，我却只能看着他。我的眼光无法逃离，主人缺少血色的橄榄色的脸庞、宽大的方额角、浓粗的眉毛……处处显示着精力、决心和意志。和他相比，其他绅士所谓的风流倜傥、淡泊文雅都黯然失色。这一切使我的感情脱离了我自己的控制而牢牢地置于他的控制之下。我不断提醒自己，我们之间永远隔着一条鸿沟。——但尽管如此，只要我一息尚存，知觉还在，我就不能不爱他。

我明白自己是在饮鸠止渴。

英格拉姆小姐外形很美，而且多才多艺，但实在不是个值得嫉妒的对象。她卖弄，却毫无诚意；她总是搬弄书上的响亮词句，却从没讲过也不曾有过她自己的意见。她不可能使他迷恋，——这正是令我心烦意乱的地方。

家里又来了一个客人，是西印度群岛的，叫梅森。不料，他的到来竟使主人大惊失色。

“简，我受了个打击，——我受了个打击，简。”他听到仆人的通报后，不禁抓住我的肩膀，身子摇摇晃晃起来，他竟然站都站不稳。

当晚的呼救声和疯女人的笑声惊醒了所有人，大家都奔出来，主人却只让我进入他的房间。在房间里，一幅可怕的情景展现在我眼前：梅森身上到处都是咬伤的伤口，几乎是躺在血泊里，奄奄一息。而在第二天清早，梅森又悄然离去。这让我觉得主人家里别有隐情。

里德太太临终，我又去了盖茨黑德一趟。里德太太始终没有清醒，从她的呓语中，我得知了两件事情：一是她忏悔没有把我当亲生女儿一样抚养；另一是三年前我叔叔来找过我，说要我继承他的遗产，她却说我病死在劳渥德。

一个月后，我才回到桑菲尔德，和主人的重逢是愉快的。尽管担心他很快就不再是我的主人。这一次，他对我是那么的好，我也从来没有像现在这样爱他。

施洗约翰节前夕，我独自来到花园。那真是一个美妙的傍晚，落日没有伴着云彩，只是朴实无华地沉没下去，展现出一派壮丽的紫色，这紫色又高又远，愈远愈淡地覆盖着整整半片天空。东方却有它自己湛蓝悦目的美，一颗大宝石一样的星星正在徐徐升起。在这个万籁俱寂、暮色渐浓的时候，罗切斯特先生——我的主人也出现了。

我不想让他看见，他却叫住了我，我无法拒绝他的邀请，我们沿着月桂树小路闲荡过去。

漫步的路上，主人告诉我，再过三十天他就要结婚了，他给我留心了康诺特省的苦果山庄，那里和桑菲尔德大海相隔。

我的眼泪夺眶而出，离开心爱的主人，越过辽阔冰冷的海洋。难言的痛苦使我从头到脚打起哆嗦，但愿我从未出生，从未到过桑菲尔德，我再也控制不住自己。

“我认识了你。罗切斯特先生，一旦感到我非得永远跟你生生拆开，真叫我既害怕，又痛苦，我看出了非分手不可，就像看到人非死不可一样。”

“你从哪儿看出来非这样不可呢？”他突然问道。

“在你的新娘身上。”

“我没有新娘。”

“可是你会有的。”

“对，——我会有的！——就会有的。”他咬牙切齿地说。

“既然这样，我是非走不可了。”

“不，你非留下不可！我发誓非这样，——这个誓言是算数的。”

“我跟你说，我非走不可，”我发火了，反驳道，“让我留下来？做你的情妇和管家吗？你以为我是个机器人吗？你以为，因为我贫穷、低微、不美、矮小，我就既没有灵魂，也没有心吗？——你想错了，我跟你一样有灵魂，我现在不是凭习俗、常规，甚至也不是凭血肉之躯跟你讲话，——这是我的心灵和你的心灵说话，就仿佛我们都已经离开了人世，两人一同站在上帝的跟前，彼此平等，——就像我们本来就是的那样。”

“像我们本来就是的那样！”他补充说，突然将我一把抱住，紧紧地搂在怀里，嘴唇贴着我的嘴唇。

“简，我是唤你来做我的妻子，我打算娶的只是你。”

“你是在演一场滑稽戏，我看了只会发笑。”我奋力挣开了他的手。

“到我身边来，简。”

“你的新娘拦在我们的中间。”

“我的新娘就在这儿，简，肯嫁给我吗？”

他的一本正经，他的出言鲁莽，——我开始有点相信他是真诚的了。

“你是认真的吗？——你真的爱我？——你是真心希望我做你的妻子？”

“是的。要是一定要发誓你才能满意，那我就起誓。”

“既然这样，先生，我愿意嫁给你。”

“叫爱德华，——我的小妻子！”

“亲爱的爱德华！”

一切都消失了，只剩下夜莺宛转的声音。听着它，我又哭了起来。但紧接着一阵轰隆的雷声和紧随而来的瓢泼大雨把我们赶回了屋里。

一个月之后，婚礼如期进行。

那天早上，朝霞映红了古老教堂的尖顶后的天空。他傍着我缓缓地走进安静而简陋的殿堂。

婚礼就要结束了，我们的幸福将要成为铁定的事实，可就在这时，我命中的恶魔——梅森出现了。

他大声宣告，罗切斯特先生以前结过婚，他的妻子还活着，他是罗切斯特先生的妻舅。罗切斯特先生的妻子就是格雷斯·普尔。

格雷斯·普尔，那个要烧死主人的疯女人，那个要咬死梅森的强健的疯女人。

这就是罗切斯特家的隐情。

从来没有什么雷声像今天这样震动我的神经，我全身的血液受到不可思议地冲击，远胜于碰到冰或者火。不过我还稳得住。罗切斯特先生整个脸像一块灰白的岩石，目光冒着火星。他一句话也没有否认，他似乎要向一切挑战。他的手一味搂紧我的腰，把我牢牢拉在他的身边。

后来我知道了，罗切斯特先生和疯女人的这场婚姻是他的父亲强加给他的，而这却是金钱的魔力。

罗切斯特先生向我倾诉："当我断了自杀的念头，离开了桑菲尔德，我成了什么？简，我只是一只游魂，这些年来，我苦苦寻找，寻找什么？我不知道，直到见到你。"

一只烧红的铁手紧紧地扼住我的要害。世界上没有人能指望比我得到更深挚的爱，而那么爱我的人又正是我极为爱慕的，可是我却不得不把爱和所爱的人拒之门外。我的痛苦难堪的职责，只可以用一个凄凉的字眼来概括——"走"。

一定是上帝的手领着我离开了桑菲尔德，离开了我亲爱的主人。我一边痛哭一边走着我凄凉孤单的路，我很快、很快地走着，就像个神经错乱的人似的。

有谁感受过我当时感受的心情，有谁抛洒过我那暴雨般的、灼人的眼泪，有谁像我这样绝望、这样痛苦地祈求过上苍。

离开主人的路是那样的艰难，但我还是离开桑菲尔德，我的生命进入了新的一页。

奋斗是能改变一点儿命运的。这一年来我吃了很多的苦，差点冻死、饿死，但还是认识了新的朋友，得到了乡村教师的职位，找到了亲戚，获得了遗产……可这不能唤起我丝毫的喜悦。同他的离别，让我觉得每一天都是如此漫长。

一个漆黑的夜里，我正坐在屋里，突然听到一个熟悉的声音，"简，简，简。"是主人的声音!那是凄惨而急切地呼喊出来的声音!

"我来了，"我喊着，"等着我!哦，我就来。"我飞奔到门口，外面空无人迹。

那一夜，我无法入睡，我决心去看我的主人。

我像信鸽飞回旧巢一样奔向了桑菲尔德。

出现在我面前的是一片焦土，桑菲尔德被一把大火烧掉了，只剩下断壁残垣。我打

现在我们又重逢在一起，任何流浪的经历都微不足道了。

听到了这场灾难的原由：

去年秋天的一个夜晚，那个疯女人在半夜里点着了房子。主人把所有的人叫醒了，但当他去救她的时候被石块压住了，她死了，他失去了一只眼睛和一条胳膊。

按照店主人的指点，我在芬丁重新找到了我的主人。正如别人所说，他残废了，但我心里的庆幸远远超过我心中的悲伤。

我心目中高贵的鹰，命运把他锁在栖木上。我是多么愿意当那只为他觅食的麻雀呀！

只过了几天，我们就结婚了。

我无比的幸福，我选择了世界上我最爱的人和最爱我的人，我完全是我丈夫的生命，正如他完全是我的生命一样。

两年后，他的眼睛得到了诊治，他的一只眼睛的视力恢复了一部分。当别人把他的头生子放到他怀里的时候，他能看得出那男孩继承了他从前有过的那一双眼睛，——又大，又亮，又黑。我们满腔激动地感谢上帝：您用慈悲来减轻了惩罚。

（李安民）

呼啸山庄

艾米莉·勃朗特（1818年－1848年）：她和《简·爱》的作者夏洛蒂·勃朗特、《艾格尼斯·格雷》的作者安·勃朗特便是19世纪英国文坛赫赫有名的勃朗特三姐妹。艾米莉出生于一个贫寒的牧师家庭，曾在一个条件恶劣的寄宿学校有过短暂的求学，后到比利时学习法语、德语和法国文学，准备自办学校，但未能成功。

艾米莉从小就酷爱写诗，但一直不为人理解。

艾米莉·勃朗特生前寂寞，自小内向，缄默中总带有几分男性自居感，诚如夏洛蒂所说："她比男人还要刚强，比小孩还要单纯，她的性格是独一无二的。"

在少女时代，当她和姐妹们关在家里"编造"故事、写诗时，她就显现出一种内涵更深的倾向，她的诗在那纯洁的抒情风格之间总徘徊着死亡的阴影。到《呼啸山庄》

艾米莉·勃朗特

动笔时，这种困惑与不安变得更加急不可耐，她迫切需要创造一个虚构的世界来演示它，把自己心底几近撕裂的痛苦借小说人物之口倾吐。因此这本可怕的、令人痛苦的、强有力的而又充满激情的书，与它年轻的作者本身的性格与才华是不无关系的。

《呼啸山庄》孤寂荒凉的环境和让人窒息的氛围，在英国小说史上留下了“孤僻险怪”的独特的、不可取代的地位。起初，评论家对《呼啸山庄》并不欢迎，甚至抱以敌视的态度，认为它太粗野、太荒唐。后来人们逐渐认识到，这是一部举世难得的佳作。

1801年，我租下了画眉山庄以后，就去拜访我的房东。看着一路上的景物，我敢说这一带是英格兰最美妙的地方。当然，这只是对于厌世者而言。还有哪个地方是这样的荒凉和远离尘嚣呢！而主人希思克利夫会见我时那种无所不在的冷淡、猜忌甚至敌意让我坚信，我们俩真是绝妙的一对。

希思克利夫住在呼啸山庄，为此你完全可以想像北风从山那边刮过来的那股劲了，幸好建筑师早有预料，把房子建得不知有多结实。

希思克利夫的房子和家具极具北方特色，他自己呢！单从皮肤看，应该是个吉卜赛人，从服装和举止看却像个绅士。他长得身子挺拔，相貌端正，而且总是一副郁郁寡欢的神气。凭直觉我认为他的矜持来源于他的爱和恨都深藏不露。

昨天，我又去了呼啸山庄，这一次总算是把那儿有限的几个成员都认了个遍：身子壮健却老是苦着脸的老仆人约瑟夫；满脸冷清，却又美丽无比的年轻太太——希思克利夫的儿子的遗孀；还有一个年轻人，一脸横肉、神气粗暴、穿着粗劣，棕黑色的双手像做苦活的工人，举止却又带点儿自由自在甚至高人一等的神气。我实在弄不清他是主是仆，他叫哈里顿；还有就是虎背熊腰的女管家齐拉。我深信，除了齐拉，其他人都像外面的天气一样阴冷。

天黑了，我回不去了，可谁也没有让我留下的意思。还是齐拉悄悄地把我领进一间卧室，这里主人是不许任何人住的。

房间很简陋，窗台上有几本发了霉的书，窗台的油漆上划满了一个人的姓名，大大小小，各种字体都有。写的都是凯瑟琳·恩萧或凯瑟琳·希思克利夫，然后又变成凯瑟琳·林顿。这些都是凯瑟琳的藏书，每本书上的所有空格都是凯瑟琳的批语和她的日记，上面写满了一些琐事。我被这个莫名其妙的凯瑟琳弄得睡意全无，索性仔细地辨认一下这些难认的笔迹。

日记上凯瑟琳提到老仆人约瑟夫、林顿和希思克利夫。“我做梦都没有想到，希思克利夫能让我哭得这样厉害。”“可怜的希思克利夫。”……

瞌睡上来了，不知什么时候，我感觉外面狂风怒号，枞树枝不停地击打着窗户。我起床打开窗户，想把树枝弄开，没有想到，本应抓住枞树枝的手却握住了一只冰凉的手指头。恐惧向我袭来，我拚命想抽回胳膊，那只手却将它紧紧抓住。“你是谁？”我问，同时挣扎着。“凯瑟琳·林顿。”她把我的手压在窗台上。“你要干什么？”我大叫起来。“我要进来，我做了二十年的流浪人啦。”我吓坏了，我想跳起来，可四肢一点也动弹不得。我已吓得发了疯，声嘶力竭地叫喊起来。

我梦见了凯瑟琳的鬼魂而恐惧地大声喊叫

一只有力的手把房门推开，“是谁在这里？”希思克利夫的声音把我从恶梦中惊醒。我发现自己还是好好地躺在床上。

我把我刚才的恶梦告诉他，没有想到，他竟激动得大叫起来。

“进来吧！进来吧！”他冲向窗户，“凯茜，来吧——再来一回吧！啊！我的心肝宝贝呀！凯瑟琳——总得听我一回吧！”真情的迸发，让他大声地哭泣着。

鬼魂是反复无常的，它丝毫也没有显露的迹象，只有希思克利夫痛不欲生的身影伫立在窗前。

回到画眉山庄，我向附带租下来的仆人迪恩太太打听起呼啸山庄的情况。沉思了一会儿，她红润的脸上笼罩着一层浮想联翩的神情，她冲口而出——

“唉！从那以后，变化该有多大呀！”

在我的请求下，也许是她喜欢我的平易近人，她向我打开了尘封已久的往事：

在我没来画眉山庄以前，一直住在呼啸山庄。那时老主人——恩萧先生还在，辛德雷·恩萧是他儿子，凯瑟琳·恩萧是他女儿。那年夏天，恩萧先生去利物浦，他回来时，已是疲惫已极，不过挺高兴，他变戏法一样从大衣里抖出一个黑头黑脑、穿得破破烂烂的小孩子。他说这是上帝的礼物。可因为这个小孩，恩萧先生在利物浦给辛德雷买的小提琴碎了，辛德雷就这样恨上他啦！小家伙站在地上，呆头呆脑地四处张望，叽哩咕噜地讲着没人能懂的话。恩萧夫人真的一点都不喜欢他，但恩萧先生却对他有一种非常亲切的感情，给他取了希思克利夫的名字，这是他一个夭折的孩子的名字。

住下来不久，孩子就显露出他的个性来了，这个性吧，你说他乖僻也行，倔强也行。辛德雷比他大十岁，可在他的拳头面前，孩子从未哭过，眼睛都没眨一下。逼急了才说要告诉主人，这也能弄得辛德雷狼狈不堪。可他这种性格很合凯瑟琳的脾胃，她对他亲热得不得了。

孩子慢慢长大，老恩萧对他越来越好，仆人们不愿拂了老人的意，也对他好起来，但这些也成就了他的骄傲和乖僻。

10月的一个晚上，老恩萧在壁炉边烤着火，就睡着了，再也没醒来。按老约瑟夫的讲法，那是一个圣人上了天。

辛德雷回来了，他已离家三年，这次他还带来了他的妻子弗兰西斯，那是个半吊子。辛德雷呢！没有人管着他，也就变得更加暴戾起来。他太不喜欢希思克利夫啦！他坚持不把他算作家庭成员，让他和庄园里其他小伙子一起干活，让他和仆人住在一起，再也不准他接受教育。

凯瑟琳和希思克利夫越来越好了，哥哥不让他念书，她就把自己在学堂里学到的都教他，他干活时也常陪着他。这时候，辛德雷也懒得管他妹妹，这下他们可好了，两人像山里野人一样地自由成长。

一个晚上他们跑到画眉山庄，那时的主人是林顿家。那次凯瑟琳的脚受了伤，在画眉山庄待了五个星期。回来后，出人意料的是，辛德雷并没有用鞭子抽他，而是狠狠地警告他：只要他和凯瑟琳说一句话，就把他撵出去。后来，辛德雷夫妇又用新的方法折磨希思克利夫：把他弄得脏兮兮的，却把凯瑟琳打扮得光彩照人，想让希思克利夫自惭形秽。可这只是让凯瑟琳更喜欢他。

6月的一个早晨，弗兰西斯生了一个孩子，那就是哈里顿。但不久后，弗兰西斯就死了，哈里顿就完全由我照顾了。绝望的辛德雷过上了无可救药的浪荡生活，喜怒无常到了极致，仆人们都走了，只剩下我和约瑟夫。

主人的坏作风和坏朋友给希思克利夫和凯瑟琳做出了坏榜样。他对希思克利夫的残暴达到了无以复加的地步。而希思克利夫对此好像并不在意，他只要看到辛德雷堕落就心满意足了。家里全变了，再也无复老恩萧在时的模样，没有体面的人肯走近我们，除了画眉山庄的小林顿。

这时候，凯瑟琳已出落得娇艳无比，乡间的姑娘谁也无法和她相比。她对希思克利夫的喜爱一直没变，但和小林顿的交往日渐多起来了，小林顿的妹妹伊莎贝拉有时也来呼啸山庄。

凯瑟琳和小林顿的交往越来越密切了。

一天， 凯瑟琳突然告诉我，她已经答应小林顿嫁给他了。她问我这样做对不对。

“完全对，如果说一个人结婚只顾眼前就算对了的话，”我说，“看来一切都顺顺当当，轻轻松松的，没有一点儿障碍呢！”

“在这儿，还有这儿！”凯瑟琳一边回答，一边拍自己的胸口和脑门，“在灵魂待着的地方——在我的灵魂里，我悟出：我做错了。”

娇艳任性的凯瑟琳

“如果辛德雷没有让希思克利夫变得那样低下，这件事我根本就不会想到，现在我要是嫁给他，那就会贬低我自己。”

她说到这儿，我感觉到希思克利夫就在近旁。他听到这话再也听不下去了，不声不响地溜了出去，下面的话他再也没有听见了。

“他不会知道，我有多爱他，我爱他是因为他比我更像我自己，不管我的灵魂是用什么做的，他的和我的都一模一样。”

“你认真想了没有，你们要是分开，你怎么受得了；他要是变成一个孤苦无依的人，他怎么受得了！”

“他孤苦无依？我们分开？”她大声喊叫，“你以为我是一个自私自利的小人？可是难道你就从来没有想到过，如果他和我结了婚，我们会变成要饭的人！相反，如果我嫁给林顿，我就可以帮助他上进发达，让他摆脱我哥哥的势力。”

约瑟夫回来了，我们的谈话结束了。

那晚，等到大家发现希思克利夫出走之后，外面已是风雨大作。凯瑟琳的心碎了，她站立在窗户外，任风吹雨打，谁也拉她不回。之后大病一场。我敢说，她比哪个病人都难以侍候，更加固执，可她还是熬了出来。

三年后，凯瑟琳和小林顿结婚了，她的眼泪迫使我放下哈里顿，随她来到了画眉山庄。没有想到，她表现得对小林顿兄妹非常亲热，而他们兄妹俩也专心致志地想法让她安逸。这并不是这根荆棘弯下身去俯就两棵忍冬，而是两棵忍冬簇拥着这根荆棘。

又过了一年，希思克利夫突然拜访了画眉山庄。这时他已是一个高大健壮的男子汉，他的表情和神气显露出他有的是聪明才智，虽说不上潇洒，但可以说是十分气派。

他在凯瑟琳的对面坐下，她那双眼睛死死地盯着他，好像害怕她的眼睛一旦离开，他就会不见似的。他不时地瞟上她一眼，他们的感觉毫无困惑地灵犀相通了。

希思克利夫拜访画眉山庄的那一年，伊莎贝拉已经是个十八岁的娇媚小姐了。她不可救药地爱上了希思克利夫，不久，他们就私奔了。

出逃的人两个月没露面，林顿太太闹了一场最危险的大病。林顿日夜都在那里守着，忍受着一个神经狂躁、理智混乱的病人所能加给他的一切苦恼。在第二年报春花开的时候，凯瑟琳终于熬了出来。不久，她怀孕了。

至于伊莎贝拉，她出走后六个星期来了一封信，说他们已经结了婚。但才过了两个星期，她给我写了一封长信，她痛苦地诉说希思克利夫根本就不爱她，他千方百计地要她对他深恶痛绝。他还说，在他把林顿抓到手之前，她得代他受罪。他在她心目中的恐怖超过老虎和毒蛇。另外信中她还提到希思克利已成为呼啸山庄的主人。

凯瑟琳的病虽然好了，但身体总是不能复原，她原先那双烁烁有神的眼睛现在变得含有一种如梦似幻、凄楚忧伤的柔媚。她总是在凝视远方——远在尘世之外的远方，我认为从她的脸色和神情看，她注定要香消玉殒。

希思克利夫又来了，他抵制不住画眉山庄的诱惑。他们又见面了，一见面，他就把凯瑟琳紧紧地抱在怀里，不说话也不松手。我敢说他一辈子也没有吻过她那么多次，他一眼就看出来她在劫难逃，必死无疑。

“啊，凯茜！啊，我的命根子！我怎么受得了呀？”他一开口就是这么绝望的话语，他的眼里只有痛苦的火花，没有泪水。

“我并不希望可恨的煎熬，希思克利夫！我只是希望我俩永不分离——你和我的丈夫把我的心都撕碎了，你有多大本事呀！我死了以后，你还能打算活多久呢？”凯瑟琳哭起来。

他的眼里终于满含泪水，他疯狂地爱抚着凯瑟琳，粗暴地说：“你现在教我懂得了，你是多么狠心——又狠心又虚假，那时候你为什么藐视我呢？你为什么要违背自己呢？凯茜！你这是罪有应得，你害死了你自己。穷苦也罢，地位低下也罢，死亡也罢，上帝和恶魔加在头上的刑罚也罢，本来是不能把咱们拆散的呀！你却心甘情愿地这样干了，我没有撕碎你的心——是你自己撕碎——而且你撕碎你自己的心的时候，也撕碎了我的心。我还想活吗？那又是什么样的活法呢？”

希思克利夫和凯瑟琳紧紧地抱在一起

“饶了我吧！饶了我吧！”凯瑟琳抽抽嗒嗒地说，“要是我都做错了，我也快要为这个死啦！这就足够了，你宽恕我吧！”

“很难宽恕，瞧瞧这双眼睛，摸摸这双枯瘦的手，”他的泪水瀑布一样流下，“再吻吻我，不要让我看你的眼睛！你对我的所作所为，我都宽恕，我爱谋害我的人——可是谋害你的那个，我怎么能呢？”

当天夜里，小凯茜出生了，两个钟头后，凯瑟琳死了。

希思克利夫像他自己所说的那样，他让辛德雷负债累累，死于贫困，并在他死后把他的儿子哈里顿安排在山庄做了一个不拿钱的仆人——尽管他本来应是山庄的主人。

十二年后，伊莎贝拉也死了。留下一个柔弱的男孩子——小林顿。她本来希望能由她的哥哥抚养，但希思克利夫没有听她的遗言，而是把小林顿留在自己的身边。

希思克利夫的痛苦和仇恨是不会完结的。他促成小林顿和小凯茜见了面，让他们通信。去年小林顿生病时，小凯茜夜夜去探访他，但小林顿的病一直不见好。今年8月，希思克利夫趁小凯茜探访小林顿时，把她软禁起来。他们两个就这样结了婚。

辛德雷死了，客人成了主人，本应是主人的却变成了仆人。

林顿死时，小凯茜逃了回来，但马上又被迫返回呼啸山庄。10月，小林顿终于没能熬过那个冬天，死在了呼啸山庄。

这样，画眉山庄和呼啸山庄就全部落到了希思克利夫的手里。

这是一个超过二十年的谋划，希思克利夫成了无可争议的胜者，可他的心呢？

迪恩太太终于讲完了她的故事。我决心离开，无论如何，我不会在此度过整个冬天。

1802年9月，我应邀到北方一个猎场去狩猎，由于顺路，我又去了一次呼啸山庄。

这次，一进屋就看到小凯茜在督促哈里顿读书，哈里顿已是个穿着体面的英俊青年，小凯茜是那样的言笑晏晏，不用说，他们已经相爱了。

迪恩太太发现我时高兴地叫起来：

“哎呀！是你呀！洛克伍德先生，你应该给我一个通知呀！”

“我是来处理房租的。”

“由我来办吧，再没有别人了。”

我显然很诧异。

“唉！我看你还是没有听说希思克利夫死的事吧！”她接着说。

“他死了？”我惊叫起来。

迪恩太太殷勤地招待了我之后，又给我讲了我走后的事情：

你走了后，我又回到了呼啸山庄。希思克利夫越来越不爱和人说话了。小凯茜和哈里顿讲和了，两个冤家对头结成了生死同盟。

一天，看到他们两个在一起和和美美的样子，希思克利夫对我说："这是个很惨的结局，是不是？"

"是的，先生。"我说。

"我穷凶极恶，费尽心力，却落得一个荒唐可笑的下场。但现在我不想再毁坏什么了，哈里顿是我青年时代的化身。小凯茜呢！每时都在提醒我，有那么一个人，我失去了她。唉！我再也不会在他们身上花心思了。"

他更加沉默寡言了，一天夜晚他在外面游荡了整整一夜。从此，他再也不吃任何东西了，他整日喃喃自语，我惟一能听懂的只有凯瑟琳几个字。

那天夜晚下了一整夜雨。早晨我打开门，发现希思克利夫死了。窗户大开着，他的一只手搁在窗台上，雨水冲刷了一夜的尸体已经湿透了。

可怜的哈里顿，怀着深切的悲痛哀悼他。在希思克利夫的墓地旁，哈里顿泪流满面，挖来一些青草皮，亲手种在坟上——他希望长眠在墓地里的那个人能得到安宁。但这一带的乡民，你要是问他们，都会把手按在《圣经》上发誓，说希思克利夫和凯瑟琳常在这一带的荒原上徜徉。

我决心去看看希思克利夫。

林顿夫妇、希思克利夫三个人的墓地在一块儿，静静地躺在寂寞的荒原上。我在温和宽广的天幕下，徘徊在三个墓碑周围，倾听着微风吹过草丛的声音，心中疑惑不解：何以有人想像得出来，那些长眠者在如此安谧宁静的土地之中，却得不到安静的沉睡。

（李安民）

白鲸

赫尔曼·梅尔维尔（1819年－1891年）：美国文学史上最伟大的小说家之一。与其挚友霍桑一样，生活与精神上的压力所导致的烦恼一直没有停止过。

1819年8月1日，梅尔维尔出生在纽约，家中共有八个孩子，他排行第三。幼时不爱说话，动作迟缓，大家都认为他头脑迟钝、智力低下。在父亲因破产而撒手人寰之后，他被迫退学。1839年，他在驶往利物浦的“圣劳伦斯”号上当服务员，这次经历使他对大海产生了终生的眷恋之情。1841年，他搭载捕鲸船“阿古希耐”号到南太平洋地区，他和一个伙伴在马克萨斯群岛擅自离船上了岸。后来又到了塔希提岛，在那里做了大约一年的临时工。他还曾在美国海军服役，一年后被解雇。不久回到新英格兰，开始着手记录自己的经历，从此专心从事写作，六年中共发表了《泰比》等五部作品。或许是为了养家糊口，这几部作品难免有些粗制滥造，却受到了读者的欢迎和钟爱。

婚后全家迁至马萨诸塞州比茨菲尔德附近的一个农场居住，与霍桑为邻，两位作家很快就结下了深厚的友谊。在此，他全力以赴写作《白鲸》，由于用脑过度而几乎导致精神失常。《白鲸》于1851年出版后，他就马不停蹄地着手小说《皮埃尔》的创作。然而，辛勤的笔耕所得的稿费并不足以维持全家生活，事业上的失败几度使他自寻短见。1891年9月28日，他带着生活上的艰辛与精神上的痛苦与世长辞。

《白鲸》被公认为美国最佳长篇小说之一。故事讲述了埃哈伯船长追捕一只白鲸的故事。埃哈伯船长执着地寻遍了七大海洋，为的是要杀死那只咬掉他大腿的白鲸。从文字的表面来看，这是一部动人心魄的探险故事，而从更深的层次进行剖析后可知，它是对人类与大自然的艰苦斗争所作的深刻探讨。

吸引以实玛利上船的最大原因是那条著名的大鲸鱼。它如山的身体在波涛中滑行的神秘形象激起了他强烈的好奇心。关于它的种种惊险怪奇的传说深深地吸引了他，让他这个一向对不可知的东西充满了天然兴趣的人心痒难熬。尽管以实玛利几乎身无分文，对于总是告诫自己无论命运将他引向哪里，都得先问问价钱的他来说，去跟随捕鲸船实现一次冒险之旅，并不是很容易。

去目的地合恩角要从新贝德福出发，但是以实玛利想要从捕鲸船出发最早的地方上船，也就是南塔开特。他没赶上开往南塔开特的小邮船，因而得在新贝德福等上一天两夜。

他来到一家叫做“大鲸客店：彼得·利芬”的客店，这个把鲸鱼和棺材两个词汇混合在一起的名称，多少让他感觉到不吉利。之所以选择这家客店，是因为他估计这里应该比较便宜。不幸的是，店老板告诉他房间已住满了，没有空床。要是他不嫌弃的话，可以和一个标枪手同睡一床。以实玛利摸摸自己的口袋，只好答应凑合了。

《白鲸》于1956年被搬上电影银幕，这是当时的电影海报。

客店老板告诉他那个名叫季

奎格的标枪手是从南太平洋食人部落那边来的，靠出售用香料制作的人头赚钱，这让以实玛利感到害怕。半夜里，季奎格回来了。他的出现使以实玛利心惊胆颤。季奎格的形象很怪异，脑门上除了中间地带有一个小发髻外，算是个秃头，浑身上下，包括脸上都是五彩斑斓的色块。不仅如此，他还从自己的行囊中拿出一个小木偶，对着它顶礼膜拜。

后来，在他们逐渐彼此熟悉之后，以实玛利了解到季奎格的父亲是个大酋长，一个国王。季奎格想到文明人国度见见世面的热望使他成了一个捕鲸者，眼下，他又要出海，而以实玛利告诉他自己也打算去捕鲸。以实玛利发现这个满脸伤疤的野人的灵魂是质朴的，他的目光中充满了刚毅、勇敢和挚诚，他们成了好朋友。

以实玛利离开曼哈顿来到新贝德福，准备到合恩角和太平洋去。

如果没有捕鲸业，新贝德福与荒僻的拉布拉多海岸是没有多大区别的。这里所有的建筑与钱财，都是从大西洋、太平洋和印度洋捞来的，是用标枪从大海里戳上来的。据说在新贝德福，为女儿做嫁妆的经常是一条大鲸鱼，为侄女儿做嫁妆的是小鲸鱼。

在这些来自蛮荒之地的以捕鲸为生的土著之外，还有很多从新罕布什尔之类的地方来的预备役捕鲸手。他们一向在山林、原野上劳作，身强体壮却没见过任何世面。如今急急地奔到海边，千方百计地要加入捕鲸的行列，只因看准了这是个名利双收的好事业。

新贝德福有个捕鲸者的小教堂，就要扬帆远航的捕鲸者们在礼拜天的时候都要到这个教堂来。以实玛利走进教堂，里边疏疏落落地坐着一群水手、水手的妻子和寡妇们。几块镶有黑边、嵌在讲坛两边墙上的大理石石碑，记录着葬身鱼腹的水手们的名字。

以实玛利相中了“彼谷德号”

以实玛利和季奎格顺利地抵达了目的地南塔开特。当天晚上，他们住进客店，盘算着明天的计划。

次日，以实玛利在码头上逛了一会，相中了“彼谷德号”，他找到这条船的水手长法勒，要求在他手下当一名水手。法勒见他态度坚决，就雇佣了他。但是他没有见到埃哈伯船长，据说埃哈伯船长的一条腿是让鲸鱼给咬断的，看得出埃哈伯船长的传奇故事让水手们对他充满好奇，还有敬意。

季奎格也要求上船，起初人家不让，但季奎格以他那枝标枪赢得了水手长的好感，终于让他上了船。

以实玛利在捕鲸船上兴奋异常，看到船头劈开海浪，大陆逐渐远去，他的注意力才转向船上的伙伴们，发现掌舵的竟然是刚刚出过海、死里逃生的布金敦。他还认识了精力充沛的大副斯巴达克，无忧无虑的二副斯塔布，短小精悍的三副弗拉斯克，以及印第安人标枪手塔斯蒂哥和黑人标枪手“大个儿”，还有上船之前就见过面的水手以利亚。

但是，捕鲸船离开南塔开特好几天了，以实玛利他们仍没见到埃哈伯船长。不过不时地从舱房里传来的紧急命令，使他们感到船上的主宰者就在那里。但谁也见不到他，也不能进入那间神圣不可侵犯的舱房。而以实玛利几乎每时每刻都怀有一种与埃哈伯船长不期而遇的不安。

一个灰蒙蒙的早晨，以实玛利终于在后甲板上看到了埃哈伯船长，他身材高大，身

“彼谷德号”船长埃哈伯先生常常那样笔直地站在后甲板，直瞪着船头的远方，眼光中有一种不屈不挠的东西。

体如铜墙铁壁，一条白色的疤痕，从发际划过脸部和脖子，延伸到胸前，被衣服遮挡住。一个印地安水手说这条疤痕一直延伸到脚跟。这个疤痕来自海洋，就在埃哈伯船长四十岁那年。在日本海上，埃哈伯船长的一条腿被一只白色抹香鲸咬掉了。他的那条假腿是用抹香鲸的颚骨磨制而成的。

埃哈伯船长常常站在后甲板上，靠着栏杆，望着大海，目光犀利。他的姿势让以实玛利震撼。从埃哈伯船长的神态和目光中，他看到坚定不移和些许抑郁、悲痛，不由心中生出敬畏。埃哈伯船长脾气有些暴躁，并且总是在夜晚的时候来甲板上踱步。看得出埃哈伯船长的心里对新的一次捕鲸航行充满期待，他兴奋地大声嚷嚷，让瞭望水手注意观察海面。

很快，以实玛利发现埃哈伯船长似乎只为了复仇才来捕鲸的，船员们在例行回答他的训示的时候，在问到如果看到白鲸要怎样时，大家必须齐声喊道：“有我没它，有它没我。”每次埃哈伯船长对这样的回答都非常满意。他还说一定要找到白鲸，并且决一死战，就是走遍天涯海角，哪怕追到地狱，他也决不放弃。

船员们都知道埃哈伯船长说的就是“莫比·迪克”——那只咬掉他一条腿的抹香鲸。他让船上的所有人喝酒盟誓，引得大家都对白鲸充满仇恨，更把一枚金币钉在主桅上，说谁在瞭望中首先发现这条白鲸，这枚金币就奖给他。埃哈伯船长对自己的手段很满意。

据说“莫比·迪克”巨大无比，速度奇快，更可怕的是它诡谲异常，常做出要离去的姿态，但突然又从潜伏处返身给捕鲸者以致命的打击。它的尾巴扇起来就像狂风，可以吹掉船上的二角架。对于埃哈伯船长来说，它是一切邪恶的化身，狂热的复仇心理似乎是支撑埃哈伯船长的一切力量。他每天都在研究海图，他可以研究海潮的情况，以及抹香鲸的食料的漂流情况，以此推断抹香鲸在特定时间里所应该处的位置。

埃哈伯船长同时也知道自己的意图如果太过明显，会引来船上所有人的反抗，他需要在其中很好地把握分寸，掩藏一部分自己的想法，并且要谨慎周旋，利用利益驱动来保证这些水手能跟着他拼命。他知道自己不能只想着去追捕仇敌，在“莫比·迪克”没有出现的时候，他不放弃捕捉其他的抹香鲸，因为大家来海上的目的，作为船长的他，更为了实现复仇计划的他，不得不时刻谨记。他指挥大船离开南塔开特，越过大西洋，绕过好望角进入印度洋，然后进入太平洋。埃哈伯船长做梦都在和仇敌拼命，狂热的复仇念头常弄得他筋疲力尽。

一天下午，站在高高的桅顶上的瞭望者突然发出了一种狂叫：“它在喷水啦！”水手们立即忙乱起来准备出击。埃哈伯船长身着一身黑衣服，亲自指挥水手们驾小艇对鲸实行围追堵截，但是，他们不够走运，小艇被大鲸掀翻，水手全部落水，狼狈不堪，包括以实玛利，他更听说这样的经历对于捕鲸船上的水手来说是家常便饭。埃哈伯船长听到瞭望者发出的信号的时候，就会在甲板上走来走去，不住地发出号令，他的好腿把甲板跺得“嘭嘭”响，很是鼓舞人的斗志，可是他的坏腿发出的声音却是那么不吉利，就像是在敲击棺材盖一样。

黑夜给了抹香鲸们很好的保护，捕鲸者们无法驾小艇追捕。一连几天的夜里，总有一条大白鲸出现在“彼谷德号”周围。在静穆的夜空里，一股银白色的喷水出现在泡沫四溅的船头。

绕过好望角以后，“彼谷德号”向东南行驶了一小段，之后便折向了东北方向。开始自西南向东北穿越印度洋，目标指向亚洲东南的马六甲海峡。在这里发现体积小但是数量非常大的黄鱼。鱼群的出现，说明露脊鲸就要出现，因为黄鱼是露脊鲸的食物。在大海里，就是如此，鲸吞食黄鱼，人捕杀鲸，海洋埋葬人。

在一个晴朗的早晨，在桅杆上瞭望的大个子突然大声叫嚷：“看呀，它来了，白鲸，白鲸来了！”后来他们才发现那是一只白乌贼，有见识的水手则感觉到，抹香鲸这回是真的要出现了。

果真，大白乌贼出现后的第二天，抹香鲸出现了。这天天气很热，大家也都以为不会有什么情况出现，当班的以实玛利在桅杆上瞭望的时候打着盹。正在这时，他被一阵剧烈的震动惊醒，惊恐地发现一只抹香鲸就在大船前不远处。

埃哈伯船长兴奋地指挥大家上小艇，并下令不许大声叫嚷，免得惊动这只抹香鲸。标枪手塔斯蒂哥扎中了它，水手们用捕鲸索紧紧拖住抹香鲸，斯塔布在船头用标枪扎向抹香鲸，经过一番较量，这只鲸逐渐精疲力尽，尸体像小山一样浮出了海面。

之所以有那么多条捕鲸船冒着生命危险，出没在汹涌的波涛之中，都是因为，鲸这东西身上蕴藏了无限的价值。水手们在基督徒的安息日那天个个都变成了屠夫，他们要分割战利品，正如鲨鱼啃咬大白鲸那样，把鲸油割下来。被割下的鲸脂源源不断地送进"彼谷德号"的炼油房。炼油房里也开始热闹起来。他们从这只抹香鲸上割下的油脂总共可以炼出大约十吨左右重的鲸油，这其中还不包括因为工艺不够，白白浪费掉的那一部分。

自从"彼谷德号"打南塔开特出发以后，除了捕鲸和碰到同行时的短暂停留外，一直在沿着世界的各大渔场，也就是抹香鲸出没的地方，做着环球的航行。埃哈伯船长他们一路上都在追寻着白鲸莫比·迪克的踪迹，一路上都在不停地向所有碰到的捕鲸船询问着这只抹香鲸的的消息。埃哈伯更计划穿过巽他海峡和马六甲海峡，进入爪哇海，向北穿越南中国海，沿着菲律宾群岛的西海岸，一直北上到日本海，在日本海的捕鲸季节中设法寻找莫比·迪克的行踪，并与那家伙决一死战。

因为一直没有任何关于仇敌的信息，埃哈伯船长越来越焦躁。终于有一天，他从一艘挂着英国国旗的船上获知有关莫比·迪克的消息。巧合的是，那英国捕鲸船的船长少了一只胳膊，同样的鲸骨磨制的假肢，和埃哈伯船长的假腿一样都是拜莫比·迪克所赐。英国船长劝埃哈伯还是别去追踪莫比·迪克为好，他自己就因为不想再失去一只胳膊而放弃了追捕。但埃哈伯对他的劝告不予理睬。埃哈伯船长对莫比·迪克的仇恨让全船的人都感觉到恐惧。

"彼谷德号"终于驶进了太平洋。埃哈伯船长对这个地方的兴趣难以掩饰，他整天研究日本群岛的地图，研究他的行程。

正在这时，季奎格害起寒热病来，差点儿死掉。季奎格本来健壮的身子瘦成了皮包骨头。他请求埃哈伯船长允许他死后能像捕鲸的勇士死时那样，全身抹满香油，躺在一个独木舟里，任它漂流到满天星斗的群岛去。埃哈伯吩咐木匠立刻按季奎格的意愿去办。很快季奎格就拥有了一个令他满意的作为棺材来用的独木舟。

距离日本群岛越近，埃哈伯船长的心就绷得越紧，同时也有些不安。也许突然间，那个鬼一样的怪物就会在自己身旁的海里一跃而起。想到决战在即，埃哈伯船长的内心也充满矛盾。他是发誓要透过海水去结果他的仇敌，战斗是他盼望已久的，可他又担心自己未必能赢得胜利。埃哈伯为此准备了新的武器，他用季奎格等三人的血淬火。“我不是奉上天之名，而是奉魔鬼之名为你洗礼。”埃哈伯船长对着自己的武器说道。

“彼谷德号”遇到了一条叫“单身汉号”的南塔开特船。后者捕鲸的经历让人羡慕，此次的收获更是让人吃惊，就是在大海里打了一辈子鲸的人也不禁瞠目结舌，他们收获的鲸夸张地用尽了所有能充当容器的家什。水手们看到这个来自家乡的捕鲸船就要满载而归，羡慕得眼睛都要发红了，而埃哈伯船长无动于衷，还是那句：“喂，你们看到白鲸了吗？”

自从打造了新武器，一直都没有机会使用它，更没有莫比·迪克的影子，埃哈伯船长有些抑郁。当“单身汉号”远去的时候，以实玛利这些水手们都有些黯然。埃哈伯船长靠着栏杆，拿出一个小瓶子，瓶子里装有沙子，那是南塔开特海滩上的黄沙。

埃哈伯船长的心情更加焦躁了，虽然在遇到“单身汉号”之后他们也捕到四只鲸，埃哈伯亲自打到一只，但是这些收获都没有能够让他的焦躁有稍许缓和。

“彼谷德号”在日本海上航行，头一天还是天空万里无云，第二天就突然刮起使航海者感到最可怕的台风。在海上，一切都无法预料，当天空一望无际的时候，其实可能正孕育着风暴。“彼谷德号”艰难地在风雨中前行。

“彼谷德号”在太平洋的腹地做着自西北向东南的航行。再过不了多久，就要到达赤道了。上次，埃哈伯船长就是在那里和莫比·迪克遭遇的，他此次做好了充分准备，调好罗盘，亲自设计测程器，保证不会发生方向判断错误的事情。而此时的“彼谷德号”是个孤独的旅行者，在苍茫的海上寂寞前行。虽然风平浪静，但是一种不安总是跟随着大船上的人们的心。海豹奇怪的叫声让水手们毛骨悚然，更让大家心里充满恐惧的是，一个水手在瞭望的时候掉入大海，没能够营救上来。

第二天，他们遇到一艘叫“拉吉号”的捕鲸船，船长是埃哈伯的老朋友，他告诉埃哈伯，他们曾经与莫比·迪克遭遇，损失惨重，而且一只小艇被冲散了，上面有船长的儿子。“拉吉号”船长哀求埃哈伯，希望他们能够帮助寻找他的儿子，但是铁石心肠的埃哈伯船长在要遭遇自己仇敌的这一刻，什么都不顾了，一心只想追赶那只白鲸，不作停留，全速前进。

在赤道渔场，这个曾经让自己遭受创伤的战场，正如他自己感觉的，这是他和仇敌最后的战场，不是他杀死莫比·迪克，就是莫比·迪克杀死他。而全船的人都被他所散发的力量征服，疑虑、抵制转变成了同心同德的力量。

他们又遇到一艘同乡的船——“欢喜号”，看起来这艘捕鲸船的处境比“拉吉号”更糟糕，而他们也恰恰遭遇了莫比·迪克，对于埃哈伯来讲，莫比·迪克应该是属于他的，只有他有资格与这个怪物较量。但是，“欢喜号”，还有之前的“拉吉号”都让他们感觉到触了霉头，埃哈伯船长的帽子还被飞鹰给钩走了，这些不吉利的事情让“彼谷德号”上的人心里充满不安。

这天夜里，埃哈伯船长怎么也无法入睡，埃哈伯的神经时刻紧绷着。在黎明到来之后，是他最先闻出了抹香鲸的味道，这几乎让他惊叫起来。还没有爬到桅杆顶上，埃哈伯就确定自己找到了莫比·迪克，他由衷地赞美这只大白鲸，像是在赞美一位伟大的英雄。他命令水手们做好准备，放下小艇，他亲自驾艇，指挥这三艘小艇向莫比·迪克疾驰。大白鲸好像并没有发现自己被追逐，身上还带着被扎入的标枪，在海水里前行，标枪如同一面旗帜，划开水面，泛起浪花。

埃哈伯驾艇一马当先，小艇在靠近仇敌时缓慢下来。原本应该围绕白鲸的水鸟，在小艇上方盘旋，埃哈伯在最后一刻意识到白鲸就要从小艇下方袭击他们了。在埃哈伯试图要把小艇划开的时候，莫比·迪克咬住了艇头，船上的水手都慌了神，四散逃命，而埃哈伯船长差点被白鲸吞进肚子里。

在埃哈伯的呼喊中，大船驶到埃哈伯和白鲸中间，隔离了他们。白鲸看到大船过来，才悻悻然走开。水手们救起了埃哈伯，他像是被马踩过一样狼狈，还流下了眼泪，但很快他就恢复了精神。再次遭受屈辱的埃哈伯要报仇的信念更加炙热了。

第二天中午，他们又发现了莫比·迪克。经历一场恶战，白鲸被刺伤好几处，而埃哈伯船长带领的三艘小艇则全军覆没，埃哈伯所在的小艇甚至被抛起来倒扣在了海面上。埃哈伯的假肢断得只剩下小半截。落水的人都被救起之后，埃哈伯船长突然发现费达拉不见了，他吃惊地问所有人，是否见到了他。有人说费达拉是被埃哈伯的绳索给拖进了大海，更有人因此要埃哈伯放弃追击白鲸，而他此时只会被这类话激怒。不过，想到费达拉，埃哈伯心里多少有些担心。

第三天，所有人都在等待黎明的到来，但是一直没有发现白鲸的影子，埃哈伯突然反应过来，可能是船只行驶得太快，毕竟莫比·迪克身上带着那么多标枪的伤，游不了多快的，他马上下令调转船头。斯达巴克说他们这是在驶向白鲸的嘴巴里去。

直到黄昏，埃哈伯又看到莫比·迪克在喷水。埃哈伯看到白鲸的激动让他觉得四十多年来熟悉的大海也变得新鲜起来，他不顾斯达巴克的劝阻，登上小艇，并且对斯达巴克说他注定要死在海浪里，这就是他的命运。

小艇都放了下去，埃哈伯也上了自己的那只小艇，他听不到斯达巴克的呼喊，鲨鱼包围了他，并且对船桨发起进攻，这不同寻常的举动让所有人疑惑。埃哈伯从大船上瞭望者的手势明白了此时莫比·迪克就在他的小艇下面。

莫比·迪克跃出海面又落入海中

莫比·迪克跃出海面，又落入海中，像一块巨大的坚冰，身体落下的时候溅起的海浪超过三十英尺，除了埃哈伯的小艇，其他小艇都被摧毁。令所有人毛骨悚然的是，当莫比·迪克在水里翻身，露出侧面的时候，他们看见了费达拉的尸体纠缠着绳索被捆绑在莫比·迪克的身上，已然支离破碎，他的眼睛却是圆睁着，直勾勾地看着埃哈伯，埃哈伯船长手中的标枪掉了下来。

白鲸努力要游离船只，埃哈伯紧追不放，大船上的伙计们也都在忙碌着，他很自豪这些人在这个时候都没有背叛他。埃哈伯的小艇前进的速度受到很大影响，都是因为那一大群鲨鱼，它们几乎要把所有船桨给破坏殆尽。当小艇靠近白鲸的时候，他用尽浑身的力气把标枪扎进了莫比·迪克的眼窝，而这一击彻底激怒了原本伤痕累累、无心恋战的白鲸，它疯狂地向前冲去，挣断了捕鲸索，掉转方向，朝大船扑去。

莫比·迪克拼命攻击船头，大船很快被毁坏，海水冲入船舱，“彼谷德号”开始下沉。埃哈伯船长在小艇上感觉到了绝望。船上的人手足无措，都被卷入大船下沉的漩涡。而此时的莫比·迪克突然平静下来，它在积攒力量，要和埃哈伯船长决战，果真，在埃哈伯投出标枪再次扎中它的时候，它疯狂地游动，绳索被搅在一起，也把试图去解开绳索的埃哈伯卷入了海中，还有那个放绳索的水手也被绳桶击中，掉进海里，立刻无影无踪了。

“彼谷德号”丧失殆尽，莫比·迪克的尸体在海面上漂浮。惟一幸存的就是以实玛利，幸运的他多亏了那个季奎格的棺材做成的救生圈，后来是“拉吉号”搭救了他。这个故事就是他带给我们的，最终大海吞噬了一切，好像从来就什么都没有发生过一样。

（阎　敏）

包法利夫人

福楼拜，法国著名小说家。

居斯塔夫·福楼拜（1821年–1880年）：法国著名小说家，享有“短篇小说之王”盛誉的莫泊桑曾经师从于他十年之久。

福楼拜力求创作出精心雕琢、完美无缺的作品。他在创作《包法利夫人》时曾经这样描述：“为了创造出最完美的词句，我反复寻觅、推敲、琢磨、探索，直至头昏脑胀、嗓子发痛为止。”他认为创作文法要“具有诗歌一般的节奏、科学一样的精确”，作者“应该像上帝一样——无所不在，洞察秋毫”。他对形式和内容都极其在乎，为了寻找一个“恰当的词语”，往往推敲数日方休。《包法利夫人》一书花费了他整整五年的时间。

福楼拜很小的时候就对文学产生了浓厚的兴

趣，在十一岁时便和朋友演出过他所创作的剧本。他发表的第一部作品《死亡之歌》刊印在1837年出版的评论杂志《蜂鸟》上。福楼拜总共只发表了五部小说，另外还有一些篇幅稍短的作品。福楼拜的作品还有长篇小说《萨朗宝》、《情感教育》、《圣·安东的诱惑》，短篇小说《三故事》和书信等。

小说《包法利夫人》最为著名，也最具影响力。《包法利夫人》首次问世时在1856年的一个杂志上连载，福楼拜因此而受到了有伤风化的指控，后于1857年宣判无罪，同年这部著作成书出版，而这场官司极大地促进了这部小说的销量。这部小说讲述的是爱玛·包法利由于不满生活的种种束缚而背叛她中产阶级环境的故事。福楼拜通过这部小说向读者透露了他自己对资产阶级的极大蔑视。他感到这个集团不但反对艺术，而且痛恨所有它不能派上用场的东西。

老包法利先生原来当过军医副，离职时利用自己的漂亮，娶了妻子，还捞了一笔嫁妆。但婚后他就变得一事无成，整天游手好闲。儿子查理出生后，他也只是偶尔严厉地管教一下。夫人对丈夫倾心相爱，她勤勉地操持家务，照顾大人孩子。在查理十二岁的时候，把他送进了鲁昂中学。查理性格和顺，读书只是死用功，成绩在班上永远接近中等。

后来父母让查理退学读医，但布告牌上的课程表，每一门都令他头晕脑胀，他完全听不懂，只好偷懒。慢慢地他养成了喝酒的习惯，最后，还懂得了爱情。医生资格考试时，只好完全失败，但五年后，他终于被录取了。

在母亲的操持下，查理在道特挂牌行医，还娶了妻子。那是一位执达吏的遗孀，面目长得丑，身体像柴一样干，年龄有四十五岁了，优点是一年有一千二百法郎的收入。婚后，一切由太太说了算，吃、穿都要听她的，还拆他的信，窥视他的行动，常常要求他多给她一点儿爱。

一天夜晚，一匹马停在查理的门口，一个男子下马后，交给他一封信。原来拜尔托庄的卢欧老爹摔坏了腿，托人叫他去医治。查理赶去后，发现卢欧老爹的伤势并不复杂，在卢欧小姐爱玛的帮助下，查理给卢欧老爹上了夹板，还进行了包扎。卢欧老爹对查理的工作很满意，爱玛也感激他，和他说了很多话。查理觉得爱玛很漂亮，但好像在乡间很不开心。后来才知道，她是在修道院长大的，受过良好的教育，懂得跳舞、素描和弹琴，对爱情有很浪漫的看法。

第二年开春的时候，查理的妻子因为财产受了损失，一口气上不来，晕了过去，就再也没醒过来。对此，查理有些伤感，但时间不长也就放下了。

卢欧老爹给查理送医疗费时，得知查理的不幸，就劝他到拜尔托去走动走动，散散心。一来二去，查理成了那儿的常客。他被爱玛迷住了，终于忍不住向老爹开了口，没想到老爹一口应承下来，爱玛也没有反对。按照预定的日期，第二年春天两人就举行了婚礼。

婚后的查理快乐无比，他们面对面吃饭，黄昏一起散步，早晨他躺在床上，在她旁边看着阳光射过她可爱的汗毛。他咀嚼他的幸福，就像饭后消化中还在回味口蘑的滋味一样。

结婚以前，爱玛以为自己有爱情，可是当这种爱情得到时幸福却不见来。她想一定是自己弄错了。欢愉、热情和迷恋这些字眼，以前在书上读到，她觉得很美，那么在生活中，她极想知道。

她十二三岁那年进修道院学习，在此之前，她看惯了安静的风景，反过来就爱刺激。她爱海，却只爱海的惊涛；她爱青草，却只爱青草遍生于废墟之间。她的音乐课全是一些悠闲之作，诗文的作者全是伯爵或者子爵。画幅呢？常是英俊的青年男子搂住一个白衣少女的腰，要不就是英吉利贵妇的无名画像。她变得狂热而又实际，爱教堂是为了教堂的花卉，爱音乐是为了歌的词句。

在乡下，生活冷清寂寞，没什么刺激，激不起热情，不久爱玛就心灰意冷了。

回家后，起先还高兴管管仆人，过后却讨厌田野。查理初来拜尔托，她正自以为万念俱灰，没有东西可学，也没有东西值得感受，所以当他求婚时，她就答应了，还以为她终于得到了那种不可思议的爱情。

查理的谈吐就像人行道一样平板，见解庸俗，衣着寻常，激不起情绪，也激不起笑或者梦想。爱玛料理家务之余，在月光皎洁的花园，她一首一首地给他吟诵情诗，一面叹息，一面又为他唱一些忧郁的慢调。可是吟唱完之后，她发现自己如同吟唱之前一样平静，查理也似乎并不因此而爱情加重，感动加深。在夫妻闲谈中，她发现他不会游泳，不会比剑，不会放手枪。有一天，她拿传奇小说里遇到的一个骑马术语问他，他竟瞠目不知所对。

一个人安静时，爱玛不禁自言自语："我的上帝，我为什么结婚呢？"

9月，她的生活中出了一件大事：一位侯爵邀夫妇俩参加了一个舞会。侯爵奢华的府邸，盛大的舞会，英俊的舞伴，雍容的贵妇，让她如梦初醒，也在心头留下了怅惘。她开始期待意外的发生，像沉了船的水手寻找无边的海上那白帆的踪影。

慢慢的，她脸色苍白，心跳也不正常，有时发高烧。因为她一直抱怨道特，查理认为一定是水土不服，他决心搬到永镇寺去行医，尽管四年来他在道特已经有了完全稳定的声誉。

临到3月，他们离开道特，包法利夫人这时有了身孕。下车时她认识了年轻的文书赖昂和药剂师郝麦。在谈话中，她发现赖昂和她一样对大海和山冈还有音乐有相同的爱好，郝麦则向她推荐了一些书籍和期刊。

不久，她分娩了，是个女孩，她为她取名白尔特。

赖昂常来看爱玛，和她谈话，一起看《画报》。赖昂绞尽脑汁，寻思向她表白心事的方法，但由于懦弱，总是横不下心。

爱玛这阵子看查理总是不顺眼。她躺在床上的时候，就想起赖昂，想起他的姿态、他说过的话和他的声音。她往往叹息："是啊！可爱，可爱！"但接着就是无终无了的哀怨："唉！要是天从人愿，也就好了……"

时装商人勒乐也常来看她，他给她看各种布料和小玩意，价格嘛，总是不贵，不买也没关系，买的话，赊账就可以了。

虽然两人内心都充满了欲念，但总是没有明了。赖昂心灰意冷，爱玛安慰不了自己，只能说说："我是贞节妇。"心头才有一点点儿好受的味道。

赖昂决心去巴黎学习法律，他来向爱玛辞行。在握手告别的时候，他们的目光又遇到了一起，两个人的手都湿津津的。

他叹气道："再会！"

头突然一扬，她说："是啊，再会……你走吧！"

赖昂走后，爱玛的日子更加死气沉沉，她开始无缘无故地怄气，又重新面无血色，还常常晕倒。查理焦灼不安，但苦无良法。

星期三，是永镇赶集的日子，于歇特的罗道尔弗先生带他的佣人找查理放血。当他看到爱玛之后，不禁大为倾倒。“她很可爱！这位医生太太，很可爱！牙齿美，眼睛黑，脚轻巧，”他自言自语，“我一定要把她弄到手！……是的，可是事后怎么甩掉她呢？”

罗道尔弗总是能找到一些缘由到查理的诊所来，他是个风月老手，思路敏捷，一有机会，他就和爱玛谈内地的庸俗、生活的窒闷、理想的毁灭，谈他的郁闷，谈追求真爱的决心。他直截了当的谈他对爱玛的爱，并不失时机地握住了她的手。然后克制自己六个星期不来看她，然而当他再次露面时，望见爱玛脸色发白，他明白自己算对了。

罗道尔弗向爱玛说着绵绵情话

这一次，他的表白更为成功，他说对爱玛的爱给他带来的痛苦如此深重，对爱人的思念让他每天夜晚制止不住自己，总是从老远的地方赶来，在她的房边徘徊、流泪。她朝他转过身子，呜咽着：“啊！您真好！”

“不对，我爱您，就是这个！您相信我！说给我听！一句话！只一句话就成了。”罗道尔弗说道。

他以强健身体的名义和爱玛双双骑马到野外。在小树林的深处，他恰到好处地搂住她的腰，她于是软弱无力，浑身打颤，将脸藏起，依顺了他。

回到家，她三番两次地自言自语：“我有一个情人！一个情人！”久经压制的感情一涌而出，欢跃沸腾。

一有机会，他们就要出门约会。她每天都要给他写信，也这样要求他。她很多时候主动去找他，渐渐地他拿稳了她爱他，疏忽大意之下，不知不觉变了态度。

一回，他一连三天爽约，爱玛的心有了一些忏悔的意思了。她甚至问自己，她凭什么痛恨查理，是不是还是最好想法子爱他。

正好郝麦这几天看了一篇表扬新法治疗跷脚的文章，所以就劝爱玛怂恿查理去做一些畸形足的手术。医生架不住妻子和药剂师的双管齐下，听从了他们的主意，找了一个人进行治疗，但手术并不像预想的那样好，病人差点送了命。查理为此花了不少钱，因为病人截了肢，还得给人家送假肢。

勒乐自告奋勇，接受了假肢的定货，同时又给爱玛看一些巴黎的新产品，却从不当面要钱。爱玛的喜好因为容易得到满足，也就由它去了。但勒乐不久后送来的账单还是让她窘极了，家里只只抽屉都空了，但最后还是想办法应付了过去。

爱玛和罗道尔弗又火热起来。她再也看不起丈夫，他们密谋私奔。她为此又向勒乐订购了皮箱等私奔必需品。但等到约定的时刻来临，罗道尔弗却变了卦，当她在疾驰的马车里看到他时，大喊一声，直挺挺地倒在地上。

病床边，查理急急地喊：

“说话！说话！醒醒！是我，爱玛，是爱你的查理！你认得我吗？看，这是你的小女儿，亲亲她！”

她醒过来了，但是转开了头，声音一喘一喘的：

“不，不，……什么人也不要！”

她又晕过去了。

当她可以靠着枕头，在床上坐起，已是10月中旬。这四十多天，查理一刻也没离开她，病人也不看了。只是担心爱玛的病情。除此之外，可怜的查理还愁钱不够用。

爱玛想看一些书，书商漫不经心，就像给人寄铜铁器皿一样，把流行的书，不管三七二十一，统统寄了过来。

零星的债务变成了大的借据单子，握在了勒乐的手中。

查理陪爱玛到剧场看歌剧散心，却又遇上了从巴黎回来的赖昂。她见到他时，期期艾艾，只说出了一些简短的字句：“啊！你好……怎么！你也在这儿？”

赖昂在巴黎三年，常和轻浮子弟厮混，旧日的畏怯之心早已不知所向，调情的本事也今非昔比。他看见她，热情的世界又回来了。他寻思：事不宜迟，现在必须下手。

他们很快就有了单独在一起的机会。他向爱玛大谈男子的苦恼，赞扬道德责任和默默无闻的牺牲，话语中带上了哲理的意味。爱玛谈人事无常，他马上就说他羡慕坟场的宁静。她说愿意做一个护士，他当即就赞美医生。语言就像一架展延机，拉长了他们的感情。

他的漂亮和多情让爱玛情不自禁，他抓住她的手，又弯过身子，吻她的后颈，吻了

那里真是世外桃源，爱玛和赖昂尽情享受着大自然赐予的幸福与欢乐。

许久。

第二天，他把她拉进一辆马车。爱玛摆出一副庄重的神气道：

“这不合适，你知道吗？”

赖昂反驳道：

“有什么不合适？巴黎就这样！”

这句话仿佛是无可辩驳的证据，说服了她。

马车在街头、小路、码头上奔走了一夜。

老包法利死了，爱玛利用这次事件获得了与赖昂整整三天在一起的机会，那是真正的蜜月，妙趣无穷而又丰富多彩。

接着，爱玛提出要到城里学琴，这样每星期都可以和赖昂幽会了。

除此之外，他们还有其他许多幽会的机会，破绽不是没有，但不难补救。

从那时起，她的生活只是一连串的谎言，好像面网一样，用来包裹她的爱情。

账期一步步逼迫，数目还在增大，但爱玛也顾不得这些了，她四处借钱以支付爱情的费用。

以前，她还有所顾忌，但现在，只要心血来潮，想看赖昂，她马上就找一个借口去城里。

她要他穿一身黑，留一撇尖胡须，模仿路易十三的肖像。她问他要诗，而且必须是为她写的诗，他搜肠刮肚也写不出，只好从纪念册上抄。

他开始觉得情妇行为乖张，如能分手也许不错。

终于，有一天，她回到家，用人指着钟后一张灰纸给她看，上面写着：

兹经判决执行……

判决什么？——不错，昨天送来一张公文。她没有看懂，所以又读到今天这一张。“限期二十四小时，不得拖延。”——什么意思？“清偿全部债务八千法郎。”再往下：“过期不付，当即依法执行，扣押其家具与衣物。”

她一味买，一味欠，一味借，一味出票据，续票据。每当到期又往上滚。结局就是：她为勒乐先生积累了好大一笔资金，他急不可待了。

她装出一副若无其事的样子去看勒乐。

他慢条斯理地转过身子，向她道：

“我的少奶奶，你以为我单为行好，供货供钱，真就白白供你到世界末日？放出的账，我应该收回来，我们要公道！”

爱玛开始恳求，他不为所动。

最后他关了门道：“关我屁事！”

第二天，执达吏带来了两位见证人，记录了爱玛家扣押的物品。

爱玛来到鲁昂，问她知道名姓的银行家，他们不是下乡，就是旅行去了，见到的也当面嘲笑她。总之，个个不借钱给她。

下午，她找到了赖昂，他出去一小时后回来，满脸严肃地说：

“我找了三个人……没用！”

爱玛望着他，他害怕了，他敲打着额头，喊道：

“毛赖耳今晚回来，我想，他不会不借的，我明天给你送来。”

怕爱玛猜出他在撒谎，他臊红了脸，继续和她约定了时间，在第二天三点，然后握了握她的手，出去了。

回到家里，用人出主意让她找公证人泰奥多尔。

在泰奥多尔家里，公证人握住她的手饿狼般地吻着，口里喊着借钱，手却去搂她的腰。

爱玛一边倒退着，一边喊道：

“先生，你丧尽天良，欺负我这落难的女子！我可怜，但是并不出卖自己！”

她夺门而出。

她回到家里，看到查理，只好对他讲：

“可怜的人呀，害你破产的就是我！”

他听了这话，呜咽了一大阵子，眼泪流了一大堆。

她还是打起精神，到于歇特找罗道尔弗。罗道尔弗一见到她，不禁跳起来：

“嗬！是你！”

“是我，是呀，是我！……我想，罗道尔弗，请教你一个主意。”

她用尽力气，可再也说不下去。

“你没变，还是那样可爱！啊！饶恕我，我只喜欢你一个人，我爱你，你怎么啦？说话呀！”他跪下来，抱住她。

但当爱玛提到钱，他慢慢站起来，脸上显出严肃的神情，他最后显出非常安详的神气道：

“亲爱的夫人，我没有钱。”

她一边叫嚷着他们过去的感情，一边绝望地恳求他，但罗道尔弗的口气保持了绝对的安详，继续回答道：

查理扑在爱玛身上哭泣，但是她什么都听不见了。

“我没有钱。”

她出来了，墙在摇晃，天花板在往下压她。她喘不过气来。突然，她有了力气，她快步奔向药剂师家里，从那里弄来一些白色粉末，捏了满满一把，立时一口吞下……

回到家里，她的肩膀直抖，脸比床单还白，上床就开始呕吐。砒霜没有她开始预料的好效果，她吃了好大的苦才终于咽了气。

查理扑倒在她身上喊道：

“永别了，永别了。”

老包法利夫人过来了，她抱住儿子，母子俩只是哭。

卢欧老爹接到消息后，从家里拼命地打着马赶过来，但刚望到村镇就晕过去了。

爱玛下葬后，查理一个人在家里，百无聊赖，随意地从这间房走到那间房。他偶然发现了爱玛与两个情人的信，可怜的人怎么受得了这样的打击呢！几天后，人们发现他躺在一张椅子上，身子僵硬了。

老包法利夫人当年就死了，卢欧老爹瘫了，小白尔特只好进了纱厂。那年，她应该有九岁了。

（李安民）

罪　与　罚

陀思妥耶夫斯基，劳托洛作。

费奥多尔·陀思妥耶夫斯基（1821年－1881年）：世界上最伟大的小说家之一，在俄国的声望仅次于列夫·托尔斯泰。

1821年11月11日，陀思妥耶夫斯基诞生在莫斯科的一家医院里。1939年，父亲因虐待农奴而被农奴打死，这件事给他留下了难以磨灭的阴影。后来，他因参加反对沙皇政府的革命小组而被判了四年的徒刑，出狱后又是四年的西伯利亚流放生活。在那时，他们同杀人犯等其他罪犯一起生活，“就像鲱鱼装进了木桶”，他对那里的罪犯深表同情。一遍又一遍地反复阅读着身边仅有的《新约全书》，他产生了一种神秘的信念，把基督与俄国老百姓划上了等号。这些经历后来写入了他的第一部佳作《死室记》中，他愤怒地诅咒着这个残酷与野蛮的社会，“它已经坏到了骨子里”。

1857年，他与羸弱多病、患有歇斯底里症的寡妇玛丽·伊萨耶娃结了婚，婚姻显然不会给他带来任何幸福。1864年，妻子在长期分居后去世。次年，他与年轻的速记员安娜·斯尼特金娜结婚，1881年2月9日在圣彼得堡逝世。

《罪与罚》是陀思妥耶夫斯基在长达八年的监禁与流放结束后的第一部广为人知的成功作品。小说的主题是以自己的内心折磨来补偿对他人所犯下的罪行。主人公拉斯柯尔尼科夫是作者对敏感的知识分子所作的精彩剖析的结晶。

在圣彼得堡贫民区一家公寓的一间顶楼里，住着一个穷大学生拉斯柯尔尼科夫。他正在经历着一场痛苦而激烈的思想斗争——他要确定自己是属于可以为所欲为的不平凡的人，还是只配做不平凡的人的工具的普通人。——根据他的理论，所有的人被分为“平凡的”和“不平凡的”两类。平凡的人活着必须俯首帖耳，惟命是从，他们不过是繁殖同类的材料；但是不平凡的人不受社会道德和法律的约束，有权利干一切犯法的事，归根到底，就是因为他们是统治者，是超人。

拉斯柯尔尼科夫被贫困和无聊的生活困得透不过气来

他原在法律系就学，因交不起学费而被迫辍学。他的父亲是个小官吏，早年去世，母亲领着妹妹节衣缩食，苦度岁月。他现在靠母亲从养老金中和妹妹从外省当家庭教师的微薄薪金中节省下来的钱维持生活。他已经很久没有缴付房租了。近来，房东太太停止供给他伙食，而且催租甚紧。他感觉到自己被逼得透不过气来。

他足不出户，成天躺在一个破旧的沙发上，为改变他的贫困而苦恼着。他想，既然在这个社会里受人尊敬的是阔人们、飞黄腾达者和幸运儿，那么他拉斯柯尔尼科夫为什么不试试挤入他们的行列呢?

这时他认识了小公务员马尔美拉陀夫。他原来在机关里工作，被裁员后再也找不到差事。一家五口无以为生，孩子们几天见不到面包皮。穷困潦倒的马尔美拉陀夫只好成天坐在酒店里排遣愁闷。为此，他的长女索尼雅不得不当了街头妓女，每天把用肉体换来的几个卢布默默地放在桌上给继母以维持一家清苦的生活。拉斯柯尔尼科夫不愿像马尔美拉陀夫那样任人宰割，他打算用“实验”来证明自己是一个“不平凡的人”。

离他住处不远有家当铺，老板娘伊夫娜是个高利贷者，心肠歹毒，惜财如命。一个偶然的机会，拉斯柯尔尼科夫在一家酒店里听到一个大学生和一个军官谈话，那个大学生说要杀死这个凶恶的老太婆——吸人血的蜘蛛，拿走她的钱，利用她的钱为全人类服务，为大众谋福利。这个主意与拉斯柯尔尼科夫苦思着的念头不谋而合，这更加坚定了他实施自己想法的念头。

“一切原本全在一个人的掌握中，却因懦弱而丧失良机。” 他喜欢这句名言。“我不想变成只会不停地说，却一件事都不能办的人！……‘杀人的杰克’……这样的事我有能力做吗？”他经常在自言自语中嘲笑自己的寡断和懦弱，他这样做为的是刺激自己有勇气去试验自己的策略。

经过精心策划后，一天晚上，拉斯柯尔尼科夫乘伊夫娜一人在家，进入室内，用斧头砍死了她。此时老板娘的异母妹妹丽莎威泰外出返回，拉斯柯尔尼科夫在慌乱中又杀死了她，从她们的寓所里偷走了一些珠宝和钱。

次日清晨，拉斯柯尔尼科夫被一阵剧烈的敲门声惊醒。房东的孩

伊夫娜不知道自己死到临头，她的目光还是那样的锐利和多疑。

子送来一张警察局的传票。"完了，警察局发现了！"他惊恐万分，又饿又病，虚弱不堪，打算一一招认。

他基于一种赴死的情绪到了警察局，然而警方召他去的目的只不过是要他还清女房东向警方控告他所欠下的房租。拉斯柯尔尼科夫顿时如释重负。

他在办完手续就要离开时，他无意中听到警官谈论昨晚的凶杀案，紧张得昏厥过去，这引起一个警官的注意。他苏醒后被审问了一番，他的回答引起了警方的怀疑。

清醒后回到住处就卧床不起，一连几天，发着高烧，昏迷不醒，还一直说着呓语，什么耳环……项链……督察长……还大声喊叫。

房东的孩子按时送食物给他，但除了水，他什么也吃不下。病愈后，他才知道在他神智昏迷时，当局已经来过，而他发着烧，说了些更加让人产生怀疑的话。

病好后，拉斯柯尔尼科夫病中的恐惧仍在持续着。两姐妹被杀的话题在朋友间和酒馆里到处传说着。每一次话题的展开都让他不得不被迫参与或仓促离开，而且每次都不由自主地颤栗、激动、痛苦。每到这个时候，人们都劝他回家养病，说他一定还在发烧。

自私、吝啬、奸诈险恶的卢仁

恐惧和颤栗没个尽头。拉斯柯尔尼科夫对自己说："这样下去不行，我得结束它，好好作个了断！"但他痛恨把烦人的苦难、抑郁的感触倾吐出来，这让他觉得自己很卑陋愚蠢。他痛苦不能自持，他是宁愿被火烧死，被枪毙，也不要软弱下来，更不要被人怜悯同情。他只能靠他自己。

现在的他和过去的他已被截成了两半；过去的思想见解、回忆、企图和过去的他都被埋在地下隐匿不见。如今的他和世界彻底断掉了关系。"去警察局，将一切结束吧……"当他感到极度寂寞时常常这样想。

拉斯柯尔尼科夫的妹妹冬妮娅的未婚夫是律师卢仁，那是个自私、吝啬的家伙。他一心想娶一个出身贫寒的妻子，因为这样的话她就会对他感恩戴德，服服帖帖听他摆布。冬妮娅正是他中意的对象。为了哥哥的前途，冬妮娅才答应嫁给他。

为了开设律师事务所，卢仁从外省来到圣彼得堡，而后他亲自去找拉斯柯尔尼科夫。他原以为拉斯柯尔尼科夫会把他尊为上宾，不料，病中的拉斯柯尔尼科夫不但丝毫没有表示欢迎，反而对他十分冷淡，并且鄙视他，对他冷嘲热讽。因为他心中明白，妹妹要和卢仁结婚是为了供给他这个穷哥哥上学。卢仁为此愤然离去。

有一天他出去看报纸上关于谋杀案的新闻。此时，一个密探走了过来与他一起看报。拉斯柯尔尼科夫由于自己犯了罪，加之以疾病缠身，神经亢奋到了极点。他开始滔滔不绝，向密探暴露了他很可能就是杀人犯。然而密探却找不到可以怀疑他的直接证据。

一天，拉斯柯尔尼科夫在圣彼得堡贫民窟目睹一个人自杀未遂，内心受到很大触动，决定去警察局自首。

就在去自首的路上，拉斯柯尔尼科夫见到因车祸而生命垂危的马尔美拉陀夫。他要求警察将伤者送回家中。马尔美拉陀夫的老婆看到丈夫的惨样简直要疯了，大哭："往后该怎么办啊？"拉斯柯尔尼科夫这时突然激动无比地说："别哭，我会帮助你们。这里有二十卢布，你先拿着，我一定会再来……现在我得先去办点事。"

拉斯柯尔尼科夫忽然升起要继续活下去的愿望，这种感触，就和死刑犯又获得豁免的感触一模一样。"人生是真切的。此刻我不是活了吗？我还没有和两个老太婆一起死掉，那就让理智与光明的力量来控制我吧！我真高兴我还活着。"他对自己说。

马尔美拉陀夫到家苏醒过来后，看到一身街头妓女打扮的索

这时候酒鬼的女儿索尼雅穿着破旧的衣服怯生生地挤进房来，她看到的是受伤后垂死的父亲。

尼雅，悲痛欲绝，大叫了一声：“女儿呀，宽恕我！”便咽下了最后一口气。

在这天，拉斯柯尔尼科夫认识了索尼雅。

后来，拉斯柯尔尼科夫在去参加朋友们举办的晚会时，发觉他们也都怀疑他参与了杀害那两个女人的事件。

拉斯柯尔尼科夫回到家里，发现他母亲和妹妹正在等他。一见到她们，拉斯柯尔尼科夫就心慌意乱。他不想让她们待在自己身旁，就把他们托给他的朋友拉祖米兴照料。没想到，拉祖米兴一见到冬妮娅就被她深深地迷住了。

在与负责侦察谋杀案的波尔菲里的谈话中，拉斯柯尔尼科夫受到种种盘问和精神折磨。他几乎可以肯定：他实际上等于已为自己所犯下的双重杀人罪被捉拿归案了。他多多少少是为自己辩护而发挥了他的理论：一个有天才的人为了达到他的目的可以不择手段，而他有时就认为自己是个天才。

回来后，拉斯柯尔尼科夫向他母亲和妹妹证实了卢仁是个华而不实的大笨蛋，于是这个愤怒的求婚者就被打发掉了。这时，拉祖米兴已取代卢仁，得到了姑娘的喜爱。

冬妮娅到一个地主家做了家庭教师，主人斯维德里加依洛夫是个好色之徒，尽管有了偌大一把年纪，还是对冬妮娅抱有非分之想。有一次，他竟然在饭桌上向冬妮娅求婚，他的妻子得悉此事后，醋劲大发，把冬妮娅赶出家门。

冬妮娅离开后，斯维德里加依洛夫依旧对她纠缠不休。他的妻子去世后，他马上赶到圣彼得堡，以送钱给冬妮娅弥补过去对她犯下的过失为名，央求拉斯柯尔尼科夫从中说情，让他与冬妮娅见了一面，但冬妮娅没有理睬他。

拉祖米兴从富裕的叔叔那里得到了一笔钱，他就开始和冬妮娅一起做起了出版生意。他们要拉斯柯尔尼科夫和他们一起干。由于心绪不宁，他谢绝了他们的好意。他告别了朋友、母亲和妹妹，并请求他们别再找他。

他到了索尼雅那儿。索尼雅为全家的生活而不惜牺牲自己的行为，深深地打动了拉斯柯尔尼科夫。他对索尼雅抱有极大的同情。

见到她，他一下子跪倒在她的脚下，对她说：

“我不是向你下跪，我是向一切受苦的人类行礼。那些贵人根本不值你一个小趾。”

“你不体面没错，你是罪人没错，你住在污秽之中，可是你却有如此高尚的情感，你在大大地受苦啊……你为什么没有自杀或疯掉或败坏掉了呢？难道你还在等待奇迹？”

他看着她，从她的脸上得到了答案，他感觉索尼雅对人类怀着基督的爱，甘愿为人类受苦。他不由自主地叹息道：“上帝到底帮助了你什么呢？”

他让她念《新约全书》给他听，她打开新约，念了拉撒路复活的故事。

忽然，他发现她与自己走的是同一条路。一个是杀人犯，一个是卖淫妇，在贫困的房间里，在幽暗的烛光下，杀人犯与妓女一同念着圣书，这是多么奇怪的场景啊！他答应告诉她是谁杀害了那两个老姐妹。斯维德里加依洛夫在索尼雅的隔壁偷听到了他们俩的谈话，他兴致勃勃地等着拉斯柯尔尼科夫披露真情。

拉斯柯尔尼科夫心中十分痛苦，他去了警察局。波尔菲里又像猫玩耗子似的对待他。拉斯柯尔尼科夫既感到十分内疚，又认为自己处境危险，心情痛楚不已。

在一次宴会上，卢仁注意到拉斯柯尔尼科夫很关心索尼雅，出于报复，他指控索尼雅从他房里偷了钱。幸而有位邻居揭发，说曾看到卢仁偷偷地把钱塞进索尼雅的口袋里去；拉斯柯尔尼科夫则挺身而出，再次指出了卢仁的卑鄙目的，这才使姑娘保住了清白。索尼雅为此非常感激他。

不久，出于对索尼雅一家的保护和对卢仁极度憎恶的心理，拉斯柯尔尼科夫杀死了卢仁。

拉斯柯尔尼科夫再次来到了索尼雅的房里。他向索尼雅讲述了他杀死伊夫娜的真相和犯罪的目的。他告诉索尼雅，就像除掉卢仁使她免于灾难而且让她的全家能够得以存活一样，他杀死放高利贷的老太婆，正是为了为民除害；死了一个吸人血的“蜘蛛”，却能让更多的人活得更好。拉斯柯尔尼科夫认为，按照这个逻辑，杀死老太婆应该是无罪的。

听到拉斯柯尔尼科夫是凶手，索尼雅先是吃惊、不相信，过了一会儿便平静下来。让他无法忘记和吃惊的是，她竟然站了起来，走到他的面前，握住他的双手，温柔地凝视着他。然后她紧紧地围抱住他的颈项。

拉斯柯尔尼科夫露出凄惨的脸容：“你为何不骂我，却拥抱我呢？”

“因为全世界没有比你更不快乐的人了！”她喊道。

一种他一向不容许的情绪在他心中翻腾，他的心一软，不禁热泪盈眶，说道：“索尼雅，你不会离我而去吗？”

“不会，无论你到何处，我都随着你……上帝，为何你不早来，我为何不早些遇到你呢？”

“无论如何，我来了。”

“是的，我随你到西伯利亚吧。喔，为何你把所有的钱都给了人，却去做强盗杀人呢？”

“因为我想做拿破仑，所以我把她杀了。我不想一辈子只是一条虫，一只跳蚤，我想做拿破仑，但是我需要机会，我需要钱……这就是我杀人的原因……我不是为了想饱肚子，我是想拯救世界啊……伟人需要胆识，奴颜卑膝者永远没有权力。我要证明自己的胆识，看自己能否跨过障碍……索尼雅，拿破仑也曾越过他的障碍……结果，索尼雅，我发现同时我也杀了我自己。”

索尼雅仍紧紧地抱住他。

“最终证明我只是个平庸的人啊，索尼雅，我现在该怎么做呢？”

“去承认你的罪过，上帝就会给你新生了。你去不去呢？去不去呢？”

“我真的要到西伯利亚吗？”

“是的，以受苦去赎你的罪吧。证明你不是跳蚤，是新生的人。”

“你会陪我吧？”

“我一定陪你。”

他们俩悲哀而忧愁地并坐着，仿佛孤零零地被狂风巨浪冲到荒岛上。现在他的寄托只剩下她了。

“索尼雅，你有十字架么？”

“有两个，一个是铜制的，一个是木做的，我把木做的送你，因为铜制的就是丽莎威泰送的。这样我挂丽莎威泰的十字架，你挂我的。我们一同受苦难，也一同挂十字架啊！”

斯维德里加依洛夫偷听了拉斯柯尔尼科夫向索尼雅的谈话后，向拉斯柯尔尼科夫透露自己知道了事情的真相。这时，波尔菲里也对拉斯柯尔尼科夫点明杀人犯就是他。但同时答应拉斯柯尔尼科夫说，如果他招认，就可以为他提出神经一时失常的理由而取得减刑。拉斯柯尔尼科夫却迟迟没有下这个决心。

斯维德里加依洛夫用诡计把冬妮娅骗到自己房里相见，然后告诉冬妮娅她哥哥的犯罪真相，并说如果她同意做他的妻子，他就会援救她的哥哥。冬妮娅愤然用随身带着的手枪向他开枪，但是未能成功。

斯维德里加依洛夫终于确信冬妮娅完全不能容忍自己，于是给了她一大笔钱后，用手枪了却残生。

拉斯柯尔尼科夫深信母亲和妹妹对自己无比热爱，索尼雅又对他坚贞不渝，带着索尼雅给他挂上的十字架，他来到了警察局自首。结果，他被判处八年徒刑。

拉斯柯尔尼科夫被关在西伯利亚的监狱中。不久索尼雅也来到此地做了裁缝，就住在他流放地附近的一个村子里。由于她对囚犯们非常好，大家都称她小妈妈索尼雅。

开始时，拉斯柯尔尼科夫有很长一段时间没有笑容。让他痛苦的不是苦刑，而是过去的骄傲的重挫。他的想法和信念竟然如此蠢笨地失败到底，这让他深感凌辱。他感觉自己的自信和自尊被彻底地践踏了。

因为这些内心的苦痛，他对索尼雅很粗暴和没有耐心。但是，索尼雅只是默默地陪着他，没有任何怨言。

因为长期的郁闷，拉斯柯尔尼科夫大病一场，神志时醒时昏。他梦见全世界都得了很奇怪的疫病，人们个个相信自己有智能紧握真理，每个人都确信自己毫无差错，可是也因为如此，全世界都再也不能判断什么是罪恶，什么是善良，谁应受罚，谁该免罪；人们彼此互相冲突、互相诋毁和互相残杀，人人都以己之是责人之非。

痊愈后，一天清晨，他一个人走出工棚，来到河岸上，凝视着宽阔而荒凉的大河，美丽的风光在他的面前展开了。这时索尼雅出现在他的身旁，她的脸消瘦、苍白，她向他愉快地笑着。

他突然倒在她前面大哭，他紧紧地搂着她的双膝。

她起初大为惊吓，后来才懂得，这个不让自己表达软弱情感的男人内心深处的骄傲终于崩溃了，他复活了。

他央求她再为他念拉撒路复活的故事，一道幸福的光芒闪现在她的眼中。她知道，并且毫不怀疑，他爱她胜过一切，这个时刻终于到来了。

爱情让他们获得了新生，生命无穷的源泉又开始流动起来了。虽然刑期还有七年，但拉斯柯尔尼科夫不再害怕，他在期待着离开西伯利亚后新的生活。

（金松林）

复　活

一代文学巨匠托尔斯泰，劳托洛作。

列夫·托尔斯泰（1828年-1910年）：俄国作家托尔斯泰对人类思想影响之深刻，在现代作家中几乎无人能望其项背。他的作品征服了整个俄国，他关于社会和道德的思想主张传遍了全世界。

1828年9月9日，托尔斯泰出生于俄国图拉省的雅斯亚·波利亚纳村。父母都出身于俄国的名门贵族，家庭幸福和睦，托尔斯泰在很多作品中再现过儿童时代的生活。他刚满两岁，母亲就不幸去世，父亲也于七年后辞世而去，留下的几个孤儿由亲朋好友照管。托尔斯泰在很小的时候就表现出了超人的机智和丰富的想像力。其家庭教师在1836年时曾经预言，他日后将成为一代文学巨匠。

1852年，托尔斯泰在《现代人》杂志上发表了处女作《童年》，四年后就成为了一位著名的作家。1869年，历史巨著《战争与和平》完稿，为他赢得了俄国最伟大作家的历史地位。从1873年到1877年，经过十二次修改，他完成了第二部里程碑巨著《安娜·卡列尼娜》，其小说艺术至此达到炉火纯青的境界。

托尔斯泰和他的家人、朋友一起在户外进餐

70年代末，托尔斯泰的世界观发生了巨大的改变，把非暴力、博爱宽容和朴素节俭作为自己的生活信条。历时十年所创作的《复活》正是这一信条的写作实践。这是他长期思想、艺术探索的总结，也是对俄国社会批判最全面、深刻的一部著作，成为世界文学不朽名著之一。其信条吸引了众多追随者，他们被称为“托尔斯泰信徒”。由于反对俄国政府和教会，他的很多作品都遭到审查，其追随者也受到残酷迫害，他本人却因俄国人民对他的热爱以及他享有的世界声誉而幸免于难。由于信仰上的差异，他与家庭产生了严重的分歧。1910年10月，他愤然离家出走，于11月20日病逝于梁赞省的阿斯塔堡车站，享年八十二岁，一代文学巨匠就此走完了他的人生旅程。

女犯马斯洛娃被两个看守带出了省立监狱的大门，她顿时感受到狱外春天的空气比狱中清爽多了，心中不禁高兴了一下，然而想到自己要到法庭受审，又沉重地叹了一口气。

马斯洛娃的身世很悲惨，但极为平常。她母亲是一个农奴的女儿，终生未嫁却年年生孩子。马斯洛娃是第六个，前五个都死了，要不是她生下来时美丽健康，被女庄园主看上收为教女，她也是活不下来的。她的父亲据说是一个过路的吉卜赛人。

马斯洛娃三岁时，母亲死了，她就被带到了女庄园主那儿，从那时起大家都叫她卡秋莎。

卡秋莎十九岁时，已出落得非常美丽。那年，她被女庄园主的侄子，一个年青军官诱奸了。第二天那个军官就走了，临别时给了她一百卢布。后来，卡秋莎怀孕了，被赶出庄园，孩子生下来就死了，卡秋莎慢慢地沦为妓女。

审问开始了，卡秋莎坐在被告席上。而她对面的陪审席上，坐着一个叫涅赫柳多夫的陪审员，他正是那个女庄园主的侄子，也就是诱奸卡秋莎的那个军官。不过他这时候没有注意到她。他今天被女友米西的来信弄得想入非非，这一段他正和一个贵夫人打得火热，答应和米西的婚事似乎欠妥，但这桩婚姻确实门当户对。至于那年诱奸卡秋莎的事，他已经习惯于从不想起了。

涅赫柳多夫沉入了那早已遗忘的回忆……

卡秋莎是第三个被审问的，由于她长得漂亮，庭长的提问比较温和：

“你叫什么名字”

“柳包芙。”

“我问的是你的真名！”法官对这个回答有些生气。

“我从前的名字叫卡秋莎。”

“这决不可能。”涅赫柳多夫对自己说。但他毫无疑问地知道，这个人是她。她的模样并无大的改变，尤其是她那双略微斜挑的眼睛。就是她，那个爱过她，也被他真心实意爱过的，被自己在一种疯魔状态里诱奸过的又被自己抛弃了的卡秋莎。

涅赫柳多夫摘下眼镜，瞧着马斯洛娃，他的灵魂进入了一种复杂而痛苦的活动。

卡秋莎和涅赫柳多夫认识的时候才十六岁，那年，他正上着大三。那个夏天，他到姑母——卡秋莎的教母家里消夏。一个月的相处，两颗纯洁的心相互爱慕了。从那一刻起，庄园里的一切事物在他的眼里仿佛被太阳照亮了，但他始终不知道这就是爱。只是他临动身离开庄园时，卡秋莎站在门廊上，用满含泪水、略微斜挑的黑眼睛望着他，他才体会到舍弃一种美丽的、珍贵的东西的凄凉。

三年后，他们又见面了。卡秋莎还是一个天真、美丽、纯洁的姑娘，可是，涅赫柳多夫却变了。三年来，他由一个大学生变成了一个军人，这个现实的、富有牺牲精神的青年被他耳濡目染的一切诱惑着，讥笑着，他已成了一个荒淫无度和彻底的利已主义者，专爱享乐。

复活节的那天晚上，利用卡秋莎对他的爱，他抱住了卡秋莎走进了自己的房间……

等到她周身发抖、默默地走出房门，他才极力思索刚才发生的这件事的意义。

"这到底是怎么回事，是很大的幸福呢，还是很大的不幸？"他问自己，"这种事素来就有的，大家都是这样做的。"他对自己说，然后就回去睡觉了。

第二天，他动身回兵营前，找到了卡秋莎。

"我想跟你告别，"他说，手里揉着一个信封，里面有一百卢布，"这是我给你的。……"

她猜出来了，皱起眉峰，摇头，推开他的手。

"不，你收下吧。"他吞吞吐吐的，把信封塞入她怀里，跑了。

"大家都这样做，那么可见，这就是理所当然的。"返回的路上，他这样安慰自己，但这件事还是燃烧着他的良心。不过最后还是忘光了它。

审问还在继续，涅赫柳多夫慢慢地了解了这件案子：

一个商人到妓院与姑娘们胡闹，花光了钱，要卡秋莎到他住的旅馆里取四十卢布。卡秋莎当着一男一女两个茶房的面，从商人的皮箱中取出了四十卢布。商人付完款后，又缠着卡秋莎回到旅馆，卡秋莎烦透了他。

那两个茶房就给她一杯酒，说那里面有安眠药，要卡秋莎给他喝了，就会睡着了不再烦她。卡秋莎照做了，没想到那个商人喝完后就死了。那个杯子里是毒酒，商人箱子里的几千卢布不见了，酒是卡秋莎递给他的，所以这个案子的案犯中，卡秋莎被认为是主犯。

卡秋莎的律师什么都不懂，连说话都结结巴巴。庭长正惦念着三点钟去见他的情妇，陪审员们要么只看她那漂亮的脸蛋，要么睡着了。尽管这个案子卡秋莎缺乏做案动机，各种细节也说明她是无罪的，但这帮老爷们怎么会发现这些问题呢？令涅赫柳多夫不可思议的判决出来了：卡秋莎被判四年苦役。

"我没罪，我没罪啊！"听完判决，卡秋莎大吃一惊，在长凳上一坐，放声大哭起来。

"不行，不能让这个案子就这样了结。"涅赫柳多夫对自己说。

他找到庭长，可他从那儿什么也没得到。后来一个律师指引他上诉。

接下来几天，一种憎恶感始终缠绕着他。他终于想清楚了一个事实：我的堕落使卡

肮脏、喧闹的监狱让卡秋莎心烦意乱

秋莎蒙受了不幸，我要请求她的宽恕，我一定要帮她摆脱这次厄运，如果必要的话，我就跟她结婚。

他灵魂深处的变化让他有一种获得新生的感觉，他为自己还拥有美德而流下了泪水。他决定去看卡秋莎。

监狱中的肮脏、喧闹让卡秋莎心烦意乱，将要来临的四年苦役更让她愁肠百结。抽烟和酗酒只能是一时的逃避，愁闷是无穷无尽的。

她整天默默地想事情，可是单单没有想到涅赫柳多夫。她对童年和青年时期，特别是对涅赫柳多夫的爱，是从来也不会去回想的，因为那样做未免太痛苦。

如果说再想起那个晚上，因为他坐的火车在那个小车站有三分钟的停留，自已就走好远的山路去见他。到站时，才看了他一眼，火车就开动了。她根本追不上，她喊他他也听不见。“他，在灯光明亮的车厢里，坐在丝绒的靠椅上，说说笑笑，喝酒聊天。我呢，却在这儿，在泥地里，在黑暗里，淋着雨，吹着风，站着哭泣。”她会发疯的。那些往事的记忆，已原封不动埋藏在心底里一个深深的地方，连做梦都没梦见过。从那个可怕的夜晚起，她再也不相信善了。

“马斯洛娃，有人找你。”女看守喊了一

寒风中的卡秋莎看着涅赫柳多夫坐在温暖的列车车厢里，喝酒聊天。

声，她抬起头，铁丝网外站着一个男子，凭装束可以看出是个有钱人。

“我想要跟你……”

卡秋莎听不清他所说的话，不过，他说话的神情突然间使她想到了他，可她不相信，她开始痛苦地皱起了眉头。

他们两个坐在一条长凳上。

“我知道，要你宽恕我是困难的。”他的眼泪都快下来了。

“你是怎么找到我的？”她问，她那对斜挑的眼睛瞧着他，而又好像没瞧他。

“前天你受审的时候，我是陪审员，你不是有过一个孩子吗？”他问，脸涨红了。

“谢天谢地，他当时就死了。”她简短而气愤地回答，掉过头不去看他。

卡秋莎没有料到还会见到他，特别是现在，简短的交谈之后，屈辱和苦难源源不断地产生出来。她感到痛苦，可她无力理解，她只能用现在堕落生活的迷雾去掩盖这些回忆。

“不管怎样，我也要赎我的罪。”

“没有什么可赎的，事情已经过去了。”她说，她脸上露出那种他万万没有料到的媚笑，她盘算着，怎样利用他才好。

“现在我被判决去做苦役了，我没罪，他们说，这得上诉，不过，据说很费钱……”

“是的，一定的，我已经找过律师了。”

“别舍不得花钱，要请一个好律师。”

“凡是我能做到的，我都要去做。”

她又像刚才那样媚笑了一下：

“我想跟您要一点儿……钱，要是您乐意的话，不多，……十个卢布就成。”

他刚把钱拿出来，她就伸出一只手，抓住那张钞票，塞进她的腰带里。

“要知道，这是个已经死去的女人了。”离开时，涅赫柳多夫对自己说。可说来奇怪，这不但没有把他吓退，反而给他一种特别的新的力量，促使他同她接近。

几天后，涅赫柳多夫拿着上诉状去找卡秋莎签名。

“我有些话要跟你说，”涅赫柳多夫看着卡秋莎，“我已经决定跟你结婚。”

她的脸上忽然现出惊骇的神情。“你打算用我来拯救你自己，”她叫道，“你在我活着时拿我取乐还不算，还打算在我死后的世界里，用我来拯救你自己！我讨厌你。”她嚷着，猛地站了起来。

“你不相信我的话？”

“我可办不到，我宁可去上吊！”

"哎，为什么那时候我没有死掉？"她添上一句，哀哀地哭起来。

望着她决然地离去，他意识到自己让她受了多大的伤害。

涅赫柳多夫决定去彼得堡，在此之前，他去了趟自己和姑姑的庄园，把自己和继承来的财产用最便宜的价格处理给了农民。这一次乡下之行，让他见到了以前怎么也看不见的悲惨情形，这一切都带给他一种新生的感觉。

涅赫柳多夫在彼得堡有三件事要办：为卡秋莎向枢密院提起上诉；到宪兵司令部去请求释放舒斯托娃，这个年青姑娘只是因为一些传单被关了七个月；一件是关于教派信徒的案子，他们因为阅读和讲解了《福音书》而同家人离散，将被流放到高加索去。

枢密院对卡秋莎案件的审理只是考察案卷，根本就不考察案件的真实性，只是在认定卡秋莎有罪的情况下看量刑的多少符不符合规定，结果驳回了上诉。

另两件事情是别人托办的，涅赫柳多夫利用上流社会的关系办好了，另一个原因是他们实在没有犯什么事。舒斯托娃平白无故地遭受了毁灭性的打击；教徒们则是被白白地拆散了家庭。

涅赫柳多夫想来想去，不由得异常清楚地得出这样的想法：如果有人被捕、被监禁，或者被流放，根本不是因为这些人违反了正义，或者是非法，仅仅是因为他们妨碍那些官僚和富人安全地占有他们从人民手中搜刮来的财富罢了。

涅赫柳多夫虽然决定向沙皇递交状子，不过，他并不希望成功。"在这个社会，有良知的人应在监狱。"一种声音这样告诉他。

回来后他又看了几次卡秋莎，她对他没有那么冷漠了。其实，在她心里，她早就原谅了他。

卡秋莎将在7月5日启程，涅赫柳多夫也准备在那一天随她一起走。

动身的前一天，涅赫柳多夫的姐姐和姐夫来了一次，姐姐对他的做法非常担忧，至于她丈夫的话简直让涅赫柳多夫不能忍受。他坚持一种见解，那就是真理是法庭判决的产物。以此推论，卡秋莎是有罪的。至于其他罪犯，那都是罪有应得。这让他们的谈话不欢而散。

马斯洛娃就要出发了，涅赫柳多夫在潮热的车厢里见到了她。

"天气真热啊！"她说，快活地微笑着。

"东西都收到了吗？"

"收到了，谢谢。"

"我们要到诺夫哥罗德以后才能见面了。"

"莫非你也去？"卡秋莎仿佛不知道似的，快活地看了他一眼。

“我坐下一班火车走。”

她没说什么，只是深深地叹了一口气。

卡秋莎这批犯人跋涉了五千俄里到达了彼尔姆后，涅赫柳多夫总算疏通成功把卡秋莎调到政治犯的队伍中去。

这次，涅赫柳多夫帮了卡秋莎的大忙，她发现自己一路上和其他犯人在一起时肉体和精神上的痛苦得到了极大的解脱。在这里，她觉得政治犯好极了，尤其是她认识了美丽的谢季尼娜姑娘和一个叫西蒙松的青年男子。

她非常敬佩谢季尼娜，她出生于军官家庭，又是那样的美丽，却素来不顾自己，永远专心找机会帮助别人，对卡秋莎这样出身的女人也特别的亲切和蔼。

西蒙松是这样的一个人，他对一切事情都用自己的理智来检查和决定，而且一旦做出决定，就一定照着去做。远在中学生时，就断定他做军需官的父亲挣的钱是不干净的，要他父亲把它交还给人民，这当然是不可能的，最后干脆离家出走。为了给人民做点儿事，他到农村去当教员，向农民和孩子们宣传他认为正确的东西。对于卡秋莎，他认为她身上有那些特殊的高尚的道德品质，他爱她，这一点卡秋莎从他注视她的眼神当中看得出来。她极力思考过这种爱，觉得和涅赫柳多夫的不大一样，前者是宽宏大量，还因为从前发生过那样的事；而西蒙松是她处于现在的处境才爱上她的，是一种纯粹的爱。

和政治犯在一起的日子让卡秋莎得到了前所未有的愉快，身子也强健起来。“是啊，当初我被判刑的时候，我哭了，”她对自己说，“其实，我倒应该永生永世感激上帝才是，现在我长了不少见识，按我原来的那种生活，我是一辈子也得不到的。”

一路上，涅赫柳多夫也认识了不少政治犯，他深深地觉得：他们的道德需求高于平常的人；他们认为节欲、刻苦、诚实、无私是理所当然的；他们是自由人中最容易冲动的、最有才能、最有力量的人。因此，涅赫柳多夫对他们不但深怀敬意，而且充满热爱。

让涅赫柳多夫更为高兴的是，卡秋莎调到政治犯当中后，她越来越明显地出现了内心的变化，人前她总是欢欢喜喜的神色，和西蒙松一起走路时，她的步伐是那样的矫健，而这正是他强烈地盼望在她身上看到的啊！

一天晚上，西蒙松正式和涅赫柳多夫谈起卡秋莎的事。他说他爱卡秋莎，并且向她求婚了，但卡秋莎要征得涅赫柳多夫的同意才做决定，西蒙松请求他的答允。涅赫柳多夫认为在他和卡秋莎的事情上，她是自由的，而自己是不自由的。既然这样，当然选择权在卡秋莎那儿。西蒙松得到了满意的答复，他腼腆地微笑着吻了他一下。“那我就去告诉她。”他说着，走了出去。

看着西蒙松离去的背影，他并没有因为西蒙松的这些话解脱了他自愿承担的责任而

卡秋莎和涅赫柳多夫，一对昔日的恋人凄然相向。

感到轻松，反而感到另一种沉重而古怪的痛苦。

涅赫柳多夫以前在彼得堡的努力有了结果，彼得堡认为卡秋莎的案子明显地量刑过重，将判决由苦役改为流放。这下她将获得更多的自由。

待涅赫柳多夫赶过去告诉她这个喜讯时，她却早已从看守那儿知晓了。她告诉涅赫柳多夫，她决定和西蒙松在一起。

涅赫柳多夫再次提出替她出力赎自己的罪的想法。

“何必算账呢？我们的账自有上帝来算。”她说，她那对黑眼睛闪着刚刚涌上来的泪水的亮光。

“你是一个多好的女人啊！”涅赫柳多夫怔怔地看着她。

“我好？”她含泪说道，一抹凄凉的微笑照亮了她的脸。

（李安民）

玩偶之家

亨里克·易卜生（1828年-1906年）：挪威最伟大的戏剧家，是第一个伟大的现代剧作家，同时也是过去一百五十年中最优秀的剧作家，在世界戏剧史上堪与莎士比亚相提并论。

易卜生，劳托洛作。挪威最伟大的戏剧家。

1828年3月20日，易卜生出生在挪威一个小城镇什恩。在他八岁时父亲破产，随后的八年时间里，全家一直在什恩附近的一个小庄园里居住。为了打发孤独寂寞的时光，他在少年时期就开始了写作。

易卜生于1849年进入克里斯蒂安尼亚大学，不久便由于经济上的原因而被迫退学。为了谋生，他经常替一些报纸撰写文章。此间，他写了一些诗歌和几个剧本，但并没有获得成功。

1864年，在政府的资助和朋友的帮助下，易卜生

易卜生戏剧海报

移居罗马。次年，他发表了第一部成功的剧本《布兰德》，在罗马第一次公演后，博得了观众的一致好评。此后，他进入了创作的黄金时期，连续写出了四大社会问题剧：《社会支柱》、《玩偶之家》、《群鬼》和《人民公敌》。

1892年，获得世界声誉的易卜生衣锦还乡，受到了祖国人民的热烈欢迎。1906年5月23日，他在克里斯蒂安尼亚逝世，挪威议会为他举行了国葬。在他去世后，其精神余晖仍然长时间地主导着欧洲的戏剧文学。

“我所创作的所有作品，或是我的亲身经历，或与我的经历紧密相联。”正如易卜生所言，《玩偶之家》正是对现实生活的真切反映。这部作品的艺术成就之一在于它塑造了娜拉这一正在觉醒的妇女形象，她觉醒之后对丈夫所说的那番话，被誉为“妇女独立宣言”。

娜拉·海尔茂是个美丽善良的女人，丈夫海尔茂曾经是个律师。夫妇俩生有三个孩子，一家人生活虽然有些窘困，但是表面上仍过着舒适和欢快的日子。

圣诞节的前一天，娜拉仍在忙于进行最后的采购，因为这是她结婚以来第一个不用精打细算的圣诞节。海尔茂刚刚被任命为一家银行的经理，新年一过完就要走马上任。这样，以后的日子，他们就不会再愁没有钱花了。

想到新的职位，丈夫海尔茂无法抑制住内心的喜悦。娜拉也为丈夫感到高兴，并对他们未来的生活充满了憧憬。当她的女友林德太太羡慕地夸她的丈夫“运气真好”时，娜拉高兴地说：“可不是吗！做律师生活不稳定，尤其像海尔茂，来历不明的钱他一个都不肯要。这一点我跟他意见完全一样。喔，你想我们现在多快活！一过新年他就要接事了，以后他就可以拿大薪水，分红利。往后我们的日子可就大不相同了——老实说，爱怎么过就可以怎么过了。喔，克里斯蒂娜，我心里真高兴，真快活！手里有钱，不用为什么事操心，你说痛快不痛快？”“大好的春光快来了，一片长空，万里无云，那该多美呀！”

海尔茂夫妇以为他们的苦日子熬到头了，他再也不用一个人闷坐了；而她的一双可爱的眼睛也会变得更有精神，两只嫩手也不用吃苦了。

在集市上，她买了一棵圣诞树，还为孩子们买了许多玩具。她甚至舍得买一些她最喜欢吃的杏仁饼，虽然海尔茂并不完全赞成她吃这种点心。这种做法可不像平时的娜拉，因为娜拉往常的态度是，海尔茂不赞成的事情她决不去做。

海尔茂的“小鸟儿”、“小松鼠儿”娜拉

海尔茂非常爱她，他亲昵地称呼她为“小松鼠儿”、“小鸟儿”和“不懂事的小孩子”，他对娜拉的看法跟娜拉的父亲非常相似，也就是说，都把她当作一个逗人的“娃娃”——一件玩物。有一次，海尔茂半开玩笑半认真地跟她说：“我不要你别的，只要你做我会唱歌的可爱的小鸟儿。”

的确，她和丈夫相处的时候有时真像个小孩子，她时而撅嘴板脸，时而软磨硬泡，时而又喋喋不休——因为这些正是海尔茂喜欢的；没有这些东西，他也就不会喜欢他的玩偶妻子了。事实上，娜拉不是娃娃，而是个女人，有女人的爱情、希望和忧虑。有一天，娜拉的女友林德太太来访，她们八九年没有见面，娜拉把自己隐瞒着丈夫干的一件大事告诉了女友。

他们结婚的时候，海尔茂辞掉了政府机关的工作。那时候，他的位置并不高，升不上去，薪水又不多。为了多挣几个钱，他起早熬夜，拼命地做各种额外的工作，忙得要死，日子长了，他支持不住，害了一场重病。医生私下对娜拉说，海尔茂的病很危险，除了让他到南方去过个冬，否则没有别的办法能救他的命。可是，去南方过冬需要大笔的钱，日子过得紧巴巴的他们根本出不起。她很着急，万般无奈，而且她又没法和海尔茂商量借钱的事，因为她知道他最恨的就是跟人家借钱。

海尔茂曾经对她说：“正经跟你说，你知道在钱财上头，我有我的主张：不欠债！不借钱！一借钱，一欠债，家庭生活马上就会不自由，不美满。”她也不能去找她父亲，因为他自己就是一个行将谢世的老人。还有，娜拉又不能把自己筹措钱款的事和海尔茂说，因为她知道，海尔茂是个好胜和要面子的男子汉，他要是知道他受了娜拉的恩惠的话，他会惭愧和难受，这样，他们夫妇的感情就会变得冷淡，他们原本美满的家庭就会变样子。

于是，娜拉为了给丈夫治病，又不想让重病缠身的父亲增加烦恼，娜拉走投无路，百般无奈之下，她“铤而走险”，瞒着丈夫，做了当时惟一能做的事。她假冒父亲的签字向放债人柯洛克斯泰借了两百五十英镑供海尔茂到意大利去疗养。

他们在那儿住了整整一年，海尔茂的病终于治愈了，全家又回到挪威居住。

柯洛克斯泰为人苛刻，因此娜拉必须变着法子按期还他的钱。为了偿还债务，娜拉节省家用，每次海尔茂给她钱让她买新衣服和其他东西时，她总是挑最简单和最便宜的买，这样可以省下一半的钱来。即便这样节省，家里头还是不能省出多少钱的，因为娜拉不想让海尔茂过日子受委屈，也不能让孩子们穿得太不像样；因而，娜拉还要想别的法子去弄钱，找各种零杂活干。

有一个冬天，她弄了好些抄写的工作。她每天晚上躲在屋子里一直抄到后半夜，但她始终向海尔茂保密，因为他一直以为那次旅费是娜拉的父亲给的。

有时候，娜拉甚至心里暗想着有个阔人爱上自己。这样，在他死后，人家拆开他的遗嘱的时候看见里面用大字写着：“把我临死所有的财产全部交给那位可爱的娜拉·海尔茂太太。”娜拉对她的朋友说，这只是她太需要款子走投无路时的幻想。

就这样，娜拉一点一滴省钱、挣钱，以偿还这笔贷款，在她心中，这么做是自己骄傲和快乐的秘密。“喔，有时候我实在累得不得了。可是能这么做事挣钱，心里很痛快。我几乎觉得自己像一个男人。”娜拉当时这么感觉。

但是她借款的事情很快就暴露了。

柯洛克斯泰在海尔茂现在担任经理的那家银行里做事，他决心要利用海尔茂为自己开路。柯洛克斯泰经常欺骗撒谎，善于使用狡猾手段使自己逃避法律的制裁，而且，他的行为越来越堕落，竟然害自己的女儿，总之，他的品行堕落到了没有法子挽救的地步。

海尔茂十分讨厌他，并下决心要把他赶走。当娜拉的老同学克里斯蒂娜·林德找海尔茂想在银行里谋求一份差使的时候，海尔茂觉得机会来了，他决心解雇柯洛克斯泰而改聘林德太太。

柯洛克斯泰得知他将被解雇的消息而怀恨在心，他找到娜拉并威胁她说，如果他被解雇，他就要毁了她和她的丈夫。他还提醒她说，那张借据上的日期是她的父亲死后的第三天，她是在冒充自己的父亲签字。他说这件事一旦公开，娜拉将犯伪证罪。他一旦拿这张借据到法院去告她的话，法院就可以依据法律惩办她。

娜拉和他争论说，难道法律不允许女儿想法子让病得快死的父亲少受些烦恼吗？难道法律不让老婆搭救丈夫的性命吗？但是，娜拉还是被这种突如其来的威胁吓慌了。

回到家里，她恳求海尔茂不要解除柯洛克斯泰的职位，还提醒丈夫说，如果他将柯洛克斯泰辞掉的话，这家伙会造谣捣乱。然而，海尔茂辞掉柯洛克斯泰的消息已经不胫而走，他害怕他的同事们说新经理竟被自己的老婆牵着鼻子走的闲话，并因此而取笑他。还有，柯洛克斯泰因为和海尔茂是大学同学的缘故而常在银行里直呼海尔茂的姓名。海尔茂觉得，如果他在银行里待下去的话，他的这个经理不好当。柯洛克斯泰后来又找到娜拉，并再次威胁她说，如果她的丈夫还不答应帮他的忙，让他恢复他的社会地位的话，他就会毁掉她和她丈夫的名誉。

终于，柯洛克斯泰从海尔茂那里接到正式的解雇通知。他随即写了一封信，信中揭露了伪造签字的详细过程，然后他把信投到了海尔茂家门口的信箱里。

海尔茂满怀喜悦地为欢度佳节做着各种准备，第二天晚上他们将要去参加一个化装舞会，娜拉届时将装扮成一个那不勒斯的渔家女，表演塔兰台拉舞。

为了转移丈夫的注意力，使他想不到门外的信箱，娜拉在海尔茂和老朋友阮克医生面前假装练习舞蹈。但是，此时的她内心慌乱，不知所措。她忽然想起来林德太太曾与柯洛克斯泰有过一段恋情。于是，她便找林德太太帮忙，林德太太答应尽全力让柯洛克斯泰回心转意。娜拉还想到请阮克医生帮忙，但她刚一启口，医生竟然说出“我的整个生命都可以由你支配”的话来表达他对娜拉的爱慕之心，这使娜拉没有办法再开口。庆幸的是，海尔茂在舞会结束前并没有去信箱看信。

娜拉在丈夫和好友面前假装练习舞蹈

其实，娜拉担忧的并不是自己，而是海尔茂的命运。她以为丈夫爱她，因为他说过“常常盼望有桩危险事情威胁你，好让我拼着命，牺牲一切去救你”。她以为他现在一定会不假思索地挺身出来，独揽罪责。她想像着自己已经死去，被冰冷的黑水淹没；她想像着悲痛欲绝的海尔茂会主动为她所做的一切承担罪责并宁愿为她声誉扫地。

然而现实却与娜拉的想像大相径庭。林德太太答应嫁给柯洛克斯泰并照顾他的孩子，这使柯洛克斯泰感动万分，他表示，从现在起他要努力做好人，他对自己在“走投无路”时对付海尔茂夫妻的手段感到悔恨，并表示他打算收回那封信。但是林德太太此时已意识到娜拉面临着危机，她觉得娜拉应该把这件事全部告诉海尔茂，他们夫妻应该彻底了解，不要再那么躲躲闪闪，鬼鬼祟祟。

虚假的海尔茂不顾自己的诺言，大声地训斥娜拉。

海尔茂从舞会回来看到了柯洛克斯泰的信，危机爆发了。他大发雷霆：“你！——干的好事情！”他要她老老实实把事情招出来。他骂娜拉是个伪君子，是个撒谎者，是个罪犯，骂娜拉可恶极了，骂她沾上了她父亲的坏德性——不信宗教，不讲道德，没有责任心。他咆哮道：“你把我一生的幸福全都葬送了。我的前途也让你断送了。喔，想起来真可怕！现在我让一个坏蛋抓在手心里。他要我怎么样我就得怎么样，他要我干什么我就得干什么。他可以随便摆布我，我不能不依他。我这场大祸都是一个下贱女人惹出来的！”

娜拉伤心地盯着他，态度越来越冷静，自言自语道：“现在我才完全明白了。”

他还声明，孩子们以后不再交在娜拉的手里，因为她不配培养他的孩子们。他甚至对娜拉要寻死也不表同情，反而指责她装腔作势。他还说她照旧可以待在这幢房子里，但不再是这个家庭的一分子了！

接着，他们又收到了柯洛克斯泰的另一封信，说明他不准备对海尔茂夫妇采取任何行动。

这时，海尔茂知道自己没有风险，态度来了个一百八十度的大转弯。他兴奋地喊叫：“我没事了！娜拉，我没事了！”接着，他向娜拉道歉说，他刚才因为觉得好像天要塌下来，心里一害怕，就说了几句不好听的话。他请求娜拉不要放在心上。他还说，他现在已经饶恕了她，并赌咒不再埋怨她。

但是在娜拉的心里，那层阴云并没有散去。此时，一个念头在她的心中变得越来越清晰。

海尔茂继续虚情假意地宽慰她：“受惊的小鸟儿，别害怕，定定神，把心静下来。你放心，一切事情都有我。我的翅膀宽，可以保护你。……你在这儿很安全，我可以保护你，像保护一只兀鹰爪子底下救出来的小鸽子一样。……要是男人饶恕了他老婆——真正饶恕了她，从心坎儿里饶恕了她——他心里会有一股没法子形容的好滋味。从此以后他老婆越发是他私有的财产。做老婆的就像重新投了胎，不但是她丈夫的老婆，并且还是她丈夫的孩子。从今以后，你就是我的孩子，我的吓坏了的可怜的小宝贝。别着急，娜拉，只要你老老实实对待我，你的事情都有我做主，都有我指点……”

对海尔茂的甜言蜜语，娜拉再也不能信以为真了。她感到自己从来没有如此的冷静清醒，好像对自己以前的生活一下子看得清楚而透彻了。

她要求海尔茂坐下来和她正正经经地谈谈话，她想把她的心里话说给他听。娜拉感到，她和海尔茂结婚八年来，他们还从来没有在正经事情上好好谈过。

娜拉觉得，父亲和丈夫并没有真的爱过她，相反，他们爱她只是拿她当作玩具来消遣。以前她在家跟父亲过日子的时候，父亲把他的意见告诉她，她就会跟着他的意见走，要是她的意见和他不一样，她也不让他知道，因为父亲知道了会不高兴的。父亲叫她“泥娃娃孩子”，把她当作一件玩意儿，就像她小时候自己玩过的泥娃娃一样。

后来，她嫁给了海尔茂，——其实只不过是一件玩具从父亲的手里转到了海尔茂的手里，她这样觉得。她和海尔茂在一起的时候，事情都由他安排，他爱什么她也爱什么，或者假装爱什么，但她不知道自己是真爱还是假爱。总之，她感到这些年来，她在海尔茂这个家里就像个叫花子，要一日，吃一日。她在给海尔茂耍把戏过日子。

现在，她深深地感到，是父亲和海尔茂把她害苦了。她现在这么没出息全是他们造成的。她对海尔茂说，他们的家只是一个玩的地方。她只是海尔茂的“泥娃娃老婆”，正像她曾经是父亲的“泥娃娃女儿”一样。海尔茂逗着她玩儿，她觉得有意思，就像她逗孩子们玩儿，孩子们也觉得有意思一样，这就是他们的夫妻生活。她想了解她自己和她的环境，她想离开海尔茂，一个人去过日子。她告诉海尔茂说：“我不能跟你待下去了。”

海尔茂听到她说这些话，很是吃惊：“你怎么疯到这步田地！”他指出她肩负着最神圣的责任——对丈夫和儿女的责任，企图以此阻止她。

娜拉反驳说："我还有别的同样神圣的责任——我对我自己的责任，我首先是个人，至少我要学做一个人。"

她告诉海尔茂，大多数人会赞成他的话，而且书本里也是这么说的，但是今后她不能一味相信大多数人说的话，也不能相信书本里说的话。

海尔茂不愿罢休，继续教育她说："难道你不信宗教么？"

娜拉告诉他："除了行坚信礼的时候牧师对我说的那套话，我什么都不知道。牧师告诉过我，宗教是这个，宗教是那个。等我离开这儿一个人过日子的时候，我也要把宗教问题仔细想一想。我要仔细想一想牧师告诉我的话究竟对不对，对我合不合用……我只知道我的想法跟你的想法完全不一样。我也听说，国家的法律和我心里想的不一样，我不相信那些法律是正确的。父亲病得快死了，法律不允许女儿给他省去烦恼，丈夫病得快死了，法律不允许老婆想法子救他的性命！我不信世界上有这种不讲理的法律。"

此时的娜拉想要弄清楚"究竟是社会正确，还是我正确"，想要争取做一个有头脑的人，想要去了解世界，一句话，她想要成为一个真正的女人，而不是满足海尔茂狭隘虚荣心的玩偶。

最后，她明确地告诉海尔茂，她不再爱他了，因为她所期待的奇迹没有出现。

在娜拉的眼中，丈夫海尔茂已经由熟悉变得遥远，形同陌路。她毅然走了出去，"砰"的一声关上了玩偶之家的大门，开始了自己新的生活……

（金松林）

苔 丝

哈代·托马斯：维多利亚时期杰出的小说家，其作品失于忧郁伤感。

哈代·托马斯（1840年-1928年）："英国小说家中的最伟大的悲剧大师"（伍尔芙语）、"英国小说中的莎士比亚"（韦伯语）。哈代的作品，由于基调过于忧郁伤感，以致今日很难受到读者的"欢迎"。在维多利亚时期，作品可被列为经典著作的作家凤毛麟角、屈指可数，而哈代就是其中一位。

1840年，哈代出生在英国多塞特郡多切斯特的一个荒野地区。他在这个杂草丛生、荒石遍野的地方度过了一生中的大部分时间。父亲是石匠，后来当了小包工头。母亲非常注意对哈代的教育，很早就鼓励他研习古典文学。哈代从八岁开始在村里上学，一年后转入多塞特郡学校学习拉丁文和拉丁文学。二十二岁时到伦敦谋生，为一建筑师做助手，同时去大学听课，从事文学、神学和近代语言的研究。1867年返回故乡，几年后开始致力于文学创作。哈代以诗歌开始他的文学创作，后转而从事小说创作。《远离尘嚣》是他的第一部成功之作。

他1874年结婚，妻子于1912年去世，之后又娶了第二个妻子。1928年1月11日，哈代辞世而去，骨灰安放在威斯敏斯特教堂。

哈代一生创作长篇小说十四部，短篇小说集四部，诗集八部，史诗剧《列王》三部，其中包括享誉世界的杰作《苔丝》和《无名的裘德》。

《苔丝》描述了贫穷农家女子苔丝短促而不幸的一生。苔丝是一位美丽、纯洁、善良而勤劳的姑娘，在少女时期就开始挑起家庭生活的重担。她到地主庄园做工，被地主少爷亚雷所玷污而怀了身孕，从此便拉开了她一生的悲剧序幕。

美丽的布莱克摩谷，也叫布莱克穆尔谷，是个群山环抱、清幽僻静的地方。这里不仅土壤肥沃、树木掩映，而且有许多古老而美丽的传说，即使现在，还存留着当年那般风貌的痕迹。

杰克·德贝菲尔一家就居住在那里。他们家境十分贫寒，德贝菲尔是一个诚实的乡下小贩，经常做些小本买卖，两个大人拖着七个孩子，一家九口仅靠一匹老马耕种点儿土地来勉强维持生活。五月末的一个傍晚，中年的德贝菲尔在从沙斯顿回马洛特村的路上遇到了牧师特林厄姆，他告诉德贝菲尔一个十分神秘的消息，他不久以前在编写新郡志而考察各家的家谱时，考证出德贝菲尔原是当地古老的武士世家德伯维尔爵士的直系后代。德贝菲尔生性懒惰，喜欢游手好闲，喝酒成性，得知自己出身名门，便乐不可支，立刻在路边雇了一辆马车回到家里，并将这个神秘的消息赶紧告诉他的太太。这的确很让他们开心，他们从来没想到自己竟然是昔日威风凛凛的武士世家的嫡系子孙。为了庆贺这个从天而降的好消息并向别人炫耀，晚上，他跑到一家附近的酒馆，又喝得酩酊大醉。

半夜，当德贝菲尔十七岁的女儿苔丝和他太太从酒馆里将他架回家时，他已经烂醉如泥。由于要在礼拜六赶集之前把蜂窝送到卡斯特桥的零售商手里，最晚明天凌晨两点钟就要出发，而酒鬼父亲现在已不醒人事，不知能不能去送货，一家的生活该怎么办呢？无奈之中，年轻的苔丝只好带着弟弟勇敢地替父亲去赶集卖蜂窝。凌晨，天还没有亮，她就急匆匆地弄醒还在睡梦中的弟弟赶马启程了。可谁知在车子经过斯图堡小镇时，因为他们瞌睡了，她赶的马车被一辆疾驰而过的早班邮车撞上，养一家性命的老马被撞死。做小本生意，本来主要靠马，如今马一死，买卖也就泡汤了，全家的生活来源从此没了着落。

苔丝为此感到痛苦和羞愧，她觉得是自己害得父母陷入了困境。为了帮助家庭摆脱生活困境，她不得不听从了母亲的安排，去狩猎林边上一个很有钱的德伯维尔老太太那里认亲，争取找份工作。第二天，苔丝一早就起了床，首次离开自己的家从沙斯顿小镇搭车去了特兰岭，那个朦胧而神秘的德伯维尔太太就住在那个地区。年幼的苔丝和他妈妈哪里知道这个有名的“德伯维尔”原来只不过是个冒牌货，当年德伯维尔先生在英国北部经商发了些小财，为了在南部置些家业，做个有头有脸的乡绅，就想法从博物馆的档案里找到了“德伯维尔”这个古老的姓氏。其实，老德伯维尔死后，也是家道中落，一天不比一天。

美丽的农家女子苔丝

天真纯朴的苔丝赶到特兰岭后，才发现德伯维尔太太是个性格怪僻的瞎眼老太婆。她有个儿子叫亚历克，二十多岁，是个花花公子，成天不务正业。他第一次看见美丽的苔丝，便被她的美貌打动了，埋下了占有她的念头。他安排苔丝到他家养鸡场养鸡。刚开始工作虽然不是很满意，但是很快苔丝就适应了，而且喜欢上了这份工作。可是，令她恼怒的是，那个好色的亚历克经常欺负她，想尽办法来占她的便宜。她充满疑惧，处处拒绝他的殷勤，却无法回避他。

9月里一个礼拜六的晚上，苔丝和她的同伴赶完集后返回村子。一群喝醉酒的女人肆意辱骂苔丝，苔丝又羞又恼，直想赶快离开这群人。远远跟着的亚历克骑马上前，要苔丝上马离开。为了避免发生冲突，情势危急之中，她也顾不得那么多了，跨上了亚历克的马。他俩骑着马跑了一阵，乘苔丝不注意，亚历克故意骑着马走向了远离特兰岭的岔道。

半夜一点钟，待苔丝发现时，他们已经来到英国很古老的一片树林里。树林里雾气迷漫，根本辨不清方向和道路，苔丝十分恐惧，她真想独自走回去，但这是万万办不到

苔丝只有在树林里才不感到孤独

的，恐惧和寒冷使她放声大哭起来。随着月亮渐渐下沉，惨淡的光亮也越来越弱，冷静后的苔丝坐在一堆树叶上，亚历克离开她出去辨路了。等他在山坡上转了一个多钟头摸黑回来时，他绊着了他外套的袖子，刚才走时为了给苔丝遮寒他给她披上的。周围一片漆黑，什么也看不见，只是在他脚下有一片朦胧的灰白色。这正是穿着白色衣服躺在干树叶上的苔丝。亚历克伏身下去，他的脸触到她的脸，她正睡得很沉，睫毛上还挂着泪珠，苔丝喘出的气暖烘烘地消散在他的脸上。黑暗和寂静笼罩着周围的一切……

苔丝就这样被他占有了。她又气又恨，一个月后，挎着一个沉重的篮子，毅然离开了特兰岭，顺着山路往家走。半路上，亚历克追上来百般纠缠，她但是苔丝没有理会他。回家后，把这件可怕的事情告诉了母亲。母亲很伤心，可是更令她不安的是亚历克不打算娶她。这件事很快就在村里传开了，苔丝遭到了村里人的讥笑和背后议论，她躲在家里，白天不敢出门，惟一的活动是在天黑以后到树林里去散步。只有在树林里她才不感到孤单，也只有在这一时刻，活在世上的痛苦才能减少到尽可能低的限度；她想避开周围的人群，或者说，想避开世界的冷酷集体，她的身边到处都是与她格格不入的幽灵和声音。更糟糕的是，苔丝发现自己怀孕了。不久，一个小生命来到了她的身边。

第二年8月，苔丝隐居了好久以后，开始渐渐地恢复了生活的勇气，她想重新做个有用的人，不惜任何代价。过去的毕竟过去了，过去无论导致什么样的后果，时光总是会淹没一切的，人们逐渐会遗忘掉眼前的这些。她感到树木还是像以前一样青翠，鸟儿还是像以前一样歌声嘹亮，太阳还是像以前一样光辉灿烂。而眼下正是庄稼人的大忙季节，她开始重新下地干活了。但就在8月的一个晚上，她的孩子——“苦楚”——死去了，这又给她带来了新的伤痛。

经历了生活的磨难，年轻的苔丝从一个头脑简单的女孩变成了一个思想复杂的妇女。现在，她开始清楚地认识到横在自己前面的是一条漫长而崎岖的道路，得自己一个人去跋涉，没有人同情，更没人帮助。她那女性的灵魂，经过这一两年的凄风苦雨，并没有万念俱灰，充满希望的生命仍在她心里热烈地搏动。她常常问自己，女人的贞洁真是一次失去就永远失去了吗？一切有机体都有恢复原状的能力，这条规律决不会单单不适用于处女的贞操？她下定决定离开这个伤心地，这个使她感到窒息的家乡，到一个陌生的地方去开始她的新生活。

5月间一个茴香散发着香味、小鸟纷纷出壳的早晨，苔丝第二次离开家，到塔尔勃塞一家牛奶厂当了一名挤奶的女工。这里风景优美，空气新鲜、明净、飘渺，充满了生机和活力。苔丝的心情开始愉悦起来，在工作之余，她学着唱赞美诗，学着放松自己。后来，出于偶然她认识了一个年轻健壮的青年人——安琪·克莱尔。克莱尔是一个牧师的儿子，他不愿像他的两个哥哥那样继承父业做牧师而，而想做农场主，便主动放弃了上大学的机会来到牛奶厂学习挤奶技术。他无意中发现沉默寡语的苔丝不仅美貌端庄，而且善良聪颖，有许多与别的乡下姑娘不同的地方，并很快就暗恋上了她。而获得新生的苔丝也渐渐地燃起内心爱的火焰。

在绿叶蔽荫的季节，苔丝和克莱尔不知不觉地一起坠入爱河，他们就像山谷中的两道溪水一样在相互聚拢、融合。他们不断情不自禁地幽会，而且每天总是在黎明时分，在那朦胧的晨光、那紫罗兰或在粉红色的晨曦中。因为挤奶必须很早起床，而起得最早的差不多总是他们两个。克莱尔总是在楼梯口等着她。空旷的草地上，弥漫着一片幽眇凄迷、半明半暗的晓光雾气，使他们深深地生出一种遗世孤立的感觉，仿佛他们就是亚当和夏娃。当晨光洒落下来，他们走在离水鸟很近的地方，夜鸟从他们身旁飞过，唧唧喳喳，声音穿破着薄雾。

在这个宁静的农庄里，他俩内心的爱情在逐渐燃烧。由于苔丝的出现，克莱尔开始改变了自己对生活的设想，他要放弃家里为他安排的门当户对的婚姻，娶苔丝这个内心充满诗意的大自然的女儿为妻。苔丝也十分爱克莱尔，可是自己难以启齿的过去让她透不过气来，她内心十分痛苦。每次克莱尔向她表白的时候，她总是不断地拒绝。她想找机会把过去的实情告诉克莱尔，可是常常话到嘴边又咽了回去。而克莱尔却一心只想娶

在绿叶蔽荫的季节，苔丝和克莱尔不知不觉坠入爱河。

她为妻，他回到家中将他的想法告诉了他的父亲，征得了家人的同意。美丽的苔丝就像他心目中的女王，让他迷恋、魂不守舍。

克莱尔越是爱她，苔丝觉得自己身上的十字架越沉重，她觉得如不把自己的过去告诉克莱尔，对他来说就是一种巨大的欺骗。因此，在临近结婚的前几天，她终于鼓起勇气以写信的方式向克莱尔说明了三四年以前发生在她身上的不洁的事。她把信从克莱尔的门底塞进去，想听凭他的定夺。谁知这封信误塞进了地毯下，克莱尔始终没有发现。结婚那天，苔丝从地毯下发现了信，并失望地毁掉了它，她决定在新婚之夜告诉他的丈夫。

新婚的夜晚，他们来到在井桥村附近租借的新房，那是苔丝祖宗的一座宅第。虽然双方的家人都没有来参加他们的婚礼，但是他们还是没在意这些，为能单独厮守在这新房里而开心。晚上，他们守在火炉边的时候，苔丝想告诉克莱尔自己过去的事情，没想到克莱尔却先说出了他在伦敦漂泊时的一段旧事。他曾在伦敦和一个素不相识的女人度过了四十八小时的放荡生活，他请求她的原谅。苔丝立刻就原谅了他。她听完克莱尔的讲述后，有一种如释重负的感觉，觉得自己犯下的罪过并不比丈夫的大。

但万万没有想到，在苔丝说出了自己的遭遇时，克莱尔却没有原谅她。他讥讽苔丝是没落贵族的后裔，乡下女人，不懂体面。无论苔丝怎样向他哀求，他都无动于衷。新婚之夜美好的情景变得死气沉沉，他们都陷入了痛苦的深渊中。他们先前好像是一盘烈火，现在只是一堆灰烬。

新婚后不久，他遗弃了苔丝，独自一人去了巴西。

苔丝再次陷入了孤独的苦海，她默默地忍受、等待，希望有一天能和克莱尔重修旧好，她为了保全克莱尔的名誉，回娘家后不愿对父母说出丈夫出走的事，对外也隐瞒自己是克莱尔太太的身份。她把克莱尔留给她的生活费补贴了家里，而自己生活无着，四处流浪谋生。

到了冬天，她一直没有收到远方丈夫的来信，也渐渐放弃了得到他宽恕的一切希望。接到朋友玛丽安邀请她去附近一个农场的信后，她虽然心里不是很乐意去，但为了能赚钱挨过这个冬天，她还是启程了。她独自一人走在通往高原农场的路上。为了避免受到不良男人的骚扰，她换了一件女工服，半张脸用手帕包裹着，把漂亮的眉毛也剪了。过路的人见了她的长相，都禁不住吓一跳。苔丝满眼含泪地对自已说："从此以后，我要把自己打扮成丑八怪，因为克莱尔不在这里，没有人保护我。他以前是我的丈夫，现在却离开我走了，永远不会爱我了；可我还照样爱他，憎恨所有别的男人，就想让他们全都看不起我！"

她终于到了弗林库姆阿什，展现在她眼前的是个破破落落的村庄。在那里，她经常受到东家的白眼和欺凌，被派到地里干男人的粗重活。她和她的朋友一起在风驰电掣般的打麦机前不停地供麦捆，累得喘不过气来，但她忍耐着。她期望能等待丈夫克莱尔的消息，希望能有一天他能回到自己的身边，能够像往常那样爱他。

一个大雪后的早晨，她曾鼓起勇气想到丈夫的家里见见公婆，将她的情况向他们说明，争取他们的原谅；也想通过他们劝说自己的丈夫，希望他们写信给远在异国的儿子劝他回心转意。但是，她经过一天的奔波，还是失败了，内心很痛苦。

有一天，苔丝听到附近的艾弗谢德村里来了一个教徒在布道，她怀着恭敬的心情也去了。可是她做梦也没想到，那教徒竟是那晚欺凌了她的亚历克·德伯维尔。四年前，他还是满口的秽言秽语，如今却满口仁义道德，这种伪善面目使苔丝感到恶心。在人群中亚历克竟看见了被他玩弄过的苔丝，他开始死灰复燃，将所有的宗教教义统统抛开，经常跑到农场对苔丝纠缠不休。有一次，苔丝在吃煎饼的时候，他又对她动手动脚，她愤怒之下用皮手套打得他嘴唇鲜血直流。可是亚历克并不善罢甘休，他凶狠地威胁道："记住，夫人，我曾经是你的主人，我要再次成为你的主人。你只要做太太，就得做我的太太！"

沉重的体力活折磨着她，亚历克也无休止地纠缠与威胁着她，她的生活被乌云笼罩着，她恐惧、惊慌、痛楚。无奈之下，她给克莱尔写了封言辞恳切的长信，哀求他来救她脱离苦海。与此同时，和苔丝一起做工的玛丽安和伊兹也给克莱尔写了一封信，劝说他赶快回来保护自己的妻子。

远在巴西的克莱尔在那边也吃了不少苦头，害了一场热病，办农场的理想也无情地破灭了。生活的经历使得他开始成熟起来，也给了他许多的教训。他的良心也开始复苏，他开始追悔过去，并认识到自己对苔丝的行为不公正，太残忍。苔丝的处女贞操虽然过去被玷污了，但她的品德却是高尚的。后来，辗转收到家里转寄过去的妻子和她朋友的信后，他终于决定从巴西返回英国寻找自己的妻子，决心与她重归旧好，请求她的原谅，并向她表明自己还是深爱着她。但当他费尽周折在一所海滨公寓找到苔丝时，一切都太晚了。原来，在母亲生了一场重病、父亲去世后，苔丝家的房子也被当地的人收回去了。她们一家人举目无亲，生活潦倒，亚历克也欺骗他克莱尔再也不回来了，在百般无奈之中，她不得不和亚历克同居。面对此情此景，克莱尔从噩梦中醒来，黯然离开了那座豪华的公寓，赶回了火车站。

疲惫至极的苔丝躺在祭坛上，她抓住克莱尔的手久久不愿松开。

克莱尔的归来使苔丝痛苦万分，她觉得自己的一生都是被亚历克所毁。在绝望中，她用餐刀杀死了躺在床上的亚历克，转身出门追上了离她而去的、她朝思暮想的克莱尔。为了逃避追捕，两人避开大路，穿过森林，在荒野的一所空房子里度过了他们婚后最幸福的几天。后来他们来到石柱林立的异教神坛斯通亨奇。疲惫至极的苔丝躺在祭坛上，对克莱尔说，希望他能在自己死后娶妹妹丽莎·露为妻，这样他就可以在妹妹的身上延续对她的爱。她抓着他的手久久不想松开。此时，东方地平线上银灰色的光带，使得大平原上那遥远的地方也显得黑沉沉的，仿佛就在跟前，而整个广阔无垠的景色却露出一副矜持不语、沉吟不决的神态。后来，风也渐渐停息了，周围显得那么的静！

追捕他们的警察最后还是找到了他们，而苔丝醒来看到这些陌生人，并不惊慌，因为这是她预料中的事情。她站起来，抖了抖身子，平静地对那些人说："我准备好了。"

7月的一个早晨，在温顿塞斯特城，阳光显得温煦而明媚。美丽的苔丝被警察押送着，安详地走上了刑场。克莱尔遵照苔丝的嘱托，带着她的妹妹丽莎·露，开始了新的生活。

（金松林）

羊　脂　球

被誉为“短篇小说之王” 的莫泊桑

居伊·德·莫泊桑（1850年-1893年）：“莫泊桑，当代最优秀的、仅次于雨果的作家，我特别喜欢他，我把他排在他所有的同代人之上。”（托尔斯泰语）在19世纪法国文坛的璀璨星空中，被著名作家法朗士誉为“短篇小说之王”的莫泊桑，无疑是一颗闪烁着奇特光芒的明星。

1850年8月5日，莫泊桑出生在法国诺曼底美丽的米罗梅尼尔堡。青年时期的莫泊桑热衷于垂钓、划船和赋诗。普法战争之后在巴黎政府机关工作，他利用大部分业余时间从事文学创作。莫泊桑在巴黎的一次文学聚会上结识了著名的小说家福楼拜，之后，受福楼拜辅导达十年之久。

莫泊桑不喜欢描写那些发生在客厅里虚伪的言谈举止，赋予作品以戏剧性的变化和自然质朴的品质是莫泊桑的独特才能。在他的作品中，除了故事、主人公和故事发生的环境之外，几乎没有其他任何修饰成分。

莫泊桑年仅三十岁就成为了一名杰出的短篇小说家，他的数百篇短篇小说及六部长篇小说几乎全是在此后的十年中创作的。莫泊桑超然冷漠、愤世嫉俗，并不同情其作品中的人物。莫泊桑在晚年时期性情古怪乖僻，生活非常悲惨。他试图自杀以绝残年，被送到帕西精神病院进行治疗，于1893年7月6日在那里去世。

莫泊桑的短篇小说主要有：《羊脂球》、《项链》、《一家人》、《菲菲小姐》、《蛮大妈》及《月光》。他的长篇小说共六篇：《一生》、《漂亮朋友》、《温泉》、《皮埃尔和若望》、《像死一般坚强》和《我们的心》。

《羊脂球》是莫泊桑的处女作，也是最早显示莫泊桑天才的作品。它以普法战争为背景，描写了妓女羊脂球与一群贵族老爷太太们结伴逃难的旅途中的故事。她为了让大家闯过饥饿和被敌扣留等难关而慷慨舍食和含辱委身敌寇，但最后却遭到被救者们的嘲笑、轻蔑和谩骂，直落得个饥寒交迫、痛苦绝望的凄惨境地。

一连好几天，从前线溃退下来的队伍零零落落地穿城而过，他们已经溃不成军，倒像是一帮一帮的乌合之众。那些人脸上是脏乱的胡子，身上是破破烂烂的制服，既没有军旗，也不成团队，只是懒洋洋地向前走着。

所有的人都很沮丧，疲惫不堪。这些平日里爱好和平的人，如今被枪支压得直不起腰来，都拖着沉重的步子走着。游击队员也过去了，他们的样子很像土匪。

两个月前，本地的国民自卫军守在附近的森林里小心谨慎地侦察着敌人，稍有风吹草动，他们就准备开战，现在却都缩在自己的家里，所有的武器、军服等都藏了起来。最后一批法国士兵总算渡过了塞纳河，预备从圣赛威尔和阿沙镇撤到奥特玛桥去。对于这场战争，他们已经不抱太大的希望，这样一盘散沙的局面也无能为力了。一个擅长于打胜仗的民族竟遭到了这样的大溃败，将军们也张皇失措，垂头丧气。

此后，城里便出现了一种深沉的平静气息和一种紧张不安的状态。生活好像突然停止了，几乎所有的店铺都关着门，街道上死气沉沉，只有偶尔一个居民从街道上穿过，急匆匆地怀着恐惧贴着墙边溜走。

等候时期的恐慌竟使人们盼望敌人早些到来。

法国军队走后的第二天下午，从圣卡特琳的山坡上就下来了黑乎乎一大片人，同时在通往达纳塔尔和布瓦纪尧姆的两条公路上也潮水般涌来了两股侵略军。这三支队伍的先遣队正好同时到达市政府广场会师，从附近的各条街巷，德国军队都开了过来，一队接着一队，沉重的行军步子使得整个街道喧嚣起来。

本城的居民显得十分惊慌，他们仿佛碰到了洪水泛滥和毁灭性的大地震，只能听天由命了，各家都住满了士兵，死寂的城市也开始恢复往常的面貌。

不过，在空气中却添了一种东西，一点儿难以捉摸的、陌生的东西，一种令人不能忍受的外来的气氛；好像有一股气味弥漫开来，那就是侵略的气味。这种气味塞满了每个角落，改变了人们饮食的滋味，使人有在遥远的、野蛮可怕的部落里做客的感觉。

后来，人们逐渐适应了这种生活，胆子也就大起来。一些生意人也开始谋划起他们的生意来，他们想从第厄普去勒阿弗尔港，因为他们在那里是有大笔投资的。他们利用几个相熟的德国军官的势力，居然从总司令那里弄来了一张准许离境的证书。

他们一行十个人，做红葡萄酒生意的鸟先生和鸟太太、省议会工作的卡雷·拉玛先生和他太太、同在省议会的于贝尔·德·布雷维尔伯爵和伯爵夫人、两个修女、别号“民主党”的高尼岱，另外是一个妓女，因为身体过早发胖而出了名，外号叫“羊脂球”。

他们清晨四点半就准备出发了，当时天还没有放亮，而且飘起了大雪，地都冰冻了。

车上的先生太太神情俨然，内心里却无比龌龊。

车子行得很慢，一小步一小步地走着。车轮陷在雪里，整个车身发出低沉的咯吱咯吱的呻吟声，那六匹马也喘着热气，车夫的马鞭在四面八方飞舞着。

车外的天色渐渐亮起来，雪也停了。野地里忽而出现一行蒙着白霜的大树，忽而出现一间落满了雪的茅屋；天上的乌云使大地更显得白茫茫的，十分耀眼，不时从云间泻落一片模糊的光亮。

车上的人在相互打量着，猜着各自的身份。当看到“羊脂球”，几位正经的妇人便相互耳语起来，什么“婊子”啦、“社会耻辱”啦等等，尽管是低声说的，却是那么响，使得她不禁抬起头来，用挑战的眼光注视着他们。只有鸟先生还偷偷看着她，神情很是轻佻。三位太太因为不屑于同一个妓女说话，她们三个好像成了好朋友，在捍卫着人妻的尊严。在高尼岱面前，那三个男的也保守地彼此更为靠拢，他们现在正用一种看不起穷人的口气谈论着金钱。

车子走得很慢，到了上午十点，他们还没有走四法里。大家有些急，食欲也在不断地增长，而路边连一家小酒馆都没有。车里的先生们曾跑到路旁的农庄里去找吃的东西，可是他们因为怕挨抢，早就把物品收藏起来了。

下午一点钟，大家都饿得难受，连说话的劲头都没有了，又犯困。只有羊脂球好几次弯下腰去，仿佛在裙子底下找什么似的。每次她都踌躇一下，看看旁边的人，然后又若无其事地直起腰来。那些人脸色苍白，面无表情。

三点钟，他们来到了一块一望无际的平原，眼前连村落的影子都没有。羊脂球终于饿得受不了，从长凳底下抽出了一个蒙着一块白色饭巾的大篮子，里面有切碎的两只小鸡、肉酱水果、糖果等等，还有四瓶酒和法国诺曼底省叫做“摄政时代”的那种面包。

望着眼前的食物，他们矜持着，忍受着肚子里的饿火，他们怎么能屈就去吃一个妓女的东西呢。看着那些食物，他们最初真想把它们连篮子一同扔下去。难挨的饥饿折磨着他们，他们只能干巴巴地看着她，不好意思迈出第一步，其中一个年轻的太太竟饿得昏过去了。

羊脂球还是主动地请他们一同进餐，因为饿极了，虽然内心里有些不屑，但是此时也就不客气了。篮子的东西瞬间吃了个精光。人们真希望篮子更大一点。

既吃了她的东西，就不能不和这个姑娘说话，他们显得和她亲近多了。他们谈到了战争，这是自然的事情，但是很快转到个人的经历上来。羊脂球将她怎样离开鲁昂的情形讲给他们听，她很愤慨，言辞也显得激烈。她说她恨那些普鲁士兵，并掐过一个士兵的脖子，差点就把他掐死。因此她不得不藏起来，一找到机会就离开。大家都夸奖了她的勇气，他们可没有像她那样大胆，在他们的眼里，她变得高大起来。同他们相比，这个妓女很可爱，又是那么庄严自重，令人敬佩。

夜晚，他们终于到达了多特。一路上他们整整走了十四个小时。车开进了市镇，在商务旅馆门前停了下来。一个操阿尔萨斯口音的普鲁士士兵催促他们下车，其他人都很快下来了。高尼岱和羊脂球虽然坐在车门口却最后下来。在敌人面前，他们显示出严肃高傲的气质。他们被安排在一家旅馆里。

到了快要吃饭的时候，旅店的老板弗朗维跑过来传达军官的命令，要求羊脂球去见他。起先，她不去，大家都害怕她这种行为会引来麻烦。经过大家一劝，她还是被说服了。她说：

“好，我去，这可是为了你们大家我才去的。”

大家对她显得有些感激。过了十分钟，她回来了，喘着气，脸涨得通红，好像要窒息过去，怒气填胸，不停地嘟哝：“嗷，这个浑蛋！这个浑蛋！”

大家都想知道到底发生了什么，可是她就是不说，经过再三追问，她义正词严地说：“不，这和你们不相干，我不能说。”大家也就默不作声了。

第二天八点钟动身的时候，他们发现车夫不见了，后来在镇上的咖啡馆里才算找到他。但是他说军官不让套车，走不了，是旅馆的老板告诉他的。于是，他们想找弗朗维，到十点钟的时候，他才出现。大家马上请教他。可是他只是把军官的话重复了三遍：“弗朗维先生，你必须告诉车夫，明天不准给这些旅客套车。没有我的命令，他们不能动身。你听明白了？好，行了。”他们请求见军官，而军官什么理由也没有说，只是重复那句话：“因为额（我）不元（愿）意。”

大家虽然有些猜测，但是没有弄明白到底是怎么回事。无奈之下，只好打牌来消磨时间。后来，高尼岱发觉鸟先生夫妇俩串通好了作弊。

要吃饭的时候，老板又跑过来问：“普鲁士军官叫我来问伊丽莎白·鲁塞小姐，她是不是还没有改变主意？”羊脂球气得直嚷嚷。老板一出去，大家就围上来打听，要求她把那趟去见军官的秘密说出来。她先不肯说，可是过不了多久，她心里怒火压不下去了，她大声喊道：“他想干什么吗？……他想干什么吗？他想跟我睡觉！”听到这话，大家都义愤填膺。

饭后，大家都没有说话，都在各自想着自己的心事，只有几个男人在和老板玩牌。

第二天军官依然不让他们走，他们窝在旅馆里很难受。下午，大家实在闷得要死，伯爵建议到镇子附近去散散步。外面的空气很冷，田野里是一望无际的白雪，那么凄凉、萧瑟。他们走不多远就冷得往回跑。回到旅馆，大家也不知道做什么，为了一些鸡毛蒜皮的事言辞尖刻。晚饭也不声不响地吃了，吃得都很快。各人都上楼睡觉，希望快快将时间混过去。

第二天早上下楼，大家脸色疲惫不堪，而且都窝着满肚子的火，不跟羊脂球说话了。教堂的钟声响了，有孩子要受洗。羊脂球有一个孩子，寄养在依弗多的农民家里。她一年也不一定见到他一次，也很少想他。但是今天，她的内心里涌动着一股强烈的母爱，她想去参加这个仪式。

她刚一走，大家就凑在一起谋划了，因为他们想，已经到了应该决定个办法的时候了。他们想把羊脂球一个人留下来，总不能因为她而使大家都受牵连吧。夫人们开口痛骂这个人尽可夫的娼妇，男人们主张将她捆起来交给敌人。不过，有着外交家气派的伯爵则主张运用计谋，好好劝她。于是，他们秘密地商量起来。此时的羊脂球似乎成为了他们要攻打的要塞，每人都担任着这个任务的一部分，想着应该讲的理由和应该玩的手段。大家决定了进攻的计划，应该用突然袭击，趁其不备，以便这座城堡开门主动迎接敌人。

羊脂球在大家没注意的时候回来了，她回忆起教堂的情景有些激动。但是，大家可不关心这些。

中午吃饭时，几位太太们对她很殷勤，想好好劝说她。她刚一上桌，进攻就开始了。她们举了好多古代的例子，有荷罗非纳、鲁克雷斯、塞克都斯，还有克娄巴特拉，说她们曾把敌军所有的将领先后都勾引到自己床上，使他们俯首听命，她们将自己的身体作为战场。

听了她们所说的，你最后简直会相信，妇女在世界上惟一的使命就是永恒不断地牺牲自己的身体，无尽无休地任军官们摆布、玩弄。

晚饭的时候，老板又跑过来说："普鲁士军官叫我问伊丽莎白·鲁塞小姐，她是不是还没有改变主意。"

羊脂球冷冷地回道："没有，先生。"

饭一吃完，大家都很快回到各人的房间，第二天早晨下来得相当晚。下午，伯爵夫人提议大家出去散步，伯爵按照计划挽着羊脂球的胳膊，和她一起走在最后面。他单刀直入，一下子就讲到了主题：

"这么说，您是宁愿我们留在这里，和您一样等普鲁士军队吃败仗之后，冒遭受他们种种强暴对待的危险，而不肯随和一点，答应做您一生经常做的事？"

羊脂球什么话也不回答。一回到旅馆，她立刻上楼到自己的房间去，再也没有露面。大家都忧心忡忡。她倒是要怎么办呢？如果她还是抗拒，那可真糟糕！

晚饭时，大家等她没有等到。后来，弗朗维先生走了进来，通知大家说鲁塞小姐身体有些不舒服，大家可以先吃。人人都竖起了耳朵。伯爵走到老板身旁，低声问道："行了？""行了。"老板说。于是，他冲他们微微点了点头。所有的人立刻如释重负，脸上露出轻松愉快的表情，互相打趣起来。

鸟先生有时装作愁眉苦脸地叹着气说："可怜的女孩子喔！"要不就是龇牙咧嘴地说："混账的普鲁士人！"后来又开玩笑地说："但愿我们还能见到她的面，可别叫这个坏蛋给收拾死啊！"人们也不时借题发挥，说些风凉话，充满了猥亵的念头。接着，大家开始庆贺这个难得的胜利，真想狂欢起来。

第二天，在明亮的冬天阳光照耀下，白雪晶光耀眼。马车总算套上马，在门外等着了。大群的白鸽子，粉红眼睛黑瞳孔，厚厚的羽毛，昂首挺胸，在马底下绕来绕去，啄着还冒着热气的马粪，寻找它们的食物。车夫也在抽着烟斗。旅客们都心花怒放，在忙着包扎食物，好留在路上吃。

只等羊脂球一个人了。她露了面。她好像有些激动，有些羞惭；她怯生生地向旅伴们走过来，而他们却都扭过头去，似乎根本没有看到她。伯爵挽着他太太的胳膊，躲到一边，不想同这个不干净的女人接触。其他人也像逃瘟疫一样躲着她。她独自一人爬上车，一声不吭地坐在前一段路程坐过的位置上。大家仿佛没有看见她这个人，也不认识她。

笨重的马车晃动起来，旅行又开始了。

最初谁也没有说话，羊脂球头也不敢抬。她对同伴感到气愤，也感到羞惭，羞惭的是没有坚持到底而让步了，被他们的假仁假义送入了普鲁士人的怀中，被他所玷污。

约莫走了三个钟头，鸟先生说："肚子饿了！"他的太太拿出一个用细绳捆好的纸包，从里面取出一块冷冰的牛肉。他们利索地把它切成片，吃起来。

"我们也吃，好不好？"伯爵夫人也问。先生同意后，他们也将食物打开了。

两个修女也从纸包里拿出一些香肠。

羊脂球因为起床时慌张匆忙，什么也没有带，也来不及带。看着这些人吃东西，她不觉义愤填膺，憋得喘不过气来。她本想好好地将这些人教训一顿，但还是忍住了，强烈的怒火直冲着她的嗓门。

没有一个人看她，也没有一个人想到她。她觉得自己淹没在这些正直的恶棍的轻蔑里。他们先是把她当作牺牲品，然后又像抛弃一件肮脏破旧的东西似的把她扔掉。她于是想起了她那只装满了好东西的大篮子，他们是那样贪婪地吃光了它；她想起了那两只冰冻的小鸡，那些肉酱、梨子，她的四瓶波尔多红葡萄酒；这时，她的怒气，好像一根绷得太紧的绳子似的，反而平息了。她只想哭，但是她拼命忍住，可是眼泪还是涌上来，亮晶晶地挂在眼圈边上，一会儿工夫，两颗大的泪珠离开了眼睛，慢慢顺着两颊流了下来。跟着又有别的眼泪，流得更快了，好比从岩石中渗出来的水珠，一滴一滴地掉落在她圆鼓鼓的胸上。她腰板笔挺，眼睛向前看，脸绷得紧紧的，脸色苍白，只希望别人不看见她。

可是伯爵夫人还是看到了，她和自己的丈夫互换了个眼色。他耸耸肩，仿佛说："有什么法子呢？这不能怪我啊。"鸟夫人得意扬扬，阴阳怪气地笑着说："她在哭她自己做了丢人的事。"两个修女把没有吃完的香肠包起来，又念她们的经。高尼岱像玩把戏式的脸上显露着微笑，随着用口哨吹起了《马赛曲》的调子。

所有的人都涨红了脸，他们讨厌他唱歌。他看出了这种情形，但是并不打算住嘴，有时把歌词也哼出来了：

对祖国的神圣的爱，

快来领导、支持我们复仇的手，

自由，最亲爱的自由，快来跟保卫你的人们一道战斗！

雪地比较坚硬，车子也走得比较快了。在漫长的旅途中，在车子颠簸声中，不管是暮色笼罩的刹那，也不管是夜色沉沉的时候，一直到第厄普，一路上他都固执地哼着他那带有复仇的、单调的调子，使得同行的人不得不忍受他的歌声，甚至能将他每句的歌词都记下来。

羊脂球一直在哭。有时候在两节歌声的间隙，黑暗里一声声的呜咽，那是她无法忍住的一声声悲啼！

（金松林）

青　鸟

被誉为“比利时的莎士比亚”的莫里斯·梅特林克

莫里斯·梅特林克（1862年－1949年）：比利时剧作家、诗人、散文家，被誉为“比利时的莎士比亚”，一生写过二十多个剧本。

“就其妙处而言，比莎士比亚戏剧任何最妙的地方都妙。”法国评论家奥克塔夫·米尔博这样评论梅特林克的第一部戏剧《玛兰纳公主》。梅特林克1911年获诺贝尔文学奖，评语如下：“他在文学的许多方面都有出色表现，尤其是他的戏剧作品，具有丰富的想像和诗意的幻想，这些作品有时以童话的形式显示出一种深邃的启示，这种启示奇妙地打动读者的心弦，激发他们的想像。”

梅特林克在得到广泛赞誉的同时，也遭到了大量的批评与贬斥。一些评论家认为他的作品是文学创作新纪元的开端，有的人却认为他的作品艰涩难懂、胡言乱语。但是，在文学界里没有任何人敢小瞧他。

1862年8月29日，梅特林克出生在比利时根特一个富有的律师家庭里。他早年学习法律，当过律师，父亲去世后从事写作。1887年去巴黎参加象征派文学运动，结识了很多法国象征主义诗人。1889年发表了第一部诗集《暖房》和第一部戏剧《玛兰纳公主》。《玛兰纳公主》第一次把象征主义手法运用到戏剧创作中，受到法国评论界的重视。在《普莱雅斯和梅丽桑德》于1892年出版之后，他以一种愉悦的心境进入新的创作阶段。1909年，最著名的戏剧《青鸟》问世。

梅特林克一生结过两次婚，第一任妻子乔吉特·勒布朗是个演员。离异后与他的一个情人结婚，并迁往法国尼斯居住。二战期间曾流亡美国。1949年5月6日在尼斯与世长辞。

代表作《青鸟》被公认为梅特林克戏剧生涯的颠峰之作，讲述了两个孩子米蒂尔和蒂蒂尔寻找青鸟的故事。他们遇见了“火、光和食物”的灵魂，还访问了“记忆、黑夜和未来”的王国，但并没有找到青鸟。随着剧情进入尾声，观众意识到青鸟就是幸福，而最容易得到幸福的地方往往就是自己的家。

故事发生在圣诞前夜，一个樵夫家的一间屋子里。

樵夫有两个孩子：儿子蒂蒂尔和女儿米蒂尔，他们都还很小。樵夫一家四口，居住的地方虽然简陋土气，可是绝非惨不忍睹。他们拥有好多美好的东西，厨房器皿、衣柜、大面包箱、挂钟、纺纱机、水龙头等。壁炉里煨着火，还有一只猫和一只狗蜷伏在衣柜角睡觉，它们中间放了一块用蓝白条相间的糖纸包着的大方糖。墙上挂着一个鸟笼，笼里关着一只斑鸠。

明天就是圣诞节了，樵夫和他的妻子已经入睡。两个孩子却醒了，他们讨论着即将来临的圣诞节。他们有些伤感，因为妈妈说今年圣诞老人不会带什么东西给他们，家里没有钱，妈妈没法去城里告诉圣诞老人。从

孩子寝室墙上挂着的鸟笼里，关着一只斑鸠。

墙上的百叶窗里透过来许多光线，那是对面富人家的圣诞节灯光。两个孩子推开窗户，贪婪地朝外看着。

伴随着节日的音乐和漫天飘舞的雪花，两辆用六匹马拉着的车驶过来，十二个穿着长裤的小男孩走下马车。蒂蒂尔和米蒂尔看到了对面屋子里的圣诞树和树上挂着的亮闪闪的玩具；看到了满桌子的点心、水果和奶油果酱馅饼；看到了一群小孩子在开心地跳舞，畅快地吃着桌上的点心。蒂蒂尔和米蒂尔开始幻想自己也在分享着美味的点心，而且自己的那份比其他人的都多。

正当他们沉浸在幻想中的时候，忽然，一阵敲门声传来，是爸爸吗？两个孩子惊慌失措。此时，门闩自动抬起，门开了。一个身穿绿衣、头戴红帽的小老太婆闪了进来。这是个驼背、瘸腿、独眼女人，鼻子和下颌凑得很近，拄着拐杖，佝偻而行。

她请求两个孩子为她寻找一只青鸟，说是为了她的女儿。她的女儿病得很重，但又说不准是什么病。在孩子们看来，这个小老太婆和邻居贝戈兰夫人长得很像，可是小老太婆对这个看法很是生气，她自称自己是仙女贝丽吕娜，拥有着粉红色的脸庞、比天还要蓝的眼睛、像麦子一样金黄的头发。

蒂蒂尔辩解道如果不是被遮住，他都可以看清楚。仙女说："被遮住的东西你也应照样大胆地设想能够看得见，人真是奇怪，没有了仙女，什么都看不清楚，而且丝毫也感觉不出来，幸好我带着能够拨亮睁眼瞎的一切必需品……"说着，仙女随手从口袋里拿出一顶漂亮的小绿帽子，帽徽上镶嵌着一大颗能使人心明眼亮的钻石。仙女告诉孩子们只要从右到左稍稍转动它，就可以看到事物的灵魂；再转动一下，就可以看到过去；再转动一下就可以预知未来的事情了。

仙女给蒂蒂尔戴上了帽子，让他试一下。果然，蒂蒂尔刚转动了钻石，一切东西都发生了奇怪的变化。老仙姑变成了一个绝色的公主，房间里的一切也变得熠熠生辉。接着，四磅面包的灵魂、火的灵魂、猫和狗的灵魂、水的灵魂、光的灵魂纷纷显现在两个孩子面前，呈现出来的是他们的本性，并且各具特色。

这时，又传来一阵敲门声。一定是爸爸！蒂蒂尔在仙女的指导下反方向转动钻石，可是由于太快了。面包、火、猫、狗、水和光的灵魂都回不去了。虽然只有狗和光愿意，但是他们不得不和两个孩子一起周游世界去寻找青鸟，并且旅途结束之时也就是他们生命终结之时。

敲门声急促地传来，仙女用魔法把窗子变成了门，大家离开了屋子。一切又恢复了平静。

他们一行来到了华丽的贝丽吕娜仙宫，每个灵魂都为自己隆重装扮了一番。乘仙女和光带两个孩子看仙女女儿的空档，猫和剩下的灵魂讨论起他们的未来。猫说："仙女刚才说，这次出游的末了，也是我们生命的终结，所以我们得想办法尽量延长这次出游。我们要考虑到我们的种族和我们子女的命运。我们还算保持着一份独立性，因为现在人不知我们有灵魂；可是人如果寻得了青鸟，就会看到一切，知道一切，我们就会完全被人所支配了。我们必须不惜一切代价阻止人找到青鸟，哪怕是危及两个孩子的生命……"

对于猫的一番说辞，狗强烈抗议："人就是一切！应该服从人，按照他们的吩咐去做！这才是真实可靠的！无论生或死，一切都要为人！人就是神！"

面包是个没有主见的家伙，不管谁说什么，他都同意。

但是，猫似乎有着更具说服力的理由："所有在这里的，水、火、面包、狗、夜，都是某种暴虐的牺牲品。在暴君来临之前，我们在地球上是逍遥自在的，水和火是世界的主宰，可是现在却远不如从前了。"

此时，仙女、光和孩子们过来了，猫立刻装出一副若无其事的样子。

仙女告诉大家，光是大家的头，要像服从她一样服从光，并交给光一根魔棒。

这一晚，蒂蒂尔和米蒂尔将去看望他们的爷爷和奶奶，而其他人则要收拾行李，为以后的行程做好准备。

蒂蒂尔和米蒂尔顺着仙女指出的路来到一棵橡树下，周围浓雾四布。蒂蒂尔爬上树，看清上面的牌子上写着"思念之土"。

雾渐渐消散，变得透明起来。一所农舍露了出来，外表盖满了爬藤植物，门和窗都敞开着，屋檐下挂着好些蜂巢，窗台上有几盆花，一个鸟笼里栖息着一只鸫鸟。门旁放着一个长凳，他们的爷爷和奶奶正靠在一起酣睡着。随着蒂蒂尔和米蒂尔对他俩的思念，爷爷和奶奶醒了，两个孩子扑向了爷爷奶奶的怀抱里。

爷爷奶奶告诉蒂蒂尔和米蒂尔，他们在生命结束后，便一直沉睡着，只要有人思念他们，他们就会醒来。在他们的世界里，没有死的概念，也没有时间的概念，一切都保持在生命结束的那个时刻的状态。他们愉快地回忆着往事。

当谈到鸫鸟时，鸟儿美妙的歌声开始回旋，这时，蒂蒂尔惊讶地发现鸫鸟是青色的。他恳求爷爷把青鸟送给他，爷爷爽快地答应了。当蒂蒂尔想问现在几点时，挂钟敲响了八下。蒂蒂尔和米蒂尔抓紧最后的时间跟爷爷奶奶和七个小兄弟姐妹一起吃了晚餐，因为仙女交待他们八点三刻必须回去，否则后果不堪设想。当八点半的钟声敲响时，蒂蒂尔和米蒂尔匆匆吻别每一个人，依依不舍地离开了。

当他们再次站在橡树下时，橡树后的一切又消失在迷雾之中。蒂蒂尔兴奋地举起鸟笼，却发现鸟的颜色已经不再是青色。

在光的引导下，蒂蒂尔和米蒂尔来到夜的宫殿寻找真正的青鸟。随同的还有面包、糖、猫和狗。而猫早已在一行人到来之前，向夜娘娘通报了这一消息。夜的宫殿里有很多青铜大门，每一个大门里都关着不同的东西，或许青鸟就藏在哪扇大门的背后。

蒂蒂尔因为拥有那颗硕大钻石，向夜证明了自己拥有知道自己想知道的秘密的权利，夜给了蒂蒂尔一把钥匙，这把钥匙可以打开所有的青铜大门。大门被一一打开，大家见到了关在了里边的东西，依次是幽灵、疾病、战争、黑暗和恐怖以及沉默。终于，蒂蒂尔开启了铜门中最大的一扇。门开了，一座充满夜光的梦幻般的花园显现出来，这里到处都是青鸟，有几十亿只。蒂蒂尔和米蒂尔带着满手扑腾的青鸟去见光，却发现青鸟都已经死掉了。光安慰着伤心的孩子们，说那只只能在白天存活的青鸟已经飞走了。

夜晚，在猫的提议下，蒂蒂尔和米蒂尔还有狗来到森林中寻找青鸟。蒂蒂尔转动钻石，所有树木和所有野兽的灵魂都被释放出来，这些灵魂由于猫在事前做了蛊惑——说人要来抢走他们从开天辟地以来就开始保护的知道他们秘密的青鸟，这样，人就可以完全支配他们了——他们愤怒地数落人对他们犯下的罪行，开始对蒂蒂尔和米蒂尔进行审判。狗和蒂蒂尔与树木和野兽的灵魂开始了博斗，就在蒂蒂尔快抵挡不住的时候，光出现了。曙光升起在森林上空，森林变得明亮起来。蒂蒂尔转动钻石，一切又恢复了平静。光告诫蒂蒂尔没有他在场，唤醒这些灵魂是很危险的，世界上有好多事是人单独对付不了的。

仙女贝丽吕娜捎来口信说，是坟墓里的一个死人把青鸟藏了起来。要找到是哪个死人藏了青鸟，必须去坟墓挨个看才行。光建议蒂蒂尔最好是半夜转动钻石，让死人的灵魂释放，因为这个时辰不会打扰他们，而且死人通常是半夜活动，这样也不会使他们很难堪。

蒂蒂尔和米蒂尔结伴来到墓地，忐忑不安地等待夜半的来临。终于，蒂蒂尔转动了钻石，起先四周一片寂静，慢慢地，十字架开始摇晃，土墩裂开，石板盖掀了起来。从裂开的地方慢慢开出花来，先是像水汽一样稀薄和飘忽不定，接着慢慢变白并鲜艳起来，越来越茂盛，越来越高耸，把墓地变成了一个仙境中的花园。不久，最初的曙光升起，露水晶莹闪亮，百花怒放，风过叶响，蜜蜂嗡嗡，鸟儿苏醒，将赞颂太阳和生命的第一阵醉人的歌声撒满空间。蒂蒂尔和米蒂尔看呆了，目眩神迷，手拉着手，在花丛中走了几步，寻找着坟墓的踪迹，却没有发现死人的踪影

蒂蒂尔一行继续寻找着青鸟，来到了幸福花园。在进入之前，光做了以下决定：狗、面包和糖陪伴着两个孩子；水不要进去，因为她太冷了；火也不要进去，因为他太闹了。劝夜还是留在门外，因为她太容易动感情；至于猫呢，她爱怎么都可以……而光自己则

用一块厚厚的面纱把自己仔细地包好了，因为有很多幸福非常胆小，心境不好，不能让自己灵魂的一丝闪光吓坏了他们。

首先到达的是幸福之园的前部，这里繁华而糜烂。在正中，摆放着极大的碧玉仙桌，上面放满了水晶器皿、金银餐具和珍馐美馔。桌旁围坐着肥胖的人间幸福，他们大吃大喝，叫嚷唱歌，手舞足蹈，趴倒或酣睡在野味、珍奇水果、翻倒的壶瓮之间。个个大腹便便，虚胖红脸，穿的是丝绒棉缎，戴的是珠宝首饰。美丽的女奴不停地端上彩绘的盘碟和冒着泡沫的饮料。

光叮嘱蒂蒂尔这些幸福并不可怕，反而极其好客，但如果他们邀请你入席，一定要拒绝，以免忘了使命；哪怕是一小块点心都会毁掉你的意志；要完成任务，就得做出某种牺牲，要礼貌地但要坚决地拒绝。蒂蒂尔将他的话牢记在心里，他向迎接他的最肥胖的幸福询问青鸟是否在这里。最肥胖的幸福却说这种鸟不好入食，所以他对这种鸟不感兴趣。他说："比青鸟更好的东西我们有的是，我们一刻不停地所从事的，就是什么也不干；可我们又没有一刻休息……必须吃、喝、睡，这非常费心思。因为世界上没有别的事了。"

蒂蒂尔突然发觉糖、面包和狗已经入席，大吃大喝、手舞足蹈起来。一旦开始享受，便再也不顾蒂蒂尔的呼唤，而且态度也不像以前那样谦恭了。这时，一群幸福胖子过来硬要拉他们和光入席。千钧一发之际，蒂蒂尔转动了钻石，宴席消失了，一切变得静谧而悠远。幸福胖子们的灵魂释放出来了，原来他们都是那么丑陋。

蒂蒂尔一行继续往前走，他们碰到了一群小不点的幸福，还有住在他家里的一群幸福。蒂蒂尔第一次发现原来自己家里有着这么多的幸福。趁机，蒂蒂尔询问家里幸福的头儿关于青鸟的事，不料招到了幸福们的一阵哄笑。这时，欢乐被请来了。其中，母爱无比欢乐地张开手臂迎着蒂蒂尔跑来了。蒂蒂尔仔细观察着，她很像母亲，但是要比母亲更加年轻、美丽。在这里，母爱无比欢乐不会变老，而且蒂蒂尔每微笑一次，她就年轻一岁；她漂亮的裙子是亲吻、注视、抚摸做的，每给一个吻就在上面增加一缕月光或日光。母爱无比幸福而且意味深长地说道，其实她就住在人间，这些欢乐也都住在人间。来到这儿，无非是要了解和学会在下界看到母亲时该怎么看待她。"每个孩子都只有一个母亲，总是那一个，总是最美的；不过必须认识她，懂得怎么看待她。"她又问到："你怎么会跑到这儿来的，这条路自从人类居住在地球上就一直被寻找，你是怎样找到的？"

蒂蒂尔指了指光。光被发现了，大家都惊呼起来，因为这是大家所一直盼望的光啊。幸福和欢乐都恳求光能够揭开她那神秘面纱，让她们看看最后的真理和最后的幸福。光告诉她们这一刻还没有来到，或许快了，只要那一刻到了，她一定毫无顾虑、不加遮掩地回到这儿……

蒂蒂尔、米蒂尔和光来到未来王国寻找青鸟，没有任何其他的灵魂随从。在未来王国里，除了柱头、柱座、拱心石、几张座椅和几条圆形长凳是白的之外，一切都呈现出一种虚幻的、有仙境意味的深青色。所有即将出生的婴儿都在这儿等待，等待时间老人打开那扇通往地球的大门。每个孩子都有自己的出生时间，而且每个孩子必须准备两样东西，不能两手空空就离开。时间老人可是一个固执而苛刻的老头，他会严厉地监督着，确保不出任何差错。光在这里寻到了青鸟，然后同两个孩子匆匆离开。

从未来王国回来，蒂蒂尔一行回到了家门口。光要与大家分手，因为已经过了整整一年，仙女就要回来问蒂蒂尔要青鸟，他已经没有什么事情可做了，只有离开。“可是青鸟并没有得到啊？……思念之土那只鸟全变黑了，未来王国那只鸟全变红了，夜宫那些鸟全死了，我没有逮着森林里那只鸟……这些鸟要么改变颜色，要么死了，要么飞走了，难道是我的错吗？……”蒂蒂尔很伤心，也很着急。

光安慰道：“我们已经尽力而为了……只能认为青鸟并不存在；或者是刚把它关在笼子里就会改变颜色……”

随着时间慢慢过去，回复沉默状态的时刻就要到来了。火、水、面包、糖、猫和狗、光一一同孩子们道别。屋子的门打开了，光把两个孩子推了进去。

蒂蒂尔从小女孩手里拿过青鸟，想给她示范如何喂食。

蒂蒂尔和米蒂尔在妈妈的呼唤中醒来，与妈妈谈起了他们一年来经历的事情，说他们见到了爷爷奶奶和其他的兄弟姐妹。

妈妈很惊慌，以为他们两个生病了。明明是昨晚睡下，今早醒来连房间都没离开过，可是两个孩子却说是进行了一年的旅行；还说看到了死去的爷爷和奶奶。

这时，邻居贝戈兰夫人来讨一些火种过去。见到贝戈兰太太，蒂蒂尔和米蒂尔急忙喊着“贝丽吕娜仙女”，并且说他们没有找到青鸟。大人们都很奇怪，不知道两个孩子在说什么。蒂蒂尔的父亲嚷嚷着要打两个孩子几个耳光，好让他们清醒清醒。贝戈兰太太倒是通情达理，说："我知道怎么回事；他俩大概睡在月光下，受到点儿梦的影响。"她还说她那个病歪歪的小姑娘也常常会这样。

提到她的女儿，大家才知道原来她的女儿还不能起床，医生说那是神经病，还有一点就是小女儿念念不忘蒂蒂尔的鸟。蒂蒂尔的母亲急忙让蒂蒂尔把鸟儿送给贝戈兰太太。蒂蒂尔答应了，他拿起鸟笼，一看却发现自己一直在寻找的青鸟原来就在自己家里。

贝戈兰太太接过鸟笼，道了谢，高兴地回家了。不一会儿，贝戈兰太太牵着她的女儿又上门来了，小姑娘紧紧抱着蒂蒂尔的斑鸠。这位女邻居说她女儿一看到鸟儿便奇迹般地恢复了，而且又蹦又跳。蒂蒂尔惊奇地发现这个小女孩长得很像光。打过招呼之后，蒂蒂尔与小女孩聊起了鸟儿。蒂蒂尔本想从女孩手中拿来鸟儿给她示范如何喂食，小女孩说啥也不肯，在他们你推我搡之中，斑鸠却趁机挣脱，腾空而去……

（金松林）

约翰·克利斯朵夫

罗曼·罗兰

罗曼·罗兰（1866年-1944年）：1866年1月29日，罗曼·罗兰出生在法国的一个小镇克拉姆西。他在童年时期就显示出了聪慧的天资，特别喜爱音乐和文学。1886年进入巴黎高等师范学校学习，期间与托尔斯泰多次通信，托尔斯泰“不以暴力抗恶”、“道德上的自我修养”和“博爱”等思想对他产生了深刻影响。毕业后赴罗马研究历史，于1891年回国，先后在巴黎几家中学和巴黎大学教授艺术史，同时从事文学创作。

1901年与妻子离异后，他深居简出，全心投入写作，其创作从此进入一个崭新的阶段。“让我们把窗子打开！让我们把自由空气放进来！让我们呼吸英雄的气息！”为了这个激情澎湃的理想，法国作家罗曼·罗兰连续写了《贝多芬传》、《米开朗琪罗传》和《托尔斯泰传》等多篇名人传记。长篇小说《约翰·克利斯朵夫》和小册子《超乎混战之上》的发表，使罗曼·罗兰成为当代法国以及西方世界的重要作家。1916年，为了表彰“他的文学作品中的高尚理想和他在描绘各种不同类型人物所具有的同情和对真理的热爱”，他被授予诺贝尔文学奖。

他于一战爆发之后移居瑞士，发表文章痛斥给人民带来灾难的战争和帝国主义。1916年，他把诺贝尔奖金赠给国际红十字会，以救济深受战火蹂躏的苦难人民。他的第二部长篇小说《母与子》的后半部以两次世界大战期间的法国为背景，描绘了法西斯势力的猖獗和人民群众的反法西斯斗争。由于热爱和平的共同理想，他还时常与当时的世界知名人士施韦策、爱因斯坦、罗素以及泰戈尔通信。1944年12月30日，罗曼·罗兰在法国的韦兹莱逝世。

《约翰·克利斯朵夫》被誉为20世纪最伟大的小说，以其独特的风格吸引着全世界的文学爱好者。这部著作共十卷，描述了约翰·克利斯朵夫这位音乐天才成长、奋斗的人生历程，同时对德、法、意、瑞士等国的社会现实作了不同程度的真实写照。

约翰·克利斯朵夫出生在德国莱茵河畔一座小城里的一个广受尊敬的音乐世家，祖父曾是大公爵的乐队指挥，父亲曼希沃也在宫廷乐队里当提琴师。母亲鲁意莎却出身低微，既无美貌，也无家产。对于这桩婚事，父亲一直耿耿于怀，他很快迷上了酗酒，常常借酒浇愁。

约翰·克利斯朵夫刚六岁的时候，正当家道中落，父亲毫无节制地喝酒，差点儿连工作都丢了，靠着祖父的名望才算保住了饭碗。为了补贴家用，母亲不得不时常瞒着家人给别人家帮佣，而小克利斯朵夫也承担起照顾两个小弟弟的任务。

有一天，他去接母亲，却遭到东家少爷小姐的捉弄，因反抗而遭到主人毒打，母亲还让他下跪赔礼，这使他感到非常难过。上学后，在课堂上他由于受到奚落，为维护自己的尊严，他和奚落他的那个同学打了起来。结果，老师狠狠地揍了他一顿。从此，他死也不肯再上学了。他年幼的心灵受到了伤害，他开始痛恨人间的不公平。

虽然他外貌长得丑陋，但是祖父很喜欢他。他送给他一架旧钢琴，这让克利斯朵夫兴奋不已。他常常偷偷坐在钢琴前静静地弹。父亲发现后，主动教他，并规定每天进行三次练习。有时，因不认真还经常用戒尺打他。这让他感到恐惧，练琴变得枯燥无味，简直像在受刑。但是他还是拼命用功，因为只有音乐才真正带给他快乐、愉悦和美。并且，他还下定决心要终生为音乐献身。

父亲和祖父一有机会就带他去听音乐会和歌剧，这让他那颗小小的心能够沐浴在音乐的海洋之中，随着美妙动人的音符沉浮。

六岁时，小克利斯朵夫开始自己作曲了。细心的祖父将他的作品都收集起来，编成集子。这无疑对小克利斯朵夫是个很大的鼓励，他不停地在纸片上涂写蝌蚪似的音符。

可是，有天高脱弗烈特舅舅来了，他对小克利斯朵夫的作品却不以为然，甚至说他是在扯谎。他说音乐不是在家里闭门造车，而是要到大自然中去，去呼吸新鲜的空气，只有在大自然中才能写出好的、真正的音乐。这席话深深地启发了他。

七岁那年，在祖父的张罗下，他举行了首场个人音乐会。他演奏了自己的作品，大获成功。他由此得到了大公爵的接见，并被赐封为“宫廷钢琴家”。

到了十一岁，他被大公爵任命为宫廷乐队的第二小提琴手，还时常被公爵本人召进府中演奏钢琴。一家人都为他而骄傲，而他却以此为耻，他的自尊心受到了伤害。但是，懂事的他还是默默地忍受着，尽量去迎合别人的喜好。

一年夏天，深爱他的祖父在花园中干活时突然倒地不起，猝然离开了人世。这，对于他和他的家庭都是沉重的打击。从此，家庭经济状况急转直下，父亲酗酒更凶，成天以酒浇愁，母亲为别人帮佣也赚不了多少钱。

小克利斯朵夫凝视着莱茵河，他对未来充满了美好的幻想。

沉重的家庭负担都压在刚满十四岁的克利斯朵夫身上。他开始日夜操劳，一个人干几份工作，经常深更半夜才拖着疲惫的身子回到家里。即使这样，他仍然对未来充满了美好的幻想，坚信自己有朝一日能显示出耀眼的才华。

一天夜里，父亲被人抬回来，他死在了磨房边的小沟里。与此同时，克利斯朵夫经历了失败的初恋，从柏林回来的新寡的史丹芬·克里赫太太的女儿弥娜拒绝了他的爱慕之情。父亲的死和爱情的失败对他的打击都很大，他几乎想自杀。但是很快他就醒悟过来，认识到人生就是一场无穷无尽的斗争，要做一个真正的人，就要时刻准备着战斗！

父亲一死，原本破败的家更加风雨飘摇，他们不得不换一所更简陋的房子。两个弟弟都外出谋生了，只有他和母亲鲁意莎住在一起。新居的房东是祖父的朋友于莱，这一家人成天吵吵闹闹，令人焦躁不安。克利斯朵夫无法忍受这样的环境，他经常跑到田野中去寻求清净，释放自己青春时期的躁动。

就在他郁闷和躁动不安之际，一个女人闯进了他的生活。那就是他的邻居、二十岁新寡的萨皮纳。她妩媚温柔，性情平和。克利斯朵夫只要一见到她，不安和苦闷就都消失了，仿佛进入了一条甜蜜的河流中。

他们彼此相爱了，在一个郊外的农庄里他们一起过了夜。回到家里，他们虽然住在隔壁，却没有勇气打开通向彼此卧室的房门。几天后，克利斯朵夫要到外地演奏，临走前他们彼此相见了，却来不及告别。

当天晚上，萨皮纳染上了流感，一病不起，等克利斯朵夫外出归来时，她已经悄然离世。克利斯朵夫悲痛不已，嚎啕大哭。心爱的人消失了，她的影子却深深地埋在了他的心里。

秋天，他又经历了一次短暂的爱情，这场爱情来得迅猛热烈，给他的打击也更大。在一次外出郊游时，他同大胆漂亮的女店员阿达相遇了。第一夜，他们就发生了关系。但是小城的人对于他们的爱情却议论纷纷，横加指责，克利斯朵夫为此而丢掉了部分工作，也同东家闹翻了。阿达试图利用爱情来控制他，这让他深恶痛绝。

爱情的再次失败，使得他一夜间衰败下来，他变得颓废、忧郁，成天拼命地用喝酒来麻痹自己。直到有天晚上，从酒店回来遇到舅舅高脱弗烈特，舅舅说他是“曼希沃”。这无疑是当头棒喝，他终于醒悟了。

第二天早上，送走舅舅时他向他表明了自己的决心和想法，舅舅也不停地开导他，鼓励他，重新点燃了他生活的希望之火。他激情满怀地投入了自己的创作，他感到新生的电光流遍了他的全身。

不久，他举办了一场新作专场音乐会，听众对他古怪的音乐一无所知，反应十分冷淡，但是对女演员的演唱却推崇备至。

会后，他认识了犹太青年曼海姆，他们一见如故，曼海姆邀请他加入了《酒神》杂志社，负责音乐评论。克利斯朵夫利用这个阵地对平庸的指挥、作曲家、演奏家、歌唱家甚至听众大加攻击，这使他突然成为了众矢之的，连杂志社的主办人也遭受牵连，而他对于庸俗不堪的乐坛仍嗤之以鼻。

不久，剧院上演了《哈姆雷特》。他被台上美丽动人的“奥菲利亚”所吸引。年轻活泼、无拘无束的“奥菲利亚”的扮演者高丽纳，使得在小市民中混腻了的克利斯朵夫耳目一新，给他带来了金黄色的太阳与法国南部的季节风。她在克利斯朵夫的心里，简直成了法兰西的象征。受此启发，他写出了戏剧音乐《伊芙琴尼亚》，并很快公演。但是，这次演出彻底失败了，甚至激怒了他最大的靠山大公爵。他也为此丢掉了宫廷乐师的头衔，所有的出路都断绝了。亲爱的舅舅也不幸在流浪途中身亡，惟一理解他的音乐教授苏兹也谢别人世，他又开始变得孤独。

他真的不想在德国这片沉闷的土地上待下去了，而一个偶然的事件更加促使他离开故土，远走他乡。

那是在一次野外的舞会上，十几个当地驻军强行要求姑娘们陪他们跳舞，姑娘们不同意，却遭到追逐欺侮，克利斯朵夫怒火填膺，同士兵们打起来，结果酿成大祸。来不及同母亲告别，他就匆匆越境，逃到了法国。

法国曾经是他梦想的地方。可是，当他真的踏上了这块“理想”的土地，却发现它的龌龊、虚伪、混乱和荒淫。出入于沙龙中的艺术家高谈的不外乎是金钱、隐私和女人。他们中的音乐评论家古耶，竟然不懂音乐，他还老是想利用克利斯朵夫带他参加巴黎上流社会不同的音乐会。

克利斯朵夫看到了他们音乐作品中形式主义的老套，文学作品中也弥漫着色情和淫荡。这些，令他恶心，他简直不相信这就是他梦中的法国。

他曾根据《圣经》写过一部音乐戏剧《大卫》，社会党议员罗孙为了讨好自己的情妇，想将它搬上舞台，但此举被克利斯朵夫严辞拒绝，他拿回了作品，并同罗孙决裂。后来，《大卫》在演出中遭到听众的肆意攻击，同行们也横加指责，他因此而受辱。

但是，却有一颗心在默默地为他流泪，那便是来自意大利的少女葛拉齐亚。她在巴黎姑姑家曾同表姐一起向他学钢琴，她对他和他的音乐一见钟情。

克利斯朵夫事业上的失败，伴随着对巴黎幻想的破灭，在严寒到来的时候，他终于病倒了。他发着高烧，昏迷不醒，在遭受着死神的鞭打。

此时，另一个情操高尚的女人出现了，在危难之际重新点燃了他黯淡的希望。她就是他的邻居，女仆西杜妮，她用自己辛苦挣来的微薄薪水为他延医买药，悉心地照顾他，才使他终于挣脱死神的怀抱。西杜妮虽然出身低微，但是有着一颗善良的、纯洁而高傲的心。

克利斯朵夫从她的身上看到了真正的法兰西！

康复后的克利斯朵夫在好朋友奥里维的帮助下，越过文人政客荒淫腐败的迷雾看到了一个崭新的、充满活力的法兰西。

奥里维相依为命的姐姐曾经同克利斯朵夫有过一次偶遇，可就是这一面之缘使她深深地爱上了他。后来，他们有过很短暂的交往，但是却彼此心照不宣。她将她深沉的爱都写入信中，可是到她临死之前这些信都没有寄出，急性肺炎夺去了她年轻而灿烂的生命。

她死后，弟弟奥里维将她的信笺转交了克利斯朵夫，她的信和爱使两个人相会在一起。在奥里维的身边，克利斯朵夫不知不觉地代替了她，他们相互帮助，相互友爱。他们曾合作写了一部拉伯雷史诗。普法战争即将爆发的前夕，《大卫》付印出版，使他名噪一时。

克利斯朵夫和奥里维相互帮助，相互友爱。

就在这时，他收到了母亲病重的消息，奥里维为他凑齐了路费，他重新踏上了归国之旅。孤零零的母亲握着思念已久的儿子的手离开了人间。由于有人告密，他没有料理完母亲的后事就不得不匆匆逃离出境，将所有的事情托付给了好友奥里维操办。

回到德国后，由于克利斯朵夫不愿意为一部荒谬的赞歌谱曲，得罪了《大日报》的保护人。于是，攻击铺天盖地而来，他毫不退缩，为了维护自己和作品的尊严，不怕同出版家反目。

出乎意料的是，不久，大家对他的攻击戛然而止，人们反过来奉承他，音乐会上主动演奏他的曲子，出版社主动承印他的作品。他猜测到有人在暗中帮助他。

终于，在一次奥国使馆的音乐会上，他见到了他的保护人裴莱尼伯爵太太——葛拉齐亚，她利用丈夫在上流社会的关系尽力帮助自己的朋友。可是，他们见面后不久，她就同丈夫一起远涉重洋去了美国。克利斯朵夫十分失望，但他很快回到了属于自己的生活。

奥里维在克利斯朵夫的撮合之下，有了一段短暂的爱情。他迷上了朗依哀太太秀丽的女儿雅葛丽纳，热恋中两个年轻人很快就结婚，并有了爱情的结晶。但是有一天，感到爱情枯竭了的雅葛丽纳抛下他和孩子跟情夫跑了。奥里维陷入了痛苦的深渊，把孩子托付给好友照顾，他又重新来到了克利斯朵夫的身边。克利斯朵夫悉心地照顾他，使他重新焕发出了活力。

五一节，克利斯朵夫和奥里维到广场上散步，发现那里群众和警察正发生着紧张的冲突。奥里维看到一个朋友摔倒在人群中便冲过去救他，却被来势凶猛的警察冲倒。克利斯朵夫以为奥里维已经离开，他趁乱夺刀杀死了一个警察。

为了躲避搜捕，他不得不逃往瑞士。在那里，他得知奥里维死于激烈的枪战，他当即晕了过去。热情慷慨的勃罗姆收留了他，并精心地照顾他。当他从昏睡中醒来，精神彻底地跨掉了，现实生活熄灭了他内心燃烧的火焰。

在无聊的生活中又发生了一件令他难堪的事情。一天半夜，勃罗姆的妻子阿娜夫人经受不了情欲的骚动跑进了克利斯朵夫的卧室，在本能的冲动下，他和她发生了关系。这件事使他痛苦万分，他无颜面对自己的恩人。他曾两次自杀，可由于手枪生锈，子弹都没有出膛。为了不让好朋友受到伤害，他独自跑到了山里，在一个农家整理自己颓败的心情。

当春天到来，大地复苏，他的心终于又复活起来，他感觉到音乐的河流在内心里汩汩地流淌。透过现实的迷雾，他终于看到了生活的真理：爱情，死亡，或者生命，其实都是万能上帝的赐予！

他尽情地创作，不断地燃烧生命的激情！

多年以后，他终于成功了。他虽然两鬓霜白，但是声名显赫！德国的案子已经撤销，法国那件血案也早已被人们淡忘了。但是他还是留在了瑞士，他是在那里得到新生，他在那经受住了上帝的考验！

一天黄昏，他在散步时在村道上意外地遇见了孀居的葛拉齐亚和她的

克利斯朵夫悟透了人生的真正意义：爱情，死亡，或者生命，其实都是万能上帝的赐予！

儿女，她的丈夫几个月前在一次决斗中丧生。这次意外的相逢使他们都激动不已，他们相约在罗马再见。葛拉齐亚虽然经历了岁月的风霜，但是依然美丽、温柔。罗马之行重新开启了他沉闷的心扉，他向葛拉齐亚表白了爱慕之情。但是无奈她已经对婚姻失去了信心，担心婚姻可能会淹没两人之间圣洁的友谊，她没有立即答应他。然而，两颗心却相互靠近，互相温暖，在一起的日子两人的心里洒满了阳光。

几个月后，在葛拉齐亚的敦促下，他终于回到了巴黎。他们经常见面，两颗心神秘地交流着。当她准备嫁给他的时候，却遭到她孩子的反对，葛拉齐亚在儿子的逼迫下离开巴黎前往埃及养病。不料，她这一走竟成永别。儿子在把她送走后不久就死了，这摧毁了她生活的希望，紧接着一次流感带走了悲痛中的她。

克利斯朵夫得到葛拉齐亚死去的消息后显得特别平静，他已经悟透了生活的真正意义，他将他满腔的爱和悲都写进了作品中。

晚年的克利斯朵夫将他的爱都献给了奥里维的儿子乔治和葛拉齐亚的女儿奥洛拉。他用慈父般的爱让两个好友的孩子结合在一起，并用全部的身心照顾他们。送走了旅行的新婚夫妇，他病倒了。在病榻上，他静静地回顾着自己的一生：青年时代的顽强拼搏与奋斗，友谊的欢乐与考验，失败的教训和启迪，成功后的清醒与宽容，超越冲突后心灵的和谐与平静。尽管终生坎坷，屡遭挫折，但是他全然不以为意。直到临终，他仍然在用一颗淡然的心谱写着生命的颂歌，在壮丽的音乐河流中，他最后乘坐那艘音乐编织的小船越过生命的洪峰抵达了圣洁的彼岸！

（金松林）

嘉莉妹妹

西奥多·德莱塞(1871年-1945年)：对于美国小说家德莱塞来说，其文学生涯是非常艰辛的。出版商以“是一部讲述不正经性关系的小说”为由而拒绝《嘉莉妹妹》的发行。经过大量的删节和改动之后，这部小说才得以于1900年出版。德莱塞的大部分小说都遭到过同样的命运。

1871年8月27日，德莱塞出生在印第安纳州特雷霍特的一个破产小业主家庭。父母一共生下了十三个孩子，他排行十二。他基本上没有受到任何正式教育，只是在印第安纳大学读过一年书。1894年到纽约任报刊记者和编辑，为几家杂志撰稿，从此开始了文学创作生涯。在第一部小说《嘉莉妹妹》倍受批评和冷遇之后，德莱塞的情绪极度沮丧，几近神经失常。1911年所发表的姐妹篇《珍妮姑娘》也受到了同样的“优待”。直到1925年《美国的悲剧》问世之后，他才得到了评论家和公众的欢迎和喜爱。1917年倾向社会主义，并于1928年应邀访苏，他的创作也从此转向了社会主义现实主义道路。1945年12月8日，德莱塞在好莱坞与世长辞。

《嘉莉妹妹》是德莱塞的处女作，包含着他的自然主义信仰：当人们受到家庭背景和社会环境等条件的限制时，总有一些人不甘接受命运的安排，顽强地追求着自己的梦想，但这些往往都是徒劳的。德莱塞同时也认为，“生活虽然残酷，但它的神秘却是激动人心的。”

嘉莉登上了开往芝加哥的列车时只带上少量的随身物品。对于自己的目的地，除了知道姐姐住在那儿外，嘉莉还一无所知。这年她十八岁，智力尚未成熟，还只是有简单的观察和分析能力。美貌是天然的，由于举止不够自然，还谈不上风姿绰约。她有的是炽烈的青春幻想，一心追求物质享受，因此对老家的平淡生活无比厌倦。还没等装备齐整，这个小小骑士，就单枪匹马出发了。

列车刚开出沃尔基，嘉莉就意识到身边有个男人正对她发生某种兴趣。对此，她并无多少不快。这个男人叫德鲁埃，是一家知名公司的推销员，他相貌不错，口才更好，常把自己收拾得衣冠楚楚。他有着一种猎艳的天然兴趣——但不全是恶意。列车上，他成功地和嘉莉搭上话。他的穿着、人品和曲意奉承给嘉莉留下了深刻印象。下车时，他们互留了姓名、地址和联系方法，才依依不舍地分手。

嘉莉来到繁华的芝加哥，她有的是美貌和聪明，还有炽烈的青春幻想，前途是她所不知道的。

姐姐明妮家条件也不好，住房阴暗窄小，姐夫汉斯整天阴沉着脸，所以嘉莉一落下脚就出去找工作了。

芝加哥并不乏大小工厂，但他们大多需要有经验的工人，而嘉莉就连找工作的经验都没有呢！找了好几天，最后才有一家鞋店雇用她。周薪四块半美元，一天工作下来，嘉莉腰腿麻木，疲惫不堪，连吃饭的力气都没有了。每周的工钱里，要交四美元做食宿费，捏着余下的五毛钱，嘉莉觉得生活和梦想相距太远了。

要命的是严冬就要来临，但嘉莉的钱根本就不能买一件外套，冻了好几天后，嘉莉病倒了，等病缓过来，工作也丢了。

嘉莉在街上奔走了三天，又冷又饿，但工作还没个踪影。这天，她正垂头丧气地踯躅于密密的人流，想着如果再找不到工作，就只好回老家了。蓦地，一只手抓住了她的胳臂，她一回头，是德鲁埃！

德鲁埃本来差不多把她忘了，但这次遇上她，心里很高兴，他热情地请她吃中饭。

一走进这华丽的餐厅，嘉莉便心情舒畅起来，但一想到贫困像饿狼一样紧盯着自己，她心里就更爱这种有钱人的生活了。

分手时，德鲁埃硬把二十块钱塞到她手里，并约她明天再见面。

出来后，嘉莉心里激动极了，还觉得有点羞愧。不过她太需要支援了，她盘算一下要买的东西，又想着德鲁埃真是个了不起的好心人，他说的每一句话都是那样的符合自己的心意。接着又想到自己如果真的买了这些东西回去，又如何向姐姐说明呢？

嘉莉犯难了，最后还是拿了一个主意：把钱退回去，再到市场去找工作，如果真的寻摸不到，那就回去。主意刚拿下，她马上心一沉，自己又成了那个贫困的嘉莉了。

第二天，他们又见面了。这一次，猎艳者的鼓动工作更见出色。他让嘉莉不仅打消了退钱的念头，还住进了他为她租的公寓。

穿上渴望已久的新外套，嘉莉高兴得头都发晕，明妮却为妹妹的不辞而别挨过了一个漫长的不眠之夜。

德鲁埃常带她去看戏、吃饭和买东西，日子惬意极了。她找工作的愿望一天天拖下去，只是在一个安静人下来时，常有一个声音要她离开这里，到街上去找工作。不过，贫困和户外的寒风马上替她做了更有力的回答。

同居后不久，德鲁埃答应了和嘉莉结婚，这给她以莫大的希望，这至少可以证明自己的行为是正当的了。但她并不十分钟爱他，她比他聪明得多，相处不久就看到这个人有许多缺点。德鲁埃却对此浑然不觉——他是个缺乏自省的人。

一天晚上，公寓里来了个不凡的客人，他叫赫斯特伍德，是芝加哥最豪华的一间酒吧的经理。短短的接触当中，他的潇洒和聪明，对人的体贴入微，还有无处不在的幽默让嘉莉觉得这是她见过的最高雅的人。

嘉莉很聪明，她善于学习那些贵妇气派，很快学会了很多女人施展魅力的方法，加上天生丽质，常能激发一种异常的美。赫斯特伍德在第二次拜访时就发现了这一点，这个一本正经的伪君子不由自主地倾倒了。

一天，赫斯特伍德无意中撞见了德鲁埃和一个衣着入时的女人在一起，他便有了一些兴奋的想法。他知道德鲁埃是一个没有什么常性的人，只是因为一时的好运而遇见了嘉莉这样的美艳女子而已，兴头一过就会把她置于脑后的。

过了几天，他坚持邀请他们两个去看戏。在剧场，他的风度让德鲁埃黯然失色，嘉莉差不多要陶醉了。

“今晚，你们真让我过得挺愉快。”临别时，赫斯特伍德真诚地说。

“晚安！”他拉着嘉莉的纤手，一般暖流在他们俩之间激荡。

本来赫斯特伍德的家庭按说还是美满的，但多年来，两夫妻的感情就逐渐冷淡了。现在地平线上升起一道新的曙光，西边那颗旧的发光体也就愈加暗淡无光了。这次看戏不小心让儿子看见了，可回到家里，太太要他陪她去剧院，他却以公务推托，太太为此很是不快。

这天，德鲁埃又出去了，嘉莉正在想着自己的心事，赫斯特伍德又来拜访了。这一次，他净谈些能引起她兴趣的话题，在谈到北区湖滨的豪华住宅时，他有所发现：

“你对自己的生活不满，是吗？”

“是的。”嘉莉伤感地答道。

他假装关心地俯身过去，还装做无意地抚摸她的手。她惊讶地跳起来，但他再一次巧妙地控制了局面，并且在十分恰当的时候告辞。出门时他让嘉莉不要把他来看她的事告诉德鲁埃。

嘉莉关上门，在穿衣镜前看着自己，“我变得真吓人，”她想，“好像有什么事情我做得不对。”

“好了，”赫斯特伍德驱车回家时自言自语，“她真的喜欢我。”他高兴地吹起了少年时吹过的哨子。

不到两天，赫斯特伍德又来了。这一次他把她带到一个清静的所在。在那儿，他用颤抖的语气向嘉莉诉说了自己感情的不幸和对她的爱。听到这样一位有钱有势的人物向自己求爱，而他又是那样的优雅潇洒，英俊多才，嘉莉不禁深感喜悦，羞怯地低下了头，赫斯特伍德趁机吻了她，她没有反对。

回来后，嘉莉重温了下午的细节，觉得隐隐地看到了一条新的出路。

星期日晚上，他们共进晚餐，嘉莉表现得相当庄重，在赫斯特伍德眼里更加美丽动人了。他也发现自己离胜利尚还有一段距离，装样子还得继续。

德鲁埃回来了，但一进门，他就大谈这次出行的经历。虽然再次提出结婚的事，但嘉莉总觉得有些敷衍的意味。

赫斯特伍德对嘉莉的恋情日益增加，家里已无任何欢乐可言。他请求她离开德鲁埃，但嘉莉说她是不会在芝加哥和他结婚的，还特别提出在结婚前不会同他同居。赫斯特伍德温和地答应了。

演出那天，赫斯特伍德邀了一大帮朋友给嘉莉捧场。

这段时间，德鲁埃为嘉莉谋得了一个演员的职位，戏份虽然不多，但嘉莉高兴极了，她很希望能在舞台上出出风头。她兴致勃勃地进行了排练，还揣摩了好些演戏的技巧。

演出那天，赫斯特伍德请了一大帮朋友来捧场。

刚开始时，嘉莉还有些紧张，但后来，她就越来越自如，一招一式浑然天成，她的美貌和优雅感染了全体观众。望着台上的尤物，酒吧经理妒火中烧，觉得自己再也离不开她。德鲁埃也暗下决心准备和嘉莉结婚。

第二天早上，赫斯特伍德因为一些小事和妻子吵了一回——只要一想起嘉莉还在和那个推销员在一起，他的心就像刀割一样。他的心思在火山口上呢！

上午见到嘉莉时，他不禁浑身的血都沸腾起来。盛赞她昨天的演出之后，他再次力劝嘉莉离开德鲁埃。嘉莉对此有些不安：她虽然不爱德鲁埃，但她毕意熟悉了他和现在舒适的公寓。到了别的地方，又会怎样呢？但她架不住赫斯斯渥狂热的乞求和倾诉。她答应了他，但提到一定要结婚，赫斯特伍德一口答应了。他们俩还约定了再见的日期。

赫斯特伍德离开嘉莉后，兴冲冲地回到家里，但立马就感觉到不对劲。原来精明的太太已经知道了他的私情。她严厉地质问他这一段的行为，他佯装着回了几招就败下阵来，只好丢下几句硬话，快步走出家门。

嘉莉回到家里，激情消退了许多。她又想起了德鲁埃的好，觉得给他来个不辞而别，不免有些缺德。还有一种感觉也让她疑惑不解：见到赫斯特伍德时，她觉得自己确实已坠入爱河，但一离开就不是那样确信了。

正想着，德鲁埃回来了，他也偶然地发现了她和赫斯特伍德的关系不太正常。最开始他试探性地问了几句，嘉莉当然不承认。但当他提到赫斯特伍德是个有家庭的人时，她煞白的脸庞和眼里的泪水替她承认了这一点。羞恼不已的嘉莉坚持要离开公寓。但德鲁埃还是同情她，知道她没地方可去，坚决不让她出去。他说："你好好想一想吧！我走好了！"他说着就出去了，嘉莉的眼泪又下来了。

赫斯特伍德这晚没有回家，他开始担心自己的前途，又悔恨自己把所有的财产立在太太的名下。约定的日子到了，嘉莉却没有出现，倒是在第二周星期三收到了律师的信，夫人已提出离婚，他不禁烦透了。

嘉莉只剩七块钱了，她对赫斯特伍德也死了心，她必须重新去找工作。但转了好多地方才找到一个周薪五块钱的辛苦活。待回到公寓，发现德鲁埃来过了，还拿走了东西。看来他是不打算回来了，她不知道德鲁埃已等了她好久，但因为有事只好先离开。想着自己又要陷入当初的困境，嘉莉不禁潸然泪下。

赫斯特伍德这几天都没回家，这天他发现德鲁埃在外面，就赶紧去找嘉莉，但她不在家。待回到办公室，他意外地发现保险柜没关，里面有一万多块现金。他想着嘉莉的美貌，不由自主地把手伸向了那堆钞票……

他跳上马车，又一次来到嘉莉住的公寓。这一次嘉莉正好在家里。他骗她说德鲁埃受了重伤，嘉莉信以为真，赶忙随他出来。

上了火车后，赫斯特伍德才给嘉莉说了真相，说自己也是情非得已，为了她，他已抛弃了家庭和职位。他决心和她结婚，在哪里都行。还说没有她，他就只有死了。最后当然还说如果她不愿意的话，他一定负责送她回来。

嘉莉恨他一再骗自己，但他的处境也实在值得同情，况且这一切都是因为自己，她感到拿不下主意。

火车在黑暗中向着新的地方奔驰。她悲伤地想，如果回去，又怎么样呢？而这样被勉强到一个陌生的地方，也有些受不了，但又有什么办法呢？

赫斯特伍德虽然千方百计避开熟人，但他的事已登了报，在蒙特利尔他到底让一个侦探盯上了。他只好把钱退了一大部分，这样一来，他就只剩下一千三百块了。

在蒙特利尔两人结了婚，然后坐火车去了纽约。

纽约比芝加哥更繁华，需要更多的钱。幸好不久，他就找到了一家酒店，并用一千块钱买了三分之一的股权。然而生意不像预料的好，赫斯特伍德只好过上了精打细算的日子。大错已经铸成，只好看着办了。

家安顿好之后，嘉莉还算满意，也就心安理得地做起家庭主妇来。

第二年，嘉莉认识了新的邻居——万斯太太，一相比较，嘉莉觉得自己的容貌绝不逊于她，可衣着、娱乐方面自己就寒酸多了。她开始向赫斯特伍德要东西，他虽不拒绝，但也没有以前那么热心了。

一天，嘉莉在万斯家里遇上了万斯太太的表弟艾姆斯。用饭时，艾姆斯看着满桌盛宴沉默了一会，忽然对嘉莉说："你知道吗？我认为像这样一掷千金是可耻的。"接着谈到一本流行的书时，他也发表了好些令人吃惊的看法。看着这个英俊儒雅的年轻人，嘉莉打心底里倾慕。拿他和赫斯特伍德一比较，嘉莉感觉后者明显不如。

到纽约已三年了，酒店的生意好过一阵之后就陷入了困境。赫斯特伍德不得不把实情告诉嘉莉，不得已他们只好搬到更便宜的地方。幸亏这时万斯太太已经搬走了。

下坡路是没有停靠站的，不久，酒店便宣告破产。这时，赫斯特伍德兜里只有七百块钱了，虽然也不少，但再想投资酒店已不够了。

赫斯特伍德在找工作时遇到了困难：体面的活吧，他没有经验；苦力活呢，谁会想到请这样一个仪表堂堂的中年人做呢？赫斯特伍德再也没有往昔的潇洒大方了，转而变得愁容满面，自信也随之而去，更谈不上对嘉莉的小心呵护、关怀备至了。

跟一个失了业的，对自己漠不关心的老男人住在一个鸡窝一般的小房间里，远离繁华喧闹的都市生活，这便是嘉莉当前的生活。还不知要持续多久呢？想到这些，嘉莉无比沮丧。

天气寒冷起来，外面找不到工作，赫斯特伍德待在家里的时间越来越多了。由于心情不好，他们开始时不时地为一些小事吵嘴。

一天，嘉莉在街上又遇到了万斯太太，她正从外面旅游回来。看着高贵的万斯太太，嘉莉对奢华和极其讲究的纽约生活的憧憬复活了，她感到对丈夫已忍无可忍了。终于两人大吵了一顿，嘉莉指责他不去找工作，在家净捣乱。赫斯特伍德却说自己供给了她一切，激动之下还把蒙特利尔结婚的事也嚷了出来，原来那也是他的一个玩意儿。从严格意义上讲，他们之间还只能算是私奔，嘉莉大哭起来。

不久，一个晚上临睡觉时，嘉莉把被子搬到了前厅，赫斯特伍德忍了。

嘉莉决心自己出去找事做。她想到自己在芝加哥演过戏，有一些这方面的技巧。但她对找演戏工作的事一无所知，又没有正式的演出经历，保证金也拿不出来，找了好几家剧院都无功而返。就在差不多要绝望的时候，一家剧院看中了她的美貌，让她参加了合唱团，周薪也只有十二美元，但总算解决了大问题。

尽管角色微不足道，但嘉莉为此付出了全部的热忱，每天都辛勤地练习。努力没有白费，演出非常成功。到家后，赫斯特伍德由于受到鼓舞，高兴地说："我明天再去找工作。”他舒了一口气，接着说道：“什么工作我都干，反正这儿谁也不认得我。”

“工作不难找嘛！”嘉莉暗想，她不知道自己年轻美貌着呐！

“我一个子儿也没有啦。”有一天下午，他对嘉莉说。于是嘉莉就从自己钱包里拿出钱放在桌上，赫斯特伍德拿去买了一罐西红柿。嘉莉意识到：这就是新常规的开端。她觉得他有些可怜。但鞋呢！她想：“星期六我得去买双鞋，反正豁出去啦！”

如今赫斯特伍德衣衫褴褛，满面愁容，嘉莉只好常常去外面散步以躲开家里这种愁闷的气氛。幸亏剧院的同伴罗拉小姐对她非常好，常陪她散心，帮她出些主意。

有一回导演看了他们排演后，发现嘉莉不仅长得俊，动作也毫不矫揉造作，就让她去领舞，还把她的薪水升到了十八美元。但钱还是不够用，赫斯特伍德已经开始赊帐了，嘉莉也急需买一些新的衣服。

一天下午，罗拉他们强拉嘉莉出去吃宵夜，以致没有回去吃晚饭，尽管她回家后向赫斯特伍德说明了，但他不相信。为此，两人又吵了一架。

从那天开始，嘉莉对这个家越来越不关心了。事实上，家已成为她心头一个沉重的负担。但她还是天天回家过夜，把家里收拾得干干净净，这里则已成为赫斯特伍德整日枯坐的地方。

过了些天，债主就上门收债了。那天，嘉莉也在家，她发现债务已有十六块了，而钱包里根本就没有那么多。她心里有些不解，赫斯特伍德为此很生气。

赫斯特伍德终于有了破产后的第一个工作，那是因为电车司机们罢工，他乘机报了名，但上班的第四天，他就受到了罢工工人的攻击，差点送了命，不得不又回到家里。不明

债主走了，赫斯特伍德沮丧地坐下来。在嘉莉眼里他已无复当年的英俊潇洒。

就里的嘉莉认为他压根就不想工作！她原先希望他振作的希望成了泡影。“天哪！”她绝望地摇着头，长叹一声。

由于一个演员临时缺席，嘉莉顶替了她的戏，周薪升到了三十五块，但要自备行头。

嘉莉想了很久，拿定了主意，决定离开他。

想着两人的关系将要告终，她对赫斯特伍德反而牵肠挂肚起来。

回到家里，嘉莉又一次发觉，他的衣帽已破旧不堪了。不知怎么的，这一次她特别寒心，以前他是多么活泼动人呀，这难道是他的过错吗？

第二天，赫斯特伍德回家时只见到嘉莉留下的一张字条和二十美元，她只拿走了自己的一些东西。

他猛地意识到自己茕茕孑立的惨景。

“她甩掉了我，”他喃喃自语道，又重复了一句，“甩掉了我。”

嘉莉的重要角色又换成了一个小角色，但演出时，她因此而愁眉不展的俏模样征服了全场观众。小角色的形象盖过了主角！这引起了很大的轰动。她的照片上了报纸，剧评家为她写了一句走俏全城的口号：“如果你想乐一乐，请看嘉莉眉头紧蹙。”

周薪升到了一百五十美元，纽约最豪华的饭店请她免费入住。她的美貌和浑然天成的演技越来越受到人们的欢迎，但不知不觉，她反而显得孤独了。

赫斯特伍德揣着卖家具和嘉莉留下的钱住进了一个很便宜的招待所，他虽常从报上看到嘉莉的消息，但从没有想过去找她。他现在只是喜欢回忆过去了，钱越来越少，身体也坏了，他只得开始乞讨。

一天，德鲁埃突然出现在嘉莉面前——他也来到了纽约。在晚餐时，他流露出重修旧好的意思，但嘉莉觉得不可能了。吃过苦的嘉莉对男人有了更为深刻的认识。但当他提到赫斯特伍德为她偷钱出走时，

嘉莉看着潦倒得不成样子的赫斯特伍德，对他的怨气顿时烟消云散。

嘉莉非常吃惊，她觉得赫斯特伍德实在可怜。

一天夜里，她步行去剧院。“嘉莉！”一个声音叫住了她，是赫斯特伍德！尽管他已潦倒得不成样子，但她马上认出了他，对他的怨气顿时烟消云散：“天啊！是你啊！乔治，”她惊叫起来，“你怎么啦？”赫斯特伍德说他病了，要她给他些钱。她马上把钱全掏出来，不过身上只带有七块钱。她问他出了什么事，住在哪里。赫斯特伍德根本就不说，她还想说什么，不料他一转身拖着沉重的脚步走了。

这个阴影在她心中隐现了好久才逐渐消失。

嘉莉和艾姆斯又相逢了，这时他已是一位科学家。宴会上，他对她的评价犀利深刻，而又条分缕析；他对人生的理解又是多么的与众不同，但又明显在人之上；他的每一句话都是她的心灵多年以来求之不得的。

“有时候，有些人好像一点儿没费劲儿就发迹了。不过，即使是这样的话，他们具有与生俱来的有些已被人们认为身居高位的人必备的素质，要不然，他们压根就是上不去的。”他是多么理解自己呀！唉！她从没有见过像他那样的人。她知道自己配不上这样优秀的青年，但她多想再见到他呀！

宴会结束了，他送她出来。

“再见。”他说。

他温情脉脉地目送着她。他深深地感觉到这个女人的美，尽管万斯太太曾向他说起她和赫斯特伍德的事。他深深地懂得这个有人情味的女人心中的渴望：既不是金钱，也不是赞扬。

嘉莉饱含深情地回过头来匆匆一瞥，她觉得自己无比孤独，她一下子又成了往昔那个忧郁的嘉莉——充满欲望——永不满足。

嘉莉啊！嘉莉！你始终身心健全，所以你总是满怀希望，直到你没有思想，再也不伤心的时候。

德鲁埃还是兴致勃勃地追逐女人和乐子，纽约街上常能看到他快活的身影。

严冬到来，赫斯特伍德有心见嘉莉也见不到了。他脚步蹒跚地走进一间幽暗的灰尘满地的房间，关上门，关掉煤气灯，打开了煤气……

豪华列车温暖的卧铺车厢里，无比富贵的赫斯特伍德太太和女儿女婿正在出外旅游的路上，他们谁也没有想起自己的丈夫或者父亲……

（李安民）

变　形　记

弗朗茨·卡夫卡

弗朗茨·卡夫卡（1883年－1924年）：奥地利作家，现代派文学的鼻祖，表现主义文学的先驱。

如果马克斯·布罗德遵照卡夫卡的遗嘱行事，那么世界文学的殿堂里就会少了一尊文学大师的圣像。我们今天之所以还能从整体上比较全面地了解卡夫卡，得感谢引导卡夫卡走上文学创作之路的布罗德先生。卡夫卡在死前嘱托布罗德烧毁所有的手稿，布罗德并没有按遗嘱去做，而是编辑出版了这些手稿，为世界文学宝库保存了一笔珍贵的财富。

1883年6月3日，卡夫卡出生在布拉格一个犹太商人家庭。1901年入布拉格大学学习文学，后转学法律，1906年获布拉格大学法学博士学位。毕业后为了从事写作，他到一家工作比较清闲的保险企业任职。

1922年，由于健康状况欠佳而辞职。1923年迁居柏林，1924年6月3日在奥地利基尔灵的一家疗养院里病逝。

卡夫卡性情孤僻，很少与朋友往来，甚至脱离了犹太传统。1904年开始写作，主要作品为四部短篇小说集和三部长篇小说，可惜生前大多没有发表，三部长篇也均未写完。

他生前所发表的作品极少，其中有短篇小说《变形记》。《变形记》通过小职员萨姆沙突然变成一只使家人都厌恶的大甲虫的荒诞情节，表现了现代社会把人变成奴隶乃至“非人”的“异化”现象。

身着礼服的弗朗茨·卡夫卡

一

一天早晨，格雷戈尔·萨姆沙从睡梦中醒来，发现自己躺在床上变成了一只巨大的甲虫。他朝天仰卧，背硬得像铁甲，稍一抬头就见到自己隆起的褐色腹部分成一块块弧形的硬片，被子快要盖不住肚子的顶部，眼看着就要整个滑落下来。而他的腿同他巨大的身体相比却细得可怜。这一切在年轻的格雷戈尔的眼前呈现着，使他迷惑不解。

“我发生了什么事啦？”他始终不停地想，这简直就像在做梦。他凝视着房间四周，所有的一切都显得那么熟悉，甚至闭上眼睛都可以回忆出来。那张他最近从一本画报上剪下来的画装在一只精致的镀金镜框里，挂在堆放着衣料样品的桌子上方，画上那位气质不凡的贵夫人戴着皮帽，围着毛皮围巾，她正身端坐着，好像将她白皙修长的手伸给看画的人。窗外，阴云遮蔽着天空，那么阴暗低沉，人们似乎可以听见淅沥的雨点敲打在窗棂上的声音。这让他的心情显得很郁闷，他厌恶这样的鬼天气。他躺在床上，思绪起伏。

这么些年，为了养活他的家，还清父母所欠的债务，他东奔西走，忙忙碌碌，苦不堪言。别的同事都过着后妃般的生活，而他却为了赚钱不得不每天起早摸黑，有时真想

《变形记》封面

被老板解雇，一走了事。唉！眼前也没办法，一家人还等着吃饱肚子，还有那么多债要还，也许再熬五六年就到头啦，到时候一定辞职不干了，也许那时候会时来运转。不过眼下他得必须起床，因为要赶五点钟的火车。

“天哪！”时间已经过了六点半，都快到六点三刻！他想，闹钟怎么没响过？明明是睡觉前将闹钟调到四点钟的呀！肯定闹过了，自己睡得太沉。火车已经开走了，现在可怎么办呢？下一班火车七点开，想赶上它，他就必须火速行动，可是公司的样品还没有装好，他自己也并不想动，精神不是很佳。就算赶上这趟车，老板照样也会大发雷霆，因为公司的差役在五点的车边等，见他没来，早就到老板那里告了他的状。请假装病老板也肯定不会相信，因为他的身体一直就很好，从来没有病过。反正已经晚了，想这些都是多余的，格雷戈尔心情倒显得轻松起来。

闹钟已经敲响了六点三刻，可他还是下不了起床的决心，父母亲不断地敲门催促他，妹妹也喊他开门，可他却一点儿也不想开门，反而高兴自己由于经常旅行养成小心的习惯，晚上在家也锁上房间的门。躺在床上，他想现在这样子如何从床上下来呢。如果直接翻身下床，头部和背部肯定不会受多大的伤，但是他担心掉在地上时会有很大的声响，可能会使门外的人大吃一惊。

七点十分的时候，门铃响了起来。“公司来人了。”他对自己说。听到来客的声音，格雷戈尔马上就知道来的是谁——法律代理。为什么不派一个学徒来问问呢？为什么要派他来，只有他来事情就能弄清楚吗？格雷戈尔越想越激动，无意中摔下床去，声音很大，头也给撞了。他又气又疼，转转身在地毯上磨蹭着。

“房里有东西掉下来了。”代理先生在左边的房间说。此时，妹妹格雷特也在外面喊。代理先生等了一会儿，也显得有些不耐烦，在外面嚷了起来，向格雷戈尔强调了他此行的目的，措辞严厉。

格雷戈尔慌乱起来，他知道今天的事情非同小可。他一面应答着他们，一面紧张地挪动身子。此时，外面显得有些骚动。他撑着椅子慢慢地向门口移去，费了好大的劲才算用嘴把锁打开，他松了一口气，自言自语地说：“我不用锁匠就打开锁了。”他把头靠在门把上，想把门整个打开。

他还在忙于艰难地挪动而顾不上管别人，就听到最靠近门口的代理先生“哦”地大叫一声，并用手捂住嘴巴向后徐徐退去，仿佛有一股无形的力量推动着他。他的母亲也顾不得外人在场，照样披散着一头睡眠后蓬乱的头发站立在那，她先是合掌望着父亲，随后便向格雷戈尔走过去，瘫倒在地上。他的父亲则捏紧拳头，仿佛要将格雷戈尔撵回他的房间，随后又犹豫不定地环视着起居室，接着用手捂面哭了起来，他的哭声呜咽，宽阔的胸膛在微微地颤抖。

而这时，天色已经明显放亮，可以清清楚楚地看到街道对面那幢长得似乎没有尽头的深灰色建筑的一排排窗户。雨，还在下，但是零零星星，溅打着地面。桌子上像往常一样摆放着许多餐具，因为父亲的癖好，他认为早餐是一天中最重要的一顿饭，马虎不得。每逢此时，老父亲会边吃边摊开报纸，悠闲地混上几个小时。对面墙上挂着一张格雷戈尔服兵役时的照片，他那时穿着少尉军装，手握着剑，很威风，令人敬佩。门厅的门开着，寓所的大门也开着，人们可以清晰地看到外面的前院和向下的那道楼梯的开头几个台阶。

格雷戈尔向代理先生和人们解释着他的处境，说明了他的艰难和想法，因为他不想自己在公司里的职位受到影响，而代理先生是极为关键的人。而父母则对此一无所知，他们以为格雷戈尔在这家公司里上班，一辈子都吃穿不愁，而且他们只想到眼前的愁苦事，根本无暇顾及将来。但是格雷戈尔得想得更远一些，因此，他必须挽留、安慰、说服代理先生，他一家人的命运可是都寄托在这上面！

可是格雷戈尔刚一开口，代理先生就已经扭转身，慌张地向门口溜去。格雷戈尔想离开那扇门，挤过身去追上他。可是父亲却不管这些，他只想将格雷戈尔赶回房间去。他的恳求一点儿用都没有，父亲反而把脚踩得更厉害了。而此时，他似乎完全昏厥过去的母亲却突然苏醒过来，发疯似的大喊：“救命，天哪，救命！”趁混乱之际，代理先生逃之夭夭。

骚乱平息下来后，格雷戈尔的父亲简直像个般疯人驱赶着他。为了免遭厄运，格雷戈尔不顾一切地挤进房门，慌乱之中，他的身体受到了重创，血迹斑斑。此时，身后的房门被父亲用手杖关上。空气中又恢复了少有的宁静。

二

暮色朦胧时，格雷戈尔从昏厥中苏醒过来，感到浑身一阵阵剧痛，尤其是左半身伤痕累累，脚也受了重伤，行走极为不便。窗外，街道上的路灯在天花板和家具的较高部位稀稀拉拉地泻落些淡淡的光晕，而格雷戈尔的身旁却是一片漆黑。在黑暗中，他听到了前厅里有些声响，便，拖着一只受伤的腿摸索着向门口爬去。

格雷戈尔从门缝里看到起居室已经点起了煤气灯，平常这时候，父亲总要高声把晚报读给母亲听，有时妹妹也听，但现在什么声音也听不到，周围显得那么寂静。"我们一家过的是多么平静的日子啊。"他对自己说，他为父母和妹妹能在这么好的住房中生活感到自豪。可是，现在这美好的一切快要结束了，怎么办呢？他焦虑不安。

深夜的时候，起居室的灯熄灭了，他知道父母和妹妹整个晚上都守在那，没有离开。等到他们离去后，他回到长沙发底下休息。有时夜半醒来，他感到十分饥饿和无比焦灼。对于将来，他心里还怀着模模糊糊的希望。总的说来，目前他必须镇定从事，要有耐心，要体贴家人，使他们比较容易忍受他在目前的状况下不得已给他们造成的烦恼和难堪。

在最初的几天里，父亲向母亲和妹妹讲明了家里全部的财产情况和对未来的期盼。格雷戈尔原以为父亲在破产时什么也没有留下，至少父亲从来也没有详细地提过，他也没问过父亲。那时，格雷戈尔拼命地工作，想让全家人忘记那场不幸的灾难。由于工作认真，他很快就由小伙计成为了推销员，赚钱的机会更多了，还能拿现款回扣，这使他在家中风光一时。

虽然他支撑着全家的生活，父母起初从他的手里接过钱时很感激，但是后来就习以为常了，那瞬间的温暖消失了。只有妹妹还是很亲近，他暗里有个计划，明年送她去音乐学院学习。妹妹同他不一样，她喜欢音乐，很有天赋。他并不怜惜这笔钱。格雷戈尔在家里同妹妹聊天的时候，她经常提到音乐学院，不过总是将它作为一个美梦，没有想过能够实现。他的父母对这些毫无兴趣，可是格雷戈尔却想法坚定，他打算在圣诞节之夜隆重地宣布这件事。

从父亲的口气中，他知道家中虽然惨遭灾难，还是留下了一笔小小的财富，这几年的利息也没动用。另外，他每月带回家的钱也没有全花光，积攒了一小笔资金。这让格雷戈尔很高兴。他原本可以用这些多出来的钱把父亲欠老板的债多还掉一些，那么他甩掉现在这个工作的日子就会近很多，但是父亲的做法现在无疑是更好的。

不过，如果一家人要靠利息生活，这是不行的，因为这笔钱很不够。它顶多能维持两年，再长就不行了。其实，这笔钱只能救急，平日里维持生活的钱还得去挣，而父亲虽还健康，但年龄已大，加上身体明显发福，行动起来很不方便；那么让母亲去挣钱？她患有气喘病，在屋子里打转都累得不行，不得不到窗口透气；那难道要妹妹去挣吗？可她现在才十七岁，还是个孩子，她最重要的事情就是将小提琴拉好。只要想到这个问题，格雷戈尔就会因为羞愧和伤心而面红耳赤。

他变形后的最初十四天中，他的父母亲不敢到他的房里看他。每当妹妹在他房间里收拾时，他们就等在门外，她一出来，他们就让她仔细叙述一遍房间里的情形，如格雷戈尔吃了什么，表现如何，还有，就是能否看出有点儿好转。其实母亲早就想看看他，但是父亲和妹妹用各种各样的理由来劝阻她。后来他们只好拼命地阻止她，她就大喊："让我去看看格雷戈尔，他是我可怜的儿子呀！你们难道不懂吗？我非得看他不可呀？"每当此时，格雷戈尔就想，让母亲偶尔进来看看也好。妹妹虽然胆大，但是毕竟只是个孩子，说不定只是由于天真轻率而接过这样艰巨的任务。

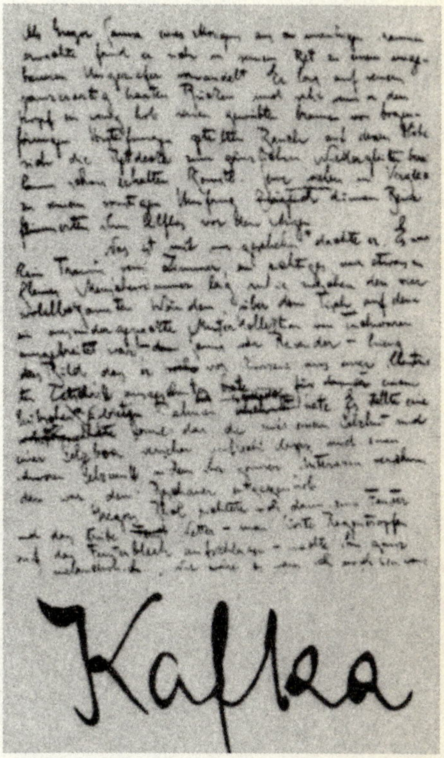

卡夫卡《变形记》手稿的第一页及作者的亲笔签名

一个偶然的机会，格雷戈尔想见母亲的愿望实现了。因为妹妹发现了他喜欢用四处爬行来消遣，于是她下决心让他能在最大范围内爬行，所以她要把挡道的家具全搬走，特别是那个柜子和那张写字台。可是她一个人做不了这事情，她不敢请父亲帮忙，女佣也不行，不得已只好请母亲来帮她。她们将他的房间里洗劫一空，他心里很难过。

她们将房间里的家具一件一件地向外搬。他从沙发底下冲了出来，想护住一些东西，可是他不知道救什么好。他四处转动身子，这时他看到了悬挂在墙上那张穿皮衣的女士像，便急冲冲地爬上去，紧贴在玻璃上，玻璃吸住了他，也使他那热得发慌的肚子感到舒服些。至少，这张他用身体捍卫的画不会被拿走了。他把头转向起居室的门，她们回来时好监视她们。

格雷特和母亲不久进来了，她看了看室内，想找还有什么家具可搬，她的目光和格雷戈尔的目光相遇了。为了不让母亲受到惊吓，她故作镇定地低声对母亲说："来吧，我们是不是再到起居室待一会儿更好？"她的声音颤抖着，话也显得欠考虑。他清楚她的意图，她是想把母亲支开后，然后将他从墙上赶下来。不过，他决不会让步。

听到妹妹言不由衷的话，母亲疑窦丛生。她终于看到了墙上那个巨大的斑块，在还

卡夫卡的画作

没有肯定那就是格雷戈尔的时候，她就吓得放声大喊，瘫倒在沙发上，一动不动。“你呀，格雷戈尔！”妹妹气急败坏，向他挥舞着拳头。这是自他变形以来她第一次跟他说话。她跑到隔壁房间想弄些香精来，好让母亲从昏迷中苏醒。他也想帮忙，好不容易挣脱玻璃的黏性，跟在妹妹的身后，而她在翻动一些小瓶子。她回头看到格雷戈尔时，慌乱中摔碎了一个瓶子，碎片划伤了他的脸，药水也在他的周围流散开来。妹妹跑出房间时将门突然关上，他被隔在房间里，不能帮助他的母亲了，除了等待他没事可做，他开始陷入绝望之中。

过了一小会儿工夫，父亲回来了。“出了什么事？”他似乎从妹妹的脸上看出了点儿什么。“母亲刚才晕过去了，不过现在好些了。格雷戈尔跑出来了。”“我早就料到了，”父亲说，“我不是老对你们说吗，可你们女人就是不听。”父亲怒气冲冲。他知道一时没法跟父亲解释，于是他逃向自己房间的门边，身体紧贴着门，摆出一副老实的姿态。

可是，父亲没有心情注意这样的细微之处，他大喊大叫起来。这时，格雷戈尔注意到了父亲的变化，他简直不敢相信自己的眼睛。父亲现在站得相当直，穿着一件笔挺的蓝色制服，上面有金色的扣子，这是银行仆役穿的衣服，他精神抖擞，眼光专注而有神，平日委靡不振的样子都没了，他一脸恼怒地向格雷戈尔走去。他将靴子抬得很高，这让格雷戈尔很害怕。他知道，父亲会用最严厉的方法来对待他，从他新生活的第一天起。于是，他在父亲的面前跑了起来。父亲停下来时他也停下，只要父亲一动，他就又急忙向前跑。后来，他实在跑不动了，感到眼前一片昏眩。有一个用力不大的苹果擦过他的背，没有伤到他就滑下去了。而紧接着来的一个简直就是嵌入他的背里去了，产生了一阵阵剧痛，他昏厥在地。最后一眼他看到母亲踉踉跄跄地冲过来，抱住父亲，请求饶了他的性命……

三

格雷戈尔因重伤而遭了一个多月的罪，那个苹果至今还在他的肉里没有被取出来。虽然他目前的样子令人生厌，但是父母认为，至少他还是家庭里的一员，不能把他当作敌人来对待。因此，他们在尽量地容忍他，因为除了容忍，他们也别无选择。

虽然状况很糟糕，但他却得到了完全足够的补偿。每到晚上，起居室的门就打开了，他可以安静地躺在自己房间的暗处，听见全家人坐在点着灯的桌旁谈话。不过，他们现在已经不像往常那样谈天说地，显得有些沉默。饭后，父亲很快就在扶手椅上睡着了，母亲把头低低地俯在灯下给一家时装店缝制精致的内衣，而已经当上了售货员的妹妹在晚上学习速记和法语。有时，父亲醒来后对母亲说："你今天又干了这么多针线活！"然后又进入了梦乡，母亲和妹妹则神色疲倦地相视一笑。

在这个劳累不堪的家里，除了非做不可的事以外，谁还有时间来关心格雷戈尔呢？家庭的窘况让他们辞退了女佣，变卖首饰，省吃俭用。而格雷戈尔一点儿都帮不上忙，他真想重新出去工作，找他的那些朋友们，为家庭分忧。可是他一想到自己的处境，他又恼怒不已，因为妹妹对他的饮食漠不关心。

一天，妹妹对父亲说："我们必须设法摆脱它。"

"再不能这样下去了，或许你们还看不清楚，可我是看得很清楚了。在这怪物面前我不愿意说出我哥哥的名字，所以我只说：我们一定得弄走它，我们已尽我们的所能去照料它容忍它了，没有人可以对我们有丝毫的指责。"

"如果不把它弄走，它终究会把你们两个都弄死，我预见这件事一定会发生的。像我们这样必须辛苦工作的人，是无法再在家中忍受这种折磨了，我再也不能忍受了。"

父亲有些犹豫起来，他说："假如他能懂我们的意思，那么还可以同他有个协定。但是像这样子——"

"它必须离开，"妹妹喊了起来，"爸爸，这是惟一的法子。你只有设法不去想它是格雷戈尔，可我们一直相信它是，这才是我们真正的不幸。但它怎么是格雷戈尔呢？如果它是格雷戈尔，他老早就会明白，人和这样一只动物是不可能共同生活的，他就会自动走掉；虽然我们会失去一位哥哥，但我们可以继续生活下去，并且会怀着敬意纪念他。但是现在这样，这只动物追赶着我们，赶走房客，显然想霸占这所房子。"格雷戈尔在暗处听着这些话，心里很不是滋味，他想转过身回到自己的房间去，由于身体受伤没有恢复，他的动作很笨拙，引起了妹妹的惊慌，父亲也用异样的眼光看着他。他也很惊讶，他和房间的距离居然这么长，真不知道刚才他是如何在不知不觉中走过那段路的。

卡夫卡经常散步的小路

他刚一进入房间，门就被突然关上，闩紧，锁了起来。格雷戈尔被身后突如其来的响声吓得腿都软了。

"现在又怎么办呢？"格雷戈尔自言自语。在黑暗中，他向四周看了看，很快就发现自己现在一点儿也动弹不得。虽然全身都隐隐作痛，但他好像感到疼痛在逐渐减轻，最后终于完全消失。对背上的烂苹果和周围发炎的还蒙着灰尘的地方，他已不怎么感到难受了。他满怀感动和爱意地回想着家人。他认为自己应该消失，这想法很可能比妹妹还坚决。他处在这种茫然而平静的沉思之中，直到钟楼的钟敲响三下。窗外破晓的天色他还依稀看到了一点儿，接着他的头就不知不觉地垂了下去，他的鼻孔无力地呼出最后一口气。

清晨，女佣扫地的时候发现他死了。萨姆沙夫妇听到女佣的喊叫慌慌张张地跑过来看。"死了？"萨姆沙太太说，用疑问的眼光望望女佣。"那还有错。"女佣说着用扫帚把格雷戈尔的尸体远远地向旁边推出去，证明她说的没错。萨姆沙太太动了一下，好像想挡住扫帚，但她没那么做。"那好，"萨姆沙先生说，"现在我们可以感谢上帝了。"他在胸前画着十字，三位妇女也这样做了。葛蕾特一直看着尸体，她说："你们看，他多瘦呀，他已有那么长时间什么也没吃了。放什么东西进去，拿出来的还是那些东西。"格雷戈尔的躯体确实又干又瘪。

"来吧，格雷特，到我们这儿来待一会儿，"萨姆沙太太带着忧郁的微笑说。女佣关起门，将窗户打开，虽然是清晨，清新的空气里却带着一丝暖意。毕竟已经阳春三月了。他们决定，今天是个不错的好日子，要用来休息和散步。

他们三人各自请完假一起离开住所，坐上电车到郊外去，好几个月来他们没有一起出过门，温暖的阳光照满整个车厢。他们舒适地靠着椅背畅想着未来，他们觉得目前的情况并不是很糟，因为他们的工作都还不错。现在，他们最想的是搬一次家，搬到一个比较小比较便宜但地理位置较好也实用的房子里去，目前的房子还是格雷戈尔选的呢。当他们这样谈着的时候，萨姆沙夫妇看着活泼的女儿，虽然经过这些日子的折磨，已经出落成一个身材丰满的美丽少女了。他们互相用默契的眼神看着对方，他们想，到时候了，也该为她找个好丈夫了。电车到达目的地时，他们的女儿第一个站起来，伸展着她那年轻的身体，对于他们来说，这恰恰就是他们对将来新的梦想和希望。

卡夫卡的家人：前排左起　母亲、父亲、姨妈；后排左起　二舅西格弗里德、大舅理查及其妻子。

（金松林）

日瓦戈医生

鲍·列·帕斯捷尔纳克：一辈子拘于一隅却雄心万丈的著名诗人。

鲍·列·帕斯捷尔纳克（1890年-1960年）：苏联诗人，小说家。他生于莫斯科，长于莫斯科，一辈子都没有离开过这个城市。通过亚历山大·勃洛克和马雅可夫斯基的译介，帕斯捷尔纳克了解到里尔克、史文朋、波德莱尔的诗歌。

作为一个雄心万丈和想像力丰富的现代诗人，他创作了《在云雾中的双子星座》、《在街垒之上》和《生活啊，我的妹妹》、《主题与变调》等。此后，他又尝试写了几首史诗性的诗篇《热病》、《施密特中尉》和《斯倍尔托尔斯基》，在诗人对许多十月革命前发生的重大事件的描述中，暗含着这位艺术家的深刻担忧：如果过于强调观念，那么，通过人的声音表达自己的将是政治宣传，而不是诗歌，这样，艺术家们将会从热情的宣传者蜕变成“语言的匠人”。

不过，使帕斯捷尔纳克在世界文坛崭露头角并问鼎诺贝尔奖的作品，不是他的诗歌，而是一部名为《日瓦戈医生》的小说，该小说对他同代诗人所遭遇的磨难（战争、革命、受压、又一次战争）进行了评说。在二战以后的苏联当局看来，这与其说是一种中性的描述，不如说是一种大胆的反叛。

遗憾的是，该书并不是以俄文而是以意大利文出版的，因为慑于当局压力的国内出版社拒绝了他的稿子。尽管这样，帕斯捷尔纳克仍不得不请求赫鲁晓夫的宽大处理，以免被驱逐出境。甚至在他死后，他的情人（即《日瓦戈医生》的忠诚情侣拉拉的原型）也以莫须有的罪名受到起诉并被监禁。到他死后二十七年，苏联才为他恢复名誉。

死去的是我活着的是你，
风儿如泣如诉，
撼动了丛林和房屋。
它摇荡的不是棵棵松树，
却是成片林木，
在无尽的远方遍布；
就仿佛是帆樯桨橹无数，
港湾水上沉浮。
决非争那豪气十足，
也不是为了无名的怨怒，
只是伴着烦忧，
为你把摇篮曲寻求。
——《日瓦戈诗集·风》

小尤拉的父亲安德烈·日瓦戈是西伯利亚有名的富商，因为生活放荡，喜欢一个人在各个城市寻欢作乐、眠花宿柳，很早就抛弃了尤拉母子。后来，他的私人律师科马罗夫斯基乘虚而入，让他沉溺于酒色之中，以致很快就倾家荡产。当他醒悟过来后，经受不住沉重的打击，终于跳火车自杀了。

父亲死去不久，母亲接着离世，从此小尤拉便成了孤儿。舅舅尼古拉·韦杰尼亚平带走了他。

不久，舅舅因为要去彼德堡，便把他托付给著名的化学教授亚力山大·格罗梅科照料。尤拉与主人一家相处得很融洽，特别是同他们的女儿东妮亚关系很好，他们一起上学、读书、游玩，感情与日俱增。

1911年，尤拉和东妮亚都将从大学毕业。但是不幸的是，东妮亚的妈妈却一病不起，临终时，她将东妮亚托付给了尤拉，希望他们能永远相爱。尤拉答应了她，而且很快就订了婚。

一次，尤拉参加了朋友家举行的圣诞节晚会，在那里，尤拉认识了生命中的另一个女人，她将影响尤拉的一生。

这个女人就是年轻漂亮的拉拉。

拉拉是在革命风起云涌的时候随着她的母亲阿马利亚·吉沙尔来到了莫斯科。为了维持生计，阿马利亚·吉沙尔在丈夫生前的朋友科马罗夫斯基律师的劝告下，开了一家裁缝店。科马罗夫斯基是个贪婪好色的家伙，他很快就占有了阿马利亚，对年轻美貌的拉拉更是垂涎欲滴。

十六岁的拉拉长着一双灰色的大眼睛和一头亚麻色的秀发，出落得妩媚动人；她不仅读书很用功，干活也很出色，是个聪明的姑娘。因为年幼无知和出于对科马罗夫斯基的尊敬，终于没有逃脱这个老色鬼精心谋划的陷阱，被他诱奸了。拉拉懊悔莫及，决定摆脱他，离开母亲独立生活。她的同学娜佳说她的妹妹莉帕正需要请一个家庭教师，于是拉拉就来到了娜佳家里。在那里，拉拉度过了三年快乐的时光。

莉帕出嫁后，拉拉觉得自己应该离开同学家去另谋生路。先前她的弟弟因为赌博输光了同学们凑起来给教官买纪念品的钱找她，她不想求科马罗夫斯基，就向莉帕的父亲借了这笔钱。而自己的工作收入都暗中接济了男朋友帕沙一家，所以她到目前仍然无法偿还借款。所需要的钱她决定去找科马洛夫斯基要。

那天晚上，她带着手枪在一个圣诞晚会上找到了科马罗夫斯基。那天，莫斯科有钱有势的人都来了，尤拉和东妮亚也身着节日的盛装参加了晚会。拉拉看到那个恶棍正在打牌，她几次在他面前走过，可他却装作没有看见她，这让她怒不可遏，朝他开了一枪，然而并没有打中。

科马罗夫斯基为了挽回面子，说她只是一时神经错乱，平息了这场事件。

晚会上，尤拉感觉到眼前的女孩同这个灰白头发的男人有着不寻常的关系，同时也被她不同寻常的美丽深深地吸引了，而且这种感觉慢慢地在他的内心里沉积下来。

枪击事件后，拉拉的男友帕沙很痛苦，他这时狂热地爱着拉拉，他不相信她是个坏女人。为了抚平内心的忧伤，他决定不再拖延婚期。圣灵降临节，他们举行了婚礼。在新婚之夜，他知道了事情的真相，内心万分痛苦。

后来，他们搬到了离莫斯科很远的尤里亚金定居下来，一起在一所中学教书。小两口的日子过得平静如水，已经没有了热恋时的那种狂热和躁动。慢慢地，帕沙以为拉拉并不爱他，始终只是将他当作一个长不大的孩子，而他自己也认为他爱的只是拉拉的美貌和宽容。

为了从这种虚假的生活中摆脱出来，他想通过报考军校离开这个家。拉拉得知他的这个决定后，感到很惊讶也很痛苦；但是她了解帕沙，她知道只要他作出了决定就是无法改变的。拉拉默默地咽下泪水，为即将远别的丈夫准备行装。这更引起了帕沙的误解，他以为她不再像以前那么爱他。这，让她的心碎了。

几个月后，帕沙渐渐醒悟过来，他想以准尉军衔提前从学校毕业回家守护拉拉。不料，他却被派往前线作战。到前线后，他不断地写信回来，向拉拉表示自己的忏悔和对妻子女儿的思念。但是不久，他们就失去了联系。

前线战火纷飞，局势一天天紧张。拉拉心急如焚，为了找到自己的丈夫，她不停地钻研医务知识，顺利通过了护士资格考试，也来到了丈夫战斗的前线，当了一名军旅护士。她四处打听丈夫的下落，但得到的都是各种各样的谣传，有人说他被俘虏了，而大部分人则说他已经在战斗中牺牲。拉拉痛不欲生。

尤拉在大学取得医学学士学位以后，同东妮亚结了婚，不久就有了孩子。战争爆发后，他应征入伍，被派到前线野战医院工作。前线的人都称他为日瓦戈医生。

一天，他童年的好朋友戈尔东随慰问团来看望他，他们一起讨论了前线的战斗形势，彼此内心都感到痛苦。送走戈尔东的当天，他被敌人的开花弹炸伤，住进了野战医院。

在病房里，他和伙伴加利乌林同时认出了新来的护士拉拉。加利乌林曾同帕沙同时参加过一场战斗，他说他亲眼看到帕沙倒在敌人的炮火之中。听到这个消息，拉拉知道自己的希望完全破灭了，她想回家，因为在那里还有她心爱的女儿。

正在这时候，彼得堡发生了革命，他们不得不暂时滞留下来等着接任新的工作。由于工作上的关系，日瓦戈和拉拉经常在一起。那里战火纷飞，环境恶劣，日瓦戈对拉拉的爱慕之情与日俱增，终于有一天，他很委婉地向拉拉表明了他长久以来深埋在内心的爱情。但不久，拉拉就离开前线回到了莫斯科。

拉拉一走，日瓦戈在前线也待不下去了，他无尽地思念拉拉和他的妻子。在朋友的帮助下，他终于乘火车回到了莫斯科。一回到家，眼前的景象令他黯然神伤：房子已经让出去了一部分；家里的佣人也被辞退了；东妮亚整天为衣食奔波，由一个含情脉脉的少女完全变成了地地道道的家庭主妇。面对此情此景，日瓦戈深感内疚，觉得对不起自己的妻子。

冬季即将来临，莫斯科的生活极度艰难。为了养家糊口，他重新回到了以前工作过的医院。但医院里的情况也是今非昔比，很多人为了私利纷纷离职，却装作是抗议的行动，并嘲笑留下的人。日子越来越难，他终于体力不支病倒了。

这时候，他同父异母的兄弟叶夫格拉夫·日瓦戈为他们送来了食品，并劝他们离开莫斯科，搬到遥远的瓦雷金诺去，那里曾经是东妮亚祖父的领地。在乡下或许会比在城里挨饿受冻要好些，在那可以去砍一些木材，开一些荒地，还可以勉强生存下去，等莫斯科局势有所好转了再回来。

于是，一家人在拥挤的车站好不容易挤上了一辆去瓦雷金诺的火车，经过周折和漫长的艰苦跋涉，终于抵达了目的地。他们在那里动手盖起了房子，开垦了荒地。虽然日子过得很辛苦，但是还勉勉强强能过得下去。

在瓦雷金诺平静的日子里，日瓦戈经常到附近的尤里亚金市图书馆看书消闲。有一次，他在那儿无意中遇到了拉拉，两人都很激动。其实，自从上次他们在前线分手过后，由于生活所迫，整天为生活奔波，他几乎把拉拉忘了。拉拉的出现又掀起了他内心的狂热。他们谈了很多，也越来越亲密。终于在一天夜里，他留在了拉拉那里。

在拉拉和东妮亚之间，他无法作出选择，内心十分痛苦。他想将这一切都告诉自己的妻子，请求她的原谅，并且下定决心再也不见拉拉。然而就在他准备见拉拉最后一面的晚上，被一伙游击队员截住了，并强迫他到前线去为他们当医生。就这样，他再次被命运捉弄。

日瓦戈在游击队里过了接近一年半暗无天日的生活，他曾三次试图逃走，但都被抓了回去。同他们一起，他不得不参加了一些战斗，曾为自己打中一个年轻的白军而痛悔不已。他无比思念东妮亚和拉拉。

终于有一天，他寻机逃离了游击队。经过一个多月的艰难跋涉，他回到了尤里亚金，终于见到了朝思暮想的拉拉。拉拉告诉他是科马罗夫斯基这个恶棍毁了她的一生；日瓦戈也说是科马罗夫斯基害死了他的父亲，让他倾家荡产，最后让他变成了孤儿。相同的命运和遭遇使两颗心紧紧地贴在一起，他们度过了一段十分浪漫的爱情生活。随着战争气氛一天比一天紧张，日瓦戈劝拉拉一起回莫斯科，但拉拉不肯离开尤里亚金。

几天后，日瓦戈收到了东妮亚饱含伤心的来信，信中说她和她的伯父一家将被驱逐出境。她希望今后能在国外重逢，可她不相信这种幸福能够实现。看完信后，他伤心欲绝。

冬季的一天，科马罗夫斯基又出现了。这个善于钻营的家伙摇身一变成了远东共和国的司法部长，说是绕道来来看他们的。他还欺骗他们说在这里情况很危险，他要把他们带到安全的远东共和国的自治区去。他劝日瓦戈，日瓦戈拒绝了。他劝拉拉走，拉拉也不肯，没有日瓦戈她宁愿死在尤里亚金哪也不去。他们到瓦雷金诺暂时躲避了一阵子。但是十三天后，科马罗夫斯基又找到了他们，并用诡计骗走了拉拉。

一天傍晚，日瓦戈家来了个不速之客，他一眼就认出是早已失去音信的帕沙。帕沙其实并没有死，第一次世界大战期间他被俘到了国外，1917年俄国革命后，他又逃回了祖国，在铁路工人季韦尔辛的推荐下当了红军的指挥员，在历次战斗中，他屡建战功，成为了有名的党外军事专家。现在红军胜利了，他却作为非党人员被人诬告，必须受到军事法庭的审讯，其结果不难预料。但是他觉得自己并没有罪。他想等将来环境好转后再为自己洗清罪名，因此四处躲藏。帕沙打算在日瓦戈这里住一夜，第二天就离开。那天晚上，日瓦戈将他走后拉拉的情况全都告诉了他，并说拉拉其实一直深爱着他。帕沙为自己的所作所为深深忏悔，痛苦万分。第二天清晨，他在雪地里开枪自杀了。

1922年春天，日瓦戈在瓦雷金诺忧郁地生活了一阵子后回到了莫斯科。看到沿途的村庄荒芜人烟，一片狼籍，他内心很失落。在莫斯科，他住进了斯文季茨基家住宅顶头的破房子里，整天用写作来麻痹自己，过着潦倒的生活。

在无聊之中，他爱上了邻居马克尔的女儿马林娜，一个高尚而善良的女孩。马林娜辞掉了电报局的工作，同他一起生活，并很快生了两个孩子。但是，这次婚姻并没有给日瓦戈太多的激动和安慰，他依然郁郁寡欢，成天闷闷不乐。尤其让他难以容忍的是身边那帮情趣低下的朋友，在他眼里，他们有着不可救药的平庸。

突然有一天日瓦戈失踪了，马林娜和她的朋友四处寻找，都没有见到他的下落。其实他就住在离他们不远的地方。他失踪的那天又遇见了弟弟叶夫格拉夫。叶夫格拉夫看到了哥哥的窘境，于是想设法帮助他在医院谋份差事。这个想法让日瓦戈很受鼓舞。他在艺术剧院旁边为日瓦戈租了一个房间，乘着上班的日子还没到，他正好写作。他写信给他的妻子马林娜，为了彻底地改变一下自己的命运，想单独呆一段时间，以便集中精力做事，一旦情况好转，他立刻回到她的身边。

八月末的一天早上，他乘电车第一天到医院去就职。电车里拥挤不堪，他感到很闷，想打开车窗透透气，可是窗子全部都被钉死了。他感到头晕目眩，内心十分惊恐。突然，觉得内脏受到了致命的创伤，一切都完了。好不容易电车出了故障停了下来，他挤出人群，刚走几步，就一头栽倒在地上，从此再也没有起来。

当他的尸体运到家里时，马林娜悲痛万分，精神遭受了极大的创伤。悼念的人群中，有一男一女两个陌生人，那就是叶夫格拉夫和拉拉。

拉拉是来莫斯科替女儿了解报考大学的事的，也想寻找自己同日瓦戈所生的小女儿，却无意中来到了日瓦戈的葬礼。看着鲜花丛中那张熟悉的面孔，她很悲伤。她的声音在泪水中浮游，就像清风伴着暖雨吹打得光滑潮湿的树叶发出一片沙沙声。

“永别了，我亲爱的知心人，永别了，我的骄傲，永别了，我的湍急的小河，我多么爱你那日夜不息的拍溅声，我多么想投入你那寒冷的波浪中……”

葬礼结束后，拉拉留了下来，她帮助整理日瓦戈的遗稿。然而，整理工作尚未完成，有一天她从家里出去后就没有再回来了。也许她在街上被捕了，死在了北方数不清的集中营的哪个角落，或者不知去向……

（金松林）

老人与海

欧内斯特·海明威：一生传奇的硬汉子。

欧内斯特·海明威（1899年－1961年）：当代最杰出的美国小说家。“他精通于叙事艺术，突出地表现在其近著《老人与海》之中；他对当代文体风格产生了重大而深远的影响。”（1954年诺贝尔文学奖评语）

海明威是一位极富传奇色彩的作家。在创作上，他最钟爱的主题是战争、死亡、男子汉气概和爱情，这也是他一生中的主旋律。

1899年7月21日，海明威出生在芝加哥市郊区的一个乡村医生家庭。受家庭影响，自幼酷爱打猎、钓鱼和拳击运动，对音乐、绘画也颇感兴趣。第一次世界大战爆发后报名参军，由于眼睛受过伤而没能成为一名战士，后来作为红十字会的成员在意大利前线当了一名救护车司机。在战争中身负重伤，经过13次手术，从身上取出200多块弹片。一战结束后定居巴黎，并在那里开始了文学写作。二战期间，海明威曾用游艇协助正规军作战，在海上搜寻纳粹潜艇，受到了当局的嘉奖。其后又率领一支游击队，参加解放巴黎的战斗。

海明威的最初两部作品都不成功，销路不佳。1926年，《太阳照样升起》的发表使他进入了创作生涯中辉煌时期。从此之后，他的一系列杰作相继问世，主要有《永别了，武器》、《丧钟为谁而鸣》、《老人与海》和《过河入海》等。他那简洁有力的文体和多种现代派手法的运用，在美国引起了一场“文学革命”。

在西班牙潘普罗那的一个酒吧里，海明威豪情万丈，开怀痛饮。

海明威曾四次结婚，共有三个儿子。晚年由于恶疾缠身，身心备受折磨，精神十分抑郁。和其小说中的主人公一样，他也是猝然弃世而去：1961年7月2日，他用猎枪为自己传奇的一生画上了句号。

《老人与海》于1952年问世，常常被人们誉为世界文学作品中的一个奇迹，因为它的创作只用了海明威八个星期的时间。究其历史，人们就不会如此惊异了。早在1936年，海明威在《老爷》杂志上发表了《在蓝色的海上》，其情节与《老人与海》几乎完全一样。当海明威写作《老人与海》时，保留了《在蓝色的海上》的基本框架，只是虚构了小说的背景与细节而已。

桑提亚哥是个独自在湾流里一只小船上捕鱼的老头，他连续下海去了八十四天，一条鱼也没有捕到。开始时有个叫曼诺林的男孩跟着他在一块儿，可是由于四十天他们连鱼影都没有见到，孩子的爸妈就让他离开了桑提亚哥，跟随着别的渔船出海捕鱼了。小孩看到老人每天划着空荡荡的小船回家，心里很难过，他总是帮助老人做这做那，有时还陪老人聊天。因为老人对他很好，是他教会他下海捕鱼的。和老人在一起，他感到非常快乐。

每当夕阳西沉、夜色弥漫着海岸的时候，老人躺在他简陋的茅屋里，总是一次又一次地梦见儿童时代见到的非洲。梦中，他看到了金黄色的海滩、高耸的海岬和褐色的大山，以及海滩上的狮子，它们跟小猫一样在幽暗的黄昏中嬉戏，他爱它们像爱曼诺林。

第八十五天，老人看准是个好天气，打算到远海上去打鱼。男孩为他准备好了新鲜的鱼食，并送桑提亚哥出海了。

那时天还没有完全亮，老人在黑暗中可以感觉到早晨的来临。他知道自己越来越远了，已经把陆地的气息抛在了后面，驶进了黎明时分海洋的清新气息里。他一向喜欢把海叫做Lamar，那是爱海的人们用西班牙语叫她的一个字眼儿。爱海的人们有时候也说些对海不满的话，但是他们的口气里总是把海当作一个女性。也有一些年轻的渔人把它叫做elmar，当作一个竞争者，一个敌人。但是老头儿总是将海当作一个女性，当作施宠或者被宠的女人，要是她做了卤莽的事儿呢，那也不过是她情不自禁。月亮迷住的海就像迷住了一个善良的女人一样，他想。

天还没大亮的时候，他已经送出他的鱼食，让船随着海流漂去。四个鱼食都抛在不同深度的地方，无论哪个钩子上都是香喷喷的，挺有滋味。

太阳从海上升起来了，老头儿看见别的船只低低地伏在水面上，船头都对着海岸，在海流中散开，向着海岸驶去。太阳越升越高，耀眼的光芒反射到他的脸上，强烈的光刺着他的眼睛。又过了两个钟头，太阳升得更高了，他望着东方的时候不再觉得那么刺眼了。现在他所望得见的只有三只船，看上去都很低矮，远远地靠在海岸的旁边。

中午，一条接一条的金枪鱼浮出来，他终于钓到了一条金枪鱼，他将金枪鱼当作诱饵又抛下水去。这一招真凑效，没过多久他看到钓丝动了一下，接着又是试探性的一下，这次拉得既不硬也不猛，老头儿心里一喜，他感觉到一百米深的钩子钩住了一条大家伙。他把两卷鱼丝也松开了一卷，钓丝从他手指间轻轻地滑下去的时候，他依旧感觉到分量不轻。他猜想那条大鱼嘴里正横衔着金枪鱼在黑暗里游开去。接着，下面越来越重了，他又放下去一段丝。鱼儿带着丝在海底慢慢游，老人想把它往上提一点，但是太沉重了，哪怕提一英寸都做不到。

大鱼不慌不忙地游着，鱼、船和人都在平静无波的水上慢慢地漂流。老人心里想，要是孩子在这儿该多好啊！过了两个钟头，太阳就要落下去了，也许它在太阳落下去之前会出来；要不然，也许会在月亮出来之前会出来。他多么想看到它啊，哪怕就只看一眼！

天黑了，老人砍断了其他的钓丝，这样他就可以腾出手来专门对付这条大鱼了。折腾了一夜，老头儿弄得腰酸背痛，手也出了血。眼前是茫茫无边的大海，除了偶尔飞来的水鸟，平静的海面上连一个人影都没有，他感到很孤单。但是他可以望见深黑的水底灿烂的光柱，望见伸到前面去的钓丝以及那种平静的奇异的波动。云彩正在堆积起来，等待飓风的到来。他向前望去，一群野鸭从天空中一掠而过，转眼就消失了，又倏尔出现，他知道，一个人在海上是决不会孤单的。

一天一夜过去了，老人始终紧紧地拉住鱼丝不放，他觉得手在抽筋，不听使唤了。要是孩子在这儿该多好，他会替老人揉一揉，这样肯定会舒服些，可惜孩子没有来。

钓丝逐渐在往上升，然后船前面的海面上鼓出了一大块，鱼终于露出来了。在阳光的照耀下，它浑身显得特别耀眼，头、背，都是深紫色的，身段两边的条纹被太阳照得现出了一片深紫色。它的吻长得像一根垒球棒，尖得像一把细长的剑，它全身从水里露出来，然后又像水鸟一样钻进了水里。钓丝也飞快地滑下去。

《老人与海》的封面

老头儿以前也看到过大的鱼，但是以前都是很多人在一起抓的，现在只有他孤零零的一个人，而且在远离陆地的海面上，他想这次他一定要坚持住，让这条鱼服服帖帖。他在内心里不停地祷告："蒙恩的圣母，祈祷这条鱼死去吧。虽然它是了不起的。"做完祷告，他觉得心里舒服多了，只是身上还有些痛。

太阳落下去的时候，他回想起了在卡萨布兰卡一家酒馆里的时候，他跟从西恩菲哥斯来的一个力气最大的黑人码头脚夫比赛扳手劲的情景。他们坚持了一天一夜。人们进进出出，裁判每隔四个小时就换一个。两个人，你来我去地打了一整夜的平手，黑人曾乘着酒劲把他的手压下去近三英寸，但是他还是把手恢复到了原来的位置，他深信自己能把黑人打败。天亮的时候，周围打赌的人看到他们僵持不下，劝他们判成平手，他却使出浑身力气，逼得黑人的手一直低、低，直到落在桌面上。从此，他使西恩菲哥斯的人失去了信心。他想只要自己想要胜利，不管谁他都能打败。

天又开始黑了，在九月里，太阳一落，天就会很快黑下去。他仍然在坚持着。他靠在船头的破木板上，把身子尽量地摊在上面。最初的一群星已经出来了。他觉得不孤单了，漫天的星星就是他遥远的朋友。

夜深了，他望着乌云往东边天上扩散开去，他所认识的星星一个接着一个地消失了。

现在他自己仿佛走进了深谷，风也已经停下来。他睡着了，他没有梦见狮子，只梦见伸展到远处的一大群海豚，这正是它们交配的日子，它们一跳跳到半空中去，然后又掉回它们跳上去时搅成的水涡里。接着，他又梦见了躺在村子里自己的床上，北风刮得很紧，他感到了寒冷。此后，他又梦见了迤长的黄色的海滩，看见黄昏中走上海滩的第一头狮子，接着别的狮子也出现了。他把下巴靠在船头的木板上，他的船在吹向海面的晚风里停泊着。在睡梦中，他觉得很快乐。

月亮上来很久，他还是没有醒来。船被那条大鱼拖着，在海上四处漂游。

在他出海后太阳第三次在大海中升起的时候，大鱼开始急躁不安地打转了。他使出浑身的力气把钓丝慢慢地往回收。他的两条老腿和肩膀随着拉钓丝时的摆动前后左右地晃荡着。他想，他将钓丝往回收一点，鱼转的圈就会小一些。这样，等它转到船边的时候，正好想办法弄死它。可是鱼还是照常慢慢绕着圈儿。

两个钟头以后，老人浑身都是汗水，累得连骨头也酸了。但是圈也一点一点地缩小。大约又过了一个钟头光景，老人觉得头昏眼花，担心自己的身体会抵不住。他向圣母祈祷着。而大鱼还是在一个劲儿地转圈。

大鱼转到第四圈的时候，他终于看清了它，他简直不敢相信这鱼会有那么大。老人打起精神将鱼拼命往船边拉。他尝试了几次，差点成功了，但是鱼很机灵，每回挨近又离开了。老人忍住一切疼痛，重拾当年的威风，把剩余的力气统统用出来，用来对付鱼的垂死挣扎。趁它再次游到他身边的时候，老人放下了钓丝，把它踩在脚下，然后把鱼叉高高地举起扎进那大胸鳍后面的鱼腰里，再用全身的力量把鱼叉往它肉里推。接着，大鱼又顽抗地做出了死前的最后一次挣扎。它从水里一跃而起，仿佛悬在空中，悬在老人的头顶。然后轰隆一声落到水里，巨大的浪花溅满了老人全身，溅满了整条船。

老人觉得眼冒金星，看不清东西了。但他松开了鱼叉上的钓丝，让它从皮开肉烂的手里慢慢滑下去。当他看得清楚的时候，他看见那条鱼仰面朝天，白亮亮的肚皮翻到了上面。海水顿时被染成了殷红的颜色。鱼一动不动，随着海水漂来漂去。

老人喝了口水，自言自语着："仗虽然打完了，还有好多辛苦的活儿得干呢。"他动手将鱼拖到他的船边，用一根绳子从它的鳃里穿进去，再从嘴里拉出来，将它的头绑在船头上。用一个套索拴住它的尾巴，另一个套索拴住它的腰，把它捆在船舷上。

他抬头望了望天，然后又看了看他的鱼，并把太阳留意地观察了一番。他想：不过是正午，飓风也正要刮起。

那条鱼真大，活像小船旁边绑着一只比它大得多的船。他割下一段绳子，又把鱼的下巴跟长吻绑在一起，使它的嘴不会张开，好让船行驶得更稳当。然后，他竖起桅杆，用

海明威与他心爱的猎豹在一起

绳索拴住那根给他当作鱼钩的棍子和下桁，他挂上了带补丁的帆。船开始移动了，他半躺在船艄向西南方驶去。

他们在海里走得很顺当，老人把手泡在咸咸的海水里，想让脑袋清醒些。头上有许多积云，还有好多的卷云，他知道夜里可能还要刮一整夜的小风。

鲨鱼的出现是必然的。当它们从深水里嗅到一股浓郁的血腥味，它们就会窜出来。它们游得很快，似乎毫无顾虑，一直追着船。一只鲨鱼飞快地靠近船后边，张开大嘴想去咬死鱼的肉。老人趁它正露出背为所欲为地去抢肉吃的当儿，用鱼叉对准它青色的脊背狠狠地打去，打得它顿时皮开肉绽。鲨鱼挣扎了一会儿，就沉下了海底。他不忍朝死鱼看了一眼，它已经被咬得残缺不全了。鱼给咬住的时候，他真觉得跟他自己身受一样。转而他又想，这要是一场梦该多好，但愿我没有钓到这条鱼，只是独自躺在家里床上的报纸上面。

“可是一个人并不是生来要给打败的，你尽可把他消灭掉，可就是打不败他。”现在倒霉的时刻就要来了，他得早想个办法，因为他知道还有更多的鲨鱼会跟来。他将刀子绑在一只桨上，时刻等待着该死的家伙的到来。

风在不住地吹，稍微转到东北方去，他知道，这就是说风不会减退了。老人朝前面望了一望，但是他看不见帆，看不见船，也看不见船上冒出来的烟。只有飞鱼从船头那边飞出来，向两边仓皇地飞走，还有就是许多黄色的海藻。他连一只鸟儿的影子也看不见。

在海里他的船走了又有两个多钟头，他歇了歇，不时从死鱼身上割下一些肉充饥，尽量增加自己的力气。此时，他又看到了两条鲨鱼正向小船游来。他站起来，忍着手里的疼痛把绑着刀子的桨高高地举起来，等待着鲨鱼靠近。它比刚才的鲨鱼精明些，它钻到了船底，老人集中精神注意着，趁它刚一露出身形就将刀子狠命地扎进它的饿身子。鲨鱼放开咬的死鱼，从鱼身上滑下去，死去的时候还吞着它咬下的鱼肉。

另一条鲨鱼一个劲儿在吃它的美餐，将小船弄得摇摇晃晃，老人寻机将刀子对准它的扁平的脑袋中央扎下去。它依旧咬住鱼肉不放，老人又把刀子从它的左眼戳进去，但这条该死的鲨鱼还是不放。老人将刀子抽出来再狠狠地戳进了它的脊背和脑子中间。鲨鱼终于去见它的同伴了。

老人看看死鱼，它已经被鲨鱼吃完了快四分之一了，而且吃的尽是好肉。他想，这可是一个人可以过一个冬天的肉啊！但是现在有什么办法呢，只有等着更多的鲨鱼来到。他真希望这只是一个美好的梦。这样结果或许会好些，至少他不会被鲨鱼轻易打败。

下一个鲨鱼来的时候他把刀子弄断了。当鲨鱼沉下去的时候，他连看都没看一眼，只管去掌他的舵。老人现在只剩下两把桨，一个舵把，一个短棍了，要是还有鲨鱼来了怎么办呢？他想，这一回自己被它们打败了。

太阳落山的时候，鲨鱼又向他扑了过来。老人将船桨紧紧攥在手里，守候着鲨鱼的临近。鲨鱼一过来就直奔死鱼银白色的肚皮，张大了口。老人狠狠地用船桨朝鲨鱼身上敲击，直打得它们狼狈逃蹿。但是老人毕竟太累了，他已经没有力气把它们打死，只能任凭着它们在附近转来转去。他再也不想朝那条死鱼看一眼，他知道它的整个身子已经被咬得目不忍睹了。当他跟鲨鱼搏斗的时候，天色已经渐渐暗淡下来，转眼又到了傍晚。他离哈瓦那太远了，根本看不到港口的灯火，只有风和紧张的帆。他感觉到自己已经死去了。但是摸一摸手，伤痛还在，身上到处都酸痛，才知道自己还活着，他很庆幸。

大约在夜里十点钟的时候，他看见了城里的灯火映在天上的红光，终于快到达海岸边了。现在他的身体又痛又僵，身上的伤口和用力的关节在寒冷的风里都隐隐发痛。他多想不再跟鲨鱼们斗呀！可是成群的鲨鱼还是向他的小船游过来，他用桨、用舵、用短棍不停地朝它们猛劈，他终于累得喘不过气来。他知道自己最终还是被打败了，而且一点补救的办法都没有。那条鱼被鲨鱼糟蹋得已经只剩下一副空骨架了。半夜里，鲨鱼再来咬死鱼的残骸的时候，他睬也不睬它们，他一心驾着他的小船朝港口驶去。

当他驶进小港的时候，海滨酒店的灯火早已熄灭了，他知道人们已经进入了梦乡。海上的风很大，然而港口却是静悄悄的。他将船系到岸边，收拾了一下桅杆和帆就顺着堤岸往家走。他太疲乏了，一路上走走停停，停停走走，上岸顶的时候差些跌倒。从岸边到他的茅屋他不得不坐在地上歇了五次。

走进茅屋以后，他摸黑喝了点水就躺到床上去了。他睡得很沉。

第二天早上，小男孩像每天一样，醒来就到老人的茅屋这边来。看着老人一身的疲惫和浑身的伤口，他忍不住哭了。他跑到酒店要了一罐滚烫的咖啡。老人醒来又沉沉地

美国1989年发行的海明威获1954年诺贝尔文学奖的纪念邮票

睡着了。曼诺林又将咖啡放在火上热了热。当老人最后醒来的时候，喝着热咖啡，看着他的小伙伴，他很开心。他跟男孩约定三天或者更久些他们还一起出海。

那天，人们看到这么大的鱼架时都很惊讶。有个人亲自下海用尺去量，还冲岸边的人嚷着说："这条鱼，从鼻子到尾巴足有十八英尺长呢！"下午，海滨酒店里也来了许多旅客，他们望着海水里漂浮的那根又粗又长的雪白的脊骨和后面那条庞大的尾巴，也不禁激动万分。

而在路边的茅屋里，老人睡得很沉，很沉。他依旧脸朝下，孩子坐在一边守候着他。这时，他又梦见了走动在非洲海滩的狮子。

（金松林）

飘

玛格丽特·米切尔（1900年-1949年）：在《飘》出版的当天，她的电话，每三分钟就响一次；她的房门，每五分钟就有人敲一次；她的电报，每七分钟就送来一份。在她家的门口，总有一大群人在静候着等她出来签名。

玛格丽特·米切尔是二十世纪三十年代美国文坛的风云人物，亚特兰大的“女英雄”，以孤篇横绝美国小说之林的才女。

玛格丽特于1900年11月8日出生在美国亚特兰大市的一个律师家庭，曾就读于华盛顿神学院以及马萨诸塞州的史密斯学院，后因母亲病逝而中途退学。二十二岁那年，她开始为《亚特兰大日报》撰稿。她经历过一次失败的婚姻。1925年与约翰·马尔什结婚，次年因腿伤辞去报社的工作，并在丈夫的鼓励下开始致力于创作。她决定创作一部有关南北战争的小说。南北战争期间，亚特兰大曾被北方军队所占领，这段故事后来成了亚特兰大居民茶前饭后的谈资，自然也就成了玛格丽特的重要创作题材。她自幼生活在南部城市亚特兰大，耳濡目染了美国南方的风土人情，这里的自然环境和社会环境成了玛格丽特创作的背景和源泉。经过十年的辛苦耕耘，这部小说终于在1936年6月30日问世，使玛格丽特一夜之间成为了当时美国文坛的风云人物和亚特兰大的“女英雄”。她引用美国诗人欧内斯特·道森的一句诗，把这部小说定名为《随风而去》（汉译为《飘》或《乱世佳人》）。《飘》的销售打破了美国出版界的多项纪录：最大日销量为五万册；前六个月销售量为一百万册；第一年销售量为二百万册。《飘》已被译为二十七种文字，传遍了全球，至今畅销不衰。

玛格丽特在《飘》这部作品中以细腻的笔法成功塑造了思嘉这一极其复杂的人物形象。有时你会觉得她很陌生，有时你又会觉得她很熟悉；有时你会恨之入骨，有时你又会爱之不及。但你始终都会觉得她是真实的，一直活灵活现地在你眼前闪动，这也正是这部作品深受世界广大读者深深喜爱的最重要原因。

严格地说，16岁的思嘉·奥哈拉并不十分漂亮，她脸上有两种特征：一种是母亲的娇柔，来自法兰西血统的海滨贵族；一种是父亲的粗犷，来自浮华俗气的爱尔兰。这两种特征的混合本是不太协调的，但这张脸上尖尖的下巴和四方的牙床骨、上挑的眼角、黑黑的浓眉和桂花般白皙的肌肤，确实使她看起来非同寻常，更何况她十七英寸的腰围是附近三个县最细的，丰满的胸部更是有目共睹。要是把艾希礼·威尔克斯撇开，克莱顿县的青年男子无一不为她着迷，而恰恰是这一点让思嘉非常苦恼。母亲爱伦严厉的管教和谆谆教导并没有把她爱尔兰血统的粗野直率和野心勃勃的占有欲消除多少。

这阵子，思嘉正在自家的塔拉农场和一对兄弟愉快地调情说笑，看着这对兄弟神魂颠倒的样子是思嘉最开心的事，虽然她并没有多少和他们其中任何一个订婚的想法。但兄弟俩无意中说出艾希礼明天将和媚兰小姐订婚的消息让他们失去了调情的销魂时光。他们突然发现高兴的光景已经消失了，思嘉虽然还在回答着他们的话题，但好像并没有在意他们在说什么，那双勾魂的绿色眼睛再没有在他们脸上快活地晃来晃去了。

送走了这对孪生兄弟，思嘉梦游般地回到椅子上。

艾希礼将和媚兰结婚了！

这位农场的公主愤愤地念叨着，艾希礼长挑的身材、高昂的头颅和沉思时忧郁的目光在她脑子里不停地闪现。他爱看书，会做诗，骑马打猎和赌钱他统统不喜欢，但他在这些方面做得比任何人都好。媚兰凭什么能和他结婚，艾希礼是爱我的呀！思嘉咬着腮帮，差不多要哭起来。

直到夜里，一个崭新的念头突然在她脑子里掠过：

“怎么，艾希礼并不知道我在爱他呀！”

思嘉回想起自己和艾希礼在一起时经常装得那样庄重、拘谨，一副“别碰我”的神气，他一定是爱而无望，所以才……

思嘉的心活络起来，她有了一个绝妙的计划，虽然她没有想得很详细、周密，但这也是她一贯的风格；虽然她也想到：“假如事情不照这个样子发展呢！”但她断然把这个想法从心里推出去。“现在我不去想它。”她坚定地说，这个任性的姑娘决心用新衣裳和漂亮的面孔做武器，去击溃命运。

第二天，打扮得漂漂亮亮的思嘉来到了十二橡树参加野宴。情况正如她计划那样，她身边至少有一打以上的小伙子围着她转。她言笑晏晏，她薄怒轻嗔，一切都那么的轻松。她的一双妙目却在不停地顾盼，她在寻找艾希礼，想让他看到自己现在的情形。但她却注意到一个人正在远远地注视她，一遇上她的目光，他便笑一下。他那两片红红的嘴唇在修剪得很短的黑髭须下往下弯着，一双黑溜溜的眼睛闪烁着自信和轻蔑的光芒，他的微笑多么令人不快呀。

思嘉打听到那个人叫瑞德·巴特勒，是查尔斯顿人。他曾和一个姑娘过夜，却不愿娶她，还说她是一个蠢女人。这引发了他和那个姑娘哥哥的一场决斗，他杀死了那姑娘的哥哥，只好离开家乡。人们因此认为他不是上等人，大都不愿意接待他。不知为什么，思嘉不禁对这个人产生了一丝敬意，他拒绝和一个蠢女人结婚哩！

思嘉终于得到了和艾希礼单独在一起的机会，这是她计划中最重要的一部分。但是，昨晚她并没想好见面时要说什么话。爱尔兰粗人的血脉发挥了作用，她直率地告诉他她是多么爱他，要他抛弃媚兰和她结婚。但艾希礼对婚姻的理解和思嘉并不一样，说他们两个不是一类人，结婚不会幸福的。羞愤难当的思嘉不禁咒骂起来，接着狠狠地抽了他一记耳光，但艾希礼一点儿也不生气，向她躬躬身子，走了。她愤怒地抓起一只瓷碗狠狠地摔在炉台上。

“这就太过分了。”沙发深处传来一个声音。接着思嘉眼前出现了瑞德·巴特勒高大的身影。——他正巧在这里等人。

“窃听鬼。”思嘉愤愤地叫起来，这样丢脸的事居然让他看到！

瑞德倒不介意思嘉的愤怒，他夸奖思嘉是一个特别的姑娘，她急风暴雨般的性格里一点儿也没有别的姑娘那样的温顺、傻气，实在是有趣得很。他还说艾希礼是一个畏畏缩缩的可怜虫，居然看不到这一点。这激发了思嘉更大的怒气。瑞德微笑地看着思嘉气冲冲地离开。

思嘉再次来到野宴上，这次她想法子让媚兰的哥哥查尔斯鼓起勇气向她求婚，然后答应了下来。

过了两个星期，思嘉就结婚了。不久，南北战争爆发，两个月后，查尔斯病死在部队，更叫她惊慌的是她很快便做了母亲。

在塔拉农场，思嘉的心情非常烦躁。不过这并不全源于死去了丈夫，而是艾希礼也入伍了；还有不能穿艳丽的衣服，不能自由地和小伙子调情——她已是查尔斯的遗孀了。

查尔斯的姑妈皮蒂帕特小姐来信邀思嘉去陪她。这样，思嘉和媚兰就都来到了亚特兰大。思嘉惊奇地发现，才几年工夫，亚特兰大就由一个不起眼的小市镇变成了一个喧闹的大城市。她不知道，由于战争，这里已成为了南部重镇。思嘉不由分说就喜欢上了这座年轻的城市。

在为战争组织的义卖会上，思嘉又遇上了瑞德。他这时正在封锁线上跑生意，人们叫他巴特勒船长。

太太姑娘们捐过首饰后，米德大夫要求会上的先生们花钱请女士跳舞，所得的钱归医院。思嘉作为寡妇本来不在被邀请之列，但瑞德看出了她的心思，他出一百五十美元一曲的高价请她跳舞，这使她忘记了以前对他的憎恶。

瑞德看出新寡的思嘉不甘寂寞的心思，用一百五十美元一曲的高价请思嘉跳舞，思嘉喜出望外，两人翩翩起舞。

第二天，瑞德花大价钱为媚兰赎回了她昨天捐出去的婚戒；再加上他跑封锁线的英勇事迹博得了媚兰极大的好感，以致后来人们指责他是个投机商人而不愿接待他时，媚兰还让他在家里走动。

战争进行到第三年，物资已变得非常紧张，但瑞德从封锁线上给思嘉带来了非常难得的漂亮衣物，并坚决不要她的钱。思嘉不顾皮蒂姑妈的反对，通通收了下来。

期间，艾希礼回来了一次，停留十几天后又回到了前线。临别时，他郑重地请求思嘉照顾媚兰。和瑞德一样，他早就看出了南方人不是对手，但这并不妨碍他为南部联盟英勇地战斗。

战争越来越艰难，南方的老头和少年甚至黑人都不得不开往前线，瑞德却因为战争赚了更多的钱。他还常到思嘉这里串门儿。思嘉发现他每次都能看透自己的心思，这让她既愤怒又无可奈何。另外媚兰怀孕了，这更让思嘉受不了。

南方伤兵横七竖八地躺在亚特兰大市中心

围城开始了，亚特兰大人听到了战争的炮火声。紧接着城破了，北方佬就要来了，更要命的是，媚兰正赶上这个时候生孩子。因为艾希礼的嘱托，她不能抛下她不管。幸亏瑞德偷来了一匹老马和一辆马车，但把他们送出城后就回去了。他也拿起枪参加了这场战争。他这次中途离开让思嘉恨透了他。

思嘉坐在瑞德偷来的马车上，离开战火纷飞的亚特兰大。

思嘉带着濒死的媚兰和她新生的婴儿，以及一个愚蠢的小黑人和吓坏了的孩子历尽艰险回到了塔拉农场。她满以为可以喘口气了，但她悲伤地发现，母亲死了，两个妹妹都病了，父亲也痴呆了，农场全毁了，一百多个黑奴走得只剩下三个，幸亏房子还没有烧掉。

第二天早晨，思嘉浑身酸痛、发僵，这是长途跋涉和颠簸的结果。她挣扎着起来。绕塔拉一周后，她辛酸地发现，塔拉可依靠的只有自己一个人了。

中午，她提起篮子到远处的地里去挖被北方佬糟蹋剩下的萝卜和卷心菜。当思嘉把沉甸甸的篮子挎在臂弯时，她已经下决心要过自己的生活了。她肚里空空，饿得不行了。这时她大声对自己说："上帝作证，北方佬是征服不了我们的。我要闯过这一难关，就再也不挨饿了，即使我被迫去偷去抢——上帝作证，我也决不再挨饿了。"

接下来的日子，思嘉负起了重担。她在家无情地发号施令，像下等黑人一样在田地里劳作，犁地、褥草、摘棉花，早起晚归，筹划摸索，哪里还像三年前的娇小姐模样。但饥饿仍久久不肯离去，除了思嘉和媚兰，人人都在喊饿。

一天，一个北方兵来到塔拉想偷东西。刚开始，思嘉害怕极了，但很快，无比的愤怒占据了她的心，思嘉开枪打死了他，得到了一匹马和一些财物。境况有了好转，她能骑马出去看看别处的情况了，还获得了邻里的帮助。

第二年4月，南方投降了，战争宣告结束。复员的士兵源源不绝地经过塔拉农场，吃点儿东西，过了夜然后继续跋涉回家。一个叫威尔·本庭的士兵患了肺炎，而且又没有家人，病好后，就留了下来。思嘉总算多了一位能出谋划策的帮手，尽管他的一条腿是用木头做的。

艾希礼终于回来了，但事情并没有由此变好。思嘉遇上了更大的困境：她必须拿出三百美元做税金，才能保住农场。思嘉找艾希礼商量，但他一点儿主意都没有，只是哀叹自己破灭的梦。思嘉不顾一切地求他带她逃到很远的地方去，以卸下身上这副重担。艾希礼没有答应，只是把一小块泥土放在她的手心。

思嘉发誓要保住塔拉这块自己奋斗和幸勤劳作过的土地。她动手把自己打扮好，再次来到了亚特兰大，想找瑞德借钱，但这时他已被关押在监狱里。思嘉找到他时，装出一副富足的模样，想去勾引他，但她那双满是血泡和老茧的手出卖了她。瑞德再次看穿了她的心思，不但没给她钱，还好好地奚落了她一番。

思嘉绝望地离去时，意外地碰到了弗兰克·肯尼迪。她是思嘉妹妹苏伦的情人，但当思嘉知道他有五百以上的美金时，心中打开了主意：如果妹妹嫁给他，那么她绝对不会拿三百美元去拯救塔拉的，还不如……

她下决心要把这个老男人弄到手。两个星期后，她如愿成为了肯尼迪夫人。她拿到了三百美元，塔拉保住了。

婚后的一天，瑞德又出现了。他嘲讽思嘉连两个星期都不肯等他，然后又告诉了他在监狱里不给她钱的缘由。得知他有五十多万美元时，思嘉后悔得差点儿背过气去，不过她最后还是从他那儿借了一笔钱买下了她向往已久的木材厂。

虽然亚特兰大没有一个女人自己做生意，但思嘉一想到塔拉和那些饥饿的日子就不由得燃起对金钱的渴望。她不顾一切反对，每天早出晚归，东奔西走地打理木材厂。她和许多男人打交道，包括一些名声很坏、很凶狠的男人；她从别人那里抢走生意，和客户讨价还价；还投机取巧，以次充好；她精力充沛，主意更是一个比一个精。很快她就赚了钱，但是她没有把钱给弗兰克，而是把大部分寄回塔拉，那里有她心爱的红土地和艾希礼。

1866年的春天，亚特兰大处于一片破坏和混乱之中。思嘉又怀孕了，彼得也不能替她赶车了，她只得自己赶车到处跑生意。她这段时间每天都在那段以混乱著称的街道上遇上瑞德，而这时，他每次都要跟在她马车后和她聊会儿天，直到过了那个街区。这让她感到安全了很多。

因为父亲的死，思嘉又回了一次塔拉。葬礼后，威尔和苏伦成了婚，思嘉做通了艾希礼的工作，让他到亚特兰大帮助打理木材厂。

思嘉生了一个女孩后不久，在她的坚持下，她又跑开了生意。她现在有两家木材厂，其中艾希礼打理的那一家总是亏钱，但思嘉固执地认为像他那样聪明的人很快就会扭转局面的。

3月的一天下午，思嘉又独自一人赶车去木材厂。这一个木材厂由约翰尼·加勒格尔打理，他残暴成性，但出的木材总是最多。最近思嘉由于想降低成本，雇了犯人放到他手下，她赶过去后发现那些犯人个个疲惫不堪，身体弱到极点，还常常挨打。原来约翰尼把思嘉给他的生活费都贪污了，思嘉怒不可遏，大声怒斥约翰尼。但约翰尼毫不让步，还以辞职相威胁。思嘉想到要挣钱，只得让步。当她愤愤地朝家赶，路过棚户区时碰上了两个歹徒，正在危急时刻，幸亏塔拉农场原先的黑奴——大个子萨姆出现，才打跑了他们。

当晚，弗兰克和艾希礼带领一伙三K党的成员，袭击了棚户区，杀死了袭击思嘉的那两个人。但北方人对此也有所准备，双方一交火，艾希礼他们只得四散奔逃，在逃跑的过程中，弗兰克和另一个人被打死，艾希礼也受了伤。幸亏瑞德冒死设计帮他们，才让他们脱离了被绞死和远走他乡的危险。

第二天夜晚，思嘉一个人坐在卧室里。她想着自己怀着一颗冷酷的心嫁给弗兰克，利用他，欺负他，他却为自己死在北方人的枪下。而更难受的是眼下全城的人都轻视她，说她不守妇道，以致惹来麻烦，说弗兰克是死在她的手上。思嘉又愧疚，又惧怕，心里难受极了，孤独极了。这时她听到一个男人的声音，是瑞德！他说要来见她，这使她非常高兴。仆人还在阻拦，她赶忙跑出来。

“我马上就下来，瑞德。”她喊道。

她为自己的举动感到惊讶，弗兰克的尸体还在客厅里呢！

思嘉更没想到，瑞德除了来听她的诉说外，还是来向她求婚的。

瑞德的声音总是不紧不慢：“我一直想得到你，思嘉，自从我第一次在十二橡树村看见你又摔花瓶，又咒骂，我就想得到你。我也有钱呀，思嘉，我不能一辈子老等着你，希望在你更换丈夫时得到你。”接着他紧紧地抱住了她，吻她，恳求她答应他。她没来得及思索，一个“好”字轻轻地脱口而出，她说这个“好”字是很自然的——很像是神明的干预，一只比她更有力的手介入了这件事情，为她解决了问题。

三个月后，两人结婚的消息传出去，全城轰动。人们显然不能同意他们最讨厌的人结为夫妻，亲人们更是纷纷反对，甚至媚兰也不看好这场婚姻，但思嘉对此丝毫不为所动。

思嘉和瑞德在奥尔良度的蜜月，这段时间思嘉每天都愉快极了。她可以随心所欲地花钱购物打扮自己，穿低胸装，享受男人的垂涎和女人的嫉妒。只是到了晚上才会想起艾希礼，当瑞德抱着她时，她多么希望是艾希礼在她的身边。每当这个时候，瑞德总能发觉，他会收回自己的臂膀，狠狠地咒骂，然后离去，第二天再醉醺醺地回来。

回到亚特兰大，他们建起了全城最豪华的大房子。但日子并没有和美地过下去，他们俩总是吵嘴，幸亏他们又有了孩子，是个女孩。瑞德高兴得不得了，给她取名邦妮。瑞德对女儿溺爱之至，常带着她出去，逢人就夸他的女儿多漂亮、多聪明。他对思嘉说：“我爱她，因为她是第一个完全属于我的女人。”

好久没有看到艾希礼了，但这一次看到他，思嘉心里又泛起了狂热的爱。回来时，她决心在肉体上也忠于他。于是她向瑞德提出了分居的要求，但瑞德并不在乎。他说：“世界上到处都有床，而床上到处都有女人。”看着他这副冷冰冰的模样，不知为什么，思嘉心中又悲切起来。

瑞德开始变了，他变得愿意讨好城里所有的南方人，帮他们，参加他们的行动，和他们站在一起对抗北方人，很快他就得到了南方人的拥戴和热爱。而这一切他都是为了女儿以后的前途。看着他对女儿的爱，思嘉心里有些不是滋味，但总是不肯承认这一点。

这天是艾希礼的生日，媚兰为了给他一个惊喜，要思嘉去木厂想法稳住他到晚宴开始时再回来。思嘉特意把自己打扮得漂漂亮亮。见面时，她忽然发现艾希礼已不年轻了，头发已变得灰白，再也无复当年的模样。她不由得一阵辛酸，两人不由自主地搂在一起。

但很奇怪，思嘉这一次没有了当初的狂热心跳，感觉自己抱着的不是爱了好多年的一个情人，而是一个老朋友。

瑞德粗暴地抱起思嘉走向卧室

忽然，艾希礼一声惊叫，原来他的妹妹吉英不知不觉站在门口。

思嘉又惊又惧，匆匆地离开。她知道自己闯了大祸，不用多久，这事就会传遍全城。因为吉英正是她的死对头。再说，她多么不愿意伤害媚兰呀！

当晚，她还是参加了宴会，是给瑞德逼着去的；他说为了邦妮，她必须去，他宁愿自己的妻子是个娼妇，也不愿她是个懦弱的女人。这话激怒了思嘉。

诚如思嘉所料，宴会上的人都对她无比冷淡，甚至随时会跳起指责她。但媚兰让她帮她接待客人，女主人的袒护总算镇住了大家，思嘉得以平安地回到家里。

躺在黑暗的卧室里，她想今晚瑞德一定不会在家过夜的。她觉得自己很难受，想到饭厅里找一点儿白兰地，她以前常这么做，但没人发现过。

她走下楼，惊讶地发现瑞德正在饭厅里等她。他死盯着她，眼里冒着奇异的光焰，他无情地嘲讽和咒骂她，但当他嘲笑艾希礼时，再一次激怒了思嘉。瑞德根本不容她反抗，粗暴地抱起她，把她扔在卧室的床上，然后像山一样扑在她身上。瑞德灼热的嘴唇和强有力的拥抱让思嘉意乱情迷，双手不由自主地搂住他的脖子，嘴唇也热烈地回应着……

第二天思嘉醒来时，瑞德已出去了。回味起昨晚的销魂时光，她感觉到新娘一般的羞涩和热情。更高兴的是，她明白了一个事实：瑞德是爱她的，而这样她就可以控制他了。她可以再次像对付以前那帮年轻的追求者一样控制他，必要时举起手中的鞭子。要知道她平生不能控制的只有两个人，一个是艾希礼，一个是瑞德，这是多么美妙的事呀！

但事实并不如她所想，瑞德走后直到第三天早上才回来；然后冷冷地告诉他，他准备带女儿去看祖母，甚至没有说归期。这给思嘉一个严厉的打击——瑞德还是不爱她。

好不容易挨过了三个月的思念和寂寞，瑞德终于回来了。思嘉亲热地吻着女儿，然后告诉瑞德她怀孕了。但瑞德并未表现出惊异的表情，只是冷冰冰地问：“谁有幸做父亲？是艾希礼吗？”这让思嘉怒气勃发，她冲上去想抓他，却没防备脚下光滑的地板，她从楼梯上摔了下来，肋骨受了伤，孩子流产了。

思嘉虚弱地躺在床上，觉得自己快要死了，她多么想要瑞德在她的身旁，但在身边的只有媚兰。她伤心极了，却不知道瑞德整夜望着她的房门，不吃不喝，只是抽烟。当媚兰告诉他思嘉好了一些时，他竟用手捧住头痛哭起来，责骂自己害了她，同时也为思嘉心里没有他而痛哭。

一个月后，思嘉身体复原了。为了让她不再操劳，瑞德暗地里给了媚兰一笔钱，让她给艾希礼买下木材厂，因为他知道只有艾希礼才可能买到思嘉心爱的木材厂。

瑞德看思嘉的时候少了，也很少和她谈话，只是维持一种冷淡的客气。他把所有的爱都放在了女儿身上，带她参加各种社交活动，给她买了一匹小马。

那天早晨，邦妮穿上骑马服，骑着那匹小马冲向高栏。她回头向母亲高叫："妈妈，看我这一下子！"思嘉突然一阵心悸，大叫一声："邦妮，别跳！"可一切都晚了，邦妮一头栽下马背……

孩子竟这样死了！瑞德崩溃了，他整日抱着女儿，粗暴地阻拦着人们把邦妮下葬，直到媚兰去做他的工作，他一向只敬重媚兰。

邦妮下葬后，思嘉慢慢平息了心中丧女的伤痛，但另一种伤痛却在没日没夜地滋生：瑞德不是以前的瑞德了，他不再笑，不再嘲讽，昔日英俊强健的身躯变得虚浮，夫妻间只有冷淡的客气，看思嘉的眼神变得冰冷无比。晚上即使是思嘉有意把房门虚掩，他也绝不会踏进来一步，思嘉感到一种不可名状的恐惧和焦虑。

媚兰太爱孩子了，她一心想给艾希礼再生一个，但是怀上后才三个月就流产了，这一下要了她的命，她虚弱的身子根本就经不住这一下。弥留之际，她告诉思嘉要善待瑞德，又把儿子和艾希礼托他照顾。她终于给丈夫做了最后的评价：艾希礼，他不能干。

她不放心他。

媚兰的死让思嘉感到自己的身躯里失去一股力量，她想转向艾希礼求得支持。但找到艾希礼时，发现艾希礼也正在找她，他手足无措，无所适从，正想向思嘉寻找依靠，还絮絮叨叨地讲起他的梦。

思嘉脑子里陡然灵光一闪：艾希礼从来不爱她，她也从来没有真的爱过他。即使爱过，那也只是想像中的艾希礼，而不是现实中的艾希礼。

媚兰、丧事、孩子、艾希礼，思嘉觉得一种庞大的压力向她袭来，而此时，她只有一个想法，回家。

不要马车，不要陪同，思嘉在黑暗中急急地走，心里想寻找什么，但没有明晰的答案。当她走过五个街区，看到家的灯光时才猛然明白：家啊！就是她一路奔跑着要去的地方，就是回到瑞德身边啊！

只有瑞德有强壮的臂膀可以拥抱他，有嘲讽的笑声使她用正确的眼光看事物。他同自己一样，凡事讲求实际，艾希礼只是一个愚蠢地活在虚幻里的人而已。

此时她才明白：这些年来，瑞德一直悄悄地站在自己背后，爱着她，理解着她，随时准备帮助她。义卖会上看出她不甘寂寞的心思，亚特兰大陷落时偷来马车，恶梦中惊醒时安慰她，一个男人要不是对一个女人爱着发疯，他能够做出这样的事情吗？

"我爱他，"她对自己说，"我不知道爱他多久了，要不是艾希礼遮住了视线，我早就知道了。"

"我要把一切都告诉他，"她心里想。"他会理解的，我要告诉他我以前是多么愚蠢，现在又多么爱他，而且要报答他的一切。"

然而当她在客厅见到独坐的瑞德时，当他抬起头来看她时，那眼光中似乎有点儿什么使她大为惊讶，她呆呆地看着他，不知道怎样开腔。她害怕了。

"进来坐下，"他说，"她死了吗？"

她点点头，坐下。沉默了好一会，他才勉强轻轻地说："一个非常伟大的女性！"他忧郁的目光越过她的肩头凝望。等他的眼睛转过来看她，他的声音，变得轻松而冷静。

"那么她死了。这样一来，你倒是好办了，不是吗？艾希礼和你的梦想都会变成现实了。"

"不，瑞德，"思嘉的眼泪下来了，"你想错了。我是爱你的，亲爱的，我要把一切都告诉你。"

"你讲这些是没有用的。"

瑞德用手势制止她，自顾自地说下去：

"我怀着一个男人对一个女人的爱所能达到的最高程度去爱你。我曾准备离开，我做不到，只好经常回来，即使是冒着被捕的危险也要来找你。我爱你，但又不能让你知道，你从来没有爱过我。你对爱你的人总是残酷的。你接受他们的爱，把它作为鞭子举在他们头上。"

她觉得事情有些不妙，非常不妙。

"那天晚上，我把你抱上楼，……我怀着多大的希望，而你实际上不爱我，我回来时，哪怕出来迎接我一下也没有。你病了，我希望你叫我，也没有。我把邦妮当成你来爱，但这一切都完了，都完了。我已经四十五岁了，没有冒险的勇气了，我要走了。你，我再也不能管了，你懂我的话吗？"

她把两只手伸到他面前，手心朝上，这是一个古老的祈求姿势，她脸上也露出同样的表情。

“不,”她喊道,“我惟一懂得的是你不爱我,你要走!你走了,我怎么办?”

他迟疑了一会,琢磨了一会,耸了耸肩。

“思嘉,我从来就不是那样的人,不能耐心地拾起一片片碎片,把它们凑合在一块儿,然后对自己说这和以前一样。我已这么大年纪了,不能再相信纯感情的东西了。”

她默默地望着他上楼,心里渐渐地明白了:自己对命运中的两个男人都不明白;她如果明白了艾希礼,就不会去爱他;她如果明白了瑞德,就不会失去他。

巨大的恐惧和沮丧袭来,她坐了下来。

她想了很久,至于怎么做,她还是不清楚,她现在也不打算考虑这些。

但她具有她的家族那种不承认失败的精神,即使失败就摆在眼前。她把下巴高高翘起,对自己说:“我明天回塔拉再去想吧!明天,我会想起一个办法把他弄回来,毕竟,明天又是另外一天呢!”

(李安民)

苍　蝇

让－保尔·萨特（1905年－1980年）：仅就哲学方面的贡献而言，就足以使他永垂青史。然而，他的成就远不止于此。1964年，瑞典文学院以“他那思想丰富、充满自由气息和探求真理精神的作品，对我们时代发生了深远影响”而授予他诺贝尔文学奖。但独立特行的他拒绝接受，理由是他不接受一切官方给予的荣誉。

人们冠以萨特的头衔让人眼花缭乱：哲学家、文学家、评论家、政治活动家、无神论存在主义的代表、法国战后重要文学流派存在主义的倡导者、20世纪

让－保尔·萨特，独立特行的思考者，真理精神的探求者，对感情孜孜以求的“神圣恶魔”，万千荣誉集于一身的诺贝尔奖获得者。

世界思想发展史上一个里程碑式的人物、第二次世界大战之后西方一代知识分子的精神领袖。他绝对是无愧于这些称谓的。

1905年6月21日，萨特出生在巴黎一个海军军官家庭。他不满两岁父亲就去世了。他在外祖父家度过了他的童年时期，由外祖父将其抚养成人。1915年考入亨利中学，开始大量阅读叔本华、尼采等人的著作，这对他的哲学思想的形成及发展产生了深远的影响。1924年考入具有现代法兰西思想家摇篮之称的巴黎高等师范学校攻读哲学。1929年，他在全国大中学教师资格考试中获得第一名，并结识了名列第二的后来成为他终身伴侣的波伏瓦。1940年，萨特被德军俘虏，次年逃出，积极参加抵抗运动。50年代以后，萨特进入政治化时期，他的杰出政治活动，为他赢得了"20世纪人类的良心"的巨大赞誉。他与波伏瓦之间各有感情和性方面的艳遇，却彼此相安无事。"在青春期，当我能爱女人的时候，我是想要她的全部。""我不会结婚，永远单身，我要所有的女人——只要能搞到手。"这或许就是人们骂他是"神圣恶魔"的原因。1980年4月15日，萨特病逝于巴黎，万人空巷为他送葬，以表达深切的悼念之情。

萨特一生笔耕不辍，作品量大得惊人，覆盖面广，哲学、戏剧、小说、论文、新闻报道、电影剧本、歌曲——所有文类他几乎无不涉足，为后人留下了五十卷左右的论著。萨特生前发表了十一个剧本，其中《苍蝇》和《禁闭》被誉为现代戏剧的经典式作品。

《苍蝇》是他的第一部剧作，也是他的代表作之一。这部作品取材于古希腊埃斯库罗斯的悲剧《俄瑞斯忒斯》三步曲，讲述了俄瑞斯忒斯铲除篡位的暴君并为父报仇的故事，阐明人要用意志和行动去争取自由，完成生存的使命。

两个陌生人。一个是装束整齐、气宇不凡的年轻人；另一个保傅模样。当他们穿过阿耳戈斯广场时，满眼都是荒凉、沉寂、死气沉沉。死亡之神朱庇特的雕像静静地矗立在广场的中央，白着两眼，面带血污，神情惨然。无数的苍蝇围着他的雕像上下飞舞，像庆贺他们最后的丰宴，黑压压的一片，看着令人作呕。一个白痴坐在地上，蓬头垢面，面色苍白。这就是阿耳戈斯！深渊一般的阿耳戈斯！死亡之域的阿耳戈斯！

他们四顾茫然，偌大城市连一个可以问话的人都没有。等待在广场上，他们觉得时间变得如此的漫长，仿佛瞬间凝固了，一分钟竟似乎有一百年。

过了好久，他们看到广场的另一头有一群身着黑色丧服的老年妇女缓缓地走到神像面前，好像在举行着特殊的宗教仪式。总算可以找个人打听了，颓丧的心情终于松弛了下来。保傅走过去，向妇人们打听着这个城市的主人——埃癸斯托斯的家，而她们像遭到电击一般，显得神情异常惊慌，纷纷四下逃散。

无奈之下，他们只好边走边打听。当好不容易敲开一户户的门说明来意时，刚开启的门也慌忙关上。这很让他们纳闷，为什么一听到那个人的名字人们竟然显得如此紧张呢，的确让人迷惑不解。保傅只好带着侥幸的心理去向那个白痴打听，这家伙倒好，除了会像猪狗一样哦哦几声，什么都不知道。他们只能自认倒霉、晦气。

突然，有个熟悉的人影在他们眼前晃过。他们立即认出了他。那人面留长须，形象猥琐。保傅注意到这一路上这家伙总是暗中尾随着他们，暗地里猜测他可能是死亡之神朱庇特。在伊利亚特刚上船时，他们见到过他；在瑙普利亚处处碰到他；现在这家伙又跟踪他们来到了这里。他到底想干什么呢？真让他们琢磨不透。

为了弄清真相，保傅走上前去故意试探他。可那人却谎称他叫墨脱里奥斯，来自于美丽的雅典城，今天也是碰巧来到了这里。

然而，就在他们谈话的时候，不远的王宫中传来了令人毛骨悚然的呼号声，声音久久回荡在广场的上空，挥之不去。他们很是不解，这个城市到底在发生什么呢？保傅心里慌乱，只想拔腿就走，远远地离开这个死寂的地方。而墨脱里奥斯似乎对这里的一切了如指掌。他告诉他们这个城市正在举行一年一度的亡人节，呼号声是祭祀活动的开始。

原来，在十五年前，在这个城市发生了一件惊天动地的大事。一天夜里，当国王阿伽门农率领他的船队凯旋归来，正在浴室里沐浴更衣，王后克吕泰涅斯特拉和情夫埃癸斯托斯乘他不备，将他杀死在浴盆之中。

第二天，这个无耻之徒策动谋反，霸占了王位，当了这个城市的不义之主。一直到现在，他还在统治这个城市。为了假装表示他的悔悟，他下令整个城市所有的人在亡人节必须穿黑色的丧服，为被谋杀的国王服丧。此外，他还特意挑选了一个嗓门特别大的牧牛人在亡人节这天在王宫大厅中放开嗓门冲天呼号，悲声凄厉。

众神为了惩罚他们的罪恶，派了许许多多的苍蝇来到这里，让它们在这个城市的上空盘旋，铺天盖地，遮天闭日。自谋杀事件之后，整个阿耳戈斯的百姓失去了昔日的风采，变得死气沉沉，麻木不仁，奴性十足。

墨脱里奥斯还告诉他们，阿伽门农和克吕泰涅斯特拉曾经生有一儿一女。女儿叫厄勒克特拉，现在就居住在埃癸斯托斯的王宫里。而他的儿子，好像叫俄瑞斯忒斯。在他刚三岁的时候，埃癸斯托斯下令将他杀掉。但是，后来有传言说，那个执行命令的兵士动了恻隐之心，把他扔在了森林里，可能被雅典富有的自由民收养了。具体情况到底怎样，他一时也说不上来，不过他倒是希望他死，他真不敢设想要是哪一天这个孩子突然出现在这个城市将会怎么样，他也许会把父亲的仇人杀了，将阿耳戈斯掀个底朝天。想想都令人可怕！

萨特和他的生活伴侣波伏瓦在一起

当他问起他们的名字时，年轻人告诉墨脱里奥斯他叫菲勒勃，来自美丽的科任托斯，眼下正带着家奴云游四方。墨脱里奥斯奉劝他们离开阿耳戈斯，离开这个死气沉沉、苍蝇漫天的城市，即使到一支军队里当一员大将也好。这个城市的人现在生活在忏悔之中，在无边的苦海之中，他们的主人触犯了神灵，因此要遭受上天的惩罚。百姓必须每天都悔恨在心，任何时候都不能将自己的心从悔恨中移开。如果激怒了神明，他们将再次遭受弥天大难！

年轻人认为阿耳戈斯人的灾难与他全然无关，他只不过是一个路人，来自遥远的城市。加之，这个城市并不是他想像中的那么美好，尤其是到处飞舞的苍蝇令人恶心。他早就想离开这个该死的地方。听他这样一说，墨脱里奥斯高兴地走了。

他刚一走，保傅就提醒他的主子当心这家伙，他其实并不是墨脱里奥斯，而是朱庇特，可能做了埃癸斯托斯的耳目。而年轻人可不在乎这些，他回想着他的童年。他想起了十五年前在这里的生活，这里的风景，这里的人们，甚至他想起了他无辜死去的父亲，无耻的母亲，以及可怜的姐姐。他还想到了自己至今流亡他乡，失去了自己的土地和记忆，内心空虚，焦躁不安。面前的这扇城门，他是多么熟悉，他甚至回忆起自己年幼时在此玩耍的情景，它的每一块木板，每一条缝隙，门上他亲手划下的痕迹，显得多么亲近。如今，这里却不属于他，这扇熟悉的门对他已经变得无比的陌生。是啊，在这里又能干些什么呢，是到了该离开的时候了。他吩咐他的保傅去弄几匹马来，他们打算趁早离开这个伤心之地。

可保傅刚一走，年轻人就见到了一个少女提着篮子到朱庇特神像面前祭奠，她好像满腹牢骚。见此情景，他很是迷惑，不由地走上前去搭讪。姑娘告诉他她原本是阿耳戈斯的公主，可是父亲被奸人所害，她也沦为洗衣妇。这十五年来，她受尽了折磨，但是仍然满怀信心，等待自己的弟弟俄瑞斯忒斯来为她的父亲复仇，为阿特柔斯家族雪恨。她一直在等待着那一天的来临。年轻人听着，听着，内心不禁沸腾起来。少女邀请他留下来，参加她们的祭祀活动，她要当着他和百姓的面揭露出国王和王后——她无耻的母亲伪善的面孔。他欣然答应了。

他随着祭祀的人流，来到了祭祀的阿波罗神庙。祭祀活动还没有正式开始，许许多多的百姓在那里焦急地等待着，等待着。太阳热辣辣的光芒直射头顶，人群有些骚动，有些按捺不住的人在歇斯底里地喊叫，有些在大声地祈祷，也有些在期待着亡魂的降临。

埃癸斯托斯和他的王后克吕泰涅斯特拉终于出现在神庙的台阶上，身后是大祭司和一群披挂整齐的卫士，但就是还不见公主。仪式即将开始，埃癸斯托斯心中虽然不快，现在也顾不上找她算账。

大祭司、国王和王后在那里尽情地表演着他们的忏悔，为他们以前所犯下的滔天罪行悔恨不已。麻木的百姓，男人、女人以及儿童，也在尽情地祈祷亡灵的归来，为他们所做过的不洁的往事忏悔。他们乞求众神原谅他们所犯下的过错，乞求让他们心怀悔恨地活着。

看到这样荒唐的一幕，看着这对装模作样的淫夫荡妇，年轻人忍不住怒火填膺，他拔出长剑准备冲向埃癸斯托斯，可是墨脱里奥斯——朱庇特从后面一把抱住了他。

萨特在巴黎，他那炯炯的目光似乎看透了人性。

正在这时，公主厄勒克特拉没穿黑衫而是身着白衫出现在祭祀队伍的面前。埃癸斯托斯看到十分恼火，斥责她是在戏弄亡灵！群众也一片哗然，认为她是在亵渎神明！整个的祭祀活动突然骚动起来。

面对国王的淫威，她毫不畏惧。她历数他的无耻、卑劣、狡诈。她为她死去的父亲而痛心。她为她的城市而可耻。她为她眼下麻木的百姓而伤心。她撕裂了他们伪善的面孔，揭露了祭祀活动的卑劣。她控诉了她母亲的丑恶，并为他死去的父亲感到骄傲。

在神庙的台阶上，她白衫飘拂，翩翩起舞。她轻盈得如同跳动的火焰，她动人的舞蹈如风展旗帜猎猎作响。她伸开双手，面朝太阳。

此时，人群如流水涌动，人们仿佛突然从睡梦中惊醒，仿佛窥见了黑暗缝隙泄露的些微光亮。人群中有人在喊埃癸斯托斯欺骗了他们！

见此情景，朱庇特十分不悦，他发出咒语，瞬间山石滚动，轰然作响。人群不明真相，以为是公主的行为惹怒了神明，沉默了片刻之后，又对她大声斥骂。而厄勒克特拉却正义凛然，毫不畏惧。仪式结束后，国王威胁她，他将令他的部下可以在亡人节后随时随地处决她。人群也向她挥舞着拳头。

当人们四散而去，神庙又重新恢复往常的死寂。年轻人奉劝她赶紧跟他一起逃离这个城市到科任托斯去，以免招致杀身之祸。而公主却拒绝了他，她要留下来同他们斗争到底，要待在阿波罗神庙里等待着弟弟俄瑞斯忒斯来为父亲和她报仇。到时，她会亲自引领他去杀死杀父的仇人，让他们血债血偿！年轻人一再地催促她一起跟随他们一起离开，远远离开这个该死的城市，可是厄勒克特拉似乎主意已定，宁死也不向他们低头！

1985年法国发行的萨特的纪念明信片

年轻人实在没法，终于向她透露了自己的真实身份，他其实就是她失踪已久的弟弟俄瑞斯忒斯。这让她十分震动，幸喜不已！太巧合了，不是吗？人生往往就有这么奇异的时刻，它流落在我们不经意的生活里。

但是无论弟弟怎么劝，她都铁定了心不离开。她还要求他也留下来同她一起战斗，一起为父亲报仇，否则，她就不认他这个弟弟！再三思忖，他终于留了下来。

现在阿波罗神庙成了他们惟一的寄身之所。当冷静下来，她心底也很矛盾，她奉劝弟弟俄瑞斯忒斯回到科任托斯，回到那远离仇恨的地方。在阿耳戈斯，她担心他将被仇恨所淹没，将沉入到阿耳戈斯的深渊之中。可俄瑞斯忒斯的意志渐渐变得坚定，他宁可化作一把利斧，也要将这座城市劈成两半；他要手刃那对杀死父亲的狗男女，要叫他们血流遍地；要让他们四脚朝天躺在地上，面孔像被踩过的桑葚。两个相依为命的人紧紧地拥抱在一起。

黄昏时分，姐弟俩偷偷摸进了王宫。那里防护森严，士兵们在宫殿里四处巡视。突然，母亲和该死的埃癸斯托斯出现了。他假惺惺地自责自己不该惩处厄勒克特拉，并为自己过去所犯下的罪行表示悔恨。而克吕泰涅斯特拉却举止轻浮，她试图调情，还埋怨他不该将阿伽门农那老鬼的灵魂放出来，搅了他们的美事。

俄瑞斯忒斯和姐姐厄勒克特拉躲在宫殿后蠢蠢欲动。不料这时朱庇特上来向埃癸斯托斯通风报信，请求他加强防卫，并告诫有人想暗中杀死他。国王不信，而且不把他的话放在心上。这很令朱庇特生气。他现出了自己死亡之神的原形，并且逼迫埃癸斯托斯还要继续执行他的命令，安排他还要统治他的王国二十年，在这二十年里，要像以往一样让他的百姓心怀悔恨地生活，没有任何自由。他还将他刚才在阿波罗神庙里偷听到的一切含蓄地告诉了他，奉劝他警惕一场凶杀的来临。

埃癸斯托斯被这个魔鬼般的神明蒙蔽心灵几十年，心中很是不快，本来想违抗他的命令，但是为了保命，不得不按照他的意图行事。看着他那副惟命是从的样子，朱庇特高兴地离开了。

趁他身边没人，俄瑞斯忒斯从藏身之处一跃而起，将长剑深深地刺入了杀父仇人的心窝。埃癸斯托斯没有任何的反抗就倒地而死。当俄瑞斯忒斯请求姐姐带他到王后的卧室去时，厄勒克拉特似乎有些于心不忍，那毕竟是他们的生身母亲啊。俄瑞斯忒斯手提长剑独自闯进了后宫。不多时，传来了一声凄厉的悲喊，转而就沉寂下去了。克吕泰涅斯特拉亡命宫中。他们再次紧紧地拥抱在了一起。他们仿佛看到了晨曦，感到了自由的降临，体验到了新生的喜悦！夜色无尽地弥漫开来，但是无法遮盖他们的笑脸。

宫外的护卫听到喊声冲了进来。复仇女神厄里倪厄斯围拢过来。成群的苍蝇黑压压地飞过来。俄瑞斯忒斯和厄勒克特拉避开人群和苍蝇逃回了阿波罗神庙里。

可是复仇女神并没有放过他们。一夜之间，她们将美貌的厄勒克特拉变得面目苍老，丑陋不堪。她们还不断地诱惑俄瑞斯忒斯，让他为自己所作所为感到悔恨，可是他坚毅不拔，丝毫不为她们的言语所动。朱庇特也试图离间他们姐弟俩，用花言巧语怂恿着他们。无知的百姓也将神庙围了个水泄不通，他们对他姐妹俩咬牙切齿，恨之入骨，甚至要将他们四马分尸。

这时，保傅推门进了神庙将外面的情况告诉了他们，并叮嘱他们千万不能离开神庙半步，等待夜晚再寻找机会逃出去。俄瑞斯忒斯却不这样想，他觉得他等待他的臣民的时候到了，他期待的时间到了，他吩咐保傅将门打开。

一束阳光顿时射进神殿。外面人群如潮水呼啸，喊声山崩地裂，欲将他们除之而后快。但是当俄瑞斯忒斯跨出门槛的瞬间，人群却突然哑寂下来，好像刚刮过的风，风声已经停息，只有空气还在流动。面对沉默的人群，他从容不迫地说出了自己多年的心声：

“我十分忠诚的百姓，你们来啦？我是俄瑞斯忒斯，你们的国王，阿伽门农的儿子。今天是我加冕的日子……我知道，我叫你们害怕。十五年前的今天，另一个杀人凶手站在你们的面前，他的手套沾满鲜血，一直红到肘部。然而你们没有怕他，你们从他的眼睛里看出来，他没有勇气承担自己的行为，和你们是同样的人。罪犯承当不住的罪恶，就不再是谁的罪恶了，是不是？那几乎等于一场偶然的灾祸。你们欢迎了杀人凶手做你们的国王。过去的罪恶如同丧家之犬，轻声呻吟着，开始在城垣内四处游荡。阿耳戈斯的居民们，你们瞧着我，你们明白，我的罪行确确实实由我承担。我面对着太阳郑重表示，我愿意承担这罪行的责任，它正是我活着的目的，我的骄傲。你们既不能惩罚我，也无法怜悯我，正因为如此，你们才害怕我。可是，我的臣民们，我爱你们，正是为了你们我才杀人的。为了你们，我来讨还我的王位，你们不要我，因为我和你们不是同样的人。现在，我是你们的一员了。哦，我的臣民们，鲜血把我们联结在一起，我有资格当你们的国王。你们的过错，你们的悔恨，你们深夜的苦恼和忧虑，埃癸斯托斯的罪行，这一切都是我的亡人了。你们看，你们忠实的苍蝇离开了你们朝我扑来。不过阿耳戈斯人，请你们不要害怕，我不会浑身沾满鲜血就坐上被我杀死的人的宝座……我要做没有领土、没有臣民的国王。再见了，我的臣民，设法活下去吧：这里一切都是崭新的，一切有待开始。对我来说，也是如此，生活刚刚开始。奇异的生活。”

萨特和波伏瓦在巴黎的一次联欢会上

希腊斯库洛斯岛的风笛手用自己的身躯拯救了他鼠疫泛滥的城市。为了挽救自己的阿耳戈斯，神圣的俄瑞斯忒斯毅然走下了神殿，漫天飞舞的苍蝇蜂拥而至，遍布了他的身体，他转眼就消失了。复仇女神将他最终带入了阿耳戈斯无尽的深渊。

从此，阿耳戈斯恢复了往昔的美丽，鲜花灿烂，蝴蝶飞舞。

（金松林）

静静的顿河

米哈依尔·亚历山大罗维奇·肖洛霍夫是勇敢的战士，出身寒微的诺贝尔奖获得者。

米哈依尔·亚历山大罗维奇·肖洛霍夫(1905年-1984年)：“他对顿河流域的史诗般描写，以有力的艺术和真诚的创造反映了俄罗斯人民的一个历史阶段。”(1965年诺贝尔文学奖评语)

肖洛霍夫的创作活动一直延续了六十年之久，在苏联文学史上占有非常重要的地位，他的作品被译成八十多种语言，在全世界各国享有很高的声誉。

1905年5月24日，肖洛霍夫出生在顿河地区维辛斯卡亚镇附近的克鲁日林村，母亲出嫁前一直给地主家当女仆，生父是一个哥萨克下级军官。继父是平民知识分子，业余喜爱读书，经常订阅多种文艺报刊和书籍，为培养肖洛霍夫的文学爱好提供了良好的环境。1922年前往莫斯科谋生，先后当过装卸工人、泥水匠、会计员和办事员。1923年发表了第一篇习作小品文，从此便以写作为生，不断在各种报刊上发表小品文和小说。

1926年，肖洛霍夫开始着手创作长篇小说《静静的顿河》，到1940年完稿，历时十四年。《静静的顿河》的问世为他赢得了国际声誉，使他当之无愧地进入了本世纪世界杰出作家的殿堂。1941年6月，肖洛霍夫应征入伍，参加反法西斯的卫国战争，1945年9月获一级卫国战争勋章。1984年2月21日在维辛斯卡亚镇去世。

《静静的顿河》共有四部八卷，以两次革命（二月革命、十月革命）和两次战争（第一次世界大战、国内战争）为背景，生动地描写了动荡历史年代中顿河哥萨克人的生活和斗争。这部小说被公认为是一部磅礴壮观又细腻委婉、扣人心弦的“史诗性的巨著”，在艺术上具有强烈的感染力。

我们光荣的土地不是用犁来翻耕
我们的土地用马蹄来翻耕，
光荣的土地上种的是哥萨克的头颅，
静静的顿河到处装点着年轻的寡妇，
我们的父亲，静静的顿河上到处是孤儿，
静静的顿河的滚滚的波涛是爹娘的眼泪。

噢噫，静静的顿河，我们的父亲！
噢噫，静静的顿河，你的流水为什么这样浑？
啊呀，我静静的顿河的流水怎么能不浑！
寒泉从我静静的顿河的河底向外奔流，
银白色的鱼儿把我静静的顿河搅浑。

——哥萨克古歌《顿河悲歌》

静静的顿河，滚滚的波涛汹涌奔流……

哥萨克麦列霍夫家的院子坐落在村子的尽头，面对着日夜川流不息的顿河。他们的祖辈曾经参加过1878年的俄土战争，并从异国他乡带回了一个神秘的女人。人们谣传这个女人会奇怪的妖术，在一场瘟疫之中，竟然将她当作罪魁祸首活活整死了。她留下一个遗腹子，就是现在这一家的主人潘苔莱·普罗珂菲耶维奇·麦列霍夫。他娶了勤劳的伊莉妮奇娜为妻。她给他生了三个孩子，大儿子彼得罗，二儿子葛利高里和女儿杜尼亚什卡。一家人过得幸福安康，逍遥自在。

二儿子葛利高里长大后，喜欢上了邻居司捷潘·阿司塔霍夫年轻美丽的妻子阿克西尼亚。他初恋的堤坝一旦打开，汹涌的内心情感就像奔流的顿河一样不如汹涌澎湃。

阿克西尼亚也是一个苦命的女人，当她刚刚十六岁时就被禽兽的父亲强奸了。第二年，她嫁给了司捷潘。新婚之夜，司捷潘发现她是个不洁的女人，内心感到十分委屈。从此，他经常到外面瞎混，酗酒，搞女人。他还经常将她关在仓库和房间里，动不动就拳打脚踢。只有当她后来有了孩子，才稍有收敛，但是夫妻感情十分冷淡，生活像一潭死水。

丈夫离家远走之后，当年轻的葛利高里像一团火一样向她表达爱意时，这个受到爱情和婚姻创伤的女人内心死寂的情感火焰禁不住熊熊燃烧起来。很快，他们就频频幽会，并且经常在一起过夜。晚熟的爱情像蓝天上翩翩的白鸽吸引着这个年轻的女人。

但是，好景不长，流言很快传到了父亲潘苕莱的耳朵里。为了不给家庭丢脸，潘苕莱决定给儿子娶亲。两个年轻人虽然沉浸在爱河之中，但是也心存恐惧。他害怕自己不可逃避的亲事，而她害怕丈夫即将从前线归来。阿克西尼亚曾劝葛利高里带她远走高飞，可是他始终依恋自己的土地。后来，司捷潘从军营回到家后很快就发现了他们之间的隐情，他狠狠地将阿克西尼亚打了一顿。而潘苕莱也带着葛利高里去相亲了。

对象是鞑靼村首富米伦格·里戈里耶维奇·科尔舒诺夫的长女娜塔莉亚。娜塔莉亚不仅人长得漂亮，也勤劳能干。她喜欢葛利高里。虽然她父亲开始不大同意这门婚事，但是看到葛利高里那种哥萨克的勇敢和勤快，还是勉强答应了。他们很快就结婚了。新婚的生活并没有使葛利高里彻底放弃对阿克西尼亚的爱，她对他有着不可抗拒的诱惑力。虽然新婚后，他曾跟阿克西尼亚说过要结束这段感情，但他很快发现自己还是忘不了阿克西尼亚的黑眼睛闪烁着热情的光芒和贪婪的、诱人的嘴唇。而她也打定主意要将她心爱的男人从娜塔莉亚的手中抢夺回来。

日子一天一天在继续着，生活就像陀螺一样旋转着，每家都过着各不相同的、又苦又甜的日子。葛利高里和阿克西尼亚之间僵死的爱情在平淡的生活中又开始萌动起来。在一次去砍树枝的路上，他们俩相遇了……

终于在服役的前一年，在一个冬天的夜晚，葛利高里带着美貌的阿克西尼亚私奔了。他的妻子娜塔莉亚一气之下回到了娘家。此时的她，就像一个被车轮压扁了的女人，被丈夫无情地遗弃了。

葛利高里带着阿克西尼亚来到了邻村商人谢尔盖·普拉托诺维奇·莫霍夫家做长工。他做了马车夫，她在厨房打杂。

善良的娜塔莉亚始终盼望着自己的丈夫回到自己的身边，她在急切地等待着。她瞒着家人偷偷地给葛利高里写信，诉说自己的相思之苦。她盼望他回来，她并不是想拆散他和阿克西尼亚两个，她需要丈夫给她一个如何生活的理由。可是葛利高里狠心地回了一句“你一个人活下去吧”。她的精神彻底崩溃了。这时候的她既没有思想，也没有感觉，全心沉没在忧郁中，思念撕裂着她那充满屈辱和绝望的心灵。有一次在教堂里受到奚落后，她用镰刀割进了喉管，又将刀刃对准了自己的胸膛……

死亡之神并没有接走这个痛苦的女人，她重新活了过来，只是脖子歪了。1914年3月，她回到了公婆的家里。父亲为了挽救这场即将分崩离析的婚姻不断给葛利高里写信，要求他回家同娜塔莉亚重修旧好。而葛利高里给父亲的回信态度很坚决，他说：“切断了的面包皮是不能再合拢的。”加上战争迫在眉睫，他无法作出回家的决定。憔悴的娜塔莉亚日夜盼望着负心人的归来。

在炎热的夏天，第一次世界大战爆发了。

一列列红色列车装着成团的哥萨克和整连的炮兵向俄奥边境开去，战争的硝烟弥漫着整个顿河沿岸。

葛利高里也应征入伍，随着队伍开赴前线。在第一次参加的战斗中，葛利高里从蒙着一层水汽的望远镜镜片里，看到了战壕的褐色土坡和向城市溃逃的灰色人群。机关枪不停地扫射，喷出的子弹尖声呼啸着，像扇面似的在哥萨克们的头顶四散开去。他们已经冲到前面去了，马蹄扬起棉絮似的烟尘……

在葛利高里的胸中，冲锋前觉得血液汹涌奔腾的那块地方，这会儿好像麻木了，除了耳朵里的响声和左脚趾头上的疼痛以外，他什么感觉也没有了。

在紧张的战斗中，他遇到了一个奥地利士兵，他将长矛深深地刺进了对方的身体，接着又杀死了一个步兵。面对这样血腥的场景，他心中充满了罪恶感；脚步又乱又重，就像肩上压着不能承担的重负似的；憎恶、惶惑在折磨着他的心灵。他把马镫抓在手里，半天也抬不起那只

年轻的葛利高里英姿飒爽，剽悍不羁。

沉重的脚。

很快，葛利高里就适应了这样的残酷现实。在一次争夺城市的战斗中，他因为救了一位受伤的中校军官，还获得了一枚乔治十字章，并被晋升为下士。同他一起参军的哥哥彼得罗将这个消息写信告诉了家里，父亲非常高兴，也觉得很光荣。他拿着信到处给人看，因为他的儿子是村里第一个获得如此殊荣的人。

洪水奔腾泛滥，溢出河床，分成无数的支流。不知道它的洪峰会泄向哪个支流。一切都变幻莫测。人也在这样的生活中感到漂移不定。

葛利高里在战斗中眼睛受伤了，于是他被送到眼科医院，他在医院中认识了加兰扎——一位布尔什维克主义者。他把葛利高里还不明白的道理灌输给他，揭发战争的真正原因，恶毒地嘲笑专制政体。葛利高里想反驳，但是他仔细琢磨之下发现加兰扎是对的。在加兰扎来医院后的一个月的时间里，葛利高里的意识赖以存在的基础全部土崩瓦解了。当他们分手的时候，他紧握着马兰扎的手说："谢谢你，你使我开了眼界。现在我已是个睁开眼睛的人啦，而且……是个有仇恨的人啦！"随后，葛利高里转到了后方医院。

他出院后回到了先前和阿克西尼亚一起生活的地方。重新回到这块熟悉的土地，他热血沸腾，他多么地想见到日夜思念的情人哪！尤其让他无法忘却的是她那双美丽动人的黑眼睛，她深深地烙在了他的心底。可不幸的是，一个仆人告诉他，自他走后，阿克西尼亚和商人的儿子私通，他们可爱的女儿也久别人世。

这无疑是晴天霹雳！

美梦破碎了，心灵也破碎了。他的心里充满了愤怒的火焰。他将情敌和阿克西尼亚狠狠地鞭打之后，带着落寞，带着伤悲，带着梦的破碎，离开了那个曾经给他无限温存的地方，回到了自己鞑靼村的家。他的妻子，娜塔莉亚，用爱恋的热情和含泪的眼睛接纳了终于归来的、朝思暮想的人。

村里的人见到葛利高里的归来，对他充满了无限的崇敬。父亲也觉得很光荣。但是，这些奉承和和赞美的毒药，渐渐地把加兰扎在他心里种下的真理的种子毒死，从意识中抹去。那种从母亲的乳汁里吸吮的、培育了一生的哥萨克气质战胜了人类的真理。

前线的战争再次爆发了。

在家里住了几个星期之后，葛利高里作为一个出色的哥萨克重又回到了前线。他从心眼里不想跟这场荒谬的战争妥协，但又忠实地维护着哥萨克的光荣……

在战场上，他一有机会，就表现出忘我的勇敢和疯狂的冒险精神。他意识到，战争初期曾不断折磨他的那种惺惺相惜的心情已经一去不复返了。他变得冷酷无情和铁石心肠，就像大旱时的盐沼地一样，也像盐沼地一样不再吸水，葛利高里的心也容不得怜悯了。他怀着冷漠、蔑视的心情拿别人和自己的生命当儿戏。在部队里，他也因此以勇敢闻名——荣获四枚乔治十字章和四枚奖章。但是他知道，他再也不能像从前那样欢笑了；他很难再亲吻孩子，问心无愧地正视孩子那纯洁无瑕的眼睛了，因为他的两手早已沾满了鲜血。

娜塔莉亚用爱恋的热情和眼泪接纳了朝思暮想的葛利高里

战争的第三个年头，村子里的景况悲惨。潘苔莱·普罗珂菲耶维奇·麦列霍夫家也不像以前那样景气，只是院子还算整齐。这时，娜塔莉亚给麦列霍夫家添了一对双胞胎。这，使战争对家里的破坏多少得到了一些心灵的安慰，给战火中的家庭带来了希望和欢乐！

在喊杀声中，葛利高里没有思想，没有感情，只有疯狂地挥舞着的马刀发出的呼呼的厉响……

兄弟两个在前线顽强地战斗，很少写信回家，他们俩也渐渐走上了不同的道路。哥哥彼得罗在战斗中屡建军功，1916年秋天已升到了上士，得了两枚勋章，还准备到军校学习，他对战争充满了憧憬。而葛利高里逐渐对战争失去了兴趣，他日夜盼望着战争结束。

3月，村子里传来了推翻沙皇专制政体的消息。哥萨克们都很恐慌、不知所措。老潘苔莱也和其他人一样急躁不安，但是他认识到没有皇帝日子还是照样要过的，只是内心里暗暗在咒骂着布尔什维克。

在前线，二月革命的硝烟弥漫着哥萨克的心灵。

许多哥萨克对革命产生了动摇，开始厌倦战争。战争使得哥萨克疲惫不堪，他们盼望该死的战争快点结束，早日回到舒适而温馨的家中。这种仇恨战争的情绪很快就像瘟疫一样布满了前线的上空。渐渐地，很多人都不愿意再回到火线上去。

11月上旬，有关彼得格勒爆发十月革命的各种消息开始传到哥萨克的耳朵里。又过了些日子，就接到了正式文告，说临时政府已被推翻，政权转移到了工人和农民手中。有的人高兴，盼着战争马上停止；也有的人焦躁不安。在这样的情绪影响下，前线崩溃了。开始步兵们还只是零散地、没有组织地开小差，再往后就是整连、整营、整团的从阵地上撤退了。他们就像冲毁堤坝、波浪滔天的洪水一样向故乡奔流而去。

1917年深秋，哥萨克陆续从前方回到家中。

葛利高里没有回来。大家很少谈他，也不愿意谈他，因为他投向了布尔什维克。大家知道他已经和乡亲们分道扬镳了，能不能回头跟大伙走一条路——还很难说。

在十月革命以后，葛利高里觉得自己什么都不明白，他觉得晕头转向，就像在大草原上的大风雪中迷了路一样。可是生活逼着他必须弄清楚，不仅如此，生活还竭力把他往一个方向推。他自己也在迷茫中寻找出路。

在共产党员波乔尔科夫的影响下，他投向了布尔什维克。可是他并不十分明白布尔什维克到底是一种什么力量，他的心中仍然是疑云重重。在波乔尔科夫砍杀俘虏的那一刻，葛利高里眼中充满了泪水。

一次战役中，他负伤了。他决定回家。葛利高里是怀着既难过又高兴的复杂感情踏上返乡旅途的。难过的是在建立顿河苏维埃政权斗争的高潮中他离开了自己的队伍，高兴的是可以再见到自己的亲人，看到河水日夜奔腾的故乡。

连年征战使得他疲惫不堪。有时，他很想避开这个沸腾着仇恨的、敌对的和难以理解的世界。他身后的一切都像是一本糊涂账。脚底下的土路在摇晃，路也在消失。他曾倾心于布尔什维克——跟着走起来，还率领着别人跟着自己走，可是后来却犹豫起来，心灰意冷。他不知道到底应该依靠谁。他渴望和平、安逸，渴望在温馨的家中度过平静的生活。

家人高兴地欢迎着他的归来。他同乡亲们谈论着战争的局势，交流着内心的想法。

而前线的战争每天都在继续。

1918年初，顿河地区的形势不断地发生着变化。先是布尔什维克打败了白匪军，并在4月在顿河上游一些市镇组建了自己的军区。但是后来，白匪军又打跑了布尔什维克领导的赤卫军。下游的哥萨克也乘机发生了暴动。顿河的土地上已经血流成河！

鞑靼村的哥萨克由彼得罗率领，追赶着红军。彼得罗对哥萨克意志很坚定，所以他的心中没有葛利高里那样的选择上的痛苦。而沉重的苦闷压垮了葛利高里。

一直以来，葛利高里都对红军战士，对俄罗斯士兵，对那些不知道为什么他必须与之拼杀的人们依然怀有同样无止境的强烈的好奇心。他现在面对的敌人都是拥护苏维埃政权的，他认为他们都是竭力要夺取哥萨克的土地和利益的。在和红军交过几次手后，他逐渐憎恨起布尔什维克来。他们成了他生活的敌人，迫使他离开自己的土地。其余的哥萨克也是这样的情绪。他们都觉得之所以要打这场仗，全怪进攻这个地区的布尔什维克，双方都像争夺情人一样争夺土地。

日子像一条链子，一环扣一环地过着，似乎没有尽头。

夏天的时候，战士对战争的不满、疲劳和愤恨越积越深，葛利高里深信：到冬天战线就不复存在了。果然如葛利高里所想的，人们对战争的不满情绪汇成了巨大的洪流，任什么力量都不能阻止这股势如破竹的退却洪流。葛利高里偷偷地离开了自己的团队，哥哥彼得罗也回到了鞑靼村的家。在前线的哥萨克差不多都陆续离开部队回来了。

哥萨克在退却，红军的反攻使得哥萨克们每天都在不安中度过。虽然哥萨克回到了家中，可是日子还是在不安中好像变得更长了。谁也不知道以后的日子是什么样的。谁也不能预卜人世沧桑。

顿河沿岸全都过着隐秘、压抑的生活。阴暗的日子终于即将来临，不祥的消息从顿河上游，顺着布满哥萨克的村庄大大小小的河流传播开来。大家都害怕肃反委员会和革命军事法庭。他们要将所有跟苏维埃政权作对的人都一网打尽，他们有一张黑名单，葛利高里也名列其中。因此，他刚回家没几天，又立即仓皇逃走了。

本来已经胆颤心惊、闷闷不乐的潘苔莱明显地感到，是另外一些敌视他的原则在统治他的生活，迷雾遮住了前路，而生活却由平静的浅滩进入惊涛拍岸的峡谷。

而葛利高里想：生活中，各有各的真理，各有各的道路。只要太阳还普照大地，只要血管里还流着鲜血，人们就要为了一片面包，一块土地，为了生存的权利而斗争，而且不断地斗争下去。于是他再次参加了反抗暴动。他回到鞑靼村，号召所有的青年都拿起枪杆，参加战斗。

经过短暂的沉寂，暴动的消息又像滚滚的洪水，从顿河沿岸、从四面八方传来。红军也在增援部队进行围剿。

在战争中哥哥彼得罗被杀死了。葛利高里很伤心，他一路残酷地杀害俘获的红军，与红军激烈作战。不少暴动的哥萨克也加入了他的队伍。但是他始终摆脱不了痛苦和矛盾，不敢正视自己的思想，怀着对彼得罗的的思念在痛苦中度过一天又一天。葛利高里想：

“我率领的哥萨克去反对什么人呢？反对人民……究竟谁是谁非呢？”他以前被权力陶醉了。但很快，惶恐和痛苦压得他沉重难忍。

春天使河水欢腾起来。日子显得更有生气，碧绿的山水奔流得越来越响。暴动像洪水一样，波涛汹涌，泛滥开去，淹没了整个顿河地区以及顿河两岸方圆四百俄里的草原，战争达到空前未有的规模。一切都在战争中显得那么的恍惚和不可捉摸。在一次战斗中，葛利高里砍死了四个水兵，他生平第一次痛苦地喊叫：“弟兄们，我是得不到饶恕的！看在上帝的分上，砍死我吧……为了圣母……把我处死吧！……”战争的痛苦始终折磨着葛利高里。他又想起了阿克西尼亚，他永远忘不掉的人，永远深爱的人。他决定回一趟家。

因为哥萨克都打仗去了，所以鞑靼村显得空旷、寂寥。葛利高里进村没有遇见一个哥萨克。他在家里住了五天，在这五天中，他又和阿克西尼亚约会，他们又在一起了。而妻子娜塔莉亚也猜到了，但是她没有去证实。生活对于她来说实在是太痛苦了，但是她早已麻木。

葛利高里在家住了几天，重返前线。

激烈的战斗使得哥萨克们都处于绝望的情绪中，自从葛利高里在战斗中砍死了几个水兵以后，他一直处于一种冷漠无情的心理状态中。他生活中惟一留下的东西，就只有死灰复燃的、不能抑制的对阿克西尼亚的爱。在他们部队撤退的过程中，他托人捎信给阿克西尼亚，让她来一起生活。

1919年夏天，娜塔莉亚病倒了，病魔并没有夺去这个善良女人的生命。她就像草原上坚强的小草一样挺过了来。葛利高里几次战斗后又回到村里，他看到了自己善良的妻子、可爱的孩子。他觉得自己变得和以前不一样了，他从来就不是一个多愁善感的人，就连在童年时代，他也很少哭泣。可是当他看到自己的孩子，他的心就咚咚地跳得厉害。他在家里待了几天。走的时候，家里人都出来送他。他没想到，这一走竟然是同妻子的永别。

到了割草的季节，麦列霍夫家接二连三地遭到不幸！潘苔莱像霜打的树叶失去了往日那种生活的热情。娜塔莉亚从自己的情敌阿克西尼亚口中得以证实自己的丈夫同她住在一起之后，怀着彻底的绝望想打掉肚子里的孩子。由于她在堕胎过程中，流血过多，在回家后的第二天就离开了人间。临死时，她宽恕了这个她一辈子挚爱的人。没过多久，杜尼亚什卡因为发现自己患上了性病，投河自尽。整个家庭笼罩在凄风苦雨之中。

当葛利高里闻讯后回到家里，妻子已经下葬三天了。面对家庭的惨状，看着眼前一个个可怜的孩子，他感到无比地痛苦。对于生命中的两个女人，他爱她们，只是各自不同的爱，他甚至考虑过同两个女人一起生活，当然这是不现实的。妻子的死，让他觉得和阿克西尼亚之间的距离突然变得遥远。

带着十分复杂的心情，带着对亡妻的悔恨，带着对家庭的忏悔，带着对阿克尼西亚隐约的依恋，他又一次回到了前线。无边的战争的硝烟很快淹没了他，他参加了一次又一次的战斗……

单调乏味的日子一天一天过去，战争已经接近尾声。葛利高里知道白军的战败是不可避免的。在部队中他得知自己的父亲也已客死他乡，苦难的生活夺去了他一个接着一个的亲人。他的悔恨与日俱增。

温暖的南风已经刮了两天两夜了。阿克西尼亚在和葛利高里出来的途中生病了，被葛利高里留在了一个农民家里。她在病好后回到了鞑靼村。对葛利高里命运的关怀使得麦列霍夫家和阿克西尼亚之间的关系近了。

过了很长时间，葛利高里回来了，但是他再也看不到那个始终惦念自己的小儿子的母亲了。他的母亲在焦急地等待儿子归来的心情中死去。在这期间他的妹妹也和米什卡·科舍沃伊——一位共产党员结婚了。米什卡·科舍沃伊对葛利高里充满了仇恨。他想葛利高里这样的人是要被处死的。虽然葛利高里对他说他对他没有什么威胁。

葛利高里率领的哥萨克在红军追击下正在策马狂奔

1920年深秋，哥萨克们对余粮收集制度非常不满，在有些地方又有哥萨克发生暴动。他们就像是一批永远驯服不了的勇士，为了自己哥萨克的荣誉不停地战斗着。葛利高里在村子里呆不下去了，他害怕对他清算，毕竟他曾领导过这样的暴动队伍。他逃走了，后来他又成了土匪。在不断的交战和逃跑中使得葛利高里感到非常的狼狈和不堪。他决定带上阿克西尼亚走，在偷偷摸摸地回到鞑靼村接上阿克西尼亚以后，他们上路了。但是他们在逃跑的过程中，因遇上了征粮队的哨兵，阿克西尼亚中弹身亡。

他的生活全完了。生活对他来说，就像野火烧过的草原，漆黑一片。死神夺去了他最宝贵的东西。他在草原上流浪了三天三夜，后来又在森林里同逃兵为伍，可是他想念自己的儿子，想念自己的故乡。1922年早春，他不顾朋友的劝告，冒死回到了鞑靼村。

阿克西尼亚死了，葛利高里的生活像野火烧过的草原，漆黑一片。

在家的门口，他看见了儿子米沙特加，他紧紧地把他抱在怀里。这是他全部的生活的一切，这就是暂时还使他和大地，和这个在太阳的寒光照耀下光辉灿烂的大千世界相联系的所有的一切……

（金松林）

等 待 戈 多

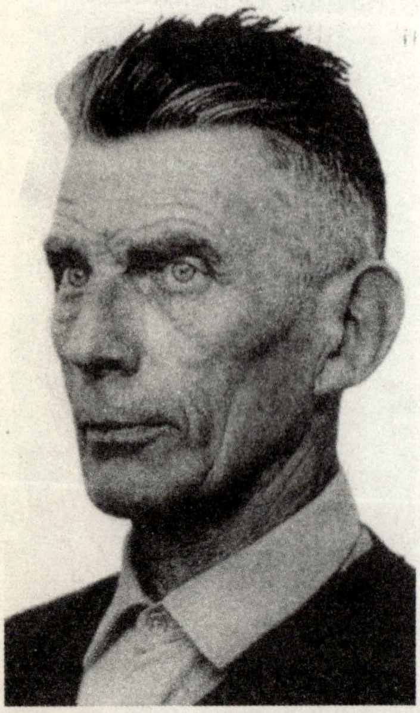

塞缪尔·贝克特（1906年－1989年）："他那具有奇特形式的小说和戏剧作品，使现代人从精神困乏中得到振奋。"法国作家贝克特在1969年荣获诺贝尔文学奖时，评奖委员会给他以如是评价。

1906年4月13日，贝克特出生于爱尔兰都柏林郊区的福克斯罗克。他首先就学于一家私立新教徒学校，之后在都柏林的厄尔斯福特宅学校读书，颇具才华，擅于交际，深受同学们的喜爱与欢迎。1927年获得柏林三一学院学士学位后到巴黎的一所学校给教师讲授英语，两年后返回都柏林，在三一学院讲授法语。1932年辞去教学工作，开始了旅行和创作时期。1937年起定居巴黎，次年出版了第一

塞缪尔·贝克特，他的作品能使人从精神困乏中得到振奋。

部小说《莫菲》。德国占领法国期间，他曾因参加抵抗运动而受到法西斯的追捕，被迫隐居乡下做农工。大约从1945年开始用法语进行创作，多数著作的第一版均为法文版本。1953年，他发表了《等待戈多》，这是静态戏剧创作的一种尝试，使他赢得了世界声誉。之后他还以同样的写作手法创作了《最后一局》等一系列作品。这些剧作无论就内容或形式来说都是反传统的，因而被评论家们称为“反戏剧”。

1953年，《等待戈多》在巴黎演出时引起了巨大的轰动，连续上演三百多场，成为战后法国舞台上最叫座的戏剧。贝克特也因而名声大噪，成为法国文坛上的风云人物。这部剧作剧情简单，对白颇少，但对观众和读者来说却有着强烈的冲击和戏剧效果。

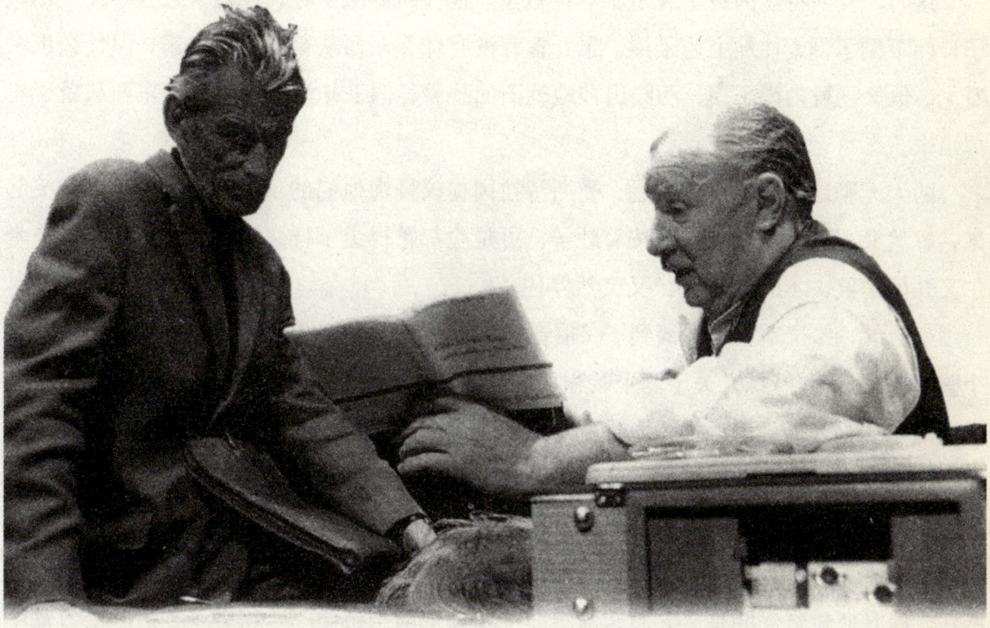

塞缪尔·贝克特在和演员探讨剧本

一天黄昏，一条乡村小路上，一棵孤树旁，爱斯特拉冈早早来到了这里。他坐在一个低矮的土墩上费力地脱他的靴子，用双手使劲地拉着它，但始终没有成功。他休息了片刻，又继续用力地拉着靴子。又休息了一会，仍旧继续。

这时，弗拉季米尔摆晃着双腿，迈着僵硬的步子过来了，边走边自言自语，还不时地品味一下自己的话语。他看到了爱斯特拉冈，高兴地提议为了庆祝他们的重逢，两人应该拥抱一下。可是爱斯特拉冈没好气地拒绝了。自尊心受到伤害的弗拉季米尔又问起爱斯特拉冈昨晚过夜的地方。爱斯特拉冈告诉他在一条沟里，并且还被一群不认识的人给揍了一顿。

弗拉季米尔开始感叹，如果这些年没有自己陪伴爱斯特拉冈，准保他现在已经是一堆枯骨了，因为一个人是无法熬过如此漫长的时间的。爱斯特拉冈却不理睬他，只是又开始自顾自地脱着靴子。弗拉季米尔对爱斯特拉冈没有好好听他说话有些生气。两个人没好气地互相指责起来，爱斯特拉冈指责弗拉季米尔干什么事情总是等到最后一分钟，弗拉季米尔却灵感突发地沉思起“希望迟迟不来，苦死了等的人”是谁说的。接着又自言自语起来，边说边脱下帽子，向帽内窥视，伸手向帽内摸摸，抖了抖帽子，又重新把帽子戴上。偶尔咕哝一句，又脱下帽子，向帽内窥视。“奇怪！”他敲了敲帽顶，像是要敲掉沾在帽子里的什么东西似的，再一次向帽内窥视。

这时，爱斯特拉冈终于脱下了一只靴子，他往靴内瞧了瞧，伸进手去摸了摸，把靴子口朝下倒了倒，往地上望了望，想看看有没有什么东西从靴子里掉出来，但什么也没看见。他又往靴内摸了摸，两眼出神地朝前面瞪着，似乎并没有看见任何东西从靴子里掉出来。

两人无聊地谈到忏悔的话题，爱斯特拉冈提议忏悔他们的出世，弗拉季米尔大笑起来，忽然又一下子止住了，他按着肚子，可是脸都憋得走了样。过了一会儿，弗拉季米尔又开始嬉笑，不断地嬉笑，又突然停住。

一会儿，弗拉季米尔又谈到了《福音书》，因为他发现，在四个《福音书》中关于两个贼的故事是不一致的。关于两个贼和耶稣同时钉在了十字架上以及两个贼以后的情况，只在两本《福音书》中谈及，而且就是这两本《福音书》中的描述也是各不相同。一本说，其中一个贼从地狱得救了，另一个贼万劫不复；而另一本说，两个贼因为耶稣不肯救他们的命都骂了耶稣，于是两人都永陷地狱，万劫不复。四个使徒在耶稣被钉死的那天应该都在场，可是不同的《福音书》内容竟不相同，弗拉季米尔认为这是问题的症结所在。而且使他奇怪的是，人们通常倾向于相信那两个贼中一个得救了，另一个万劫不复这样的描述。对此爱斯特拉冈回答道：“人们都是没知识的混蛋，像猴儿一样见什么学什么。”

一段对话结束，两人又无事可干。爱斯特拉冈欣赏起了景色，但这似乎也消磨不了多长时间，于是提议离开这里。弗拉季米尔不同意，说他们在等待戈多。爱斯特拉冈对等待的地点和时间提出了质疑，两人又争论了一番，可是并没有什么结果。无聊之中，两人建议可以上吊玩玩，反正这里恰巧有一棵树。可是，问题又来了：他们两个人一个轻一个重，如果轻的先来，而重的却因为体重弄断了树枝而没有被吊死，结果就会剩下重的那个人孤零零地活着。所以，为了保证两人都会死去，必须重的先来。这时，两人又对究竟谁轻谁重无法下准确的判断。无奈之下，两个人决定继续等待戈多，希望戈多能够帮他们提供些什么，以便他们答应或者拒绝。两人认为自己已经没有了立场，已经放弃了彼此的权利，好像他们的性命早已系在戈多的身上，一切只能听从戈多的差遣，没有反抗，只有顺从。他们似乎已经习惯了这样的生活。爱斯特拉冈从弗拉季米尔那里要来他仅有的一个胡萝卜，狂啃起来。

突然，不远处传来一阵恐怖的喊声，原来是奴隶主波卓赶着奴隶幸运儿来了。幸运儿的脖子被波卓用长长的绳子拴着，赶着走在前面。他两手提着一只沉重的口袋、一个折凳、一只野餐篮和一件大衣，而波卓只拿了一根鞭子大摇大摆地走在后面。波卓在路过爱斯特拉冈和弗拉季米尔的时候，停住了脚步。起先两人以为波卓就是戈多。波卓则对别人不知道他的名字很生气，不过他对于认识爱斯特拉冈和弗拉季米尔这两个“同类”很高兴，尤其是在赶了六个小时的路后。波卓一边说着，一边命令着幸运儿拿大衣、放凳子，幸运儿特别顺从地执行他的命令，并且只按照指示办事，不多做一点，更不少做一分。

随后，波卓又命令幸运儿将酒菜拿来，一个人独自享用起来。他喝一口酒，又把酒瓶放下，开始大口地吃着笋鸡，啃干净骨头后就随手扔掉。而幸运儿在没有指令的时候就打起盹来，身子渐渐地下沉，直到口袋和篮子都碰着地面，随后突然惊醒过来，一下子挺直身子，跟着又昏昏欲睡，身子逐渐下沉……

弗拉季米尔和爱斯特拉冈围着幸运儿转，上下打量着他，起初小心翼翼，越到后来胆子越大。一边打量还一边评论着幸运儿脖子上的脓包。爱斯特拉冈还怂恿弗拉季米尔问幸运儿一个问题，在弗拉季米尔刚刚鼓起勇气准备发问时，波卓却阻止了他们。看到波卓扔在地上的鸡骨头，爱斯特拉冈禁不住想要来再继续啃一啃。波卓说，这些骨头本来是应该给跟班吃的，如果幸运儿答应给你们，那你们就可以拥有这些骨头了。幸运儿沉默着，没有接受也没有拒绝这个要求。于是波卓慷慨地将鸡骨头给了爱斯特拉冈。爱斯特拉冈很同情幸运儿，问波卓幸运儿为什么不把行李放下歇歇，他注意到在他询问的时候，幸运儿用眼睛直直地看着波卓不敢做声。

波卓有些得意，确认每个人都抬头认真地听他讲话这才回答道：“他干吗不让自己舒服些？他当然有这个权利。问题是，他不要这个权利。因为他想给我好的印象，好让我留住他。他以为我一看见他拿东西拿得这么好，就会情不自禁地同意留他下来为我服务。事实上他拿东西的样子活像一只猪，这不是他做的工作。我并不仅仅是在他屁股上踢一脚，叫他滚蛋；相反地，现在我正要送他到市场去，把他卖个好价钱。事实是，像他这样的奴隶没法轰他走，最好的办法是把他宰了。”

这时，幸运儿哭了。爱斯特拉冈出于同情，拿着手帕想替幸运儿拭泪，不料，幸运儿却狠狠地在爱斯特拉冈的小腿骨上踢了一脚，爱斯特拉冈疼得嗷嗷直叫，边叫边喊着："猪猡，他把我的腿弄瘸了。"

波卓意气风发地讲述自己为什么要抛弃幸运儿，他承认如果不是幸运儿，那他的一切思想、一切感情都将是平淡无奇，但当幸运儿身上的精华都被学完之后，幸运儿的所作所为在他眼里就变成了无法忍受的东西，那些简直弄得他快要疯了。波卓的一番话起初语气很平淡，可是越说越激动，最后他竟然啜泣起来。显然，爱斯特拉冈和弗拉季米尔被波卓的情绪深深地感染了，对幸运儿先前的同情也已经荡然无存，取而代之的是厌恶。

波卓看了看表，他要赶到市场上去。爱斯特拉冈请求波卓留下，于是他就又留下没走。三人一边咏叹，一起欣赏着天空的颜色，他们相处得很融洽。波卓觉得这两个老实人日子过得有点无聊，而慷慨又是他的本性，所以他一定要为这两个人做点什么。

几番考虑之后，波卓让幸运儿跳舞或思考。幸运儿的舞跳得十分机械，大家都不满意。波卓感叹以前幸运儿是会很多种舞蹈的，如今却只能做这样的简单动作了，简直让人乏味。接着，波卓命令幸运儿思考，奇怪的是幸运儿只有戴上帽子的时候才会思考。

幸运儿开始思考，他思考着并且用语言表达着思考的内容，二者几乎是同步的。幸运儿的思考进行着，句与句之间根本没有停顿，思考的内容让波卓简直无法忍受，而爱斯特拉冈和弗拉季米尔却听得津津有味，时而还会对内容产生强烈情感。

波卓终于忍受不了了，拉动着绳子要求幸运儿停下，幸运儿没有停止，三个人就扑在幸运儿的身上，并且弗拉季米尔抢走了幸运儿的帽子，这才使得幸运儿安静下来。

波卓真的要走了，三个人互相道谢。经过这样一番折腾，时间被消磨掉了很多，可是夜幕依然没有降临，埃斯特拉冈和弗拉季米尔又继续等待戈多。等待中，他们谈论起了波卓和幸运儿，两人又对是否以前见过波卓和幸运儿产生了争论。这时，一个小男孩带来了口讯，说戈多先生今天不来了，可是明天准来。现在他俩人惟一可以做的就是在这个地方继续等待戈多。

第二天，乡村小路边上的那棵树上有了四五片叶子，爱斯特拉冈一个人来到了树旁，仔细地端详了树，然后来来回回走动着，又唱起了歌。

过了一会，弗拉季米尔也来了，看得出他情绪不是很好。两个人又碰面了，似乎他们都对两个人能够在一起而感到快活，于是他们开始筹划两个人待在一起该干什么好。弗拉季米尔提到了波卓和幸运儿，可是爱斯特拉冈似乎已经把他们忘记了，只是记得有个疯子踢了他的小腿骨，有个人给了他一块鸡骨头。他们又开始谈论他们所在地的景色，谈论那棵树上的叶子，用谈论一些无关痛痒的话题打发时间。

他们两个觉得无聊极了，可是又不能走，因为他们在等待戈多。弗拉季米尔建议爱斯特拉冈穿靴子试试，这样可以消磨时间，还就靴子这个话题，两人展开了讨论。

终于，两个人都厌倦了。这时，弗拉季米尔发现了幸运儿的帽子，很是高兴。他戴上了幸运儿的帽子，把自己的帽子脱下，递给爱斯特拉冈。爱斯特拉冈接过弗拉季米尔的帽子。弗拉季米尔将戴在头上的幸运儿的帽子整了整。爱斯特拉冈戴上弗拉季米尔的帽子，把自己的帽子脱下，递给弗拉季米尔。弗拉季米尔接过爱斯特拉冈的帽子。爱斯特拉冈又将戴在头上的弗拉季米尔的帽子整了整。弗拉季米尔戴上爱斯特拉冈的帽子，把幸运儿的帽子脱下，递给爱斯特拉冈……两个人就这样轮番折腾着三个帽子。

又过了一会儿，弗拉季米尔建议爱斯特拉冈演戏，他演幸运儿，爱斯特拉冈演波卓。弗拉季米尔发现他根本扮演不好幸运儿，因为他既不会思考也不会跳舞。这时，爱斯特拉冈惊呼着戈多来了！于是两人又开始向四处张望着，翘首盼望着戈多的到来。好久，好久，没有人来。无聊之中，两人又开始对骂。

在两个人正兴致勃勃地模仿树的时候，波卓和幸运儿来了，幸运儿和昨天一样依旧拿着沉重的行李，脖子上依旧被拴着绳子。只是绳子短了好多，因为波卓变成了瞎子，绳子短便于波卓跟着幸运儿走。幸运儿看到弗拉季米尔和爱斯特拉冈停了下来，波卓撞到了幸运儿的身上。幸运儿摔倒了，波卓也跟着摔倒了。波卓在地上痛苦地打滚，喊人来救他。爱斯特拉冈和弗拉季米尔见状开始讨论起来，讨论是否应该把波卓扶起来，讨论得到什么报酬才扶波卓起来。波卓开出了两个先令，可是俩人仍旧没有理他。

“我们等待。我们腻烦。我们腻烦得要死，这是没法否认的事实。好，一个消遣来了，我们怎么办？我们让它随便浪费掉了。来，咱们干起来吧！”弗拉季米尔说着向波卓和幸运儿走去，可刚迈步就停住了脚步。“在一刹那间一切都会消失，我们又会变得孤独，生活在空虚之中！”弗拉季米尔陷入了沉思之中。

“五个先令！”波卓大声喊着。弗拉季米尔冲过去扶波卓起来，可是他自己却跌到了。接着爱斯特拉冈来帮忙，他也摔倒了。于是此刻三个人都趴在地上。波卓的呼喊声搞得爱斯特拉冈和弗拉季米尔很不愉快，他们出手揍了波卓，好让他闭嘴。波卓痛苦地挣扎着爬向了远处。爱斯特拉冈和弗拉季米尔在一起又聊了一些无关痛痒的话题，觉得很无聊，便又站了起来。看到波卓那可怜相，反正要等待戈多，现在也没事干，为什么不把他扶起来呢？他们这样想，过去把波卓搀了起来。

波卓已经不记得昨天曾在相同的地方碰到这两个人了，甚至不记得自己是什么时候成了瞎子，他说是一天早晨，一觉醒来就已经瞎了，他甚至以为自己仍然在睡觉。爱斯特拉冈和弗拉季米尔要求波卓让幸运儿唱一首歌再走，可是波卓说幸运儿已经是哑巴了。

他们问波卓眼睛是何时瞎的，波卓却说不知道，瞎子没有时间观念。

两个人很是诧异，反反复复地追问到底他是什么时候哑的。

波卓显得很不耐烦。“你干吗老是要用你那混账的时间来折磨我？这是十分卑鄙的。什么时候！什么时候！有一天，难道这还不能满足你的要求？有一天，任何一天。有一天他成了哑巴，有一天我成了瞎子，有一天我们会变成聋子，有一天我们诞生，有一天我们死去，同样的一天，同样的一秒钟，难道这还不能满足你的要求？……他们让新的生命诞生在坟墓上，光明只闪现了一刹那，跟着又是黑夜。”波卓的情绪波动很大，他抖动了一下绳子，“走！”于是，波卓和幸运儿走了。

弗拉季米尔陷入了沉思，他想：别人受痛苦的时候，我是不是在睡觉？我现在是不是在睡觉？明天，当我醒来的时候，或者当我自以为已经醒来的时候，我对今天怎么说好呢？说我跟我的朋友爱斯特拉冈一起在这地方等待戈多，一直等到天黑？或者说波卓跟他的仆人经过这儿，而且跟我们谈话来着？很可能这样说。可是在这些话里有什么是真情实况呢？对这些他心里很是迷惑。他抬起头反复地看着他的朋友爱斯特拉冈，这家伙正在睡觉。他突然感到很孤独。

夜幕降临，一个小男孩捎来口信说，戈多先生今天不来了，可是他明天准来。爱斯特拉冈和弗拉季米尔起身想走，因为明天还要回来等待戈多，所以不能走得太远，心里很为难。他们又看了看树，商量着可以上吊，可是身上又没有带绳子。爱斯特拉冈解下了系裤子的腰带，两人各执一头用力拉起来，想确认一下腰带是否结实。不料腰带却断了。两人决定明天带一条好绳子过来，除非戈多来了，不然就上吊。但如果戈多来了，他们就得救了。弗拉季米尔同爱斯特拉冈商量好一起离开，可是两人都愣愣地站在原地，谁也没有迈步。

（金松林）

局　外　人

阿贝尔·加缪（1913年－1960年）："他在著作中以明察秋毫、热情关切的眼光照亮了我们这个时代人类良心的种种问题。"（1957年诺贝尔文学奖评语）

法国二战后有两位号称"精神领袖"的人物，其中一位就是法国作家加缪，另一位是萨特。作为诺贝尔文学奖的得主，加缪在法国20世纪文学史上占有很重要的地位，他的作品不多，而其中蕴含的精神价值和魅力却深刻地影响着一代又一代青年。作为生活在战争与动乱的世界中的一员，他深深地体会到保存并发扬传统人类价值的重要性。加缪的作品向人们展现了一个冷漠无情而毫无意义的世界，他强烈主张并倡议人们要保卫如真理和正义这样的传统价值。

阿贝尔·加缪，他用明亮的眼光照亮人类良心。

加缪："一个人常常因为自己与众不同才选择了艺术家的命运，但他很快就会明白：他只有承认他与众人相像，才能给予他的艺术、他的不同之处以营养。"

1913年11月7日，加缪出生在阿尔及利亚的蒙多维。幼年丧父，靠奖学金读完中学。后在阿尔及利亚攻读哲学，却因肺病而中途辍学。加缪在第二次世界大战期间到法国参加了反法西斯斗争，并主编了《战斗报》。他的第一部小说《局外人》和随笔《西叙福斯的神话》于1942年出版，1947年出版了第二部小说《鼠役》。1957年获诺贝尔文学奖。1960年1月4日在法国桑斯附近因车祸不幸去世，年仅四十七岁。

"在我们的社会里，任何在母亲下葬时不流眼泪的人都有被判处死刑的危险。"这是加缪对《局外人》主题的概括。《局外人》是他的成名作，同时也是荒诞小说的代表作，它以自身的独立存在向我们展示了一种人与世界的关系。

我不知道妈妈是什么时候死的，我只收到养老院通知明日下葬的电报，这说明不了什么。我向老板请了两天假，然后像平常一样在塞莱斯特的饭馆里吃了饭，他们都为我难过，我走的时候还一直送我到门口。我觉得有些烦，因为我还要去借黑领带和黑纱。

养老院在马朗戈，离阿尔及尔八十公里。我乘下午两点的公车过去。为了及时上路，我跑着去长途汽车站。一路上，由于汽车的颠簸，汽车的汽油味难闻得要命，比过于明亮的道路和天空还可怕，把我弄得晕沉沉的。

我穿过村子到了养老院，真想早些见到妈妈。可是按照礼节，我又必须先见见院长。院长见了我就紧紧地握住我的手，我真不知如何抽出来好。但院长似乎很理解我把妈妈送到养老院的行径，他说："您无力负担她，她需要人照料，您的收入微薄。她在这里很快活。""她有年纪相仿的人作伴，他们对过去的事有着共同的兴趣，您年轻，和您在一起，没准还闷得慌。"近一年来，我没有看过妈妈，怕她不习惯，另外也出于路程和车费的考虑。

随后，院长带我去看了妈妈。放棺木的屋子很亮，门房跑过来，说要把棺盖打开，让我再看妈妈一眼，我叫住了他。我说我不想看。门房搬来一把椅子给我坐，自己坐到我的后面。门房与我闲聊一直到晚上，门房告诉我说妈妈的朋友会来。我打了个盹，醒来发现，妈妈的朋友们已经到了。大家默默地坐了很久，只有一个女人哭了。大家都喝了门房端来的咖啡。后来的事我就不记得了。到了天亮，门房把我叫了出去，我洗了脸，又喝了一杯牛奶咖啡，觉得很舒服。

妈妈的安葬按宗教仪式来办，参加送葬的人有神甫、唱诗童子、我、院长、护士代表还有贝来兹先生，养老院里的人戏称妈妈是他们的未婚妻。在到墓地的路上，热毒的太阳烤得人很不舒服，而贝来兹先生也是不断地掉队，不断地追赶我们。对于那一天，我几乎不记得什么了，除了一些印象。那其中包括当汽车驶进阿尔及尔，我想着将可以在床上睡十二个小时的喜悦。

第二天，我到海滨游泳，在水里碰到了从前在一个办公室工作的打字员玛丽。我们一起看了滑稽大王费南代尔的片子，然后一起过了夜。

第二天是我不喜欢的星期天，我一直睡到中午，一根接一根躺在床上抽烟。吃过午饭，在屋里瞎转悠。现在我只用一个卧室，自从妈妈不在后，房子便大了很多。后来，我读了旧报，剪下让我开心的东西贴到本子里。

我洗了洗手，最后上了阳台。我一直观察着外面郊区大街上的人来人往，一直到五点钟，到天色发暗，到街灯点燃，到第一只猫晃悠悠地走过空无一人的马路。我想，该吃晚饭了。下楼买了些面包和面片，自己做了做，站着吃了。本想在窗前抽只烟，可是发觉空气有些冷，于是关窗回来。我想，星期天总是忙忙碌碌，妈妈也已经安葬了，我又该上班了，总之，没有任何变化。

我每天依然勤恳地工作，生活一切如旧，没有变化。一天，回家上楼梯的时候，我遇上了同层邻居老萨拉马诺。他总是牵着他的那条得了某种皮肤病的狗。他们好像是同类，但又互相憎恨。八年来，人们总看见他们在一起，他们每天走着相同的路线，并且总是互相为难着。

我又遇上了我的第二个邻居，莱蒙。他说自己是“仓库管理员”，可人们都知道他靠女人活着。大家都不喜欢他，可是他倒是有时去我那坐坐，因为我爱听他说话。他请我到他那吃晚饭，我心想这样我就不用做饭了，也就没有拒绝。我发现莱蒙的手坏了，原来他和别人打架了。吃饭之前，他问我愿不愿意做他的朋友，我说怎么都行。莱蒙边吃边给我讲了他和他情妇之间的事。他要惩罚她，要求我帮他写封羞辱那女人的信。我没说什么，莱蒙便问我现在写有没有什么不方便，我说没有。我尽量写得让莱蒙满意，写完信我又念了两遍给他听，莱蒙觉得很满意，并认定我是他真正的朋友。

这一星期的星期六，我和玛丽去阿尔及尔儿公里外的一个海滩。然后，晚上玛丽和我一起过了夜。第二天早晨，玛丽没有走，我邀请她一起吃午餐。当我买肉回来上楼时，听到莱蒙的房间里有女人的声音。一会儿，老萨马其诺又带着他的狗出去了。

我和玛丽在屋里做饭的时候，听到莱蒙屋里有女人一直在叫，莱蒙则一直在打她。楼梯上站满了人。然后警察来了，事情平息了。下午一点多，玛丽就走了。

三点钟的时候，莱蒙找我，和我说了事情的经过，要我帮他作证。我答应了。我们出去了，回来时在门口看到了神色不定的老萨马其诺，原来他的狗走丢了。后来，老萨马其诺来找我，但又不肯进来。他很担心没有狗他该怎么活？我并没有安慰他。我听见他在屋里走来走去。我听见透过墙壁传来他的哭声。我忽然想起了妈妈。

莱蒙打电话说，他的一个朋友约我星期天到海滨小屋度假，我很乐意，并且说要把女友带去，莱蒙也很高兴。他告诉我一帮阿拉伯人已经盯了他一天，其中还有他情妇的弟弟，就是那次打架的那个。过了一会儿，老板找我说，他要在巴黎设立一个办事处，问我能不能过去工作。我怎样都行，就答应了，但并不是为了要改变生活才去的。我上大学的时候，有过不少这一类的雄心大志。但是当我不得不辍学的时候，我很快就明白了，这一切实际上并不重要。

晚上，玛丽来找我，问我愿不愿意和她结婚。我说，怎么样都行，如果她愿意，可以结。她又问我爱不爱她，还想知道如果换另一个女人和我的关系也像她这般，我会不会和她结婚，我说会。后来我们出去逛了逛。玛丽走了之后，我独自一人去塞莱斯特的饭馆吃饭。在家门口，碰到了老萨马其诺，请他进了屋。他丢了狗心里很孤单。我们一起聊了他的狗和我的妈妈。星期天，我、玛丽和莱蒙打算坐公车去海边，正当我们动身之时，莱蒙发现了那群阿拉伯人。到了海滩，来到了莱蒙朋友的小屋，莱蒙介绍他的朋友马松和马松的妻子给我们认识。稍后，马松想去游泳，我和玛丽也去了。

吃过午饭，我们三个男人又去游泳。发现那帮阿拉伯人跟着我们来到了海滩。我们与阿拉伯人打了起来，莱蒙的胳膊被刀划开了，嘴上也挨了一刀。见形势不妙，阿拉伯人溜走了。马松陪着莱蒙去看医生，我留下来跟太太们解释事情的经过。马松太太哭了，玛丽吓得脸都白了。我觉得心烦，最后对着大海抽起烟来。

马松和莱蒙回来了。莱蒙执意要去海滩散散心，我跟了出去。我们碰到了那两个阿拉伯人，莱蒙把枪给了我，让我瞅准时机开枪。我们一直眼对眼地互相盯着，谁也没有动静，似乎一起都停止了。后来，那两个家伙退走了，我和莱蒙也回去了。

天很热，太阳晒得我头发晕，我想待在木屋或离开那里，结果都是一样的，于是我转身又向海滩走去。当我想找一片水泉休息的时候，又碰到了莱蒙的对头。他一看见我，就把手插进口袋里。我自然而然地握紧了口袋里莱蒙的那支手枪。太阳很毒，我向水泉走了一步，阿拉伯人没有动。渐渐地我先前走了两步。阿拉伯人抽出刀来，迎着阳光对准了我。那刺眼的刀锋和太阳炙烤下大海炽热的气息，使我全身都绷紧了，我紧紧握住枪。我扣动了扳机，那家伙死了。后来，我又对准他的尸体开了四枪。

我被捕了。开始询问的几次只是一些关于身份之类的问题。后来，在一间挂着窗帘的房间里，一位预审推事接待了我。他坐在黑暗中，桌子上的灯照亮了我坐的椅子。预审推事告诉我如果我不想找律师，可以帮我介绍个临时的，我觉得法律还管这些小事真是太好了。

第二天，一位律师来监狱看我，他说如果我信任他，他可以胜任为我辩护的工作。接着，律师询问我妈妈下葬那天我是否感到难过，我很惊讶，因为如果是我的话，提这样的问题我会很难受。我回答说我很爱妈妈，但这说明不了问题，每个人都或多或少地希望自己所爱的人死去。律师打断我，告诫我这些话不可以在法庭上说，也不可以在预审法官那里说。我的回答律师都不很满意，而他提供的说法我认为是在说谎。律师生气地走了，我想叫住他，解释点什么，最终我没有这样做。

不久，预审推事又见了我。下午两点，纱窗帘挡着窗子，很热。我的律师没来，却来了一个年轻的书记作记录。我们谈论了大家对我的看法和那天的事件。然后，他开始问我问题。首先他问我爱不爱我的妈妈，我回答爱，像大家一样。然后，他问我，为什么在开第一枪和第二枪之间有停顿。我似乎又感受到了那天炽热的阳光，我什么也没有说。他又问我为什么要在一个死人身上开枪？他们的神情有些奇怪。

他拿出十字架给我看，并且开始热情洋溢地说他相信上帝，如果一个人愿意忏悔，没有什么不可饶恕的罪行。他问我是否相信上帝，我说不。他很愤怒地坐下，他说这是他的信念，如果让他怀疑这一点，他的生活会失去意义。我认为这与我无关。他开始疯狂地大叫。我因为厌倦而同意了他的观点。他竟以为他真的打动了我。但我依然拒绝忏悔。他显得很累，好久没有说话，然后，伤心地注视着我，说从来没有像我一样顽固的罪犯。审讯结束时，他又问我，是否对我的行为感到悔恨，我说与其说是悔恨，不如说是某种厌烦。

以后，我经常见到这位预审推事，每一次律师都在。不过，我们的谈话似乎变得亲切起来。好像推事已经对我不感兴趣，好在我的案子已经被他归了档，他也不再和我谈论上帝。起先，我被关在几个阿拉伯囚犯的牢里，后来又调到了单间。

有一天，玛丽来看我。探望的人和囚犯都被带到接待厅里，由于离得很远，都在大声喊叫着。可玛丽一直微笑着，她和我说，等我出去就结婚，还要一起游泳。周围的嘈

阿贝尔·加缪在获诺贝尔奖获时致词:“就我自己来说,没有艺术,我便无法生活。”他的确是这样做了。

杂声弄得我很难受,我想离开,可又想多看玛丽一会。在这之后几天,我收到了玛丽的信。她说他的家人不准她再来看我。

从我收到玛丽信的那天开始,我才真正发现自己在坐牢,我的生活到此为止了。在我被监禁的开始,我很难受的是我还有些自由的想法。后来,我也习惯了。我只有了囚徒的想法。我开始用回想我以前住过的房子来消磨时间,我反反复复地想,并且越想越琐碎越细微。这样一来,我有了足够的回忆也不至于烦闷。逐渐地,我变得很难入睡。并且,我在草褥子和床板之间发现了一块旧报纸,上面有斯洛伐克人的故事。

这样,睡觉、回忆、读我的新闻,昼夜交替,我消磨着时间。对我来说,日子过起来很长,而且它居然长到一天接一天。它们丧失了各自的名称。惟一还有点意义的词是“昨天”和“明天”。我在牢里就这样过了五个月。又过了一个夏天接一个夏天。终于,有了新动向,我的案子定于重罪法庭最后一次开庭时审理。

那天,天气很热,太阳火辣辣的。法院大厅里坐满了人,搞得我头晕脑胀,而且我没有发现认识的人。还有记者坐在第一排,法警告诉我这些记者是为下一场的弑父案来的,顺便看我的案子。

审讯开始,我觉得庭长的语气很和蔼。在我自报家门之后,庭长陈述事实,而且每念完三句,都会说:“是这样吗?”每一次,我都根据律师的指示回答道:“是,庭长先生。”妈妈的事又被提起,我感到很厌烦。检察官问我是否怀着杀人的意图回到水泉,我否定。他又问我为什么带着武器,我回答那是偶然的。然后经过讨论,听取证词改在了下午。

下午,大厅变得更热了,人人手里都拿了一把蒲扇。首先被传的证人是养老院院长,他的证词表明妈妈怪我把她送到养老院,我在妈妈下葬的那天没有看妈妈,没有哭,下葬完立马就走没有默哀,甚至我还不知道妈妈的年龄。门房的证词则说我不想看妈妈,却抽烟睡觉,而且还喝了牛奶咖啡。我感到有什么东西激怒了整个大厅里的人。

轮到多玛·贝来兹了,他们问他我那天干了些什么,他回答自己当时太难过了,所以，他什么也没看见。痛苦使什么也看不见。检察官问他，是不是至少看见过我哭。贝莱兹说没看见。我的律师用一种我觉得过火的口吻问贝来兹他是否看见我没哭。贝来兹说："没看见。"我的律师卷起一只袖子，以一种不容争辩的口吻说道："请看，这就是这场官司的形象。一切都是真的，又没有什么是真的！"检察官沉下脸来。

塞莱斯特是被告方传来的辩护人，检察官问他对我的罪行有什么看法，他很有准备地说这是件不幸的事，谁都知道不幸是什么，它让你无法抗拒，所以这是个不幸的事。

玛丽进来了，在回答了几个问题之后，检察官突然问她，是什么时候和我发生关系的。她说了个日子——那是妈妈死的第二天。在检察官的追问下，玛丽说出我们那天还一起看了幽默大师费南代尔的片子。大厅里顿时鸦雀无声。这时，检察官站起来指着我，用一种我认为的确是很激动的声音，一个字一个字地慢慢说道："陪审员先生们，这个人在他母亲死去的第二天，就去游泳，就开始搞不正当的关系，就去看滑稽影片开怀大笑。至于别的，我就用不着多说了。"他坐下了，大厅里还是一片寂静。

接下来马松和萨马其诺的说话就没有人听了。莱蒙是最后一个证人。当最后一个问题问完后，检察官就向陪审团说道："这个人他在母亲死后的第二天就去干最荒淫无耻的勾当，为了了结一桩卑鄙的桃色事件就去随随便便地杀人。"我的律师嚷嚷着表示反对，检察官歇斯底里地喊道："是的，我控告这个人怀着一颗杀人犯的心埋葬了一位母亲。"这句话似乎在听众中产生了很大的效果，我的律师似乎也受到了震动，我明白我的事情不妙了。

然后进行的是检察官和我的律师的辩论。检察官对我的谈论要比我的罪行要多，他说我杀人是有预谋的，并且我根本没有灵魂。他认为，一个在精神上杀死母亲的人，和一个杀死父亲的人，都是以同样的罪名自绝于人类社会。在任何一种情况下，前者都是为后者的行动做准备，以某种方式预示了这种行动，并且使之合法化。他提高了声音说："先生们，我坚信，如果我说坐在这张凳子上的人也犯了这个法庭明天将要审判的那种谋杀罪，你们不会认为我这个想法过于大胆的。因此，他要受到相应的惩罚。"

我的律师的发言远远没有检察官的有才华。他也谈到了我的灵魂，说我是一个正直的勤劳的老实人，他要求考虑那些可减罪的情节，因为我已背上了杀人罪的心理重负，这是永远的悔恨，最可靠的刑罚。辩论中止了。一系列法庭程序之后，庭长宣判，要以法兰西人民的名义在一个广场上将我斩首示众。我认清了我在所有这些人脸上所看到的感情——那是尊敬。

在牢里，我夜里没有睡觉，全神贯注地等待黎明的到来，因为他们总是黎明时分来的，这样我又赢得了二十四小时。我现在惟一感兴趣的就是想逃避不可逆转的进程，想知道不可避免的事情能不能有一条出路。我考虑着我的上诉，假设着两种不同的结果：失败——我去死，这很自然；胜利——我获救，这让我很兴奋。

神甫要求见我，我刚刚放弃了我的上诉，并感到血液在周身正常地流动。我不需要见神甫。他进来了。他盯着我看，问我为什么拒绝接待他？我回答我不相信上帝。他想知道我是不是对此确有把握。我说我用不着考虑，我觉得这个问题并不重要。他极力说服我接受上帝，可是我对他所说的事情不感兴趣。我厌烦他，在他说他是我的父亲的时候，我怒了。我扯着喉咙大叫，我骂他，我叫他不要为我祈祷。我揪着他的衣领，说出了内心的想法：我对我自已有把握，对一切都有把握，比他有把握，对我的生命和那即将到来的死亡有把握。我只有这么一点儿把握。但是至少，我抓住了这个真理，正如这个真理抓住了我一样。我从前有理，我现在还有理，我永远有理。未来的生活并不比我已往的生活更真实，每个人最终都会死掉，对于我这个被判了死刑的人，其他人的一切都与我无关!

神甫走了之后，我平静下来。这个世界动人的冷漠与我是如此相像，我感到自已是幸福的。为了一切做得完善，为了使我感到不那么孤独，我还希望处决我的那一天有很多人来观看，希望他们对我报以仇恨的喊叫声。

（金松林）

广岛之恋

玛格丽特·杜拉斯（1914年—1996年）："如果我不是作家，世界上就会多一个妓女。"法国作家、记者、电影艺术家杜拉斯坦率得让人吃惊。对于生活放荡、散漫自由的她，你可以恨，你可以骂，但你却无法抵挡她的魅力。

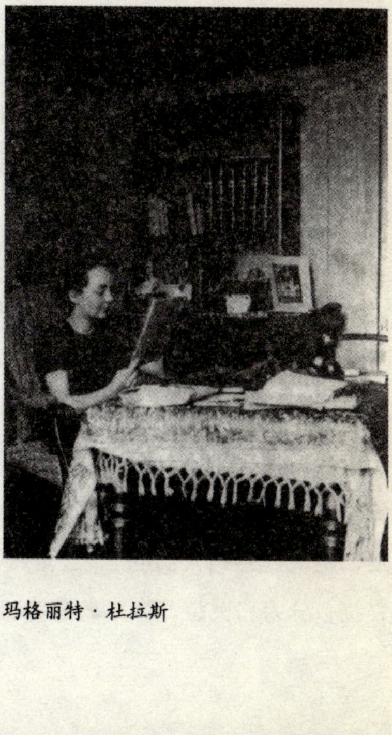

玛格丽特·杜拉斯

1914年4月4日，杜拉斯出生于越南南部的嘉定市的一个教师家庭，在越南和柬埔寨度过了艰辛清苦的少年时代。十八岁那年考入巴黎大学，获巴黎大学法学和政治学双学士学位后在法国殖民部任职，第二次世界大战期间参加反对法西斯的抵抗运动。

1943年，她发表了第一部小说《不知廉耻的人》，从而对自己的才华深信不疑，不久又非常自信地自视为天才。她从此勤奋耕耘，不断有作品问世。1959年，电影

尽管他们都是各有家室的人，但仍很快地双双堕入情网。

剧本《广岛之恋》的发表，博得了读者与观众的一致好评。但她一直没有取得举世瞩目的成就。直到1984年，已是古稀之年的她，终于盼来了渴望已久的辉煌时刻。小说《情人》的出版，使杜拉斯红极一时，成为享有世界声誉的法语作家。法国文学界更是把专为青年作家设立的龚古尔文学奖破天荒地奖给了这位七十岁高龄的女作家。1986年，《情人》又获里茨－巴黎－海明威奖，被称为“当年用英语发表的最佳小说”。

1957年8月，一个三十岁左右的法国妇女来到日本广岛。她是来参加拍摄一部关于和平的影片的。她在影片中扮演一个角色。在回国前夕，她遇到了一个日本工程师。尽管他们都是各有家室的人，但仍很快地双双堕入情网。

1957年8月，广岛。

在大家都需要和平的年代，一名三十来岁的法国女子来广岛拍一部有关和平的电影。在一间旅馆里她和一位萍水相逢的日本男人有了一段离奇的露水姻缘。故事开始了。两个紧紧搂在一起的肩膀的肤色截然不同：一个深色，另一个白皙。他们在搂抱中进行着对话。

旅馆。他们在谈论着广岛。

男人不断地重复着：“你在广岛什么也没有看见，没有看见。”而女人说：“我都看见了，一切都看见了。就这样，我看到了医院，我确信无疑。广岛有医院，我怎么能视而不见呢？”男人不断地否定女人所说的，他总是在说女人什么也没有看见。虽然广岛有一座座的博物馆，医院。但他就是坚定地否定女人所说的一切。女人说她去了博物馆，看到了好多照片。她认为人们极为认真严肃地复原了当时的情景。更让她觉得不可思议的是，她说她感到人们的悲哀，感到原子弹的像太阳一样的高温。她说她总为广岛的厄运哭泣，总为它哭泣，为广岛成为“新的荒漠”而哭泣。男人说：“不要哭，你为了什么哭

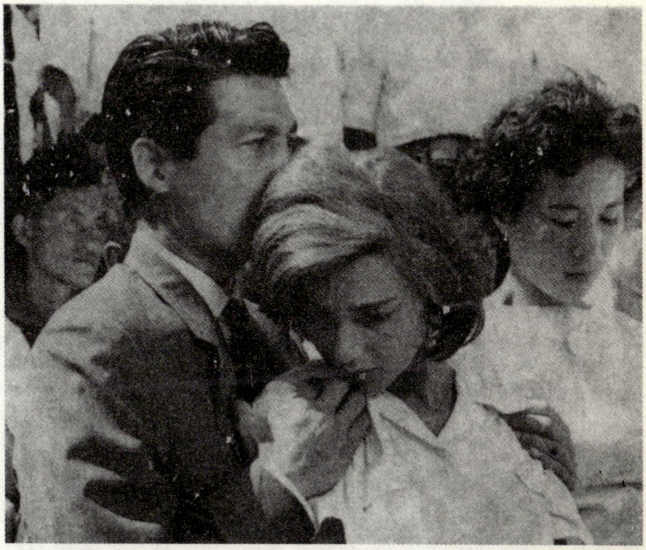

虽然博物馆里许多都是复制品和照片，但足以使人想像出那时的惨景，让人禁不住落泪。

泣呢？”男人的脑中出现了和平广场令人晕眩的原子太阳。女人说：“我看到了纪录片。我看了第一天、第二天和第三天的纪录片。”男人仍然用不可理解的语调说着：“你什么也没有看见，什么也没有看见。”可他的脑海中还是出现了一只断了腿的狗、大人和孩子、累累的伤疤，他听到被烧伤的孩子在哭叫。

一切都在这样诡秘的对话中进行着。女人依然在说她看到了第15天的情景，她看到广岛再度繁华，到处都是鲜花。广岛以充满了惊人的生命力开放着。女人一再强调她没有编造，一切都是真的。男人告诉她那些都是她的编造。但是男人的脑中出现了原子弹爆炸后人们的生活。

在广岛，那些暂时幸存下来的人们以忍耐、纯朴和显而易见的温顺承受了命运的不公平，这命运是如此不公平，就是平时最丰富的想像力，在他们面前，也关上了想像的大门。一切都在继续。

男人喃喃地说：你一无所知，一无所知。他的头脑中出现了原子弹的蘑菇云。弥漫的原子尘埃，街道上的行人。渔民们受到辐射性物质的伤害以及一条条不能食用的鱼，成千上万条鱼……这些都使他愤怒，可又无可奈何。

他们依旧在谈论着广岛。谈论着广岛的愤怒，谈到民族和民族的不平等，谈到阶级和阶级的原则的不同。他们继续着自己的话题。突然女人说：“听我说，和你一样，我知道什么是忘却。”男人说：“你不知道什么是忘却。”女人说：“我和你一样总和忘却作斗争。但也和你一样，我总是忘却。我渴望能有一段无法慰藉的记忆，一段影子和石头一般的记忆。”她的脑海中已经永远印上了一个死去的广岛人的记忆。她略带悲伤地说：“这一切还会重演。”这句话像一句咒语一样，隐含着无可捉摸的恐惧从这个女人的嘴里说出来。她说：“地面温度达到一万度，就像一个太阳。一切都将陷入混乱。”突然女人改变了话题，她说她记着这个男人，她觉得这个男人让她很舒服。女人说男人的皮肤美得不可思议。男人露出了醉人的笑。他们开始讨论起了各自的血统和对彼此的感觉。

男人告诉女人他是地地道道的日本人，在广岛遭受原子弹袭击的时候他不在日本。他称赞女人像是一千个女人合成的。女人告诉他，她来自法国的巴黎，在巴黎之前住在纳韦尔。她来广岛是来拍一部关于和平的电影的。她认为她可以在广岛了解到她感兴趣的东西。

这样一个与任何夜晚难以区别的良宵很快结束了。

她站在旅馆房间的阳台上，凝望着他，一缕阳光从窗帘射进来，她看到了他那双美丽的手，她的眼前出现了一个青年的身体，同样的姿势，但是已处于垂死的状态。突然他醒了，他给了她一个笑容。她给他送上了一杯咖啡。

女人问男人，他梦到了什么？男人不解地问为什么问这个。女人说她看到他的手在颤动。男人给了她一个不很明了的答案。男人说女人是个漂亮的人。而且他在咖啡馆里看到了女人是如何不快乐的，正是这样的不快乐使得男人想结识她。这时候，女人才注意到男人的法语说得很好。男人也发现女人不会讲日语。女人在阳台上开了口："在——广岛——邂逅相遇，这可不是每天都能碰到的事。"她似乎要"认清"一下他们的处境。男人问她，对于你来说，广岛意味着什么？女人说广岛意味着战争结束了，更多的是恐惧和麻木。随后女人告诉男人在广岛被炸时，她在巴黎的大街上，刚从纳韦尔离开。然后男人知道了他是这个女人的第一个日本男人。女人也知道了男人是搞建筑也搞政治的人。

他们出了旅馆，男人请求再和女人见一面，但是女人拒绝了。她告诉他她明晚就要动身回法国了。而且她还是个怀疑别人的道德观的人。这样的对话依然继续着。男人依旧恳切地要求和女人见一面。他以为女人要回纳韦尔了。女人说她不会再到纳韦尔了，那是一座使她痛苦、不再挚爱的、又使她恐惧的城市。女人梦呓似地说着。她在纳韦尔时很年轻，但同样在纳韦尔，在战争结束时，她疯了。她说她因为恶而发疯，男人依旧想着和她见一面。但是还是被女人拒绝了。男人也只好作罢。男人觉得他再也见不到这个女人了。

当天下午四点。

男人到了广岛和平广场来看女人。他看到女人正在睡觉。他一直在看她。也许是感受到了他的目光，女人醒了。他们两人说着暧昧的话。男人说他想到了法国的纳韦尔，也想到了女人。男人还恳切地问女人非得明天走吗？女人说："是的！"男人揭去了她的护士帽子。男人说女人引起了他的爱欲。他们之间飘过了一层原子尘埃。他们看了看翻滚着乌云的天空。有许多游行的人从他们的身边过去。男人告诉女人他不愿去想女人就要走了。他相信自己爱上了女人。

男人要求女人和他走，女人没有拒绝。于是男人把女人领到了自己的家中。

他们都觉得他们之间的爱情战胜了肉欲。男人告诉女人他有一个美满、幸福的家庭。女人也告诉男人她也有一个美满的家庭。谈话中，他们之间的欲望顷刻布满了整个屋子。

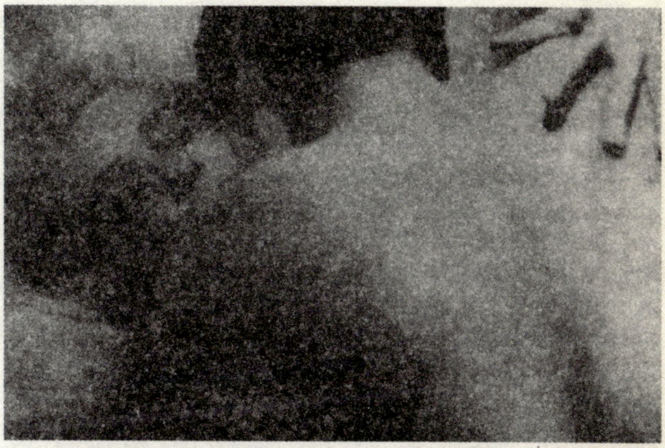
日本男人和法国女人不停地狂吻着

男人和女人做完了爱，他们之间又开始了谈话。他们谈到了女人的初恋，在纳韦尔的初恋。女人的头脑中想到了在纳韦尔谈情说爱的场景。她告诉男人那时她十八岁，而那个男人二十三岁。美好的爱情出现在两个相互仇视的国家的青年身上。她讲到他们的约会。后来，那个男人死了。女人突然问日本男人为什么要问这个。男人告诉她正是因为纳韦尔他才明白她那样的年轻，年轻得不属于任何一个男人。随后男人还说正是因为那里，他才有机会认识了她。紧接着男人说正是因为在那里，他明白了女人开始成为现在这样的女人。女人近乎狂野地抱住了男人。她感到害怕。心里莫名其妙地害怕。害怕使得她要离开男人的家。她说她要走了，男人说还有十六个小时。他们应该消磨掉这些时间。他告诉女人不要害怕也不必害怕。

广岛，暮色降临，河面上映射出粼粼波光。河对面的一家咖啡厅里，女人和男人坐在大厅深处的一张桌子旁，脸贴着脸，他们沉浸在幸福中。他们没有察觉时间的流逝，因为纳韦尔又进入了他们的话题。

女人告诉男人纳韦尔在法语里没有别的意思。男人假设说如果他们在那时候相爱，她还会觉得纳韦尔的地窖冷吗？女人说她会觉得冷，因为无论冬夏，地窖里总是冷的。城市是沿着一条名叫卢瓦尔的河一层层建上去的。男人说他无法想像纳韦尔的样子。女人开始讲到了那条河，她在叙述时，不停地喝着酒。

醉人的音乐响起来了，女人的思绪带着她回到了纳韦尔。她面前的男人在恍惚中变成了她的初恋情人。情人问她："你被关进地窖的时候，我死了吗？"她说："你已经死了，而且……"女人的眼前出现了德国人在河岸上慢慢咽气的情景。女人喃喃自语道："怎么能忍受这样的痛苦呢，地窖很小，非常小。在我的头顶人们高唱着《马赛曲》，真是震耳欲聋。"女人突然间捂住耳朵。她想到了在地窖中听到的歌声。她想着说："在地窖里手变得无用了，它们是用来抠墙的。把皮都抠破了，血出来了……”（这时她的眼神是迷离的）她在恍惚中看到年少的自己在舔自己的血。她继续说着：“为了使自己心里好过点，只能这样做了。”她很坚定地说，（好像她又回到了年少的时候）她这样做是为了把它牢牢记住。从此她就迷上了血的味道。整个社会都在她的头上滚动，而不是天空。人们不知道她在地窖里，更不知道她的头发已经长起来了。女人依旧迷离着。她依然把日本男人当成她的德国情人。

她继续向他诉说着。她说她开始时轻轻地呼唤着情人的名字，尽管情人死了，她还是呼唤着。后来突然有一天她叫喊起来了，叫的非常响，于是父母将她关进了地窖。她惟一记得的就是德国情人的名字。她不停地叫喊。父母依旧把她关在地窖里。直到她答应父母不再叫喊的时候，她才回到卧室。她说她很害怕，害怕永远见不到自己的情人。

这时，女人很惶恐。突然她说她什么也不记得了。日本男人让她喝了一杯酒。她又继续喃喃诉说着，她不断地诉说着自己的经历。她说了她大叫的原因。她说她和那个德国男人约好要一起走的，走到一个新的地方他们就结婚。他们约好了在卢瓦尔河见面。可是德国男人被一颗子弹射中。等她到了那里的时候，他还没有断气。她有点迷狂，她在尸体旁待了一整天，接着又是一整夜。就在第二天纳韦尔解放了。人们将她的头发剃光了，就是因为她和另一个民族的青年谈了恋爱，这是不允许的，要知道他们是敌人。回到家里，她已经是一个没有清醒意识的人了。大家都以为她疯了。她知道她把自己封闭了。这就有了以后的地窖生活。

日本男人让法国女人喝了一杯酒

后来有一天，她又叫了，家人又把她关进了地窖。直到有一天，一个弹子滚进了地窖，那是个热的弹子。她说她相信在那时候她摆脱了恶。人们认为她恢复了理智，在一个节日的夜里，家人将她放了出来。

没过多久，母亲告诉她，她必须去巴黎。她也没有问为什么，就去了。在巴黎的第三天，广岛这个名字出现在了所有的报纸上，而此时她的头发也长了。

那醉人的音乐又响起来了。女人突然一下子清醒了。

她看到了眼前的日本男人。她从纳韦尔的黑暗时期脱身出来了。

她说十四年过去了，她连初恋情人的手都记不起来了，只能记起一点点痛苦。男人问她："是在今天晚上才记得的吗？"女人说："是的。"她接着说总有一天她会一点也记不起来的。她告诉男人她的丈夫也不知道她的经历，只有男人一个人知道。男人激动不已地紧紧地搂住了她。女人沉浸在这突如其来的幸福中。男人感慨地说："再过几年，等我忘记了你，等习惯的力量使我又有了其他的相同经历，我会想起你，就像想起遗忘的爱情一样。我会回忆这段经历，如同回忆可怕的遗忘一样。我现在就知道我会这样做的。"

广岛的夜没有尽头。她喜欢这样无论白天黑夜都有人醒着的城市。她叹息说："有时要避免想世上的种种困难，否则，人就会感到窒息。""离开我吧，我们也许到死也不可能见面了。"男人说："大概是这样，除非战争爆发……"女人讥讽地说："是的，除非战争爆发。"

又一段时间过去了。女人离开了男人，回到了自己住的地方。她觉得她自以为知道，其实什么也不知道。她想把她在纳韦尔的初恋告诉了那个日本人。她突然觉得她的初恋还是可以说的。而她自己已经十四年没有尝过无望的爱情的滋味了。她走出了房间，走出了旅馆。来到离咖啡馆只有二十公尺的地方。她躺在石子上。她的心里在说："我要留在广岛，每天晚上和他在一起。留在广岛，我要留在这里，就在这里。"这时有个声音说："留在广岛吧！"原来男人已经跟了她好久了。她像个孩子似地说她会留在广岛，和男人在一起。女人没有料到，她会在一夜之间爱上一个人。最后女人让男人走。男人说他离不开她。女人心里想着："我希望再也没有自己的祖国。我要教育我的孩子们什么是恶毒和冷漠，什么是智慧和爱情，爱他人的祖国，爱到死时方休。"女人想着男人会过来吻她。而男人不仅没有来到她身边，相反和她的距离越来越远……

日本男子走近她，请求她留下来。

她的心里依然想着这个男人，她想："我遇见了你。我记着你。这座城市原本就适合于爱情。你生来就适合于我的肉体。你是谁？你让我欲仙欲死。我渴望，渴望不忠，渴望通奸，渴望说谎和死亡。历来如此。我早就料到终有一天你会来到我的身边。我在一种冷静但极度的无奈中等着你毁灭我。按你的意向扭曲我，让你之后的任何人再也不明白为什么有如许的欲望。亲爱的，我们将单独在一起。长夜漫漫永无尽头，太阳再也不会升起。永远不，永远不，总之，永远不。你让我欲仙欲死，你使我很舒服。我们真心诚意地痛哭逝去的日子。我们别无他事，只能痛哭消逝的白昼。时光流逝，流逝的只有时光。时光又会到来。时光会到来。到那时候，我们再也不会知道是什么把我们结合在一起。这个字眼慢慢地将从我们的记忆中抹去。最后，它会完全的消失。”男人依旧不死心地说：“也许你还能留下来，多留几天。”女人说：“你知道的很清楚。不分手不可能。留下来做什么呢？我们既没有时间活下去，也没有时间去死，所以我不在乎。”

广岛火车站候车室。

男人看到女人坐在一张椅子上。一个老太太坐在她和男人中间。男人告诉老太太，他和女人都在为离别而伤心。

他们就要分手，而且很可能到死之前再不会相见，除非有朝一日战争重又发生。

女人走开了，她到了夜总会，坐在一张桌子旁边，男人坐在了她的对面。另一个日本男人和她搭话，显然女人并不想回答。她只是想看看男人的不知所措。这时，她透过玻璃，看到那可怕的“死囚的曙光”照射进来了。

她回到了住的地方。这时男人来敲门了。男人说他不能不来。他们面对面站着，两臂下垂，彼此不接触。他们互相对视着，彼此不说话。突然间，她坐下来，用手掩面，凄切地呻吟起来。她突然喊起来：“我要忘记你！我已经忘记你了！看，我真的忘记你了！看着我！”男人失魂落魄地望着她。他凝视着她。而她像远眺城市那样望着他，并轻轻地“向远方”呼唤他，在陶醉中呼唤他。她成功地把他淹没在普遍的遗忘中，她为此而陶醉。

她呼唤着：“广—岛，广—岛就是你的名字。”男人说：“是的，广岛就是我的名字。而你的名字是纳韦尔，法—国—的—纳—韦—尔。”

（金松林）

麦田里的守望者

塞林格（1919年－ ）：美国小说家，1919年1月1日出生于纽约的一个犹太商人家庭。1934年就读于宾夕法尼亚州的一所军事学校，1936年进入纽约大学，翌年去法国和波兰做生意，不久回国继续读书，先后进了三所学院。1942年参军，经一年多专门训练后，派赴欧洲从事反间谍工作，同时进行创作活动。1946年复员后回到纽约专门从事写作。从1940年处女作问世到1951年发表长篇小说《麦田里的守望者》止，共完成作品二十多篇。《麦田里的守望者》在美国青年中引起很大的反响，作者因此成名。此后他隐居在新罕布什尔州的一乡间小屋中，几十年如一日地辛勤写作，但所发表的著作并不多。从其后期作品来看，社会意义和艺术魅力都不及《麦田里的守望者》。自从1965年在《纽约人》上发表一个短篇小说后，一直拒绝再出版任何新作，评论家们因此称之为“遁世文学的怪才”。

塞林格

《麦田里的守望者》是塞林格惟一的一部长篇小说，被评论家们誉为“现代经典小说”。本书以自叙的笔法讲述了主人公霍尔顿被学校开除后在纽约城游荡将近两昼夜的经历和心灵感受。整部小说以回忆的形式写成，用含蓄的讽刺笔法描绘了美国富裕家庭中青少年精神上的空虚和苦闷。主人公的经历和思想行为在青少年中引起了强烈共鸣，受到读者特别是大中学生的热烈欢迎。他们纷纷模仿主人公霍尔顿的装束打扮，讲“霍尔顿式”的语言。这部作品一直影响了好几代美国青年。

我，霍尔顿·考尔菲德，寄宿在宾西法尼亚州的潘西中学。我的童年是在痛苦和不安中度过的，家庭并没有给我多少温暖。父母脾气很糟糕，常爱发火，特别是当我谈及他们的个人私事时，他们就会对我大发雷霆。不过，他们为人挺好。至于我的哥哥D·B，他原来是一个不错的作家，现在在好莱坞工作，我因为最讨厌电影而和他来往不多。小妹妹菲宓和我很亲密。关于我的故事我打算从离开潘西中学的那天讲起。

那大是星期六，潘西中学和另一所中学进行橄榄球比赛，我因为击剑队有事而没有去观看。对了，我忘了告诉你，我被潘西开除了，原因是四门功课不及格，又不好好用功，而且把学校的警告总是当“耳旁风”。潘西学校的声誉很高，常开除学生。

在离开学校之前，我去老斯宾塞家和他道别。他虽然身体不好，但为人挺不错，的确想给我一些帮助。记得以前因为我考试不好，他还训斥了我一顿。我们这次谈了很长时间，他很关心我。走出他家的时候，我心里挺难受。

离开老斯宾塞家回到自己的房间，我感觉舒服多了。趁着无聊，我戴上当天早晨买来的红色猎人帽，坐下来开始看《非洲见闻》。这本书写得还不错。我刚看三页，隔壁房里的罗伯特·阿克莱闯了进来，他是个下流而令人生厌的家伙，我对他实在没什么好感。他进来后问这问那，我不愿理他。就在这时，我的同屋斯特拉德莱塔走了进来。他是个爱慕虚荣、格调庸俗的家伙，玩女孩儿就像换衣服一样。我一度发现斯特拉德莱塔新交上的女朋友竟然是我暗恋的琴！这家伙来要我代他写一篇作文，说他要和琼·迦拉格有个约会。他这么一说，我差一点气晕了。她是我的邻居，我对她很熟悉，我不想眼前这个恶棍玷污了她。

在潘西，一到星期六晚上我们总吃同样的菜——牛排，这应该算是道好菜，但是做得很难吃。我没有约会，就跟我的朋友马尔·勃罗萨德打算去吃一顿汉堡牛排或者再去看一场混账电影，我们不想在学校里烂屁股坐整整一晚。阿克莱也去了。说实话，他们两个见了毫不可笑的事物都会笑得像疯子，我甚至不乐意坐在他们身旁看电影。

看完电影回到宿舍时，还只八点三刻。阿克莱躺在我的床上，用极其单调的声音嘟嘟嚷嚷地向我大谈他今年夏天的风流韵事，全是一派胡言。我只好借口要替斯特拉德莱塔写作文而把他赶了出去，可他磨蹭了半天才走。

谈起那篇作文，我实在想不起有什么好写的，于是便把我那患白血病死去的弟弟艾里的垒球手套作为素材写了一篇。斯特拉德莱塔看完作文后，骂我写的内容不对。我气极了，一下子把作文从他手里夺回来，撕得粉碎。他告诉我今晚他一直和琼呆在一辆汽车里，过得很销魂。听了他的话，我的血直往上涌，实在无法控制自己的情绪，朝着他的脑袋就砸了下去。我们打了起来。

我烦透了，心里一直对琼的事儿耿耿于怀。我一想到她和斯特拉德莱塔坐在一起就心里冒火，我决定今晚就离开潘西，到纽约找一家便宜的旅馆住，在那里玩上几天。我估计父母大概在星期二三才能收到开除我的通知。打定主意，我开始迅速收拾东西。当看到母亲送给我的冰鞋，我感到有些难过。我拎着箱子，站在楼梯口，几乎哭了出来。

火车站并不远，可天气很冷，我一直走到了火车站。运气不错，只需等十分钟就有了火车。上车后，没有想到坐在我身边的太太竟然是我同学的母亲。我跟她讲了很多假话，瞎吹了一通。

在纽约街头，我漫无目的地游来荡去。我很想给某人打电话，但是在电话亭里待了二十分钟，却没打任何电话就出来了。出租车司机把我送到近郊的爱德蒙旅馆。住在这里的都是些心理变态的人，我也想尝试一下。我的性欲上来了，于是给一个我不认识的妓女打了个电话，却被她在电话里奚落了一番。无聊之下，我想起了我的妹妹菲宓，想给她打个电话，和她聊聊天，但我又怕接电话的是爸妈，所以还是忍住了。

我又晃悠到“紫丁香”夜总会跳舞，乐队糟糕得要命，而且也没有像我这样年龄的人。我要了一杯可乐，因为我的年龄太小买不到酒。我请邻座三个丑女人跳舞，可她们全都在不断地张望，希望能有大明星光临，她们的这幅傻样令我感到索然无味。不过我对那个金发的女人还是比较感兴趣，还跟她使了个眉眼。酒吧关门后，我坐在休息室里，又想起了琼和斯特拉德莱塔在汽车里干过的事，心里很难过。于是又坐出租车来到我哥哥D·B曾带我去过的“欧尼”夜总会。

时间虽然这么晚了，“欧尼”夜总会还是拥挤不堪，绝大多数是大学预科和大学里的一些粗俗不堪的家伙。我坐了一会儿，哥哥以前的女友跟我打招呼，想了解哥哥情况。我不想理她，对她说我还有个约会，待了一会儿，我就离开了。

我徒步返回旅馆，决定再去找一个妓女。开电梯的家伙毛里斯实际上是一个拉皮条的，他给我介绍了一个“五块钱一次”的年轻妓女。面对这种即将开始的经验，我感到有点紧张和兴奋，因为我还是个没有失去童贞的大男孩。事实上，我虽然很兴奋，但并不想在这种地方和一个妓女干这种事。我的心绪很乱，渴望和别人交谈的念头跟“性欲”是截然不同的，虽然我始终说不清我究竟需要的是什么。

门开了，果然进来了一个和我差不多年纪的妓女，她干脆利落地开始脱衣服，并问我有没有手表。我只想和她聊聊天，而她显然根本不明白我的意思。她挑逗我和她上床，而这反而更令我手足无措。于是，她不耐烦地嘲笑了我几句就对我失去了兴趣。我觉得十分沮丧，只好撒谎说我刚动过手术，只想跟她聊聊并会照付她钱。她却发火了。我给了她五块钱请她走，而她居然一口咬定讲好的是十块一次而不是五块。这令我愤怒，我赶走了她。我刚在床上躺下不久，没想到混账的毛里斯竟带着她找上门来，把我羞辱了一番后强行抢走了我的十块钱。这次嫖妓的经验留给我的只有沮丧和更深的悲哀。我一下子哭了起来。

在一个小吃店里，我遇到两个修女，她们拿着一个似乎是募捐用的篮子。我被她们与世无争的亲切笑容所感动，捐给了她们一笔数目不小的钱。跟她们的交谈很愉快，尽管我怀疑她们在天主教的世界里是不是真的不会受到色情和肮脏的、俗世的污染。

在和萨丽约会之前，我给小菲宓买了一张她喜爱的唱片。我来到公园希望看到菲宓在那里溜冰的熟悉身影，但是她并不在那儿。我惆怅地向我俩常去的博物馆走去，怀念与菲宓在一起的快乐时光。但当我走到门口，我又打消了进去的念头。因为菲宓不在里面，而我又约了萨丽去玩。

萨丽迟到了十分钟，见到她的一霎那，我突然发现她很美丽，我竟然觉得自己是真的爱上了她，想要和她结婚。我们好像确实谈着恋爱，任凭冲动的浪漫傻劲儿左右着自己。我们到戏院去看戏，周围全是些疲倦的、势利的、矫揉造作的傻瓜蛋。接着我们去溜冰，萨丽请我圣诞节前夕帮她修剪圣诞树。我突然有了个主意，让她随我去森林中生活，她却说我异想天开。我们争执了起来，她简直气疯了。后来虽然我一个劲道歉，她还是不肯原谅我。我送她回家，向她道歉，离开她独自走了。我明知她不是那种可以相伴天涯海角的人，可这时却真的想要这样。这种矛盾的想法大概证明我快疯了吧。

我不时地给琴打电话，可她好像远在天边，杳无音讯。为了消磨无聊的时光，我只好去看电影。那场以一见钟情开始，最后皆大欢喜的电影实在是令人作呕。我忍无可忍地再去泡酒吧，并约了老卡尔·路斯见面，他是我在胡敦念书时认识的。他要我十点钟在维格酒吧等他，维格酒吧是个十分浮华的场所。路斯来后说他很忙只能待几分钟。他对性问题颇有研究，特别是性变态之类。我问起他的性生活，他说他喜欢成熟的女人。他在和一个搞雕刻的中国女人住在一起，说他迷上了东方哲学关于“肉体”和“精神”双重关系的说法，我却看出他所谓的成熟不过是苟且偷生的一种方式罢了。路斯建议我去做“精神分析”。我们很快不欢而散。

从酒吧出来时，我喝得酩酊大醉，我发现自己跟美丽的萨丽天真单纯的浪漫爱情，原来只是一场可笑的、失败的滑稽戏。走出乌烟瘴气的酒吧，我又去了公园。我难过得要命，差点儿哭出来。那张买给菲宓的唱片被我一不小心弄得粉碎，我的心仿佛也碎了。黑夜中的纽约中央公园，湖水结了冰，连一只鸭子也看不到。我坐在长椅上，冻得发抖，生怕自己会得肺炎死去。想到万一自己死了，菲宓一定会很难过，我决定偷偷溜回家去看她一次。我发现包里的钱所剩无几，因此我就走出公园回家了。

我悄悄用钥匙把门打开，小心地走进房间，轻得一点儿声音都没有，因为我母亲的耳朵尖得就像只混账猎狗。在D·B的房间我找到了菲宓，她还在无忧无虑地呼呼大睡。看着她可爱的睡态，我想起了她的一切。她聪明、敏感、热情，而且是惟一同情我、支持我、愿意静静地听我说话的人。她放在桌上的笔记本真是让我百看不厌。我把她叫醒后，她高兴地两臂搂住我的脖子，我赶紧让她轻点声。她告诉我父母都去参加晚会了，要很迟才能回来。我把唱片的事跟她说了，她一点也没有怪我，还让我把碎片给她。她真是讨人喜欢。菲宓还告诉我D·B正在好莱坞写剧本。她搞不清楚我怎么现在就回家了，我骗她说是学校提前放假。她不信，并肯定我是被开除了，说爸爸知道了会要我的命。我告诉她那是个糟糕的学校，那里全是一些伪君子和卑鄙的家伙。她想让我将来当个科学家或者是和爸爸一样的律师，但这都不合我的胃口。我忽然想起了《你要是在麦田里遇到了我》那首歌。我告诉她我只想做个麦田里的守望者——“不管怎样，我老是在想像，有那么一群小孩子在一大块麦田里做游戏。几千几万个小孩子，附近没有一个人——没有一个大人，我是说——除了我。我呢，就站在那混账的悬崖边。我的职务是在那儿守望，要是有哪个孩子往悬崖边奔来，我就把他捉住——我是说孩子们都在狂奔，也不知道自己是在往哪儿跑，我从什么地方出来，把他们捉

霍尔顿告诉妹妹菲宓他只想做个麦田里的守望者，虽然有些不像话，但这是他真正想做的。

住。我整天就干这样的事。我只想当个麦田里的守望者。我知道这有点异想天开，可我真正喜欢干的就是这个。我知道这不像话。”除了这，我什么也不想做。在这个“假模假样”的世界上，我找不到归宿，还得时时提防着伸向自己的贪婪的手。菲宓仍旧说爸爸会要我的命，我说要我的命就让他要好了，我才他妈的不在乎呢。

接着，我给以前的老师安多里尼先生打了个电话，怀着最后的一线希望寻求指引，这个道貌岸然的长者表面上对我十分慷慨友好，乐于助人，他说随时欢迎我去。挂完电话，我请菲宓随着收音机里的舞曲跳起舞来。突然，她用耳语说父母回来了。我急忙躲进壁橱，听见妈妈进房来，等她与菲宓道完晚安离开后，我摸黑穿好鞋，问菲宓是否还有钱，她把过圣诞的钱都找出来给了我。我情不自禁地哭了。最后，我把那顶猎人帽送给了她，溜出家门。

安多里尼夫妇住在广场一个十分阔气的公寓里，里面还有个酒吧间。安多里尼太太比他大约莫六岁，可他们在一起似乎过得不错，她有的是钱。他们夫妇俩都很有学问。见了我他们很高兴，热情地接待了我。安多里尼先生告诉我近期曾见到我父亲，说我父亲非常关心我，对我不用功却很伤心。谈了一会儿，他在一张纸上写上某个精神分析学家说的一句话“一个不成熟男人的标志是他愿意为某种事业英勇地死去，一个成熟男人的标志是他愿意为某种事业卑鄙地活着。”然后送给了我。

我突然感到极度困倦，安多里尼先生便让我在一张床上睡下。刚刚睡着不久，却被他在黑暗中抚摸我脑袋的一只手惊醒了，这种性变态的行为惊得我跳了足有一千英尺高。我非常紧张，不顾他的再三解释，穿上衣服就逃了出来。我没地方可去，只好到中央大街车站候车室待了一晚。

我衣衫不整地在街头走着，仿佛觉得这样走下去就什么人也见不到了。在万念俱灰的绝望当中，我梦想着乌托邦一般的西部：在深山树林边盖起一所木屋，和心爱的姑娘一起，终日倾听松涛的高吟和溪流的低唱，靠自己的劳动过着简朴而美满的生活。我打定主意要远走高飞。走之前我还想看一眼菲宓，我跑到她的学校，留一张纸条给她，约她中午在博物馆见面。十二点多一点，菲宓来了，让我差点晕倒的是她竟带了个大手提箱，说是要跟我一起走。我怎么劝也没有用，只好表示自己也不走了，今天就回家去。但她仍然不肯离开我，我便同意她下午不去上学，一块儿去动物园。天气不好，动物园里人不多，看过海狮和熊后，我们来到了木马转台前，菲宓总算跟我和好了。我给她买了票，让她去骑木马，我坐在一条长椅上看。雨越来越大了，我身上都湿透了，像只落汤鸡。可是我不在乎，看着菲宓那么高兴地转个不停，我心里快乐极了，我不知道是什么缘故。她穿着那件蓝大衣，老是转个不停，看上去真他妈的好看极了。我终于知道自己无法离去。我游荡在阴雨中的公园里，失去了方向，一个陌生男子乘机靠近了我，我的精神似乎已经崩溃了。

圣诞节到了。从这时起，我一面接受精神治疗，一面通知我哥哥D·B用笔写下了这些故事。我本来还可以告诉你我回家以后干了些什么，可我实在没有那个心情。

许多人，特别是他们请来的那个精神分析学家，不停地问我回学校念书时是否打算好好用功。这个话问得真傻。不到你开始做的时候，你怎么知道自己打算这么做？没法知道。D·B虽不像其他人那么混账，可他也不住地问我很多问题。老实说，我真不知道该如何回答这些问题。你千万别跟任何人谈任何事情。你只要一谈起，我就会想念其所谈到的每一个人来。

（金松林）

教　父

马里奥·普佐（1920年－1999年）：1973年，在第四十五届美国奥斯卡金像奖的颁奖晚会上，大放异彩、最受人们关注的当数《教父》，该片获得了最佳影片、最佳男主角和最佳改编剧本三项大奖。此片就是根据著名的美籍意裔作家普佐的同名畅销小说《教父》改编而成的。

普佐于1920年10月15日出生在美国纽约曼哈顿西区一个意大利移民家庭。第二次世界大战期间在部队服役，战后考入哥伦比亚大学，攻读社会学专业，并开始为一些男性杂志撰稿。1955年，他发表了处女作《黑暗的竞技台》。1964年，《幸运的朝圣者》问世，这是一本关于意大利移民的小说，带有自传的性质。其他作品还有《教父》、《愚人之死》、《超人》、《第四个K》、《棉花俱乐部》、《西西里人》、《地震》等。他的不少作品都被改编为了电影剧本，除了著名的《教父》三步曲之外，还有大家耳熟能详的《超人》和《地震》等。

1999年7月2日，普佐因心力衰竭在纽约与世长辞。

《教父》真实地再现了当时美国黑暗的一面，引发了社会的广泛关注和共鸣。纽约黑手党家族领袖维托·唐·科利昂凭借自己的家族背景与庞大的黑社会势力，经常替别人排忧解难，主持公道，受到了当地意大利移民的拥护和爱戴，因而被尊称为“教父”。作品一反以往黑帮嗜杀成性、冷酷无情的传统写作方式，着重刻画了教父对家族亲人的关心和呵护，创造出了一种崭新的黑社会小说类型。

维托·唐·科利昂是美国黑手党最大一派的首领，唐是对他的尊称，有时也称他为教父。

维托·唐·科利昂出生于意大利的西西里岛，父亲是西西里岛的农民，由于参加械斗死于黑手党的手下。黑手党提出要斩草除根，年近十二岁的科利昂不得不飘洋过海，来到美国。一开始，他在穷人区一家杂货店里当小伙计，娶了一个意大利姑娘，并在曼哈顿第十大道三十五街的一幢经济公寓里安了家。可是不久，他在杂货店的工作被穷人区地头蛇凡纽西的侄子抢去了。迫于生计，他和他的两个朋友只好去偷服装厂的仓库。凡纽西得知此事后，又来勒索保护费。两个朋友惧怕凡纽西，建议把钱交出去，但科利昂忍无可忍，坚持由他干掉凡纽西。凡纽西死后，他被大伙公推为首领，穷人区的商店和摊贩们纷纷向他交钱寻求保护。很快，他的势力不断地扩大，不仅成为全美进口橄榄油销售额最高的公司的老板，而且开始插手酿造和贩运私酒。他不但拥有巨大的财富，还与政府要人互相勾结，成为黑手党的首领之一。人们尊称他为教父。

科利昂有三子一女，长子桑尼性格凶猛，脾气暴躁，是他的主要助手；次子弗莱德胆小怕事，有些窝囊，不受重用；小儿子迈克尔刚从军队回来，长相斯文，遇事稳重；女儿康妮年轻貌美，性格温柔。

1945年的夏天，一个阳光灿烂的日子。科利昂为自己的小女儿康妮和卡洛·里奇举行婚礼。至少有五百人参加了婚礼，他的对手、他的家庭成员和朋友都出席了婚礼，但更多的是希望寻求帮助的人。他们有的希望复仇，有的希望在美国定居，他们知道在女儿出嫁的日子里，教父是不会拒绝任何请求的。在教父的朋友们眼里，他是个无所不能，却又无比宽厚的人，对谁都有求必应。他从来不作空洞许诺，也不提出示弱的借口说什么世界上还有比他更强大的力量在束缚他的手脚。他是不是你的朋友，这也不是必要条件。甚至你没有办法报答他也无关紧要。但有一件事是必不可少的，那就是你，你本人，宣布对他的友谊。

教父的教子——歌星约翰特地从洛杉矶飞来参加婚礼，他此时不能没有教父的帮助，因抢了制片人杰克·沃尔茨精心培养出来的女星，而遭制片人冷落，他求教父让他重新

有五百人参加了教父的女儿康妮和卡洛·里奇的婚礼

获得制片人手中的重要角色。当天晚上，教父派军师汤姆与杰克·沃尔茨会谈，会谈中杰克·沃尔茨拒绝让约翰出演。不料三天之后，杰克·沃尔茨心爱的赛马已被人割下头来并扔在他的床上。他虽然愤恨，但知道自己不是教父的对手。这样，约翰如愿出演，并因此获得了奥斯卡最佳男演员奖。

贩毒帮的头目索洛佐也找到了教父。为了走私毒品，他需要两百万美金的现钞和科利昂手中所掌握的政府和司法部门内线人物的帮助。索洛佐许诺将利润的一半支付给教父作为回报。考虑到毒品父易的巨大风险，以及索洛佐与其他意大利家族的联系，教父拒绝了他。但教父的大儿子桑尼却显露出对毒品生意的热情。为此，索洛佐决定十掉教父，考虑和其子桑尼合作。

终于，索洛佐动手了，他收买了教父身边的司机、保镖。趁教父在街上买东西的时候，派人袭击了教父，教父身中数枪，被送往医院。与此同时，军师汤姆也遭到暗算，不过索洛佐无意伤他。只是告诉他教父已死，希望他劝说桑尼跟贩毒集团合作。

不过教父并未就此死掉，但教父的险遭不测已使全家沉浸在巨大的悲愤之中，桑尼更是怒火中烧。汤姆劝他考虑与索洛佐合作，桑尼又失望又气愤，决心要为父亲报仇，并不让弟弟迈克尔参加，迈克尔只好决定先去探望父亲。在医院里，迈克尔发现警长麦克洛斯基已加入敌对的一伙，自己和父亲差点丧命，迈克尔自己漂亮的脸上也留下了一份纪念品，他十分震怒。

桑尼派了上百个人去跟踪索洛佐，图谋暗杀。而索洛佐却托人捎信来，建议谈判，并要求迈克尔去。于是，经过周密策划和安排，迈克尔赴约了。

会谈是在一家小小的餐馆里进行的，索洛佐、迈克尔和麦克洛斯基坐在一张圆桌旁。迈克尔镇定自若，他们用意大利语交谈了一会儿，迈克尔说肚子不舒服，要上厕所。狡猾的索洛佐霎时起了疑心，伸手去摸迈克尔的臀部，想看看有没有武器。正在狼吞虎咽的警长说："我已经搜过了。"说完，暗示身旁的一个便衣，叫他加以监督。迈克尔轻松地点头一笑，站起身，稳步走进厕所。

此时迈克尔摸了一下自己的心，觉得他好像要蹦出来似的。解完手，他又用肥皂洗了手，借这点时间努力使自己平静下来，然后在老式厕所的水箱后面找到了自己人事先放好的左轮手枪。回到餐厅，他假装面带微笑地说："这回我舒服了，我们继续谈吧。"索洛佐开始说明他要求讲和的愿望，可迈克尔根本就没听进去，趁侍者来问需要什么时，就在索洛佐转身回答的那一刹那，迈克尔猛地用左手掀起桌子，右手用枪对准了索洛佐的太阳穴，索洛佐的半个脑壳立刻飞了出去，麦克洛斯基还没明白是怎么回事，叉子正往嘴里送小牛肉，已经挨了两枪……鲜血象喷雾似的洒满空中，混乱中，迈克尔奔出餐馆，跳上等候他的车。

大家族之间的战斗再次爆发，互相残杀的事情一连串的发生。桑尼派人刺杀了塔塔格利亚的儿子，塔塔格利亚家族也伺机报复。

就在这时候，教父基本伤愈出院，返家疗养，桑尼向他汇报了家中发生的事情。教父允许二儿子弗莱德离开纽约去外地学习开赌场的行当，当得知迈克尔因杀了索洛佐和警长后已经躲藏起来的消息后很不以为然。

卡洛·里奇和康妮结婚后，发现科利昂显然没有意向让他介入重要的家族事务。他不敢跟教父抗争，却开始以毒打康妮出气。桑尼知道了此事，狠狠地教训了卡洛。卡洛虽不敢还手，但怀恨在心。后来，他被另一个黑手党的人收买，卡洛演出了一场虐待康妮的戏，康妮真的就向桑尼哭诉。桑尼气愤之极，独自开车要去教训卡洛。没想到，在收费站遭到对手的枪击，桑尼躲闪不及，当场毙命。

儿子的死对教父无疑是一个致命的打击，但他不愿追查下去，倾向于和谈，而各大家族虽然举行了会谈，达成了"和平协议"，但暗中的仇杀、倾轧、排挤并没有结束。

干掉仇人的迈克尔，被迫流浪在西西里。在这里，他摸清了父亲赖以成长的老根，还摸清了"黑帮"这个词在意大利语里原来的含义是"避难所"。随后，这个词就演变成了为反抗压榨这个国家和人民的历代统治者而成立起来的秘密组织的名称。西西里这块土地遭受的蹂躏比任何别的地方所遭受的蹂躏都要残酷得多。宗教法庭对西西里人不分贫富，统统严刑拷打。天主教内部的地主老财和王孙公子，都有对牧民和农民作威作福的绝对权力。警察是教会权力的工具，因此，西西里人之间骂架，骂一声"你是警察"就算是最大的侮辱了。

面对这种野蛮残暴的专制权力，受苦受难的人们养成了敢怒而不敢言的习惯。他们明白了社会就是他们的敌人，因此，当他们受到委屈而要求伸冤时，他们就去求强盗的地下组织，即所谓黑帮。黑帮采用缄默法，即所谓守口如瓶的原则，加强了自己的权力。在西西里，正义向来都不是来自当局，因此，想要正义的人们总是纷纷奔向绿林好汉组织。如今，黑帮组织仍然在起着这种作用。一到紧要关头，人们总是去向当地的黑帮头头寻求帮助。他是他们福利救济工作的负责人，是他们地区管吃管穿还管安插工作的长官，是他们的保护神。迈克尔·科利昂破天荒第一次悟出了一个道理，为什么像他父亲那样的人，甘愿当盗窃犯和谋杀犯而不愿当合法社会的成员？贫穷、恐惧、越来越苦的日子，这些东西实在太可怕了，对任何一个有骨气的人来说，都是难以忍受的。刚到美国的西西里移民，都以为美国的当局也会同样残酷。

在西西里，流浪的迈克尔也不是全无收获。在一个和煦的早晨，在凉爽、湿润的柑橘绿荫处，古罗马式的建筑下面，迈克尔结识了西西里姑娘阿波罗妮娅。那个姑娘可爱得令人惊叹不已：鸟蛋形的眼睛，鸟蛋形的脸庞，鸟蛋形的前额。她的皮肤是一种妙不可言的白里透红的奶油色；她的眼睛大大的，呈现着透黑的紫罗兰色，又有点透黑的深褐色；长长的浓浓的眼睫毛把她那可爱的面容衬托得朦胧又神秘。她的嘴唇，丰满而没有蛮气，甜蜜而没有虚弱的病态，色泽深红，仿佛要渗出葡萄汁似的。迈克尔仿佛真被西西里人称之为“晴天霹雳”的爱情之箭射中了。这根本不同于他当年情窦初开时的迷恋，根本不同于他对恺的爱情。他明白，要是他不占有她，那她就会在他有生之年每天都萦绕在他的脑际。不久，征得姑娘父母的同意，两个人举行了婚礼。当他得知大哥桑尼被害后，复仇心切，决定马上回纽约。然而临行前，被收买的保镖法勃利齐奥在迈克尔的车上装了炸弹，意欲炸死迈克尔，可正巧迈克尔去拿皮包，阿波罗妮娅自己坐在车里，摸着方向盘，当她想把车开到他跟前时。迈克尔忽然意识到法勃利齐奥的意外缺位。大喊别开车，别开车。但是，阿波罗妮娅刚踩油门，搭上火，只听得“轰隆……”一阵巨响，他的喊声早被淹没在强烈的爆炸声中了。他虽幸免于难，却痛失爱妻。

迈克尔回到了纽约，教父见他回来，又惊又喜，上前把儿子紧紧抱住。两人边走边聊，迈克尔责怪父亲太软弱了，他表示决心复仇，报杀兄和杀妻之仇。教父见他有雄心，有魄力，便让他继承了家业。教父严肃地告诉儿子，除了对付塔塔格利亚，还要对付巴士尼，并叮嘱儿子，不要急躁——复仇是一道冷却后最美味的佳肴。不久，迈克尔找到了以前的女友恺，恺是那样的单纯，她深爱着迈克尔，相信他一直以来的善良和优秀。两人结婚成家，并生有一子。

迈克尔比桑尼沉着冷静，善于计谋，具有教父的秉性，做好了全盘策划，只等时机成熟。他找了一个纽约警察出身的人卢卡当他的贴身保镖，不怕死的卢卡也听他指挥。他觉得军师汤姆没有魄力，征得父亲的同意婉言辞退了他。他本想趁父亲在世时树立威信，但很快教父病故了，迈克尔一方面觉得失去了依靠，一方面又觉得从此可以自行其道了，于是开始执行多年的复仇计划。他派自己的人在旅馆门口杀死了巴士尼，又派另一个人杀死了塔塔格利亚。至此他主要的仇敌都干掉了。但他并不满足，他觉得还没有为大哥彻底雪恨，还没有为前妻报仇。他明白桑尼的死与妹夫卡洛有关，这次他没有派人，而是亲自出手。

有一天，他带了两个保镖来到了卡洛家，卡洛十分热情地迎接了他们。迈克尔脸上没有笑容，他那犀利的目光盯住卡洛，要他把刺杀桑尼的事实交待清楚。卡洛脸上的笑容顿时消失，吓得倒退入居室。迈克尔追了进去说："桑尼的事，是你向巴士尼告的密，你制造了同我妹妹的那场闹剧。"迈克尔接着说，"巴士尼和塔塔格利亚都已经死了。"卡洛听了，十分害怕，张口结舌，说不出话来。这时，迈克尔装出一副和善的样子说："不要怕，你当我会把自己的亲妹妹搞成寡妇吗？你当我想把你儿子搞成孤儿吗？再说我是你儿子的教父。对你的惩罚是不许你参与家庭事务，我将把你送上去维加斯的飞机……"卡洛以为有救了，放心地跟保镖上了车，在引擎就要发动的时候，粗麻绳突然套住了卡洛的脖子。

迈克尔离开卡洛家以后，带着一个保镖开车去找杀害他前妻的法勃利齐奥。汽车在一家馅饼铺的冷僻处停下，迈克尔独自一人走了进去，正遇见操着浓重口音的法勃利齐奥，他二话没说，举枪就射，一枪结果了法勃利齐奥的性命，为前妻报了仇。

迈克尔终于满足了，他想搬家，离开纽约。搬家那天，妹妹康妮找上门来，他奔入起居室找到迈克尔和恺，冲着迈克尔大声地喊："你太不要脸了，你杀死了我的丈夫……你等呀等的，等到父亲死了，没人能阻止你了，你就把他杀了！"迈克尔一言不发，对她的指责无动于衷，恺过来想开解康妮。康妮气愤地对恺说："除了卡洛，他不知道杀了多少人？看看报吧！都是你那亲爱的丈夫干的好事！"说完，向迈克尔吐了一口唾沫。迈克尔冷冷地对他的保镖说，"把她送回家，再给她找个医生。"康妮被带走了。

恺似乎被电击了一般！她不能相信一直以来她深爱的英雄竟是如此，她死死地盯着迈克尔半晌才说出话来，"迈克，你说，这是不是真的！是不是？""不是，这是康妮歇斯底里大发作。"他对妻子撒了大谎，但恺居然相信了，她搂着他吻他。她想和丈夫干杯，转身进厨房配酒，猛然看见几个彪形大汉走进屋里，对迈克尔毕恭毕敬，好似迈克尔是罗马帝国的皇帝在接见他们。他们吻了迈克尔的手，呼唤着教父"唐·科利昂"。恺看到这情景，手中的酒杯不由得掉到了地上，脸上的微笑顿时消失了。

她知道，她的迈克尔成了新的教父……

（金松林）

第二十二条军规

约瑟夫·海勒（1923年-1999年）：美国当代著名作家，“黑色幽默”小说的重要代表人物。

美国当代“黑色幽默”小说的重要代表人物约瑟夫·海勒

1923年5月1日，海勒出生于纽约市布鲁克林一个犹太移民家庭。第二次世界大战期间在美国空军服役，曾任空军中尉。战后进入美国纽约大学学习，1948年毕业。1949年获得哥伦比亚大学文学硕士学位后赴牛津大学进行一年的深造，回国后在宾西法尼亚州立大学等高校任教，后到《时代》等杂志社从事编辑工作。1961年，《第二十二条军规》的问世使他一举成名，自此专门从事写作。1963年，他获美国文学艺术学院奖学金，1977年被选为艺术学院院士。

自1982年始，海勒度过了几年病塌生活，在此期间，受到了一位护士的悉心呵护。恢复健康后，他向共同生活

约瑟夫·海勒，他认为“正义就是从背后掐住人家的脖子”。

了三十五年的妻子提出离婚，在这位护士的陪伴下走完了余生。1999年12月12日病逝于纽约。

他在《第二十二条军规》里以黑色幽默的笔法描写了二战期间美国一支空军中队的内幕，揭露了军队的荒唐行径。第二十二条军规的规定滑稽可笑：如果飞行员是个疯子，只有本人才可以提出申请停止飞行；但如果飞行员本人提出申请，就说明他大脑没有问题，因而就不是疯子，还得继续飞行。所谓的“第二十二条军规”，其实并不存在，就如某些机构所设立的“猜想特等大奖”一样，是可望而不可及的。

故事发生在第二次世界大战期间。当时正在欧洲执行战斗任务的第二十七空军司令部驻扎在意大利的皮亚诺扎岛。部队里，令人感到荒唐的事每天都会发生，士兵们像一只只惊弓之鸟。

尤索林是一位离国参战的美国人，经过军校培训之后，被分配到这个空军司令部一支轰炸机飞行大队当轰炸手。他本来是个生性活泼、我行我素的小伙子，但是危险、紧张的战斗生活使他变得行为怪诞。他老是觉得有人想置他于死地，因为每当他驾驶着飞机去丢炸弹时，总有些他不认识的人用机关枪向他射击，他的神经都快要崩溃了。每次投弹他都只是稀里糊涂把炸弹扔下去了事，根本不管能不能击中目标。为此，他受到了降职处分。

《第二十二条军规》剧照

为了鼓励飞行员们作战，司令部作出个规定：一名飞行员只要完成二十五次飞行任务，就可以回国。这对于飞行员而言，无疑看到了回家的希望。从此，他们专心执行任务，希望赶紧飞完二十五次然后回家。尤索林表现得也很积极。

但是人算不如天算，当他执行完第二十三次任务时，大队长战死了，继任者是卡思卡特上校。他在参军前是一个臭名昭著的销售经理，一个阴险狡诈的家伙。在连队里，他很不讨下属们喜欢，个性张扬的尤索林尤其如此，他们之间很快就产生了隔阂。而卡思卡特凭着他的狡猾，在军队里混得如鱼得水，左右逢源，很受上司佩克姆将军赏识。不过，德里德尔司令似乎对他印象并不怎么好，这让卡思卡特上校很伤脑筋。怎样才能讨好他呢？思来想去，这家伙心生一计：将飞行次数提高到了三十次，并自告奋勇请求上级同意他们连在二十四小时内炸毁弗拉拉大桥！

不过，德国人也够狡猾，他们早就在大桥周围装置了大量的防空火炮，要想轻而易举地炸毁它十分艰难。很快，卡思卡特上校就发现他的如意算盘打错了，德国人的防空炮火实在是太猛烈了，在六天之内，九次派人去轰炸都未能成功，这让他十分沮丧。但是，为了讨好上级，他开始不顾一切地命令飞行员继续轰炸。

终于，在第七天，好运降临了。尤索林驾驶他的飞机在没有其他飞机的火力掩护下，竟然单机作战炸毁了弗拉拉大桥。这让卡思卡特上校欢欣不已。他立即报告上级。他请求上级发给尤索林一枚勋章，并提升他为上尉。鉴于尤索林的英勇表现，上级不仅批准了请功申请，联军司令德里德尔还决定亲自前来参加授勋仪式。

然而，意外的荣誉并未让尤索林感到欣喜，因为他厌恶这些靠利用士兵的生命和鲜血飞黄腾达的恶棍。当德里德尔司令前来授勋时，却意外发现尤索林竟赤条条地站在队伍里，他很是不快。尤索林的怪异表现让卡思卡特上校在司令面前大跌面子，他对此十分恼火，记恨在心。而队友们却将他视为自己的代言人，他表达了他们的厌战情绪。因为大家都知道，如果他们牺牲了，那并不是为国捐躯，而是为卡思卡特送死。

隔不多久，上校传令轰炸波洛尼亚弹药库。这是一次十分危险的任务，尤索林为了抵制这次飞行，想了许多歪主意：他先是让一名下士在甘薯里放了肥皂，结果造成了大家的流行性腹泻；又在半夜里偷偷修改军用地图上的轰炸路线，想迷惑上级暂时取消这次任务；还用油印机伪造正式命令，以免除他和弟兄们去执行任务；他甚至放风说，德国人发明了一种胶炮，能够在半空中把整个机群粘在一起，试图引发大家的恐慌……

但是这些歪点子一点也不管用，他们不得不照样出发。

在一次轰炸任务中，飞机被敌人密集的防空炮火击中，紧急迫降在海上。机组人员纷纷逃离，惟独不见了飞行员奥尔。大伙儿都认为他必死无疑，心里都很难过。

时间过得很快，尤索林已经完成第三十二次任务。他真不想再多一次战斗飞行，可是卡思卡特上校已把任务次数提高到了四十次。对此，他心中愤愤不平。

为了回家，尤索林不得不打其他主意。他认为军医丹尼卡是个好人，或许能够帮助自己。飞完第四十四次之后，尤索林跑到丹尼卡那里，请求解除他的战斗任务遣送回国。而丹尼卡医生摇摇头说："上校要求五十次。"军规规定：飞行员一定要服从命令，完成规定的飞行次数。而且即使卡思卡特上校违反了第二十七空军司令部的命令，在他飞满规定的次数后还叫他飞行，他还是得去，要不然，他就犯下了违抗上校命令的罪行。那样的话，第二十七空军司令部可就要拿他问罪。这让尤索林非常失望，因为他一直认为只要能飞完上校规定的次数，他就能够回家。现在看来，自己简直太天真了，只要战争没有结束，他就得飞下去，要么就战死。没有办法，尤索林只能继续等待机会，继续执行危险的战斗任务。

为了稳定军心，上面经常有劳军组织的剧团来部队进行文艺演出。可是大伙儿都提不起这股劲，无心观看。他们一次次询问遣送他们回国的命令是否已经下达，但结果总是令人失望。看不到回家的希望，飞行员们又开始丧失战斗的热情，整日里漫不经心，互相开玩笑，闹出了许多笑话。

该死的上校为了升官发财，将任务次数不断提高，后来竟然增加到了五十五次。尤索林完成第五十一次轰炸任务后，去找中队长梅杰少校说内心的想法。梅杰少校明白他思归的心情，让他去执行例行的飞行任务，这样，他既可以飞完剩下的四次任务，又不至于冒任何风险。但这一建议却被尤索林拒绝了，因为他不愿意再卷入这场战争，拒绝再执行任何飞行任务。无奈之下，梅杰少校给他出了一个主意，让他再去找丹尼卡医生，只要医生填写一张小纸条，说尤索林到了神经崩溃的边缘，不再适合执行飞行任务，然后把这张纸条送到飞行大队去就行了。尤索林再一次怀着希望找到医生，医生看着可怜的小伙子，表示自己很同情他。但是，他转念一想，这里其实埋下了一个圈套：要是他解除尤索林的战斗任务，那得要飞行大队核准才行，可是大队的主子是卡思卡特上校，他一直看尤索林不顺眼，到时候非但不会批准，反而马上就会让尤索林重新恢复战斗，他本人也因此很可能被送往太平洋去受罚。丹尼卡医生不敢冒这个险。要是他完成五十五次任务，他到时争取给他帮帮忙。

可是等到尤索林好不容易飞完五十五次，满怀信心地再跑来找他时，丹尼卡摇晃着脑袋叫他不要再浪费时间。尤索林对他出尔反尔大为恼火。他无计可施，当场装起疯来，质问丹尼卡能不能让一个疯子停止执行飞行任务？医生答道：当然能！第二十二条军规规定：必须让任何一个疯子停止飞行，不过他首先得向医生提出请求；可是一旦有谁提出请求，就表明这是“头脑理性活动的结果”，说明事实上他并没有疯。这样一来，他就非得再去执行任务不可！尤索林内心清楚，这其实是个纯粹的圈套。只要第二十二条军规存在，他就不可能停止飞行，自己就算能和卡思卡特上校作对却不能和军规作对，他又一次深深地失望了。

日子一天天过去，尤索林继续百无聊赖地执行任务，每一次飞行就像在地狱门口走一遭，不过还算幸运。虽然不断有队友惨遭厄运，可他只是腿部受了一点小伤。久而久之，他不再那么害怕飞行。飞行次数也直线上升，达到了六十次。

这时，尤索林的好友多布斯向他吐露了一个惊人的阴谋：他要暗杀卡思卡特上校！多布斯认为只要换个“头”，就不会再增加飞行次数，这样他们就可以回家。他知道尤索林和上校不和，所以找他帮忙，希望他能够配合。尤索林虽然很讨厌上校，但是他并不希望用这种方式回家，而且他再飞上几次就满了定额，觉得到时上校也无话可说。熬一熬，忍一忍，不多久自己应该可以回国，不愿意搅这浑水。他还安慰多布斯说，也许卡思卡特不会再增加飞行次数，再耐心等一等。没有尤索林的支持，多布斯只好放弃暗杀计划。

但是，事情并不象尤索林想像的那样简单，卡思卡特上校还照样安排他们去波洛尼亚执行战斗任务，还把飞行任务提高到了八十次。尤索林觉得他太过分了，真让人忍无可忍，便主动去找多布斯，决心同他一块儿干掉卡思卡特。就在他们谋划行动的时候，上校宣布全体飞行员出去执行紧急飞行任务，结果造成十二人阵亡。

飞了71次后，尤索林毅然拒绝执行更多的飞行任务。鉴于尤索林在飞行员中的影响，卡思卡特上校不敢贸然处罚他，只好跟他讲条件，上校说可以安排他执行一些不危险的常规任务，这样就可以安全地熬到战争结束。但是尤索林心里明白，如果这样，那么跟他一起出生入死的弟兄就必须代他执行危险任务。他尤索林虽然怕死，但还不至于道德败坏到这种程度，还有廉耻之心。他断然拒绝了上校的“好意”。

一再地增加飞行次数和越来越多的伤亡使部队的士气受到严重挫伤，尤索林的心情也显得特别低落，对他来说，死亡时时刻刻都在威胁着他。到了夜晚，他就会想起死去的战友，想起他的父母、兄弟姐妹和要好的朋友。部队里每天都传出阵亡的消息，而德国人仍然在负隅顽抗。想到这些，他简直快要发狂。在队里，他和战友互相谩骂，有病没病经常往医院里跑，他打定主意要在医院里度过战争的余下岁月，甚至不请假就到罗马去度假。

尤索林在罗马的好日子才刚刚开始，不久因为没有通行证而被逮捕并被送回皮亚诺扎岛基地。见到他，卡思卡特上校气得咬牙切齿，真想把他立即拉出去枪毙。这时，他的下级——老奸巨滑的科恩中校及时提醒他：他们的上级刚刚调换过，谢司科普夫将军代替德里德尔任联军司令。虽然谢司科普夫将军很赏识卡思卡特，但他也不敢胡来。谢司科普夫将军是由少尉、中尉、上校到中将司令官，一步一步提拔起来的。由于特殊的经历，谢司科普夫将军爱兵如子，他定下规矩任何人不能把一名战斗英雄轻易处死。应该怎么对付尤索林这个令人头痛的家伙呢？两人思来想去，终于心生一计。

他们派人把尤索林找来，和颜悦色地告诉他，如果答应他们一个小小的要求，他就

《第二十二条军规》剧照

可以冠冕堂皇地回家。要求是：同意部队把他作为战争英雄送回国去。他们引诱尤索林，如果他答应这个条件，就可提升为少校，再获一枚勋章。他们还可以专门叫人准备几篇精彩的新闻稿，详细描绘一下他在战场上的“英勇事迹”，他对自己部队的“深厚、持久的忠诚”，以及他对职责的“崇高献身精神”。回到祖国，他就会生活得像个百万富翁，被看作大人物，受到普遍吹捧，大家将会为他举行游行，请他发表演说、募捐并购买战争公债，他就会有享受不尽的荣华富贵，不断得到酬劳和特权。同时，他们也威逼他，要么接受这笔交易，要么就准备上军事法庭。他们之所以这样做，主要因为这样既可甩掉尤索林这个不听话的“害群之马”，又可扩大自己大队的影响，给新上级留下好印象；还可以鼓励其他飞行员继续为国效劳，可谓一箭三雕！为救自己一条活命，尤索林也没有仔细考虑其中奥秘，草率地答应了，当时还暗自得意。

但是，尤索林很快就发觉自己上了他们的当。一旦他同意这笔交易，就是跟卡思卡特之流同流合污，沆瀣一气，是要弄十分卑劣的手段来欺骗大队里的弟兄们。这样一来，这些卑鄙的家伙就会借机怂恿战友们执行更多的飞行任务，直到一个个都让德军炮火打死，抛尸疆场。虽然他自己可以安全回家，享受英雄的款待，从此呼风唤雨，但是怎么对得起曾经和自己一同出生入死的弟兄们呢？想到这些，他真想放弃这次机会。可问题是，如果放弃了也许永远都不能活着回到家里，尤索林陷入了深深的思考中，不知该怎样办。

正当他百思不得其解之时，传来了一个令人振奋的消息，是关于奥尔的！大家都以为他牺牲了，实际上他根本没死。飞机出事那天，他在大家都走后，独自一人坐着救生艇，乘着黑夜划过直布罗陀海峡，跑到了瑞典，还在那里受到了政府的盛待。原来，奥尔这小子平时装傻，每次执行战斗任务之前，都要演习一番，看怎么能让自己的飞机被人打下来。他曾多次被击落掉在水里，然后自己安然脱险。

尤索林顿时恍然大悟。

（金松林）

百年孤独

20世纪拉丁美洲魔幻现实主义文学的杰出代表加夫列尔·加西亚·马尔克斯

加夫列尔·加西亚·马尔克斯（1928年－　）：1982年，瑞典文学院授予哥伦比亚小说家马尔克斯的诺贝尔文学奖评语是："他创造出了一个独特的天地，作者的想像力在这片神奇的天地里尽情地驰骋翱翔。不可思议的奇迹、纯粹真切的生活、荒诞不经的传说，都像新闻报导一样准确地再现出来。"

马尔克斯是20世纪拉丁美洲魔幻现实主义文学的杰出代表，1928年出生在哥伦比亚加勒比海边的阿拉卡塔卡镇。就在他出生那年，工人举行的大罢工被政府军残酷镇压，八百多人惨死于屠杀之中。居民大量外迁，阿拉卡塔卡从此成了一个孤独、荒凉的小镇。他在外祖父家度过了童年时代。外祖父是个受人尊敬的退役军官，性格倔强，为人善良。外祖母是神话传说和鬼怪故事的讲述能手，相信人的灵魂会继续存在，特地为亡灵安排两间空房，经常与他们谈话以消除他们的孤独。在他的童心世界里，故乡是人鬼交混、充满幽灵的奇异世界，这为他的创作提供了重要源泉。

十八岁考入波哥大大学攻读法律，在那里，他接触到了许多世界文学名著，并在《观察家》杂志上发表了处女作短篇小说《第三次辞世》。中途辍学进报界工作，五十年代任《观察家报》记者兼电影专栏负责人。1967年，历时十八年的小说《百年孤独》得以发表，奠定了他在当代世界文学史上的地位，从此进入了创作的辉煌时期。1975年，马尔克斯发表了历时八年写成的长篇小说《家长的没落》，翌年被美国《时代》周刊评为1976年世界十大优秀作品之一。他多年流亡巴塞罗那和墨西哥。1982年，哥伦比亚新政府成立后他才得以返回故土，当年因《百年孤独》获诺贝尔文学奖。

马尔克斯

《百年孤独》是马尔克斯的代表作，它的发表引起了拉丁美洲的“一场文学地震”。它是现代世界文学宝库的一颗璀璨明珠，被公认为现代西班牙语文学的最好作品，是当代的《堂吉诃德》。

霍塞·阿卡蒂奥·布恩蒂亚是西班牙人的后裔，原住在远离海滨的一个印第安人的村庄。他与乌苏娜新婚时，由于害怕像姨父与姨母结婚那样生出长猪尾巴的孩子，乌苏娜每夜都穿上特制的紧身衣，拒绝与丈夫同房。因此遭到邻居阿吉廖尔的耻笑，霍塞·阿卡蒂奥·布恩蒂亚杀死了阿吉廖尔。从此，死者的鬼魂经常出现在他眼前，鬼魂那痛苦而凄凉的眼神，使他日夜不得安宁。他们只好离开村子，另寻安身之所，有许多村民跟着离开。经过了两年多的奔波，来到一片滩地上，由于受到梦的启示决定定居下来。在此他们建立村镇，这就是马孔多。布恩蒂亚家族在马孔多的历史由此开始。

霍塞·阿卡蒂奥·布恩蒂亚和妻子乌苏娜自然是布恩蒂亚家族的第一代。霍塞·阿卡蒂奥·布恩蒂亚好像一个年轻的族长，经常告诉大伙如何播种，如何教孩子，如何养家畜，跟大伙一起劳动，为全村造福。他是村里最有事业心的人，不过，自从认识了吉卜赛人梅尔加德斯，他为社会造福的精神很快消失，他迷上了磁铁和天文探索，幻想采到金子和发现世界的奇迹，他甚至要求别人去帮助他开辟一条道路，以便把马孔多和那些伟大的文明连接起来。只不过他东突西进，惟一的发现就是以为马孔多被海水所围。他有些失望，开始把最好的时间花在他儿子身上。

不久，马孔多所有的人感染了失眠健忘症。他们开始忘记所有的一切。人们想出各种方法帮助记忆，比如在牛的身上贴上这样的字条，"这是一头乳牛，每天早晨挤奶，就可得到牛奶，把牛奶煮沸，掺上咖啡，就可得到牛奶咖啡。"直到梅尔加德斯再次回到马孔多，将一瓶特制的药水给村民们服下，人们才摆脱了失眠健忘症。不过这次梅尔加德斯回来以后，一直像幽灵似的孤独地生活，用稀奇古怪的语言，在羊皮纸上写下了令人不解的文字。他把所有跟他说话的人当成他认识的古人，就这样像疯子一样一直到死。梅尔加德斯的死对霍塞·阿卡蒂奥·布恩蒂亚打击很大，他又开始只专注于各种发明，任何新的发现都使他激动，他不再吃饭，不再睡觉，永远陷入了如痴如狂的状态。他在房间里踱来踱去，自言自语，他与死去的阿吉廖尔聊天，他甚至发现每天都是星期一。这一新发现使他纳闷，但经过长久地观察后，他毫不怀疑自己的判断。"时间机器坏了"，他使出浑身的力气，砸烂了炼金器具和各种发明，快嘴快舌地尖嚷着。他的小儿子不得不叫来了邻居，按倒疯狂乱骂的他，把他绑在了院内的栗树下。从那时起，霍赛·阿卡蒂奥·布恩蒂亚就被绑在那里，直到老死。

乌苏娜成了这个家的顶梁柱，里里外外都由她操持。她是一个严肃、活泼和矮小的女人，意志坚强，大概一辈子都没唱过歌，每天从黎明到深夜，四处都有她劳动的身影。她是这个家族寿命最长的人，活了一百一十到一百二十岁。她把两个儿子和一个女儿抚养成人，甚至照顾更远的后辈。随着家族的破败，她身体开始萎缩，后来竟成了婴儿大小。在连续出现了一系列怪异征兆后，乌苏娜与世长辞。

布恩蒂亚家族的第二代是两男一女，老大霍赛·阿卡蒂奥、小儿子奥雷连诺、小女儿阿玛兰塔。除此之外，第二代人中还包括从小在这个家庭中长大的姑娘雷贝塔。老大霍赛·阿卡蒂奥，长着方方的脑袋和蓬松的头发，性情像他父亲一样执拗。他虽有父亲那样的体力，长得像父亲一般魁伟，但他显然缺乏父亲那样的想像力。长大后，他与一个叫皮拉·苔列娜的女人私通，生下了一个孩子。后来则跟着另一个吉普赛女人，流浪他乡。许多年后才重新回到马孔多，和从小寄养在家中的雷贝塔结婚。当他的弟弟与保守党开战，被政府捕获，准备枪决的时候，他用猎枪救下了弟弟。可是，不久，他就被莫名其妙地暗杀了。他死后，雷贝塔关上了门，从此与世隔绝，一生孤独。

小儿子奥雷连诺是在马孔多出生的第一个人，这孩子性情孤僻、沉默寡言。他在母亲肚子里就哭哭啼啼，是睁着眼睛出世的。他从小就有惊人的预见能力。年轻时，他曾稀里糊涂地与哥哥的情人皮拉·苔列娜私通并生有一子。后来他爱上了保守派镇长家的年仅九岁的雷麦黛丝，直到雷麦黛丝成熟后，两人才结为夫妻。可惜不久，雷麦黛丝中毒身亡。此时正值自由派与保守派的战斗打响，奥雷连诺加入了自由派，南征北战，一生发动了三十二次武装起义，三十二次都遭到了失败。他跟十七个女人生了十七个儿子，这些儿子都在一个晚上接二连三被杀死了，其中最大的还不满三十五岁。他自己遭到过十四次暗杀、七十二次埋伏和一次枪决，但都幸免于难。他喝了一杯掺有士的宁（注：一种毒药）的咖啡，剂量足以毒死一匹马，可他也活过来了。他拒绝了共和国总统授予他的荣誉勋章。他曾为革命军总司令，在全国广大地区拥有生杀予夺之权，成了政府最畏惧的人物，但他从来没有让人给他拍过照。尽管他作战时经常身先士卒，但他惟一的伤却是他自己造成的。那是结束二十年内战的尼兰德投降书签订之后的事。他用手枪朝自己的胸膛开了一枪，子弹穿过脊背，可是没有击中要害。这一切的结果不过是马孔多的一条街道以他的名字命了名。战争结束以后，他拒绝了政府给他的终身养老金。直到年老他都在马孔多作坊里制作小金鱼，每天做两条，达到二十五条时便放到坩锅里熔化，重新再做。他像父亲一样过着与世隔绝、孤独的日子，一直到死。

阿玛兰塔是霍赛·阿卡蒂奥·布恩蒂亚的小女儿。她和从小寄养在家中的雷贝塔同时爱上了意大利的自动钢琴师皮埃特罗·科列斯比，但这位琴师却爱上了更为美丽的雷贝塔。阿玛兰塔经过痛苦的单相思之后，终于向皮埃特罗·科列斯比表达了恋情，但年轻的琴师只把她当成妹妹一般看待。父母最终决定让雷贝塔嫁给英俊的琴师，阿玛兰塔决定不惜一切代价阻止。她在咖啡中下毒，但却不幸害死了嫂子雷麦黛丝，甚至还有腹中的一对双胞胎。雷贝塔和琴师的婚约也因此迟迟不能举行。

后来，雷贝塔嫁给了流浪归来霍赛·阿卡蒂奥。皮埃特罗·科列斯比转而开始追求阿玛兰塔，两人的感情真挚而热烈。就在所有的人都认为他俩必定结婚的时候，阿玛兰塔却出人意料地拒绝了他，科列斯比想尽了一切办法，最终绝望地割断了自己的静脉。阿玛兰塔竭力不使自己精神错乱，她把手放在炉火上灼烧，留下了一段黑色的绷带，至死都跟随着她。后来，格林列尔多·马克斯（和奥雷连诺一起战斗的朋友）让阿玛兰塔青春的热情死灰复燃，但当这个男人重新向阿玛兰塔求婚时，她又拒绝了他。但她内心感到异常孤独、苦闷，甚至和刚刚成年的侄儿厮混，想用此作为“治疗病痛的临时药剂”。然而她终于无法摆脱内心的孤独，她把自己终日关在房中缝制殓衣，缝了拆，拆了缝，直至生命的最后一刻。

家族的第三代是霍赛·阿卡蒂奥和奥雷连诺分别与皮拉·苔列娜所生的两个孩子。前者名叫霍·阿卡蒂奥，为了避免混淆不清，大家只管他叫阿卡蒂奥。他不知自己的身世，竟狂热地爱上了自己的生母，差点酿成大祸。他的母亲皮拉·苔列娜暗中安排，让他与圣索非亚·德拉佩德结合。他从奥雷连诺手中接管了马孔多，但却成了马孔多的从未有过的暴君。他贪赃枉法，最后被保守派军队枪毙。后者取名奥连雷诺·霍赛。他从小由阿玛兰塔抚养长大，正因此，他爱上了自己的姑姑，因无法得到满足而陷入孤独之中，于是参军。进入军队之后仍然无法排遣对姑母的恋情，便去找妓女寻求安慰，借以摆脱孤独，最终也死于乱军之中。

随着时间的流逝，这个家族的第四代是一女两男——阿卡蒂奥与圣索非亚·德拉佩德的女儿早已出落得楚楚动人，因为生得特别美丽，人称俏姑娘雷麦黛丝。她身上散发着引人不安的气味，这种气味曾将几个男人置于死地。她总愿意裸体，把时间耗费在反复洗澡上面。尽管她很漂亮，但因不懂家务，不晓世事得不到人们的信任和理解，因此只能“在孤独的沙漠里徘徊”。最后神奇地抓着一个雪白的床单乘风而去，永远消失在空中。

俏姑娘雷麦黛丝还有两个弟弟，阿卡蒂奥二世和奥雷连诺二世，他们是一对孪生兄弟。当多年以后，奥雷连诺二世为他的头生子取名霍·阿卡蒂奥时，乌苏娜却掩饰不住模糊的不安之感。在漫长的家族史中，同样的名字不断重复，使得乌苏娜作出了她觉得确切的结论：所有的奥雷连诺都很孤僻，但有敏锐的头脑，而所有的霍·阿卡蒂奥都好冲动、有胆量，但都打上了必遭灭亡的烙印。不属于这种分类的只有霍·阿卡蒂奥二世和奥雷连诺二世。在童年换装把戏玩过之后，名叫奥雷连诺二世的孩子，长得像他曾祖父霍赛·阿卡蒂奥·布恩蒂亚一样魁梧，而名叫阿卡蒂奥二世的孩子，却长得像奥雷连诺一样瘦削。孪生子惟一共同之点，是全家固有的孤独样儿。

哥伦比亚为纪念马尔克思获1982年诺贝尔文学奖而发行的邮票

阿卡蒂奥二世年轻时就放荡成性，他酷爱斗鸡，到处寻花问柳，赌博生事。乌苏娜经常认为在布恩蒂亚家族整个的历史上，这个曾孙子是它所有后代中最没有出息的一个。惟一让人们记住的就是他搞来了离海十二公里的地方搁浅的西班牙大帆船，让法国艺妓充斥整个的马孔多。后来，香蕉公司进入了马孔多。他做起了工会工作。他看不惯工人们所受到的不公正的待遇，辞去监工之职，带领三千多工人罢工，但遭到军警的镇压，三千多人只他一人幸免。他目击政府一面用火车把工人们的尸体运往海边丢到大海，一面又通过电台宣布工人们暂时调到别处工作的卑鄙行径。阿卡蒂奥二世四处诉说他亲历的这场大屠杀，揭露真相，反被认为神智不清。他无比恐惧失望，把自己关在房子里潜心研究吉卜赛人梅尔加德斯留下的羊皮手稿。吃饭、睡觉、大小便全在一间房内，弄得臭气熏天，一直到死他都待在这个房间里。

奥雷连诺二世年轻时喜欢待在家里面，翻看梅尔加德斯的古怪笔记，那一页页手稿，仿佛乐谱，而不像普通的文字。他常常看见梅尔加德斯，那声音在说："在手稿满一百年以前，谁也不知道这儿写些什么。"后来，他一直没有正当的职业，终日纵情酒色，他和哥哥与同一个女子私通，而因此染上了花柳病。病好后哥哥再没有与这个女子来往，而他却跟这个叫佩特娜·柯特的女子终身厮混。奇怪的是每当他与情妇同居时，他家的牲畜都迅速地繁殖，给他带来了财富，一旦回到妻子身边，便家业破败。他与妻子生有二女一男。最后他在病痛中与阿卡蒂奥二世一同死去，从生到死，人们一直没有认清他们兄弟俩儿谁是谁。

这个庞大的家族第五代人都是奥连雷诺二世的孩子。长子霍赛·阿卡蒂奥儿时郁郁寡欢，终日沉思，家人认为他诚实忠厚，便送他到罗马神学院去学习，母亲希望他日后能当主教。但他对此毫无兴趣，早早离开了神学院，整日花天酒地，只是为了那假想中的遗产，才欺骗母亲说他在神学院学习。母亲死后，他回家靠变卖家业为生。后发现乌苏娜藏在地窖里的七千多个金币，从此过着更加放荡的生活，不久便被抢劫金币的歹徒杀死。

大女儿梅梅·雷麦黛丝爱上了香蕉公司汽车库的机修工毛里西奥·巴比洛尼亚，这个小伙子脸色蜡黄，像得了肝病一般。母亲禁止他们来往，他们只好暗中在浴室相会，母亲怀疑他们在幽会，请市长在后院布置岗哨，声称有人偷了家里的母鸡。那天晚上，正当毛里西奥·巴比洛尼亚欲掀起瓦片，钻进浴室的时候，院外的士兵以为是偷鸡贼，举枪打死了毛里西奥·巴比洛尼亚。梅梅·雷麦黛丝万念俱灰，怀着身孕被送往修道院。

小女儿阿玛兰塔·乌苏娜早年被父亲用卖彩票换来的积蓄送往布鲁塞尔上学，她聪明伶俐，开朗乐天，且有一种预测时装的本领。在布鲁塞尔她与资产者加斯东结婚，婚后二人回到马孔多，见到一片凋敝，决心重整家园。她朝气蓬勃，充满活力，仅用了三个月就使家园焕然一新。她的到来，使马孔多出现了一个最特别的人，她的情绪比这家族的人都好，她想把一切陈规陋习打入十八层地狱。她决定定居下来，拯救这个灾难深重的村镇。但加斯东却一心念着欧洲，不久他离开了。阿玛兰塔·乌苏娜觉得倍加寂寞，她和自己的外甥热烈地相爱了。他们的爱情有了结晶——阿玛兰塔·乌苏娜怀孕了。一天下午，她感到了分娩的痛苦，不一会儿，一声响亮的啼哭打破了屋内的寂静。可是阿玛兰塔·乌苏娜却因产后血崩止血无效而一命呜呼。

与阿玛兰塔·乌苏娜相爱的正是布恩蒂亚家的第六代——梅梅·雷麦黛丝送回的私生子奥雷连诺·布恩蒂亚。他出生后一直在孤独中长大。他惟一的嗜好是躲在吉卜赛梅尔加德斯的房间里研究各种神秘的书籍和手稿。他会英语、法语、一点儿拉丁语和希腊语。他甚至能与死去多年的老吉卜赛人对话，并受到指示学习梵文。他一直对周围的世界漠不关心，但对中世纪的学问却了如指掌。他不知不觉地爱上了姨母阿玛兰塔·乌苏娜，虽然他并不清楚这种血缘关系，但却在事实上发生了乱伦关系。尽管他们受到了孤独与爱情的折磨，但他们认为他们毕竟是人世间惟一最幸福的人。后来阿玛兰塔·乌苏娜生下了一个男孩，“他是百年里诞生的布恩蒂亚当中惟一由于爱情而受胎的婴儿”，然而，他身上竟长着一条猪尾巴。

那个长猪尾巴的男孩就是布恩蒂亚家族的第七代继承人。他被一群蚂蚁围攻并被吃掉。就在这时，奥雷连诺·布恩蒂亚终于破译出了梅尔加德斯的手稿。手稿卷首的题辞是：“家族中的第一个人将被绑在树上，家族中的最后一个人将被蚂蚁吃掉。”原来，这手稿记载的正是布恩蒂亚家族的历史。在他译完最后一章的瞬间，一场突如其来的飓风把整个儿马孔多镇从地球上刮走，羊皮纸手稿所记载的一切将永远不会重现，遭受百年孤独的家族，注定不会在大地上第二次出现了。

（金松林）